凡尔纳科幻三部曲

海底两万里

[法]儒勒·凡尔纳◎著　束光辉◎编译

中国華僑出版社

目录

contents

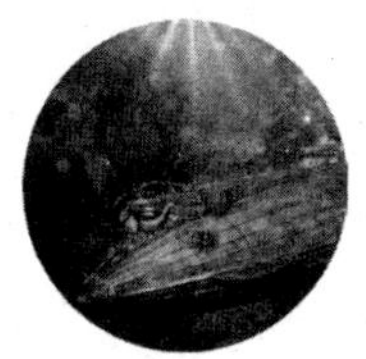

海底两万里

【第二部分】

海底两万里

【第一部分】

第一章　飞走的暗礁

人们一定还对 1866 年海上发生的一件离奇神秘、匪夷所思的怪事记忆犹新。且不说当时对沿海居民的轰动以及来自世界舆论的各种传闻，在这里只说普通航海人员特别激动的心情。欧美的进出口商人、船长和船主、各国的海军官佐以及这两大洲的各国政府对这件事都表示了极大的关注。

事情是这样的：不久之前，出航的一些大船在海上遇到了一个“庞然大物”，这个物体很长，形状像纺锤，身上偶尔发出磷光，其体积比鲸类大得多，但是游动起来却比鲸类快得多。

许多的航海日志对于这个东西做了一些事实记录（如这个不明生物在游动时的速度让人难以想象，它的形状，它的力量，它那种与生俱来的特殊本领等等），大多的记录都是一致的。如果这东西是鲸类动物，那么它那令人难以置信的庞大身躯，是生物学家在现有的鲸的分类里面所难以查询的。居维埃·拉色别德、杜梅里、卡特法日，在这些著名的生物学家眼里除非是他们亲眼所见，否则他们是不会承认这样的一种怪物的存在。

在多次的观察记录中，这个不明生物的体长最小的也有 200 英尺，在记录中最大的就有 1 英里长，3 英里宽。我们可以肯定地说，如果说这个“庞然大物”真的存在，那么它那庞大的体积就远远超出鱼类学家所能认同的所有的种类。

由于人类天生的好奇心理，那么对于这个既存在，又不可否认的怪物在全世界所引起的骚动就不难理解了。至于说这是无稽之谈，那是决不会有人同意的。

因为在 1866 年 7 月 20 日，加尔各答—布纳希汽船公司的希金森总督号，在澳大利亚海岸东边 5 英里，曾遇见过这个游动的巨大物体。起初巴克船长还以为是遇到了暗礁，就在他要测量“暗礁”的位置时，突然这个不明物体喷出两道 150 英尺高的水柱。有人推测，除非在这座暗礁上会有间歇喷泉，否则希金森总督号遇到的这个喷水的东西，一定来自于还没有人知道的新品种哺乳动物。

同年 7 月 23 日，在太平洋上的西印度—太平洋汽船公司的克里斯托巴尔哥郎号也遇到了同样的事情。就在希金森总督号看到这怪物的三天后，在相距 700 海里（1 古海里相当于现在的 5.556 公里）海域的克里斯托巴尔哥郎号也发现了它的踪迹。

15 天以后，国营轮船公司的海尔维地亚号和皇家邮轮公司的山农号，在离上面所说的地点有 2000 里远的大西洋海面上相遇的时候也看到了这个怪物。根据他们的观察，这个怪物的长度至少有 350 多英尺（约 106 米）。而山农号和海尔维地亚号两船连起来，两船从头至尾不过 100 米长。然而，就目前为止，常常出没于阿留申群岛的阑马克岛和翁居里克岛附近海面一带的鲸鱼，最长也不过五六十米，人们从来没有见过比这更长的生物了。

有关这个怪物的消息源源不断地传来，横渡大西洋的贝雷尔号的最新发现，茵曼轮船公司的越提那号与这个怪物的一次相遇，法国二级军舰诺曼底号军官们所写的记录，海军高级参谋弗兹·詹姆斯在克利德爵士号上所做的很精密的测算，这一切在当时轰动一时。在这个民族性比较浮躁的国家里，大家都拿这件事作为谈笑资料，但在严肃和踏实的国家里，像英国、美国和德国对这事就非常关心。

在一些大城市怪物事件已经人尽皆知，各类报刊争相报道它，人们茶余饭后谈论它，甚至还把它搬上了舞台。关于这个怪物的奇闻、谣言四起，各种奇怪的报道应有尽有，从白鲸、北极海中可怕的“莫比·狄克”到庞大的“克拉肯”，更有称这种怪鱼的触须就可以把一只载重 500 吨的船拖下水。更有甚者不惜引经据典，或搬出古代的传说如亚里士多德和普林尼的看法，或者搬出彭士皮丹主教的挪威童话，保罗·埃纪德的记述，以及哈林顿的报告，报告上称，1857 年，他在嘉斯第兰号上看见过一种大蛇，那种蛇以前只在立宪号经过的海面上才能看见。

于是，在学者圈和科学杂志上，出现了两个群体：相信者和怀疑者，这两派的争论无休无止。大家都因这个“怪物问题”而激动不已。信奉科学的新闻记者和自认为多才的文人打起笔墨官司来，有人为此大打出手，他们从海蛇争起，最后发展为对一些态度傲慢的家伙的人身攻击了。

在接下来的 6 个月里，两派人士各执一词。各种小报陆续刊登他们争论的文章，就连巴西地理学院、柏林皇家科学院、不列颠学术联合会或华盛顿斯密荪学院发表的权威论文都遭到他们的攻击，还有《印度群岛报》、《摩亚诺神父的宇宙杂志》，皮德曼的《消息报》里面的讨论和法国及其他各国大报刊的科学新闻也未幸免。这些多才的作家故意曲解反对派也常引证的林奈（瑞典博物学家）的一句话：“大自然不制造蠢东西。”恳求大家不要相信北海的大怪鱼、大海蛇、“莫比·狄克”和疯狂的海员们臆造出来的其他怪物的存在，不要因此而否定了大自然。最后，一位很受欢迎的编辑先生在某一著名的报刊上刊登了一篇关于极具讽刺味道的文章，这篇文章给了这个怪物最后一击。于是理智战胜了科学。

在 1867 年头几个月里，这个问题好像就此销声匿迹。就在这时，新的事件又发生了。现在的问题不仅仅只是一个科学问题，而且它可能给人类带来潜在危险。问题的性质已经发生改变。这个怪物变成了小岛、岩石或者暗礁，但它却是一个会奔驰、不可捉摸、行动莫测的暗礁。

1867 年 8 月 5 日，蒙特利奥航海公司的摩拉维安号夜间驶到北纬 27 度 30 分、西经 72 度 15 分的地方，船右舷突然撞上了一座岩石，但是所有地图显示在这一海域没有这座岩石。当时的船速可达到每小时 13 海里。毫无疑问，如果不是船身特别坚固，这次的撞击一定会导致船毁人亡。

这次的撞击事故发生在早上 5 点天刚蒙蒙亮的时候。值班的海员立刻跑到船尾观察，除了看到海面好像因为撞击而形成了一个 600 多米宽的大旋涡以外，其他什么也没有，他们只好把事故发生的准确位置记录了下来。摩拉维安号继续航行，这次事故看起来并没给它带来什么损伤。那它到底是撞上了暗礁，还是一只沉没的破船？当时没法知道。后来到船坞检查船底时才发现一部分龙骨折断了。

这件事本身是十分严重的，可是如果不是在相隔三个星期后，另外一只有着很高声望的船只发生了同样的事情，它很可能也会跟许多其他的事件一样很快被人忘掉的。因为这次受害船所属公司的声望和国籍，让这件事引起了大家广泛的关注。

英国著名的船主苟纳尔的名字无人不知。他早在 1840 年就创办了自己的第一家邮船公司，开辟了从利物浦到哈利法克斯的航线，在当时只有三艘 400 匹马力载重 1162 吨的明轮木船。经过他的不懈努力，八年后公司规模扩大，共有四艘 650 匹马力、载重 1820 吨的船。又过两年，又添置了马力和载重更大的船。1853 年，苟纳尔公司继续取得为政府运送邮件的特权，一连添置了阿拉伯号、波斯号、中国号、斯各脱亚号、爪哇号、俄罗斯号，这些都是头等的快船，除了大东方号外，在海上航行的船无一能和它相比。到 1867 年，这家公司一共有十二艘船——八艘明轮的，四艘暗轮的。

经过上面的简单介绍，这家海运公司的重要性也就不言而喻了。经过他的合理化经营，这家公司在全世界都很有名。其他的任何航海企业都没法和他相比。实证主义者斯宾塞曾说，苟纳尔公司的船在太平洋上航行了两千次，从未出现过任何失误，没有一次航行不达目的地，没有一次发生迟误，从没有遗失过一封信、损失过一个人或一只船。这点在近年来官方的统计文献中是有据可查的。了解了这些，那么对于这家公司的汽船遭遇意外事件所引起的巨大轰动也就不觉得奇怪了。

1867 年 4 月 13 日，风平浪静，斯各脱亚号在西经 15 度 12 分、北纬 45 度 37 分的海面上行驶着。他的发动机马力可达 1000 匹，速度为每小时可达 13 海里半。

它的机轮在海中转动，完全正常。此时，它的吃水深度是6.7米，排水量是6685立方米。

下午4点16分，就在乘客们放松心情的时候，在斯各脱亚号的船尾、左舷机轮后面一点，发生了轻微的撞击。

斯各脱亚号被什么东西撞上了。撞它的不是敲击的器械而是钻凿的器械。如果不是管船舱的人员跑到甲板上喊："船要沉了，船要沉了！"船上的人都会认为这次撞击是轻微的，谁也不会在意。

船员的喊声让乘客十分惊慌，但很快船长就控制了这混乱的局面。危险不会马上发生，因为斯各脱亚号有七大间的防水板，这点小漏洞根本就不在乎。

船长安德生立刻跑下船舱，检查船被损害的程度。他查出第五间海水进入，但海水进入的速度很快，说明这个漏洞相当大。不过幸运的是这间没有蒸汽炉，不然的话，炉火早就被海水浇灭了。

安德生船长当机立断吩咐马上停止前进，当即下令让一个潜水员下水检查船被损毁情况。不一会，他就知道了船底有个长两米的大洞，由于裂口太大无法堵住海水的浸入。斯各脱亚号的机轮尽管有一半浸在水里，但也必须继续行驶。当时船离克利亚峡还有300海里，等船到达目的地的时候已经比预定时间超出了三天，在这备受煎熬的三天里，利物浦的人都为它惶惶不安。

斯各脱亚号被架了起来，工程师们开始仔细检查。工程师们不敢相信自己眼前所看到的景象。在船身吃水线下两米半的地方，露出一个很规则的等边三角形的缺口。缺口的边缘十分整齐，就是钻孔机也不能凿得这么准确，弄成这个裂口的锐利器械一定不是用普通的钢铁制的。因为，这家伙在以惊人的力量撞击了船，凿穿了4厘米厚的铁皮以后，还能用一种很难做到的后退动作，使自己成功逃走。

斯各脱亚号的撞击事件经过大致就是这样。舆论界为此又掀起轩然大波。从这个时候起，在此之前所有原因不明的海难事故都算在了这个怪物的头上。这只离奇的怪物于是就背负起了所有沉船事件的责任。但是沉船的数目是非常庞大的，按照统计年鉴的记载，包括帆船和汽船在内，每年损失的船只约有3000艘，至于下落不明而断定失踪的，每年就有不少于200艘！

无论是否冤枉了这个怪物，人们把所有船只失踪的原因都安在了它的身上。它的存在让五大洲之间的海上交通变得越来越危险，大家坚决要求处理这头海上的鲸怪，不管付出多么大的代价也在所不惜。

第二章 赞成和反对

这些事情发生的时候，我正从美国内布拉斯加州的贫瘠地区做完了科学考察回来。由于我是巴黎自然科学博物馆的副教授，法国政府派我参加了这个为期6个月的科学考察。3月底，我的考察结束，我满载我的考察结果——珍贵的标本回到纽约，我把回法国的日期定在了5月初。所以，利用这逗留的时间，我把这次考察收集的标本和动、植物标本加以整理，而斯各脱亚号的这次意外撞击事故就是在这个时候发生的。

我自然对这件当时议论纷纷的事情很熟悉，我又怎能不知道呢？因为当时我把美国和欧洲的各种报刊都读了又读，想从中获取更多的消息，却未能如愿。对于这个怪物，我作了种种猜测。由于自己拿不定主意，我始终摇摆于极端不同的见解之间。这是一件真实的事，这是毋庸置疑的；对于那些怀疑这事的人，也许得请他们去摸一摸斯各脱亚号的裂口了。

当我到纽约时，这个问题被传得沸沸扬扬。有些不学无术的人说那是浮动的小岛，是不可捉摸的暗礁，不过现在这种假设已完全被推翻了。理由是：除非这暗礁在腹部有一架机器，不然的话，它又怎能在很短的时间内发生位置的改变呢？

同样的，说它是一只浮动的船壳或是一只巨大的破船的这种假设也不能成立，理由仍然是因为它移动的速度非常快。

总而言之，这个问题只可能有下面两种解释，人们也因此形成了两种不同的主张：一派说这是一个力大无穷的怪物，另一派说这是一艘动力十分强大的“潜水艇”。

后面那种假设虽然很可能是对的，但到欧美两洲调查之后，便站不住脚了。如果说私人可以拥有这样一种机器，实在是不大可能的事。在什么地方，什么时候，他造了这个东西？他又是怎么做到让这件事成为秘密而不被别人知道呢？

应该只有一国的政府才能拥有这样极具破坏性的机器，因为在这个人人都想增强武器杀伤力的悲惨时代，一个国家瞒着其他国家制造这种武器是有可能的。机枪之后有水雷，水雷之后有潜水冲击机，为了自己的实力各种互相克制的武器也就应运而生了。至少，我是这样想的。

对于这个“潜水艇”的假设，各国政府纷纷声明予以否认，这让这个假设也站不住脚。因为这件事关乎着公共的利益，既然海洋交通受到了破坏，那么各国政府的真诚也就不容置疑了。并且，要建造这只“潜水艇”又怎能避开公众的耳目呢？在这种情形下，就对个人而言，要想守住这个秘密也是很困难的，更何况对于一国政府，它的行动经常会受到敌对国家的注意，那就更不可能了。所以，根据在英国、法国、俄国、普鲁士、西班牙、意大利、美国，甚至在土耳其所做的调查，“潜水艇”的这一假设，也最终被否定了。

当时有一些报刊对这个怪物不断嘲笑，但它依然在海上漂来漂去。于是有些人就脑洞大开，臆造出种种荒诞不经的传说来。

我以前在法国出版过一部八开本的书，共两册，书名为《海底的神秘》。这部书受到了学术界很高的赏识，让我成为了自然科学这一部门的专家。所以在我到纽约的时候，有人特地跑来问我关于这件怪事的意见。但我只能做否定回答，否认这个事件的真实性。但不久《纽约先锋论坛报》约了巴黎自然科学博物馆的教授彼埃尔·阿龙纳斯先生，请他对这件怪事发表看法。而我也被逼得明确表示了自己的意见。

因为我无法沉默，也发表了自己的看法。我从政治和学术方面对这件事进行了讨论。现将我在 4 月 30 日《论坛报》上发表的一篇内容充实的文章结论，节选几段摘录在下面：

“我分析了各种各样的假设和所有不可能成立的猜想，最终不得不承认存在着这样一种力量惊人的海洋动物。

“在那深不可测的海洋底层，我们完全不了解。探测器也未能达到。最下层的深渊里到底是怎样的情形呢？对我们来说很难猜测在海底 22000 海里或 15000 海里的深海域有些什么生物或者可能有些什么生物呢？这些动物的身体构造又是怎样的呢？

“可是，摆在我面前的问题可以用‘两分论法’的公式来解决。

“在地球上生活着各种各样的生物，有些是我们认识的，有些我们却并不认识。

“如果我们不认识所有的生物，而大自然关于某些鱼类学的秘密对我们有所保留，那么我们就不得不承认在探测器不可到达的水层里还存在着鱼类鲸类的新品种，它们有一个‘不浮的’器官，可能在海底待的时间太久，也可能是一时高兴就突然浮到海面上来了。这说法还是比较令人信服的。

“相反，如果地球上的所有生物都被我们所熟识，那么我们就必须从已经分类好的海洋生物中找到我们所讨论的这个动物；如果这样的话，我就要承认存在着有一种力量巨大的独角鲸。

“常见的独角鲸，或海麒麟，身长常常达到 60 英尺，而现在海上的这个动物，是要把这长度增加 5 倍，甚至 10 倍，同时让这条鲸鱼类动物拥有和它身材相匹配的力量，还要再加强它的攻击武器。这就是说它有山农号军官们所测定的长度那么长，而它的角，可以刺穿斯各脱亚号，它的巨大力量可以把一只汽船的船壳冲破。

“诚然，就这头独角鲸，正如某些生物学家说的那样，是具有一把骨质的剑或一把骨质的戟，有一根像钢铁一样的坚硬的牙齿，因为有人曾在鲸类身上发现过独角鲸牙齿的痕迹。独角鲸用牙齿总是能成功地攻击鲸类。也有人曾经非常不易的从船底拔出来——独角鲸的牙齿，它就像利锥穿透木桶那样把船底钻透。巴黎医学院就陈列着一枚长 2.25 米，底宽 0.48 米的这种牙齿！

“现在假设那武器再厉害 10 倍，那动物的力量再大 10 倍，它游动的速度为每小时 20 英里，那么现在用它的体重去乘它速度的平方，就能求出当时它撞坏斯各脱亚号的那股强大的冲击力。

“所以在没有更多的资料可以参考的时候，我认为这是一只海麒麟，而这只海麒麟有着庞大的身躯，身上的武装不是剑戟，而是像战舰上装的同时又拥有战舰的重量和动力的真正的冲角。

“这样这种神秘无法解释的现象也就不难说清楚了。相反的，不管人们所看到的、所觉察到的是什么，或者什么都不是，这种可能性也是存在的。”

最后这几句只能说明我没有自己的主见，摇摆不定；这么说在一定程度上是为了保全我教授的身份，同时我也不愿意让美国人嘲笑，因为美国人笑起来是很疯狂的。我也是为自己留下了退路。事实上我对这个“怪物”的存在从心里是承认的。

我的文章起到了很大的反响，引起了很多人的热议。很多人支持它。因为在文章中提出的结论给人留下无限的想象空间。而人们总是对那些神奇怪诞的幻想非常感兴趣。因为只有海才能给这些巨大动物提供可以繁殖和成长的环境，所以海洋正是为这些幻想提供了良好的空间。而陆地上的动物，大象或犀牛之类，跟它们比起来，就太渺小了。在汪洋的大海里，既有我们已经知道的最巨大的哺乳类动物，也就可能有硕大无比的软体动物和看起来让人毛骨悚然的甲壳动物，如 100 米长的大虾，或 200 吨重的螃蟹！为什么就不可能有呢？从前，跟地质学纪年同时代的陆上动物，四足兽，四手兽，爬虫类，鸟类，都是按照巨大的模型创造的。造物者用高大的模型把它们制造出来，经过岁月的洗礼，这模型逐渐变小了。在深不可测的海洋深层（因为海洋是永不更改，而地壳却在不断地发生着变化），为什么就不能保存从前另一时代的巨大生物的品种呢？在海洋内部，为什么就不会藏有那些以一世纪为一年，以一千年为一世纪的巨大生物的最后变种呢？

我又陷入了无限的想象中。在我看来，时间已经把这些空想变成了令人胆战的现实，所以我必须要停止这些空想。在此我重申一下，当时大家对于这件怪事是一致承认这种神奇的东西它是存在的，而这种东西和怪诞的大海蛇并没有丝毫的相同之处。

可是，尽管一些人把这事看成是一个有待解决的纯粹科学问题，但还有一些特别像在美国和英国很多注重实利的人，他们为了让海上的交通更安全更有保障，就主张清除掉这个可怕的怪物。特别是工商界的报刊，都是从这个观点来研究这个问题。

大家的意见一提出来，北美合众国就率先发表了声明，要在纽约作组织清除独角鲸远征队的准备。一艘高速度装有冲角的二级战舰林肯号将要在最近驶出海面。各造船厂都给法拉古司令官提供各种方便，帮助他早日把这艘二级战舰装备起来。

事情往往就是这样，就在人们下决心要追赶这个怪物的时候，它却好像就此销声匿迹了。关于怪物的消息在这两个月里也杳无音讯，也没有海船与它相遇。这条海麒麟好像已经得知了人们准备进攻它。因为大家说得太多了，甚至于用大西洋的海底电线来说！所以，有些喜欢说笑的人说，这个机灵的家伙一定是在中途偷听了电报，现在它已经有了防备之心，便把自己藏起来了。

因为没有了怪物的踪迹，这艘装有强大打鱼机并且准备远征的二级战舰，也不知道该驶往哪里了。就在大家等得不耐烦的时候，忽然，7 月 2 日，从加利福尼亚开往上海的一只旧金山轮船公司的汽船唐比葛号，三星期前在太平洋北部的海面上又看见了这个东西。

这消息引起了极大的骚乱。大家要法拉古司令官立即出发，一天也不能耽搁。日常用品全装上了船，舱底也装满了煤。船上各部门人员一一到齐，一切准备就绪，现在只等点火，加热，解缆了。大家不容许这船再有半天的拖延，就连法拉古司令官本人也巴不得马上起航！

在林肯号离开布洛克林码头的前三小时，我收到一封信，内容如下：

递交纽约第五号路旅馆，巴黎自然科学博物馆教授阿龙纳斯先生

先生：

如果您愿意加入林肯号远征队，将由您代表法国参加这次远征，合众国政府是非常愿意看到的。法拉古舰长在船上已留下一个舱房供您使用。

海军部长何伯逊敬启

第三章　随您先生的便

在收到何伯逊部长信的前三秒钟，我还不愿意去追逐那头海麒麟。但读了这位海军部长的来信，三秒钟之后，我才真正地明白了我的志愿，我生平的唯一目标，就是要捕捉到这个让人们惶恐的怪物，把它从世界上消灭掉。

虽然我刚刚历经千辛万苦回来，疲惫不堪，非常需要休息。我想回到祖国去，看看朋友，看看我在植物园内的小房子和我收藏的珍贵标本。但现在什么也阻止不了我，我把这一切都抛在了脑后，忘记了疲倦、朋友、珍藏，毫不犹豫就接受了美国政府的邀请。

同时我还在想，条条道路都可以到达欧洲，说不定这头海麒麟会客客气气地把我引到法国海岸边！我也非常喜欢这个有名的动物——如果一旦让我在欧洲海中捕捉到它，那么，我至少也可以为自然科学博物馆拿到半米以上的牙戟。

而此时我必须到太平洋的北部去寻找这头海麒麟，这和我要回法国去，却是南辕北辙了。“康塞尔！”我不耐烦地叫着。

康塞尔是我的仆人。每次出去旅行都是他陪着我。他是佛兰蒙人，为人很诚实，我很喜欢他，他对我也很好。他是一个外表冷漠、刻板，但很热心肠的人，在生活中他总是处事不惊，他心灵手巧，什么事都做得来，虽然他的名字叫做康塞尔（“劝告”的意思），可如果你不主动问他，他是不会发表任何意见的。

因为经常跟植物园里学术界人士接触，康塞尔也学会了不少东西，他十分精通生物学的分类，可以说他就像是一个分类专家。他能非常熟练地从门、类、纲、亚纲、目、科、属、亚属、种、变种，一直数到最后的一个类别。可是他的学问仅仅只是针对分类学这一方面。好像他生活唯一目的就是分类，其他的什么也不知道了。他虽然对分类学很有研究，但只是一些理论性的知识，缺乏实践的经验，我想，他大概连大头鲸和长须鲸都分辨不清楚！但总体来说，他是个忠实正直的人。

十年来，康塞尔跟着我去过了所有我为科学而去的地方。他从来不会为长久的旅行和旅途的劳累而抱怨。不论是去中国还是刚果，他总是拿上行李就立刻出发，从来不问去什么地方或者路途有多远。他身体健壮，从不担心疾病的困扰，一点也不神经质，就是不太会用脑子，至于思考能力，那就更谈不上了。

康塞尔已经30岁了，他的年龄跟他主人的年龄之比是十五比二十。请读者原谅我用这种方法来说我现在是40岁。

可他也有一个缺点，那就是过分的讲礼貌，跟我说话他总是很客气地用第三人称，就这一点让我有时会觉得厌烦。

我一边忙着收拾出发的行装，一边又叫了一声："康塞尔。"

对于这个忠诚的仆人我是很相信他的。平常我从没有问过他是否愿意跟我去旅行，但这次旅行是与以往所不同的一次，因为这次的旅行是非常危险的，可以说凶多吉少，并且也是无法预知归期的一次远征，是追赶一只能轻松撞沉一艘二级战舰的动物，就是再沉着冷静的人，对这个危险的问题也得考虑一下吧！康塞尔会有什么意见呢?

"康塞尔！"我第三次叫他。

康塞尔出来了。

"先生，您是叫我吗？"他进来的时候说。

"是的。还有两个小时我们就要出发了，抓紧时间收拾我们的东西。"

"随您先生的便。"康塞尔安静地回答。

"一分钟也不能耽误。所有的旅行用具、衣服、衬衣、袜子，都不用数，尽量地多拿，放在我的大箱子里，快，赶快！"

"先生，您的标本怎么办呢？"康塞尔说。

"先不管了，以后再整理。"

"先生的那些奇形怪状的动物、植物、大马、大蛇以及其他骨骼，又怎么处理呢？"

"暂时寄放在旅馆里。"

"那头活野猪呢？"

"我们不在的时候，找人帮忙喂它。另外还要托人想办法把我们的那群动物运回法国去。"

"我们不回巴黎了吗？"康塞尔问。

"当然……要回去……"我吞吞吐吐地回答，"只不过要绕一个弯。"

"先生，您喜欢绕这个弯？"

"呵！那没什么大不了的！不过不是一条捷径而已。我们要搭乘林肯号出发。"

"只要先生觉得合适就好。"康塞尔安然地回答。

"朋友，你知道，这是关于那个怪物……那头有名的独角鲸的问题……我们要把它从海上除掉！……而我作为一名知名的生物学家，不能不跟法拉古司令一同出发。我们也不知道要到哪里才能找到它，但是这是一份光荣的任务，同时也是一份危险的任务！这怪物可能很任性！但我们仍然要去！我们船上有一位眼光敏锐的舰长！……"

"一切听从先生的安排。"康塞尔回答。

"我不想对您有什么隐瞒，这次旅行也许就是我们的最后一次旅行，所以我希望你自己考虑清楚。”

“随您先生的便。”

15分钟后，康塞尔已经整理好了箱子，我相信什么也不会缺少，因为他对衣服的分类，就像对鸟类或哺乳类动物的分类一样漂亮干脆。

我们乘坐旅馆的升降机到达二楼的大厅。我步行数级，来到了一楼，在总是有一大群人围着的大柜台上，我结了账付了款。之后托人把已经打包好的动、植物标本运回巴黎（法国），还留下一笔钱，托人喂养我的野猪。康塞尔跟着我走出了旅馆，上了一辆马车。

马车从百老汇路直到团结广场，再经过第四号路到包法利街的十字路口，走入加上林街，停在三十四号码头，这一趟车费是20法郎。码头边，加上林轮渡把我们（人、马和车）送到布洛克林。布洛克林是纽约一个位于东河左岸的区。几分钟后，我们便抵达林肯号停泊的码头，林肯号的两座烟囱正喷出浓密的滚滚黑烟。

刚到那里立刻就有人把我们的行李搬到了这艘大船的甲板上。我匆忙地上到船上，问法拉古舰长在哪里。一个水手领我到船尾楼上见他。这位舰长气色很好，他向我伸手，对我说："您是彼埃尔·阿龙纳斯先生吗？"

“是的。”我答，“您就是法拉古舰长吗？”

“是。非常欢迎您教授。舱房已经为您准备好了。”

我行个礼，让舰长去准备开船事宜，我则被另一个人带到事先给我预备好的舱房。

林肯号为了这次的新任务而做了重新的装备和部署。它是一艘二级战舰，速度很快，船舱配有高压的蒸汽机，可使气压增加到七个大气压力。在这样的高压下，它会以每小时18.3海里的高速度前进，即便如此高的速度，但要跟那只可怕的鲸类动物搏斗还是有一定的差距。

战舰内部的装备完全符合这次远征航行任务的要求。我住的舱房位于船的后部，房门正对着军官们的餐室，对住的这个舱房我还是非常满意的。

“我们这舱房挺不错的。”我对康塞尔说。

“先生不要见怪，”康塞尔回答，“我们住在这里就像是寄生蟹住在海螺壳中一样。”

我独自一人上了甲板，观看准备开船的操作，而康塞尔则留在舱房收拾我们的箱子。

这时，法拉古舰长已经命人解开揽柱上拴着林肯号的最后几根铁索。我在心里暗自庆幸如果我要迟到一刻、半刻钟，也许就不能参加这次神奇、令人匪夷所思的远征了。这次远征，虽然是真实记录，但我想将来还是会有人不愿相信。

法拉古舰长一刻也不愿耽误，他要赶快把船开到那个怪物出没的海域，找到它的藏身之地。他把船上的工程师叫了过来。

“蒸汽烧足了吗？”舰长问他。

“烧足了，舰长。”工程师答。

“开船！”法拉古舰长大声地喊。

开船的命令一下，轮机人员接到命令，立刻就让机轮运转起来。蒸汽涌入半开的机关中，发出呼呼的啸声。一排排横列的活塞发出格格的声响，推动机轴的杠杆。推进器的轮翼不断加大速度，有力地搅动着海水，于是林肯号在上百只满载送行人的渡轮和汽艇的行列中，庄严地向前行驶着。

好奇的人们挤满了布洛克码头和东河沿岸的整个纽约地区。五千万人发出的欢呼声，震彻云霄。被挤得满满的群众的头上舞动着成千上万的手帕，不停地向林肯号致敬，直到船抵达赫德森河口，林肯号已变得模模糊糊，人群才渐渐散去。这时候，林肯号沿着新西州海岸行驶，河的右岸一幢幢的别墅排列着，从炮台中间穿过时，礼炮齐鸣为林肯号送行。作为答谢，林肯号把美国国旗连升三次，那 39 颗星在后桅横木上闪闪发光。后来林肯号改变了行驶的方向，驶入设有浮标的航道。大船驶过沙洲，洲上早已有数千观众在此等待，对船作最后一次的欢呼。

一些轮渡和汽艇担负着护送大船的使命，紧随其后，一直到纽约航路的出口的灯船附近，它们才离开大船返航。

这时正是下午 3 点。领港人从大船下来，登上他的小艇，向等着他的一艘小快船那边驶去。煤火添起来了，机轮更快地搅动着水波，大船正沿着长岛那低低的黄色海岸行驶，在晚间 8 点的时候，西北方火岛的灯光已经看不到了，林肯号在大西洋那黑沉沉的波涛上快速地奔驰着。

第四章　尼德·兰

法拉古舰长是一位出色的海员，他完全有资格指挥这只战舰。他和他的船仿佛就是一体，而他就是这艘战舰的灵魂。关于那头鲸类动物的问题，他不允许在船上讨论这只怪物是否真的存在，因为他对此是坚信不疑的，他相信这只怪物的存在就像老实的妇女相信有海怪一样，不是出于理智，而完全是因为信仰。这怪物是有的，他发誓一定要把它从海上清除掉。他像罗得岛的骑士，像杜端尼德·哥森去迎击骚扰他海岛的大蛇。对于法拉古舰长和独角鲸，他相信不是你死就是我亡，没有其他选择。

船上的海员对于他们的长官都比较信服，也都赞同长官的意见。他们总是在争论着，同时也在想象着可能遇到这只怪物的种种情况，他们总是时刻观察着辽阔的海面。因为大家的好奇心，就连平时都是咒骂的到桅顶横木值班的苦差事也都是抢着要去。只要太阳还没落山，尽管脚掌被船甲板烫得有些吃不消，但船桅边仍是挤满了水手，仍然站在那里一动也不动。其实，这时的林肯号距离太平洋的海域还远着呢！

至于船上的全体人员，他们都在十分小心地观察着大海，其实大家都希望碰到海麒麟，可以用鱼叉刺死它，把它拖上船，宰割它。更何况，法拉古舰长还说，不论是谁，只要先报告有关海麒麟的消息都将会有 2000 美元的奖赏。有了金钱的诱惑，林肯号上的所有人的都会更加努力，这是不难想象的。

至于我也不愿意让别人代劳我每天应做的观察。全体成员都在用自己的眼睛努力观察，那么林肯号被称为“多眼号”也就不足为奇了，在这里只有康塞尔除外。他给大家的热情浇上了一盆冷水，因为他对我们共同的爱好表示了极度的漠然。

法拉古舰长把打击巨大鲸类的各种装备一一带在船上，甚至连一艘真正的捕鲸船也不会如此完备，他的细心也在此得到了印证。船上的武器，应有尽有，从手投的鱼叉，一直到鸟枪的开花弹和用炮发射的铁箭。在前甲板上还装有一门宝贵的大炮，这炮是美国制造的，炮身很厚，炮口很窄，它可以发出重 4 公斤的锥形炮弹，射程有 16 公里。这种炮的模型曾在 1867 年的万国博览会中展览过。

因此，在林肯号上，歼灭性的武器可以说样样俱全，最重要的是鱼叉手之王尼德·兰也在船上。

尼德·兰是加拿大人，他的身手非常敏捷，在危险的叉鱼生涯中，他还从未失败过。他机智、灵敏、大胆、冷静。1858 年 8 月马克思为他在《政治经济学批判》序言中曾写道，尼德·兰本领很高强，除非一条狡猾的长须鲸，或是特别聪明的大头鲸，其他普通的鲸类是很难从他手中逃走的。

尼德·兰大约40岁。他身高有6英尺，身材魁伟，体格健壮，神气庄严，少言寡语，但性情很暴躁，动不动就会发脾气。他的翩翩风度很引人注意，尤其是他那双炯炯有神的眼睛，更突出了他的面部表情。

我完全赞同法拉古舰长把这个人请到船上来。因为就单单他一个人，从手和眼两点来看，他一个人就能抵得上我们全体船员。他就像是一架高强度的望远镜，而且是一门随时都可以发出攻击的大炮。我已经想象不出比这个再好的比喻了。

虽说是加拿大人，但其实也可以说是法国人。尽管尼德·兰不怎么跟人交往，但是我觉得，他对我却有一种特别的好感。毫无疑问，吸引他的应该是我的国籍。

我很爱听尼德·兰谈他在北极海中冒险的故事，渐渐的我们之间也有了谈话的兴趣。他在讲述他打鱼和战斗的故事时总是那么绘声绘色。我听他用这种具有史诗形式讲故事的方法，就像是在听一位加拿大的荷马在朗读着北极的《伊利亚特》。

我之所以要把我确实知道的这位勇敢的鱼叉手描绘出来，那是因为在患难中我们产生了真正的友谊，这友谊把我们紧紧地联系在了一起！啊！勇敢的尼德·兰！但愿我能再活一百年，这样就可以有更长久的时间来想念你！

目前，尼德·兰对于海怪这件事又有怎样的意见呢？其实，船上的人只有他不赞同大家的看法，因为他不相信有海麒麟、独角鲸的存在。他甚至不愿意讨论这件事。但是，我相信总有一天他会谈到这件事。

7月30日，也就是我们出发后的第三个星期，黄昏时分船来到了离巴塔戈尼亚海岸30海里的海域，这个地方跟白呷是在同一纬度上。那时我们已经驶过了南回归线，在距离麦哲伦海峡不到700海里的南方。用不了多久，林肯号便要行驶在太平洋的波涛上了。

我和尼德·兰坐在尾楼的甲板上，一边看着这迄今为止也无人到达深处的神秘大海，一边谈谈这个，说说那个。这时，我很自然地把话题转到“怪物”海麒麟上面了，同时也谈到了我们这次的远征可能的成败情况。只是我一个人滔滔不绝地说着，而尼德·兰却一言不发，我见他一语不发就直截了当地向他提出了我的疑问。

“尼德·兰，您怎么可以怀疑我们追逐的这个鲸类动物的存在呢？对于您的怀疑，您有什么合适的理由吗？”我问着。

这位鱼叉手先看了我一会儿，照他习惯的动作，拿手拍拍他宽大的额头，闭上眼睛，好像在思考着什么。然后他说：“阿龙纳斯先生，我有我的理由。”

“尼德·兰，您是一位专业的捕鲸高手，一定很熟悉海洋中的巨大哺乳类动物，照理说您才是最应该相信这个巨大鲸类动物的存在的，为什么反而您却成了怀疑这件事的最后一个人！”

“教授，这是因为是您搞错了。”尼德·兰说，“一般的人相信有非常特殊的彗星横过天空，有太古时代的植物住在地球的内部，这还是说的过去的，但对于天文学家、地质学家来说对这些荒唐古怪的东西的存在是坚决不会承认的。捕鲸的人也一样不能接受。我追逐过许多的鲸科动物，用鱼叉也叉过很多，还杀死过好几条头可是，不论那些鲸怎么凶，力量再怎样大，它们的尾巴也好，长牙也好，对于弄坏一艘汽船的钢板这是绝对不可能的。.”

“可是尼德·兰，关于独角鲸用牙齿把船底钻通的传闻也不少啊。”

“如果是木头船还是有可能的。”加拿大人回答，“不过，即便如此我也没有亲眼见过，所以在没有真凭实据之前，要我承认长须鲸、大头鲸、独角鲸可以穿透钢板那是不可能的。”

“尼德·兰，您好好听我说……”

“不，教授，我什么都可以听你的，但这个不行。这可能是一只巨大的章鱼吧？”

“尼德·兰，那就更不可能了。章鱼是软体动物，从它的名字就可以看出它的肌肉一点也不坚强。即便是一只500英尺长的大章鱼，它也不会属于脊椎动物这一门，而它更不至于对斯各脱亚号和林肯号有丝毫的伤害。这样说来有关这类海怪或怪物的事迹，都应当是无稽之谈了。”

“那么，生物学专家，”尼德·兰带着嘲讽的语气说，“您是坚持相信存在着巨大的鲸类动物吗？”

“是的，尼德·兰，我再说一遍，我之所以相信，因为我有可靠的证据。我相信存在着这样一种属于脊椎门，同时它有着十分坚实的身体组织，像长须鲸、大头鲸或者海豚一样，但它却有一个穿透力非常强大的长牙的一种哺乳动物。”

“唔！”这位鱼叉手哼了一声，一副不相信的神气，同时摇了摇头。

“请您注意，”我又说，“诚实的加拿大人，如果一种动物想要生活在海底，它要在离水面几英里深的海底活动，那么它一定具有无比坚强的机体组织。”

“为什么要有这么坚强的机体呢？”尼德·兰问。

“因为如果想要在很深的海底生活，就必须有一种难以估计的巨大力量来抵抗水的压力。”

“这是真的吗？”尼德·兰挤一挤眼睛，看着我。

“真的，一些数目字很容易就能证明这些。”

“啊！”尼德·兰答，“数目字！人们可以随便拿数目字来证明自己喜欢的事！”

“尼德·兰，这是事实，并不是数学上的数目字。请您认真听我说。我们都知道，1个大气压力等于32英尺高的水柱压力。而事实上，我们现在讲的是海水，海水的密度要比淡水密度大，所以说这个高度还是最小的。尼德·兰，假如现在您潜入水中，在您上面有多少倍32英尺的水，您的身体就要顶住同等倍数大气压的压力，即每平方厘米面积上要顶住同等倍数公斤的压力。照这样推算，在320英尺的深处所承受的就是10个大气压，在3200英尺深处就是100大气压，32000英尺深，就是说，潜入水下的深度约是2.5里的时候，就是1000大气压。也就是说，如果您潜入大洋到2.5里的深度，您身上每平方厘米的面积上就要受到上千公斤的压力。可是，诚实的尼德·兰，您知道您身体的面积是多少平方厘米吗？”

“应该不少吧，阿龙纳斯先生。”

“大约有17000平方厘米。”

“有这么多吗？”

“实际上，1大气压比每平方厘米的1公斤重量还要大一些，现在，您身上的面积是17000平方厘米那就相当于是顶着17568公斤的压力。”

“那为什么我没有一点感觉呢？”

“您之所以没感觉，没被这么大的压力压扁，是因为进入您身体中的空气的压力等同于外部的压力。因此，内外压力达到平衡，就相互抵消了，所以您顶着这么大的压力，才不会觉得辛苦。但是在水中就不一样了。”

“是的，我懂了，”尼德·兰回答我，“因为水只是在我的周围，而不能进入我的身体。”

“对，尼德·兰。如果照这样推算，在海底下32英尺的时候，您所承受的压力就是17568公斤；在海底下320英尺，这个压力就要增加10倍，即175680公斤；在海底下320英尺，压力就增加100倍，即1756800公斤；最后，在海底下32000英尺，压力就会增加到1000倍，即17568000公斤；这样的话，您就要被压成薄片，就像人们把您从水压机的铁板下拉出来似的！”

尼德·兰喊了一声：“我的天！”

“好，我的诚实的鱼叉手，如果一种身长好几百米的脊椎动物，按身长的比例测算身宽，它住在这样的海底深处，那么，它们的身躯就有数百万平方厘米面积，所承受的压力，就要以千百亿公斤来计算了。现在想来，要顶住这样大的压力所必需的抵抗力也就不难算出他们的骨架和机体吧！”

“这样说来它们的身体就跟铁甲战舰一样，要用8英寸厚的钢板才行。”尼德·兰回答。

“正像您所说的，尼德·兰，现在您想想，这个以快车的速度撞在船壳上的巨大物体，它又会产生多大的冲击力呢。”

“是……也许……是这样。”加拿大人回答，他被上面的数目字震住了，开始有些犹豫了，却并不想就此认输。

“那么，您相信了吗？”

“生物学专家，您使我相信了一件事，那就是如果有动物想在海底生存，就必须有着足够强大的力量来抵御深水的压力。”

“可是，固执的鱼叉手，如果海底下没有这样的动物，您又该如何解释斯各脱亚号所发生的事故呢？”

“这或者……”尼德·兰迟疑地说。

“你说下去吧！”

“因为，这件事可能本身就不是真的！”这位加拿大人回答，他无意中说出了阿拉哥的这句名言。

但这个回答不能说明什么，只说明这是一位固执的鱼叉手而已。这一天我没有再多问他什么，关于斯各脱亚号的事是真的。船底上的洞是真实的存在的，而且这个洞一定得堵上才行，当然我并不认为有一个洞就能说明什么，可是绝不会无缘无故就有了这个洞。既然它不是暗礁撞的，那必定是某一种动物的尖利武器破坏的了。

总结以上列举的所有理由，我认为它是属于脊椎门类动物，哺乳动物纲，鱼类，鲸鱼目。应该属于长须鲸、大头鲸、海豚的那一科，至于它要列入什么“属”，什么“种”，需要以后弄清楚了再说。如果我们想弄明白这个问题，必须解剖这个神秘的怪物。要解剖它，就得先捉住它，要捉住它，就得叉住它（这是尼德·兰的事），要叉住它，就得看见它（这是全体船员的事），要看见它，就得碰见它（这就得看运气了）。

第五章　冒险行动

林肯号在这些天的航行中，并没有什么意外发生。但有一件事，让我们更加肯定对尼德·兰的信任是应该的，这件事也显现出了他惊人的捕鱼技巧。

6 月 30 日，在马露因海面上，林肯号向美国的捕鲸船打听那条独角鲸的消息，这些捕鲸船都说没遇到。但其中一只名叫孟禄号的捕鲸船的船长，知道尼德·兰在我们船上，想让他帮忙，追捕一条已经被发现的鲸。法拉古舰长也想见识一下尼德·兰的本领，就准许他到孟禄号船上去。尼德·兰不是只捕了一头鲸，而是两头，只见他投出双叉，一叉直刺一头鲸的心脏，没一会儿，另一头也被捕获，不得不说他的运气真的很不错。

看到这样的场面，我想如果我们追赶的那只怪物，真的跟尼德·兰的鱼叉相碰，我不敢保证这只怪物会不受到伤害。

战舰沿着美洲东南方的海岸飞速行驶着，7 月 3 日，我们到达与童女峡在同一纬度的麦哲伦海峡口上。但法拉古舰长不愿意走这曲折的海峡，便决定要从合恩角绕过去。

全体船员一致赞同他的意见。大多数水手都知道这只怪物的体积庞大，它不能通过海峡，我们怎么可能在这狭窄的海峡里碰到这头独角鲸呢！绕过这座伸在美洲大陆南端的孤岛，从前荷兰的水手根据自己家乡的名字，称它为合恩角。战舰向西北方向驶进，明天，战舰的机轮就要在太平洋水波中搅动了。

“注意啦！把眼睛睁大点！”林肯号上的水手们一再地说。

他们都把眼睛睁得大大的认真地观察着。说实话，眼睛和望远镜好像都被那 2000 美元奖金的愿景所诱惑着，一刻也不愿休息。无论白天还是黑夜，所有人都在认真地观察着海面的动静，而其中有些患有昼盲症的人会比别人更有机会得到这笔奖金，因为他们在黑暗中可以看得更清晰。

我这人一向不受金钱的诱惑，但我在船上同样也在认真观察海面。除了用餐和睡眠的时间外，不管风吹雨淋，我总是在甲板上待着。有时趴在船头围板上，有时靠着船尾的栏杆，目不转睛地盯着这片一望无际的海面！好几次，当我们看到一头任性的鲸把灰黑的脊背露在波涛上的时候，我跟船上全体人员一样马上就激动起来。战舰的甲板上就挤满了人，水手和军官像水流一般地从布棚下涌出来了。所有人都怀着激动的心情，眼光闪烁，盯着那头鲸。我聚精会神地观察着，看得两眼发黑，感觉自己要变成一个瞎子了。但这些对康塞尔来说都是无关紧要的，用平静的语气重复对我说：“如果先生不把眼睛睁得那么大，少费些目力，也许这样您会看得更清楚些！”

这时林肯号调转方向，向发现的动物冲去，此时却发现只是一头普通的长须鲸，或者是一头普通的大头鲸，大家空欢喜了一场，不一会它就在大家的咒骂声中消失了踪迹！

现在正是南半球天气恶劣的季节，而这一带的 7 月就像我们欧洲的 1 月。不过今天的天气很好，海面很平静，船在良好的情况下航行着，一眼望去就能看得很远。

尼德 · 兰总是抱着不愿相信的态度，他甚至有时故意都不看海面——至少在没有发现有鲸的时候。除非是轮到他到甲板上看守他才不情愿地看看。他的观察对我们来说作用是很大的，可是这位固执的加拿大人，在 12 个小时里有 8 个小时就只在舱房看书或者在睡觉，我也多次责备他的漠不关心。

“算了吧！”他答，“阿龙纳斯先生，这么多天了什么都没有，就算真的有怪物，我们就能那么幸运地看到吗？这不是漫无目的的瞎撞吗？据说有人在太平洋的北部海中又看到了这个怪物，这是事实我不否认。但是，自从那次碰见后，都已经过去两个月了，根据您对这头独角鲸的了解来看，它应该不会长久停在这一带海上！它的极快的移动速度让人无法捉摸。并且，教授，您应该比我更了解，自然造物，决不自相矛盾，它绝不会让天性迟缓的动物，有快速行走的能力，因为这种能力对它没有存在的必要性。所以，如果真有这样的动物，它早就跑远了！”

听了他这话，我竟无言以对。的确，这次的行动具有一定的盲目性。可是，还有更好的办法吗？我们的机会很有限，不过，对于事情的成功，没有人去怀疑，至于到底有没有独角鲸，它会不会出现，船上没有一个人敢打赌。

7 月 20 日南回归线正交在经度 105 度，同月 27 日我们穿过了在西经 110 度上的赤道线。此后，船便一直向西行驶，向太平洋的中部海驶去。法拉古舰长想得对，这只怪物好像不愿意接近大陆和海岛，将船驶到水深的地方，这样可能就会有更多的机会。“对于这只怪物，可能接近陆地的海还不够深！”水手长这样说。战舰添了煤后，穿过帕摩图群岛、马贵斯群岛，夏威夷群岛，在东经 32 度越过了北回归线，向中国海开去。

怪物最近活动的这个地方我们终于来到了！好像我们在船上已经不是过生活了。全体船员，神经的那根弦都绷得紧紧的，那种程度，我简直无法形容。心跳得太厉害了，说不定将来会得不可治疗的血瘤症。大家吃不下饭，睡不着觉。而因为水手估计错了或看错了每天都会有一二十次的骚动。而这种连续的骚动，使人们更加紧张起来，产生了极大的影响。

在这个过一天就像是一个世纪的 3 个月里，林肯号几乎跑遍了太平洋北部的所有海面，有时向着看到的鲸类冲去，有时忽然偏离航线，有时突然掉转船头，有时忽然一下子就停住……有时都顾不上会把机器弄坏，不惜浪费动力，从日本海岸到美洲海岸，没有放过一处。但是，除了那浩瀚无边的大海，其他什么也没看到！至于什么巨大的独角鲸、潜在水中的海岛、沉没的船只、飞走的暗礁，以及那些神秘的东西，什么都没看见！

因此，人心有些慌乱了。人们开始有些失望，给怀疑的心理打开一个缺口。船上产生了一种新的情绪，造成这情绪的因素里有三分羞愧，七分恼怒。死盯着一个空想，自然是“愚蠢”，但更多的是恼怒！一年来自己坚信的信念，在此刻已经不堪一击，这时每个人都想好好地吃一顿，美美地睡一觉，来弥补一下因为自己的愚蠢而牺牲了的时间。

由于天生就有的动摇性，容易从一个极端跳到另一个极端。当初最忠诚的拥护者，现在却变成了最激烈的反对者。这次反响是从舱底开始发生，从仓库看守人的岗位传到船参谋部的军官餐厅。如果不是法拉古舰长的坚持，这艘船肯定早就掉头往南开了。

林肯号已经尽了最大的努力，丝毫没有可以责备的地方了。但是这种无益的搜索实在不能拖得太久了。美国海军部派到这只船上的人员，从未表现过如此大的耐心和热情，失败不能怪他们，现在除了返航已经没什么可做的了。

关于回航的建议刚向舰长提出来了，就遭到了舰民的反驳，他们坚持自己的意见。水手们公然表示不满，船上事务当然要受影响。我不敢保证船上就此不会发生叛变，但坚持了一段时间以后，法拉古舰长像从前的哥伦布一样，请大家再耐心等待三天。如果三天期满，怪物还没有出现，我们就立即返航。

这个诺言在 11 月 2 日发出，它鼓舞了全体船员的士气。人人又开始了新一轮对洋面的观察。人人都要最后看一下海洋，来纪念一下这次的远征。望远镜不停地使用，没有片刻的歇息。这是对巨大独角鲸的最后挑战。对于这次“出庭”的传票，它决不能找出什么理由置之不理了。

已经过去两天了，林肯号缓慢地前行着。在这只怪物可能出现的海面上，人们想尽一切办法来吸引它的注意或刺激它那迟钝的神经。人们把大块的腊肉拉在船后，但我觉得，鲨鱼对这些腊肉应该更感兴趣。林肯号一停下来，放下去许多小船，马上就向战舰周围各方出发，不放过海面的任何一处。到了 11 月 4 日晚上，这个潜在海底的秘密仍然没有被揭开。

11 月 5 日正午，也就是规定的返航期限了。只要一过中午，法拉古舰长就要履行自己的诺言，命令战舰离开太平洋的海面而返航。

船此时的位置在北纬 31 度 15 分，东经 136 度 42 分。日本本土就在距离我们不及 200 英里的下方。夜幕降临，船上 8 点的钟声正响起。乌云掩盖了上弦的新月，大海波纹在船后面平静地舒展着。

这时，我靠在船头右舷围板上，康塞尔就站在我的旁边，眼睛眺望着前方。船上的全体人员，爬在缆索梯绳上面，认真观察着漆黑的海面。军官们拿着专门在夜间使用的望远镜，向渐渐黑暗的各方搜索着。月亮有时透过云层吐出一线光芒，使沉黑的海面得到了一丝亮光，但不一会儿亮光就又消逝在黑暗中了。

我看着康塞尔，好像船上的反响也影响了他的情绪。至少我是这样感觉。也许，他的神经还是第一次在好奇心的刺激下，有所震动。

“喂，康塞尔，”我跟他说，“现在是最后的机会来获取 2000 美元的奖金了。”

“对于这件事先生请容许我说句话，”康塞尔答，“我从未想过要获得这笔奖金，合众国政府可以答应给 10 万美元，它也并不会因此就变得贫穷了。”

“你说得对，康塞尔，我们没考虑清楚就参与了这件愚蠢的事情。白白浪费了时间和精力！要不然，早在 6 个月前，我们已经回到法国了……”

“说不定就已经在先生的小房子里！”康塞尔答道，“在先生的博物馆里！我已经把先生的生物化石分类好了！先生的野猪也早已养在植物园的笼中，吸引着巴黎所有好奇的人来参观！”

“正如你所说，康塞尔，并且，我想，我们还忽略了别人对我们的嘲笑呢！”

“可不是，”康塞尔平静地回答，“我想，人们一定会嘲笑您的，我还能继续说吗……？”

“你接着说，康塞尔。”

“好，那是先生自找的！”

“的确如此！”

“如果一个人能有幸和先生一样是一位学者，他就绝不该不计后果地冒昧从事……”

康塞尔“恭维”的话还没说完。在全船的沉默中，大家听到了有人喊叫起来，那是尼德·兰的声音，他喊着：

“快看！我们找了这么久的这个家伙就在那里，正斜对着我们呢！”

第六章　开足马力

一听到这喊声，全体船员，从舰长、军官、水手长一直到水手、练习生，甚至是工程师也丢下机器，火夫也离开炉灶，全部都往鱼叉手这边跑来。舰长发出停船的命令，船凭着本身余下的动力前进着。

当时天已经完全黑透了，我很想知道这位眼力如此好的加拿大人，他是怎么看到和他到底看到了什么。我的心狂乱地跳着，简直快要爆炸了。

可是尼德·兰并没看错，我们大家都看到了他的手所指的那个东西。

离林肯号右舷约 370 米的地方，海面好像是被水底发出的光给照亮了。谁也没有看错，这不是一般的磷光。这个怪物潜在水面下几米深的地方，放出十分强烈而神秘的光，这跟之前一些船长的报告是一致的。这种特别耀眼的光芒应该是从什么巨大的发光器中发出来的。海面上被这亮光形成一个巨大的椭圆形结构，椭圆形中心是白热的焦点，射出的光芒非常刺眼，离焦点越远光就越弱。

“那不过是无数磷分子的大集合。”一位军官说。

“不，”我很有信心地反驳道，“富拉得或沙尔已之类的动物绝不可能会有这么高强度的亮光。这种光应该是电力的光。快看！快看！它动了！”它一会儿向前，一会儿又向后！不一会儿它向我们冲了过来！

战舰上全体成员发出了惊呼。

“不要喊，”法拉古舰长说，“把稳舵，船迎着风，向后退！”

水手和工程师各就各位，各司其职。汽门立刻关掉了，林肯号从左舷转了180度。

法拉古舰长喊：“舵向右，向前开！”

命令执行后，战舰很快离开了发光的中心。

这时我发现我错了，我们想要离开，而那只怪物却以更快的速度向我们逼近。

我们紧张极了。当时，恐惧已经被惊愕所占据，让我们默默地站在那里，一动不动。这只怪物好像在跟我们开玩笑，从海面上向我们冲来。它绕着战舰（这时船以每小时14海里的速度行驶着），并且把船罩在像光尘一样的电光网中。在它超出我们有两三海里远的时候，我们看到它的后面还拖着一条磷光的尾巴，好像快车的机车留在后面的一团团烟雾般的气体。忽然，这个怪物从天边的尽头，以惊人的速度突然向林肯号冲来，又突然停在离船身20英尺的海面上，磷光全部消失了，它应该不是潜入水中，因为它的光不是慢慢消失的，而是突然一下就没了，就像我们突然停电了一样！不一会儿它又出现在了战舰的另一边，也许是绕过去的，也可能是从船底潜过去的。随时随地，都可能给我们带来致命的一击。可我们的战舰在逃跑而不攻击的行为让我觉得莫名其妙。于是我向法拉古舰长提出了我的建议，我们来的目的就是要追逐这怪物的，现在反而被它所追逐了。法拉古舰长一向都很冷静，但此时却显得异常紧张。

“阿龙纳斯先生，”他回答我，“在我没弄清楚这个怪物到底有多么厉害的时候，我不愿意让战舰在这么一片黑暗中随便去冒险。再说，怎么来攻击和预防这个家伙的攻击，都需要有良好的对策不是吗？我们等到天亮，这样便对我们有利了。”

“舰长，您现在对这个动物的性质还有疑惑吗？”

“没有疑惑了，先生，现在已经很清楚了，这是一头巨大的独角鲸，同时还带着电。”

“也许，”我又说，“我们不能离它太近，就像不能接近一条电鳗，或一颗水雷那样！”

“的确，”舰长答，“它有着像雷电一样的力量，它一定是造物者造出来的最可怕的动物了。就因为这，我才更应该小心翼翼，不敢贸然行动。”

全体船员没有一个想休息，都在守望着。林肯号在速度上战胜不了这个怪物，索性放慢速度低速航行。而这个狡猾的独角鲸好像并不打算放弃这个比武场，在波涛上肆意地摆动着。

快到凌晨的时候，它却消失了踪迹，或者换句更准确的话说，它像一只大萤火虫一样不发光了。它是逃了吗？可我们并不希望它逃跑。但到凌晨0点53分的时候传来一声好像被极强的压力挤出的水柱所发出的一种震耳欲聋的啸声。

当时法拉古舰长、尼德·兰和我都在尾楼上，聚精会神地凝视着深沉的黑暗。

“尼德·兰，”舰长问，“您有听过鲸类叫吗？”

“时常听到，先生，但我从没有听过像现在这头使我获得2000美元奖金的鲸类那样的叫声。”

“不错，这笔奖金应该是您的。不过，请您告诉我，这声音是不是那鲸类动物鼻孔吐水时所发出来的声音呢？”

“先生，正是那声音，不过现在这声音比普通的鲸类叫声不知要大多少倍。所以我们并没有弄错，在我们面前这片海里的这个东西无疑是一头鲸类动物。”这位鱼叉手又说，“先生，请容许我，明天天亮的时候，我们跟它谈谈。”

“它恐怕不会有耐心听您说吧，尼德·兰师傅。”我用半信半疑的声调回答。

“假如它离我只有四鱼叉那么远的时候，它就不得不听我的话了！”加拿大人回答。

“不过你要靠近它的时候，”舰长说，“我得给您一只捕鲸艇供您使用吧？”

“那是当然，先生。”

“如果坐小船，那不是拿我的人员的生命去冒险吗？”

“我的命就不是命吗？”这位鱼叉手干脆地回答。

到凌晨两点左右，在距离林肯号五海里的地方，这发光的焦点，又发出同样强烈的光。虽然距离有些远，还有风声和浪声附和着，我们还是可以清楚地听到这动物尾巴的搅水声，就连它的喘息声也能听得到。这头巨大的独角鲸到洋面上来呼吸的时候，空气吸入它的肺，就像水蒸气被送到两千马力机器的大圆筒里面去那样。

“唔！”我想，“这鲸强大得像一队骑兵，一定是一头大得不得了的鲸！”

大家都在做着随时战斗的准备，一直警戒到天亮。在船栏杆边摆着各种捕鱼的器械。二副装好了大口径短铳，这短铳能把鱼叉射出1英里远，能打开花弹的长枪也安装好了，一旦击中那就是致命的伤，即便最强大的动物也未能幸免。尼德·兰他只是在那里磨他的鱼叉，鱼叉在他的手里就是件可怕的武器。

6点，天微微亮了起来，晨曦的微光淹没了独角鲸的电光。7点，天已大亮，但早上的朝雾阻挡了我们的视线，即便最好的望远镜也无济于事，这让大家非常地失望和懊恼。

我一直攀在尾桅上，而上面早就站了一些军官。

7点，浓雾渐渐散开。天际也渐渐扩大，视野开始变得明朗了。

尼德·兰像昨晚一样突然又叫了起来。

“那个东西，在船左舷后面！”鱼叉手喊着。

大家的目光紧跟着他手指的方向看去。

在那边，距战舰还有一海里半左右，一个又黑又长的躯体浮出水上1米来。它的尾巴激烈地搅动着水，形成了一个巨大的旋涡。我相信其它任何动物的尾巴都没有这么大的力量来击打着海水。这只怪物走过，尾后形成了一条长长的曲线状的、巨大的、雪白耀眼的水纹。

我们之间的距离更近了。我大概地观察了一下，它的长度不过250英尺，那么之前关于山农号和海尔维地亚号两艘船对于它体积的报告就有些夸张了。至于宽，就很难估计，但在我看来，这个动物的长宽高还是比较均匀的。

当我正在观察时，从它的鼻孔吐出了两道几十米高的水柱，这一点让我肯定了它的呼吸方式。我做出了最终的判断这动物是属于脊椎动物门，哺乳纲，唯一豚鱼亚纲，鱼类，鲸鱼目，至于是什么属，现在我也说不好。鲸鱼目有三科：长须鲸，大头鲸和海豚，独角鲸应该归在最后一科。每一科又可以分为好些属，属分为种，种再细分还有变种。变种、种、属、科，关于这些我都还不知道，但我相信，这次的远征会让我完成对于这种动物的分类。

船上人员等他们首长的命令已经有些不耐烦了。舰长在仔细地观察了这个动物后，却叫来了工程师。工程师来之后，舰长问："先生，压力足吗？"

"足了，先生。"工程师答。

"好，增大火力，全速驶去！"

大家用欢呼声来迎接这道命令，吹响了战斗的号角。过了一会儿，林肯号上的两个烟囱吐出滚滚的黑烟，甲板在汽锅的震动下震动起来。

林肯号在机轮的猛力推送下，向这个怪物冲去，但它没有丝毫的在意，战舰离它半链（链系旧时计量距离的单位，1链约合十分之一海里，185.2米）左右的时候，它仍未潜入水中，只是作逃避的样子，却并没走远，只是与林肯号始终保持着这样的距离。

这样若即若离的追逐，持续了三刻钟左右，战舰想再接近这头鲸4米也是做不到的。很明显，这样追下去，永远也别想追上。

法拉古舰长开始心烦意乱，拈着下巴那蓬松的胡须。

"尼德·兰呢？"他喊。

加拿大人跑到前面来。

"好，尼德·兰师傅，"他问，"您看现在是否把小船放下海去？"

"先生，现在还不行，"尼德·兰答，"除非它是自愿的，否则这个家伙是不会让人捕捉的。"

"那现在该怎么办呢？"

"先生，尽可能加大马力。而我会在船头前桅的绳梯上守着，当然这要先得到您的允许，等到鱼叉能够得着的距离时，我就把鱼叉投出去。"

“那好吧，尼德·兰。”舰长答。他又喊：“工程师，加大马力。”

尼德·兰走上他的岗位。火力又加大了，机轮以每分钟 43 转的速度高速运转着，蒸汽从活塞里跑出。把测程器抛下去，测得林肯号此时的速度是每小时 18.5 海里。

但那个可恶的家伙也在以同样的速度前进着。

在整整一个小时里，战舰只能保持着这样的速度，与那怪物的距离再接近 2 米都是不可能的！这对于美国海军中最快的战舰来说，简直是耻辱。船员都憋着怒火，水手们咒骂着这个可恶的怪物，但是，它却无动于衷，对他们不理不睬。法拉古舰长已经不仅仅是拈着他的那撮胡须，而且现在开始扯起它来了。

舰长又把工程师叫了过来。

“马力已经加到最大的限度了吗？”舰长问。

“是的，舰长，已到了最大限度。”他答。

“活塞都上紧了吗？”

“已经上到 6.5 个气压。”

“把它们上到 10 个气压。”

这纯粹是美国式的命令了。即使在密西西比河上，跟人比赛、赌输赢的船，恐怕也不能这样做！

“康塞尔，”我对站在我身边的老实人说，“我们的船可能要爆炸了！”

“炸就炸吧，随您怎么说都好！”康塞尔答。

我承认，这样的冒险机会，我倒很乐意去碰一碰。

活塞都上好了，煤炭倒入火炉中，风箱把空气送进去，火烧得旺极了。林肯号的速度又加快了，船桅连根都震动了，由于烟囱过窄，阵阵的浓烟好像都找不到出路了。

测程器又一次抛入水中。

“现在船速是多少？”法拉古舰长问。

“舰长，19.3 海里。”

“再增加压力。”

工程师很顺从地照做了。气压表正指着 10 个气压。但这头鲸似乎也加了火力，因为它也以 19.3 海里的速度走动着，并且这对它来说还毫不费力。

多么激烈的追逐呀！不，我当时激动的情绪无法用语言来表达。尼德·兰坚守着自己的岗位，手拿着鱼叉。有几次这动物让我们接近了它。

“追上它了！我们追上它了。”加拿大人喊。

可就在他准备投叉的时候，这头鲸以敏捷的动作立即逃开了，在我看来，它的速度至少是每小时 30 海里。就连我们的船在以最快的速度行驶的时候，它都能像跟我们开玩笑一般绕船一周，大家气愤地纷纷发出咒骂声。

直到中午，我们仍是毫无进展。

法拉古舰长决定采取更为直接的办法。

“哼！”他说，“这家伙比林肯号走得还快！但我想看看它是否能躲开我们的锥形炮弹。水手长，让炮手立刻到船头集合。”

船前头的炮立即装上炮弹，进行了射击。炮虽然发了，但炮弹却在距这个怪物上面半海里的位置掠了过去，并没有打中。

“换一名更好的炮手来！”舰长喊，“谁打中这个家伙，就奖励他500美元！”

一位上了年纪的老炮手——他以一副冷静、镇定的姿态出现在大家面前，他走到大炮面前，把炮位摆好，瞄了很久，只听轰的一声炮响了，这时船员们随之欢呼起来。

炮弹打中了，刚好打在那个家伙的身上，但是并没有给它带来致命的打击，而是从它圆圆的身上滑过去落在2海里外的海中。

“真奇怪！”老炮手愤怒到了极点，说，“这混蛋的身上有一层6英寸厚的铁甲！”

“该死的东西！”法拉古舰长喊。

追逐又一次开始上演，法拉古舰长弯身对我说道：“我要一直追下去，直到我们的船爆炸为止！”

“对，您说得对！”我答。

人们在想这家伙总不会像蒸汽机一样，永远不知道疲倦，等到它筋疲力尽的时候就是最好的攻击时刻。然而它一点也没觉得疲倦。很长时间过去了，它并没有显出一点疲累的样子。

再说，我们是应该表扬林肯号的，它用不屈不挠的精神跟这个家伙进行恶斗。我大致估算了一下，在11月6日这倒霉的一天里，它至少跑了有500公里的路程！黑夜再一次来袭，黑夜笼罩着波涛汹涌的海洋。

这时，我以为我们再也不可能见到这个怪物了，这次的远征应该很快就要结束了。可是我错了。

晚上10点50分，跟昨夜一样的那个辉煌、强烈的电光再一次在距离战舰前3海里的海面上亮了起来。

这时那头独角鲸好像是静止的，有可能是白天跑得太累了，它睡着了，随着海水飘荡着。这是一个好机会，法拉古舰长决定抓住这次难得的机会。

他发出命令。林肯号降低了速度，小心谨慎地前进着，生怕把这个怪物吵醒了。在大海中碰到睡着了的鲸，因而胜利地攻击它们，这没什么稀奇的，尼德·兰就不止一次在鲸昏睡的时候叉中了它们。加拿大人来到船头斜桅下，走上了他自己的岗位。

战舰慢慢地前进着，毫无声息，在距离这家伙370米左右的时候关了气门，现在船只是靠着余下的气力走动。船上安静得连呼吸声都听得到。甲板上一片沉寂。人们距白热的焦点不到 100 英尺了，光度变得更强了，照得我们的眼睛都快睁不开了。

这时候，我趴在船头前面的栏杆上，尼德·兰就在我下面，只见他一手拉着帆索，一手挥动他锋利的鱼叉。这时和这个睡着的动物也就不过 20 英尺的距离。

忽然，他的胳膊使劲地一伸，鱼叉被投了出去。这时我听到鱼叉好像碰上了坚硬的躯壳，发出了响亮的声音。

对面的电光突然熄灭，紧接着两团巨大的水猛扑到战舰甲板上来，像急流一般从船头冲至船尾，把船上的人也冲倒了，打断了护墙桅的绳索。

紧接着船遭到了狠狠的撞击，而我还没来得及站稳，就被抛到海里去了。

第七章　种类不明的鲸鱼

我虽然由于意外落水而受到惊吓，但是依然能清楚得记得当时的感觉。

我首先下沉到 20 英尺深的水里。虽说不能跟拜伦、埃德力·坡相比，但我也是一名泅水的好手，我虽沉在水中，但神志一直保持着清醒的状态。我两脚使劲一蹬就浮出了水面。

我浮出水面做的第一件事就是看看战舰在哪儿？船上是否有人看见我掉下水了？林肯号是不是改变方向了？法拉古舰长是不是放小艇下海了？我能被救吗？

黑夜浓重。我仿佛看到一大块黑东西在东方渐渐消失了，它的标灯远远地熄灭了。我觉得那一定是我们的战舰。我感觉自己被救的希望越来越渺茫了。

“救命呀！救命！”我喊着，拼命地向林肯号游去。

但我身上的衣服增加了我的负担。衣服湿了之后贴在了身上，让我不能灵活的游动。我要沉下去了！我透不过气了！……

“救命！”

这是我发出的最后呼救声。我的嘴已经被海水灌满。我极力地挣扎，但仍是感觉好像要陷入无底的深渊中……

忽然一只很有力的手抓住了我的衣服，我感到自己被托出水面上来了，我听到，我的确听到在我耳朵边响着这样的声音：

“如果先生愿意靠着我的肩膀，先生游起来便会更从容些。”

我一手抓住我忠实的康塞尔的胳膊。

“是你呀！”我说，“真的是你！”

“是我，”康塞尔答，“我是来伺候先生的。”

“是刚才那一撞把我们同时撞下来了吗？”

“不是。为了照顾先生，我就跟着先生下来了！”

在康塞尔的心里可能这样做是很自然的！

“战舰呢？”我问。

“对于战舰，”康塞尔转过身来回答，“我认为先生对它不要再心存希望了。”

“你说什么？”

“我是说，在我跳入海中的时候，我听见舵旁边的人喊：‘舵和螺旋桨都坏了。’”

“都坏了？”

“是的！是被那怪物用牙齿咬坏的。我想，林肯号虽然受到的损坏不是很大，但对我们来说是很严重的，因为船无法掌握方向了。”

“那么，我们完了！”

“可能吧，”康塞尔安静地回答，“不过，我们还可以坚持几个小时，在这几个小时内，我们还能做不少的事呢！”

康塞尔的冷静与坚定，给了我支撑下去的力量。我用力地游着，同时康塞尔发现了我的衣服就像铅皮一样紧紧裹着我，也阻碍了我向前游。

“先生我要割掉您的衣服，我想您不会介意吧。”他说。

他在我的衣服下面放入一把刀子，一下子就把衣服从下向上地割开了。然后，他敏捷地脱掉我的衣服，我就抓着他游着。

很快，我把康塞尔的衣服也脱掉了，我们彼此轮流在水上“航行”。

这时我们的处境是非常危险的。可能我们掉下海的时候，没有人看到，也可能看见了，但因为战舰的舵坏了，不能回到这边来救我们。现在我们把一切的希望只能寄托在大船上的小艇了。

康塞尔很冷静地这样假设，并对随后的事做着准备。这个冰一样冷的人在遇到这样的事却能处之泰然，真是好奇怪的性格！

现在我们唯一的生路，就是希望林肯号放下小艇来救我们，我们要尽量想办法，尽力坚持，坚持的时间越久越好，等待着小艇来救我们。于是我决定节约使用我们的力量，不至于使两个人同时筋疲力尽，下面是我们的办法：我们一个人仰着游，两臂交叉，两腿伸直，一动不动，而另一个人则推着前一个人向前游。做这种“拖船”的工作，但每人不能超过十分钟，这样来来回回地替换着，在水面浮了好几个钟头，也许能一直坚持到天亮吧！

这是碰运气的事！只要有希望就有前进的动力！更何况我们是两个人呢。最后，我还要肯定一点——这看来似乎是不可能的——即使我要打破我心中的一切幻想，即使我要“绝望”，现在也办不到！

战舰跟那头鲸冲撞的时间是在夜间11点钟左右。到太阳升起，还有8个小时。不过我们替换游着，这8个小时对我们来说也不是什么难事。海面相当平静，节省了我们的一部分体力。有时，我的眼光想看透这深沉的黑暗，却什么也没看到，只有那由于我们游泳动作激起的浪花透出一点闪光来。在我手下破碎的明亮的水波，点缀在镜子般闪闪的水面上，就好像一块块青灰色的金属片。忽然觉得，我们好像就是在水银里游泳。

到凌晨一点左右，我感觉累极了。我的四肢抽搐得厉害，渐渐发硬，不能灵活运用了。康塞尔不得不来托着我，我们保全生命的重任于是完全落在他一人身上。没一会，我便听到了他的喘息声，他的呼吸渐渐变得短促。我知道他也支持不了多久了。

“丢下我吧！把我丢下吧！”我对他说。

“丢下先生！那是永远都不可能的！”他答，“要死也是我死在先生的前头！”

这时候，一片厚厚的云被风吹走了，月亮露了出来。海水在月亮下闪闪发光。这洁白的月光重新燃起了我们生的希望。我抬起头，向天边各处望了望，我看到了战舰。它在离我们5海里的海面，只是模糊不清的漆黑一团。却没有看到一只小艇！

我想喊，可距离太远，能有什么用！我的嘴唇已经肿得发不出声音。康塞尔还可以说话，我听到他喊了好几次的“救命呀！救命呀！”

我们停止了游动，用心在听。尽管我的耳朵充血，发出一种嗡嗡的声音，但我还是听到有人呼喊，在回应康塞尔的叫唤。

“你听见吗？”我低声说。

“听见了！听见了！”

康塞尔又向空中发出绝望的呼喊。

这一次，绝对错不了！是有一个人在回应我们的呼喊！他是被抛弃在大海中的受难者吗？是撞船的另一个受害者吗？还是战舰上放下的小艇在黑暗的大海中搜寻我们呢？

康塞尔用尽最后的力量，托着我的肩膀，我也在与我的痉挛做着最后的抗争，他把身体浮出水面一半看了看，然后又筋疲力尽地躺下。

“你看见什么了吗？”

“我看见……”他低声说，“我看见……我们还是别说话……尽量保存我们剩下的力量吧！……”

他究竟看见什么了呢？我不知为什么此时那个怪物却出现在我的脑海里！……可那人声究竟……现在并不是约拿（《圣经》中的一位先知，在海上遇到风浪，在鲸腹中藏了三天，最终获救）躲在鲸肚子里的时代了！

不过康塞尔仍然推着我往前游着。他有时抬起头来，直往前看，发出呼喊，那个回答他的声音好像离我们越来越近了。可我已经没有力气了，手指也僵硬了，它已经不听我的指挥了，我的嘴角也抽搐着，一张嘴就灌满了海水，寒冷袭击着我，我几乎听不到回答的声音。我最后一次抬起头来，不一会儿就又沉了下去……

就在这一瞬间，我碰到一个坚硬的物体，我就紧靠着它。随即，感觉好像有人在拉我，把我拉到水面上来，我的胸部不胀了，随后我便失去了知觉……

一定是有人在用力摩擦我的身体，我才很快苏醒过来。我迷迷糊糊地半睁开我的眼睛……

“康塞尔！”我有气无力地说。

“先生叫我吗？”康塞尔答。

这个时候，月亮正往西沉，在它的余光下，我看到的不是康塞尔，不过我还是很快就认出他是谁了。

“尼德·兰！”我喊。

“正是他哩，先生，他是来追他的奖金的！”加拿大人答。

“您也是在船撞击的时候被抛入海中的吗？”

“是的，教授，但我比你幸运些，我几乎是立刻便站立在一个浮动的小岛上了。”

“一个小岛吗？”

“准确来说，你是站在了那头独角鲸上的吧！”

“尼德·兰，请你说清楚点。”

“不过，我已经知道为什么我的鱼叉碰到它的表皮上就碰弯了，为什么伤害不了它？”

“为什么呢？尼德·兰，这是为什么呢？”

“教授，因为那个东西是钢板做的！”

到这里，我的精神重新振作了起来，又重新回忆了一遍，并且对照了自己之前的想法。

加拿大人的最后几句话让我改变了心中的想法。我很快爬到这个半浸在水中，已经成为我们的临时避难所的生物（或物体）上面。我踢了踢它，它质地坚硬，分明是钻不透的硬物体，根本不是哺乳类动物庞大躯体的柔软物质。

不过这个坚硬物体跟太古时代动物的甲壳有些相似，我应该把这个怪物归入两栖的爬虫类，如龟鳖、鳄鱼、遥龙之类。

可是！也不对！在我脚下的灰黑色的背脊是有光泽的，滑溜溜的，而不是粗糙有鳞的。它在被撞时发出的那种不可思议的金属的响声，看来，我只好说它是由螺丝钉铆成的铁板制造的了。

没什么可再怀疑的了！这动物，这怪东西，这天然的怪物，整个学术界为它费尽了心血，它使东西两半球的航海家困惑不解，现在看来，它是一种人工制造的，更惊人的怪东西。

即便是看到最怪诞、最荒唐、甚至神话式的生物，我也不会感到如此的惊骇。造物者手中造出来的东西再怎么出奇，也容易了解。现在一下子看到那种不可能的事竟是奥妙地由人的双手实现的，那就不能不使人感到震惊了！

现在不能犹豫了。现在我们是躺在一只潜水船的脊背上，我猜测，这船似乎有点像一条巨大的钢鱼。对于我的这一猜测，尼德·兰也早有自己的看法：我们——康塞尔和我——对此只能表示赞同。

“那么，这只船里面是不是应该有驾驶员在驾驶机器呢？”我说。

“肯定有，”鱼叉手答，“不过，我在这上面已经有3个小时了，它却没有一点动静。”

“这船一直没有走动吗？”

“一直没动，阿龙纳斯先生。它自己没有动，只是在随波漂荡。”

“可是，我们都知道，它的速度是很快的。既然有如此快的速度，所以就必然有一套机器，和一批操纵机器的人，所以，我判断我们可能是得救了。”

“唔！”尼德·兰带着保留的语气说。

这时候，好像是为了要证明我的判断是对的，这个奇异东西的后面翻起了浪花，它现在开始启动了，推动它前进的分明是机器。我们赶快紧紧抓住它那浮出水面约80厘米的上层。我们运气还算不错，它的速度不是很快。

“它如果就这样一直在水面上，我倒一点也不担心”尼德·兰低声说，“但是，如果它忽然心血来潮沉到水底下去，那我们的生命就要有危险了！”

加拿大人说得一点不错。所以，现在重要的是跟里面的人取得联系。我想在它上层找到一个开口，一块盖板，用专门术语来说，找到一个“人孔”，但一排排的螺丝钉很清楚、很均匀，把钢板衔接得十分结实，一点缝隙都没有。

而且这时，月亮也藏了起来，我们陷入了一片深沉的黑暗中。只好等到天亮，再想办法进入这只潜水船的内部。

所以，我们的生命完全由指挥这机器的神秘领航人来掌握了。如果他们一旦潜入水中，我们的生命也将随之结束！因此只要他们不下潜，我相信跟他们取得联系的可能性还是有的。正是，如果他们不能造空气，但要更换新鲜的空气，这样他们就必须要常常到洋面上来。所以，船上层必然有一个孔，可以使船内的空气与外界进行交换。

至于对法拉古舰长派人营救的想法已经不抱有任何希望，我们被拖到西方去，此时船以大约每小时12海里的速度缓慢行驶着。船的推进器十分规律地搅动着海水，有时船浮出一些，向高空喷出磷光的水柱。

到早晨 4 点左右，船速加大了。我们有些吃不消了，被拖得头晕眼花，同时激起的海浪也击打着我们。幸运的是，尼德 · 兰一下子摸到了一个钉在钢板上的大环，我们就紧紧地抓住它，这样才不至滑倒。

漫漫长夜终于过去。我的思想有些混乱，已经不能将我当时的印象完全写出来。但有一件小事现在还记忆犹新。就是当风浪比较平静的时候，我似乎好几次听到像是从远方传来的不可捉摸的乐曲的和声，但这声音有些模糊不清。全世界的人都无法解释的那水底航行的秘密是怎么一回事呢？生活在这只怪船里的人又是怎样的呢？怎样的机械让它有着如此惊人的速度呢？

天亮了，朝雾笼罩着我们，但很快就退去了。我正要仔细观察一下上层形成平台的船壳的时候，我感觉船好像在一点点往下沉。

"喂！鬼东西！"尼德·兰喊着，用脚狠踢钢板，"开门吧，不好客的航海人！"

他的叫喊被推进器拨水的隆隆声所淹没。幸运的是，不一会儿船便不再下沉了。

突然，从船里面发出了猛然推动铁板的声音。一块铁板被掀了起来，这时出来一个人，这人见到我们惊讶地怪叫一声，便立刻又进到里面去了。

不久，八个健壮的大汉，蒙着脸，一声不响地走出来，把我们拉进了他们的可怕机器中。

第八章　动中之动

他们粗暴地架着我们进到了这只潜水船中。他们的行动像闪电一般快，我们连辨别方向的时间都没有。他们在这浮动的监狱中，会有什么样的感受呢？这个我不太清楚，但我自己却不禁出了一身的冷汗，从内心里感到了冰冷。我们面对的会是些什么人呢？无疑地是一些新型的横行海上的强盗罢了。

我们刚一进去，上面狭小的盖板立刻就被关上了，四周一片漆黑。从有阳光的地方突然来到这个漆黑的地方，我的眼睛因为受不住这突然的转变而什么也看不到了。我感到我的光脚是踩在一架铁梯上。尼德 · 兰和康塞尔，被他们紧紧地抓着，紧随其后。铁梯下面打开了一扇门，我们刚走进去，门立刻被关上，发出很响亮的声音。

现在只剩下我们几个被关在这里了。我们被关的是什么地方呢？我也不知道，连猜都猜不出来。四周一片漆黑，就连在几分钟后，通常在最黑暗的夜间浮来浮去的那种模糊光线，在这黑暗中也捕捉不到一点。

尼德·兰对他们的这种待客方式感到愤愤不平，尽情地发泄他的愤怒。

“混蛋！”他喊，“这儿的人待客还不如喀里多尼亚人！他们只差吃人肉罢了，即便他们真的吃了人我也不会感到奇怪。不过，如果他们要吃我，我是绝对不会任由他们摆布的！”

“安静些，尼德·兰好朋友，冷静点，”康塞尔用平静的语气说，“我们还没被放在烤盘上呢！还没到时候，您用不着生气！”

“对，还没有放在烤盘里，”加拿大人答，“但是毫无疑问，我们已经在烤炉里了。这么黑。哼！好在我随身带着我的尖板刀，用得着它的时候，我是会看得清楚的。这些海盗，看他们谁敢先来向我下手吧……”

“尼德·兰，别生气，”我于是对鱼叉手说，“暴躁是没有用的，只会让事情更糟糕，可能他们有人正在偷听我们说话呢！我们倒不如先弄清楚我们是在什么地方。”

我摸着黑慢慢地走了五步，碰到一堵墙，墙是用螺丝钉铆住的铁板。然后，我转身回来，撞上一张木头桌子，旁边还放有几张方板凳。这间监狱的地板上铺着很厚的麻垫子，走起路来没有一点声响。光光的墙壁摸不出有门窗的痕迹。康塞尔迎面向我走来，碰到了我，于是我们便回到这舱房的中间，这舱房大约长 20 英尺，宽 10 英尺。至于高度，尼德·兰虽然身体高大，也没有能衡量出来。

半个钟头过去了，我们仍处在黑暗中，就在这时，眼前的黑暗忽然转变为极度刺眼的光明。我们的牢房突然不再黑暗了，就是说，房中突然充满了十分强烈的发光体，这耀眼的强光一度让我的眼睛受不了。我辨认出，这雪白、强烈的光就是在潜水艇周围，很美丽的磷光似的电光。我自然而然地闭上了眼睛，让眼睛适应了这突如其来的强光，一会儿又睁开，我看见舱顶上的一个半透明的半球体中正在发着这种美丽的光。

“好了！我们能看清楚了。”尼德·兰喊，手拿着刀，作防卫的姿势。

“是的，我们能看清楚了，”我答，同时提出自己的意见，“好像我们现在的处境跟刚才没有太大的区别。”

“请先生耐心点。”冷静的康塞尔说。

亮起来的舱房让我能清楚地观察这里的环境。房中只有一张桌子和五张凳子。看不到门窗，可能是密合的很紧凑吧。舱房的隔音效果也是很好的，听不到任何声音，在这里是死一般的沉寂。甚至连它现在是在海面还是海底，是在动着还是静止着，我都无法知道。

我想这个发光的球应该不是无缘无故就亮起来吧。我估计马上就会有人来。如果他们忘记了我们，便不会使这所黑牢亮起来。

我的猜测果然是对的。不久就听到门闩响，门开了，进来了两个人。

一个身材矮小，但肌肉却很发达，他有着健壮的躯体，坚强的头颅，蓬蓬的黑发，浓浓的胡须，犀利的眼光，他给人的印象就像是法国普罗旺斯省人所特有的那种南方人的气概。狄德罗认为人的手势是富于譬喻的，说的真的很对，眼前的这个矮小的人就是最好的例子。可以感觉到，他一定是一个知识丰富，说话很有水准的人。当然我并没有机会证实这事，因为他对我讲的话是一种特异的、听不懂的话。

第二个来人更值得详细地来描述。格拉第奥列或恩格尔的门徒一看他的容貌，就不难知道他是个什么样的人。用不着迟疑，我立刻看出这个人的主要特点：第一，自信，因为他的头摆在两肩形成的弧线中高傲地仰着，他那漆黑的眼睛沉着冷静地注视着我们；第二，镇定，因为他的肤色，苍白不红，表示他没有一丝的不安，血液平静地流淌着；第三，强毅，这从他眼眶肌肉的迅速收缩可以看出来；最后，勇敢，因为他的深呼吸就表明了他的生命力非常顽强。

我还要说，这个人看起来十分的高傲，他坚定的眼神好像反映出他高深的思想。从他的外貌形态、举止和表情的一致性来看，根据相面先生的说法，我可以肯定他一定是个坦白直爽的人。

我看着站在我面前的这个人，我的心里也觉得很平静，我相信我们的会谈一定会很顺利。

可是对于他的年龄，我却看不出来。他身材高大，前额宽阔，鼻直口正，牙齿整齐，两手细长，用看手相的人的话来说，这人特别"机灵"，就是说，与他那富有情感的心灵相匹配。可以说这人是我碰到的人中最完美的一个。还有一个细微的特征，他的两个眼睛，彼此之间的距离稍远一些，这样他的视野就会更开阔。这一特点——在以后得到了证实——他的眼力比尼德·兰的还要好出好多倍。当这个人注视着一件东西的时候，他紧皱起眉毛，微微合起他宽大的眼皮，这样，眼皮正好圈着眼珠，让瞳孔缩小，他注视着！好犀利的眼光！远方缩小的物件都被他放大！好像他一眼就能把人看透！在我们看来是很模糊的海波，他却能一目了然！对于海底深处的情形他也能一眼就看清楚！

至于他们两个的穿戴是这样的，头上戴着水獭皮的便帽，脚上蹬着海豹皮的水靴，身上穿着特殊织物的衣服，腰身不紧，行动起来十分轻便。

两人中高大的那位——他应该是这船上的首脑，他一句话也不说地打量着我们。然后转身跟他的同伴谈了一会，他说的话我一句也没听懂。这是一种响亮、和谐、婉转的语言，其中母音的声调好像变化很多。

他的同伴一边点头一边回答，他的话我同样也听不懂。然后他把目光转了过来，好像在直接问我。

我用法国话来回答他，说我听不懂他的话，但他似乎也听不懂我的话，这让我感到很为难。

“先生您就说说我们的经历吧！也许他们能听懂一些！”康塞尔对我说。

我把我们的经历原原本本地讲了一遍，尽量让自己的发音更加清晰。随后正式向他们介绍我们的身份和名字：阿龙纳斯教授，他的仆人康塞尔，鱼叉手尼德·兰师傅。

这个眼睛温和又镇定的人，好像在很认真、很礼貌地听我说。但他听了我的介绍，仍是毫无表情，好像一点也没听懂。当我说完了之后，他仍是一言不发。

英国话是现在很通行的语言，我想可以用英国话来试试，或许他们能听懂呢！我懂英语和德语，看书没有问题，谈话却有些吃力。但是，无论如何，总要想办法让他们听懂。

“来吧，您来吧，”我对鱼叉手说，“尼德·兰师傅，现在该您了，请您尽量把您会的地道的英国话拿出来跟他们交谈。您得想法比我说得更清楚一点。”

尼德·兰没有推辞，把我讲过的话又讲了一遍，他讲的我基本上都能听懂。内容是一样的，只是语言不同。加拿大人，由于他火爆的性格，说话时很激动。他对他们把我们关在这里表示不满，质问人家凭什么扣留我们，他还引证了“人身保障法”的条文，说要控诉非法拘禁他的人，他激动地大喊大叫，手舞足蹈，最后，他用富于表情的手势，让对方明白，我们很饿了。

这话是真的，但我们差不多完全忘记自己饿了。

鱼叉手感到很惊讶，因为他的话跟我说的一样，他们好像也不懂。来看我们的这两个人，连眉头都没有皱一下。很明显，他们既不懂得阿拉哥的语言，也不懂得法拉第的语言。

我们拿出来我们所有的本事，但并没有把问题解决掉，我很为难，不知道接下来该怎么办了，这时康塞尔对我说：“如果先生允许的话，我可以用德语跟他们交流下。”

“什么！你会说德语？”我喊。

“这不至于使先生不高兴吧，我像普通佛兰蒙人一样，会说德语。”

“正相反，你会说德语，我很高兴。真是太好了，你说吧，小伙子。”

康塞尔用他很镇定的语调，将我们的经过情形又重复了一遍。可是，尽管讲述人尽量把语言说的婉转动听，但仍是无济于事。

最后，实在没有别的办法了，我极力想起我早年所学过的语言，我拿拉丁话来讲述我们的遭遇和经过。西赛罗听了，可能要塞住耳朵，把我赶到厨房里去，可是，我也勉强对付着说完了。但结果还是白费。

最后一次的尝试还是以失败告终，这两个陌生人用那不可懂的语言彼此说了几句话，就离开了，甚至于世界各国通用的使人安心的手势也没对我们做一下。

门又被关了起来。

“这简直是太无耻了！”尼德·兰喊，这已经是他第二十次发怒了。“怎么！我们给他们说法语、英语、德语、拉丁语，可是这些混蛋太没有礼貌了，连理都不理！”

“尼德·兰，冷静点，”我对愤怒的鱼叉手说，“愤怒是解决不了问题的。”

“但是，教授先生，”我们脾气暴躁的同伴答，“难道我们就要在这铁笼里饿死吗？”

“算了吧！”康塞尔说，“心态放平静些，我们还可以支持得很久！”

“朋友们，别失望，”我说，“我们现在的处境是很糟糕。但请大家耐心等待，先说说你们对于这船的船长和船员有什么看法吧。”

尼德·兰答，“我认为这些人都是混蛋。”

“老实的尼德·兰，在地图上这个国家还不存在呢，实在很难判断他们是哪个国家的人！不过可以肯定他们不是英国人，不是法国人，也不是德国人。我觉得他们身上带有南方人的特点，他们有可能是生长在低纬度地带的人。他们可能是西班牙人、土耳其人、阿拉伯人或印度人吗？但是他们的体型还不容许我妄下断言。至于他们的语言，那是完全听不懂的。”

“这就是不懂得各种语言的弊端了，”康塞尔答，“或者说世界上没有统一的语言还真是不行！”

“说这些能有什么用呢！”尼德·兰答，“你们没有看见吗？这些人说着他们自己的语言，这种语言好像是为了叫好人没法向他们讨饭吃才创造的！但是，在地球上所有的国家，张张嘴，嘴巴咀嚼几下，谁都知道这是要吃东西的表示嘛！在魁北克和在帕摩图一样，在巴黎和巴黎对面的城市，这些动作不就是表示我饿了，想吃东西吗！”

“呵！”康塞尔说，“难道还真有那么愚蠢的人！”

当我们正在说话的时候，门开了，进来一个侍者，给我们送来了衣服，而衣服的材料却是我所不认识的，但却是海上穿的上衣和短裤。我们赶快把衣服拿了过来，穿上。

这时候，这个侍者可能是哑巴，也可能是聋子——只是在桌子上摆好了三份餐具。

“这才像话，看来不是坏事。”康塞尔说。

“算了吧！”心中充满着怒火的鱼叉手说，“在这鬼地方能有什么可吃的？顶多是一些甲鱼肝、鲨鱼片，海狗排罢了！”

“我们等着看吧！”康塞尔说。

两边对称的桌布上摆好了用银制的罩子盖着的食物，我们在饭桌前坐下。很显然，跟我们打交道的这些人是很有礼貌和文化的，如果没有那照耀着我们的电光，我简直要以为自己不是在利物浦阿德费旅馆里，就是在巴黎的大饭店里。不过面包和酒是没有的。饮料是水，但很清凉、很新鲜，可是尼德·兰却不喜欢。在吃的肉类中，有几种我认出来是烹调得很精致的鱼，还有几盘很好吃的菜我却说不出名字，甚至于是植物还是动物，我都不敢肯定。至于我们用的餐具，更是精美的无与伦比。在每一件餐具匙子、叉子、刀、盘，上面都有一个字母，字母周围有一句题词，我们照原来的样式抄在下面：

MOBILLS IN MOBILD，动中之动！这句题词只是把原来的IN这个单词译成“中”字而不是“上”，这句话用在这只潜水船上真是再恰当不过了。“N”可能是在海底下发号施令的那位神秘人物的姓名的第一个字母！

尼德·兰和康塞尔他们并没有想那么多。只是在尽情地吃着，我也立刻加入到了他们的行列。此外，对于我们的命运我也放心了，我们的主人并没有想饿死我们，这已经是明摆着的事实。

现在我们的肚子已经吃得饱饱的了，什么事都是有始有终的，就连饿肚子也不例外。我们迫切地感到需要好好地睡一觉了。我们跟死亡连续斗争了一夜，真的已经很困了。

“说真的，我真想好好地睡一觉。”康塞尔说。

“我也想睡！”尼德·兰答。

他们两个便躺在舱房的地毯上，不久就呼呼地睡着了。

至于我个人，虽然很想睡，但是却睡不着。很多的思虑涌上心头，太多的问题有待解决，很多的想象要我保持着清醒！我们在哪儿？是什么神奇的力量把我们带走的？我感觉——不如说我似乎感觉——这船正沉向海底最深的地方。许多噩梦把我纠缠住了。在这个神秘的地方，我看到了一大群没人知道的动物，这只潜水艇好像跟它们是一类的，它跟它们一样有着生命力，一样游动着，同时也是一样的可怕！……之后，我的脑子便开始混沌起来，我迷迷糊糊地幻想着，很快也沉沉地睡着了。

第九章　尼德·兰的愤怒

我不知道我们睡了有多长时间，但一定很久，因为我们的精神完全恢复了。我是第一个醒来的，我的同伴仍在熟睡中，在那个角落里就像一堆东西一样。

从这张硬邦邦的床上起来，我立刻感到我的头脑清醒了，浑身又充满了力量。于是我又重新观察我们这间牢房。里面的布置丝毫没有变动，牢房还是牢房，囚徒还是囚徒。不过在我们熟睡的时候，那个侍者把桌子上的东西拿走了。没有任何迹象可以表明我们的处境会将不同，我冷静地在想，我们是不是要永远生活在这牢笼中了。

这种思想让我很是苦恼，但令我更难过的是，虽然我脑子比昨天清醒了，可是心口却觉得十分憋闷。连呼吸都非常困难，浓浊的空气已经不够我吐故纳新。虽然牢房很宽大，但很显然，房内大量的氧气已经被我们消耗掉了。本来一个人一个小时就要消费一百升空气中所含有的氧，而空气中含有差不多等量的二氧化碳时，对呼吸来说就很困难了。

因此，给我们的牢房换新鲜的空气是迫在眉睫的，毫无疑问，整个潜水艇也该换新鲜的空气了。

这使我想到一个问题。他们是怎么解决换气的这个问题呢？是用的化学方法制氧吗？是用氯酸钾加热放出氧气，还是用氢氧化钾把二氧化碳给吸收了呢？如果这样的话，他们为了获取这些化学原料肯定会和陆地保持着联系。或者只是利用较高的压力把空气储藏在某一个密闭的空间，然后根据船上人员的需要再把空气放出来呢？这也是有可能的。或者，它是像鲸类动物一样，到水面上来呼吸，一天换一次空气，这样也是既经济也更便捷的办法了。不管用的是哪种方法，我觉得为了保险起见，现在应该赶快使用了。

事实上，房间里的氧气已经越来越少了，我不得不加紧呼吸，这时候，我忽然吸到一股带海水咸味的新鲜空气，我感觉舒服极了。这正是使人精神焕发的海风，含有大量碘质的海风！我张大了嘴，贪婪地呼吸着这新鲜的空气。同时我感到船在摇摆。这铁皮怪分明是浮到海面上来，用鲸呼吸的方式来给自己获取新鲜的空气。因此对于这船调换空气的办法我也就可以肯定了。

我一边自由呼吸着新鲜空气，一边寻找是什么东西把这新鲜的空气送了进来，简单来说就是“通气管子”，很快我便找到了。在房门上面，开有一个通气孔，一阵阵新鲜的空气就从这通气孔进来，把牢房中的浊气给换掉的。

正在我观察的时候，在新鲜空气的刺激下，尼德·兰和康塞尔，也几乎同时醒来了。他们揉揉眼睛，伸伸胳膊，一下就站起来。

“先生睡得好吗？”康塞尔跟平常一样客客气气地问。

“很不错。康塞尔。”我答，“尼德·兰师傅，您呢？”

“非常好，教授。不过，我现在呼吸的好像是海风，不知道是不是我弄错了！”

这对一个水手来说是不会错的。我把他们睡着时候所发生的一切都告诉了加拿大人。

“没错！”他说，“这就完全解释了我们在林肯号上听到这种所谓独角鲸的叫声了。”

“不错，尼德·兰师傅，这只是它的呼吸声！”

“不过，阿龙纳斯先生，我完全不知道现在的时辰，应该是要吃晚餐的时候了吧？”

“老实的鱼叉手，晚餐时候吗？现在恐怕至少是该吃午餐的时候了，因为从昨天算起，我们现在是在过第二天了。”

“这么说，”康塞尔说，“我们整整睡了 24 个小时了。”

“应该是的。”我答。

“我不反对您的意见，”尼德·兰答，“晚餐也好，午餐也罢，只要有吃的，都是很受欢迎的。”

“晚餐和午餐合起来。”康塞尔说。

“是的，”加拿大人答，“我们有权利要这两顿饭，在我个人，这两顿饭我都得尝尝。”

“对呀！尼德·兰，再等一会儿，”我答，“可以看得出，如果他们要饿死我们，那么昨天的晚餐就毫无意义了，他们应该并不想饿死我们。”

“是要把我们填肥！”尼德·兰答。

“我不同意您这话，”我答，“他们又不是吃人的野蛮人！”

“送一次饭并不能代表什么，”加拿大人很正经地答，“可能这些人很久没有吃到新鲜的肉了，真是这样的话，像您教授，您的仆人和我，三个身体康健的人的肉……”

“尼德·兰师傅，您别这么说，”我回答鱼叉手，“您不能这样来认为我们的主人，这样只能让情况变得更糟糕，对我们更不利。”

“不管怎样，”鱼叉手说，“反正现在我肚子饿得要命，为什么还没送来吃的！”

“尼德·兰师傅，”我答，“我们要按照人家的规定来，我想我们的胃口是走在用餐时间的前面了。”

“是！我们把胃口摆在规定的餐时就好了！”康塞尔安静地答。

“康塞尔好朋友，我很佩服你冷静的性格，”性急的加拿大人答，“您不发火，总能保持着镇定！您可以把饭后的祷告挪到饭前来念，就算饿死，也不会埋怨！”

“埋怨有用吗？”康塞尔问。

“至少可以出口气呀！心里舒坦点。如果这些海盗——教授不让我叫他们为吃人的野人，为了不让教授生气，这也是我对他们的尊称———如果这些海盗认为把我关在这憋屈的牢房里，而可以一点不听到我发脾气的咒骂，那就是他们想错了！好，阿龙纳斯先生，请您坦白说，他们会不会一直把我们就关在这个铁盒子里呢？”

“老实说，尼德·兰好朋友，我们知道的都是一样的。”

“那么，您就猜一猜，怎么样？”

“我想，这次的意外事件让我们有了这个重大的发现。如果潜水艇上的人认为这个秘密比我们三个人的生命更重要的话，可能我们就有危险了。相反，如果不是这样，那么我们就一定还有机会，这个吞食我们的怪物就可以把我们送回我们人类居住的大陆。”

“就怕他们想让我们加入到他们中，”康塞尔说，“就这样想我们留下来了……”

“留下我们，”尼德·兰答，“直到有一艘比林肯号更快，或更灵巧的战舰，破获了这个匪巢，解救了我们，我们才能重新获得自由，尽情地呼吸自由的空气。”

“尼德·兰师傅，您想得对，”我答，“可是，现在人家并没有说什么，现在我们在这里瞎猜，是没有任何作用的。我一再强调，我们要有耐心，现在不要没事找事。”

“我反对！教授，”鱼叉手答，他坚持自己的意见，“一定要想办法为自己争取一下。”

“哎！尼德·兰师傅，您想干什么呀？”

“我们逃走吧。”

“在陆地上想逃出监牢都是不可能的，更何况现在还是在海底，这更是不可能的。”

“好吧，尼德·兰，”康塞尔问，“您对先生的反对意见有什么想法呢？我相信一个美洲人是不会无话可说的！”

鱼叉手显然很为难，一声不吭。在目前的情况下，想逃出去，简直就是异想天开。但一个加拿大人应当算做半个法国人，从尼德·兰师傅的沉默，就不难看出来。

“那么，阿龙纳斯先生，”他思考了一会说，“您想想看，那些没办法逃出监牢的囚徒会怎么办呢？”

“我不知道，我的朋友。”

“这很简单，就是自己想办法留在里面。”

“对呀！”康塞尔说，“待在里面总比待在上面或下面要好！”

“不过，首先要把这些看守、警卫和把门的都赶出去。”尼德·兰又补充了这句。

“尼德·兰，您什么意思？您是想夺下这条船吗？”

“是的。”加拿大人答。

“这是不可能的。”

“先生，为什么不可能呢？说不定会有这么好的机会的，那时，我不觉得有什么可以阻止我们不去利用它。如果这艘船上只有20个人，我想，他们是敌不过我们的！”

我觉得接受比讨论要好。所以只作了下面的回答：

“尼德·兰师傅，到那时候我们再想办法。不过，我想请你答应我，要暂时忍耐，不要过分激动，在机会到来之前，请一定要耐着性子，发脾气是解决不了任何问题的，我们只能有计划有策略的行事。”

“教授先生，我答应您不发脾气。”尼德·兰回答着，但语气却并不让人怎么放心，“我不说一句粗话，也不做任何一个对我们不利的粗暴动作，就是桌上的饭菜不按照心中所想的时间端出来，我也同样不发火。”

“那就这么说好了，尼德·兰。”我这样回答了加拿大人。

随后，我们停止了谈话，各自思考着。至于我个人，我承认，不管鱼叉手怎样有信心，我对他的办法不报有丝毫的希望。我不相信会有这样的机会。这艘潜水艇既然能开得这样稳稳当当的，上面一定有不少人，因此，万一真的打起来，我们碰到的是强大的对手。再说，最要紧的是自由，可是现在我们根本就没有自由。我想象不出可以用什么方法能从这个密闭的铁牢里逃出去。其次，这位古怪的船长只要有点想保守秘密的意思——看来应该是这样——他绝不会让我们在船上随意走动。现在，他会不会用暴力干掉我们，或者把我们丢弃在某一个角落里？这些假设都是有可能发生的，都可以讲得通，只有那头脑简单的鱼叉手才指望能够重新获得自由。

可以看出尼德·兰因为脑子里想得太多，情绪又开始激动起来。渐渐地我听到他喉咙中咕咕着不知骂些什么，他的样子越来越让人感到害怕。他站起来，像一只关在笼中的老虎，转来转去，拳打脚踢着墙壁。时间过得很快，大家感觉饥饿到了极点，可是饭菜却并没有送来。如果人家对我们真正怀着好意，那现在真是过于忽视我们这些人的处境了。

尼德·兰的胃口很大，他饿得发慌，越来越按捺不住自己的情绪了，尽管事先我们已经说好了，我还是怕他一看见船上的人就要发飙。

又过了两小时，尼德·兰愤怒得更厉害了。他大吼大叫着，但毫无作用。铁板墙是又聋又哑的。在这死气沉沉的船上我甚至听不到一点声响。已经感觉不到船身在推进器的推动下所发出的震颤，我想船应该是在静止着。它可能是潜入到大海的最深处，跟陆地也失去了联系。这种阴沉的寂静真叫人感到恐慌。

这样的冷落，我不知道还要多久，我也不敢去想。我们跟这只船的船长会见以后所产生的各种希望，现在也渐渐破灭了。这个人温和的眼光，高雅的举止都从我的记忆中消失了。现在，一个无情、冷酷的怪人出现在了我的面前。我感觉他是一个没有人性、没有同情心的人，是人类不共戴天的敌人，他对人类怀有永远不解的仇恨！

他把我们关在这里，不给吃的，是不是存心想饿死我们呢？这个可怕的念头充斥着整个我的内心，是如此的强烈，让我感到有一种莫名其妙的恐惧侵袭着我。康塞尔还是若无其事。尼德·兰就像一头猛虎在那吼叫。

这个时候，外面传来了金属地板上发出的脚步声。门锁转动了，门开了，进来了一位侍者。

加拿大人猛地扑向那位侍者，我根本来不及阻止他，尼德·兰抓住这个不幸的侍者，把他按倒，掐着他的喉咙。他那有力的大手把侍者掐得都喘不过气了。

就在康塞尔要从尼德·兰的双手中把这个上气不接下气的侍者拉过来，而我也正要上前帮着他的时候，忽然我听到下面用法语说的几句话，我立刻呆住了：

“请您冷静，尼德·兰师傅，还有您，教授先生，您们请听我说！”

第十章　水中人

说这话的人正是这船的船长。

尼德·兰听到这些话，立刻站了起来。那个被他掐得半死不活的侍者，看见他的主人一招手，便蹒跚地走了出去，对伤害他的加拿大人没有流露出一点的愤怒，看来这个船长有着很高的威信。康塞尔不禁有点奇怪，我也吓得发愣，我们默默等待这事应该怎么收场。

船长双手抱在胸前，靠着桌子的一角，默默地观察我们。他没有说话，是因为有顾虑吗？他是不是在后悔刚才用法语说的那些话？我是这样想的。

我们沉默着，谁也不想打破这份沉默。过了一会儿，船长才用镇定、动听的声调说：“先生们，其实法语、英语、德语和拉丁语我都会说。在我们第一次见面的时候我就应该回答你们的，不过我想先了解你们，然后再考虑。你们讲述的四遍经过，内容都是一致的，这让我肯定了你们的身份，我现在知道，偶然的机会使我遇见了肩负着出国作科学考察使命的巴黎博物馆生物学教授彼埃尔·阿龙纳斯先生，他的仆人康塞尔以及北美合众国海军部林肯号战舰上的鱼叉手，加拿大人尼德·兰。”

我点点头，表示同意。船长向我提的不是问题，我没有必要回答。这人能说出一口流利的法语，用词很恰当，没有一点土音。可我总感觉他不像是法国人。

他接着往下说：“先生，直到现在我才第二次来看望你们，你们一定认为这中间隔得时间太久了。所以这样，是因为我在弄清楚了你们的身份以后，要认真考虑怎么招待你们，这使我很难做出决定。我已经与人类断绝了一切来往，而你们的到来扰乱了我的生活……”

“我们不是故意的，这是一个意外。”我说。

“真的是意外吗？”这个人把声音提高了一点回答，“那林肯号为什么到处追逐我们，难道是无意的吗？而你们刚好也在这艘战舰上，难道不是故意的吗？你们用炮轰我的船，难道不是故意的吗？尼德·兰师傅用鱼叉打我的船，难道也不是故意的吗？”

在他说的这些话里，我感觉含有一种隐忍不发的愤怒。但对于他的这些责问，我有我的理由来回答他，我就说：“先生，关于您的问题在美洲和欧洲所引起的争论您一定不知道吧。由于您的潜水艇的撞击所引发的意外事件，已经轰动了两个大陆这您一定也不知道吧。现在我不想告诉您，人们为了解释那唯有您才知道其中奥妙的神秘现象所做的无数假设。但您相信，林肯号一直追逐是因为一直把你的船当做了一种海怪，非要把它从海洋中清除掉不可呢。”

船长的脸上露出了稍微缓和的面色，然后语气比较温和地回答：“阿龙纳斯先生，您敢肯定你们的战舰不是去追击潜水艇而只是追击海怪吗？”

这个问题使我很难回答。如果是法拉古舰长，他一定会认为消灭这类潜水艇和杀死巨大的独角鲸，同样是他责无旁贷的责任。

“先生，您应该清楚，”船长又说，“我是有权利把你们看作是敌人的。”

我故意不回答。因为碰到蛮不讲理的时候，再来讨论这些已经没什么意义了。

船长又说：“我犹豫了很久，我想我没有任何义务接待你们。可如果我想丢下你们的话，我就不想再来看你们了。我会重新把你们放在曾被你们当做避难所的船的平台上，就当你们不存在，只管潜入海中。难道我没有这样的权利吗？”

“这也许是野蛮人的权利，”我答，“而不是文明人的权利。”

“教授先生，”船长很激动地回答，“我不是你们所说的文明人，我跟整个人类社会断绝了一切关系，我才感受到我认为的自由。所以我不用服从人类社会的法规。希望您以后在我面前不要再提这些了。”

这话说得十分干脆。在他的眼中我看到了愤怒和轻蔑的光芒，我相信他可能经历过了一段不平凡的生活。他不仅仅把自己放在人类的法律之外，而且使自己绝对的独立、自由，不受任何束缚！既然它能在海面上把敌人打败，谁还敢到海底下去追赶它呢？什么船能扛得住他这艘潜水艇的冲击呢？不管钢板多么厚的铁甲舰，都无法与它的撞击相抗衡。没有一个人能质问他所做的事。除非他相信上帝，他的良心还未泯灭，那么只有上帝和良心，是他可以依据的唯一公断人了。

以上的这些感想在我心中一闪而过，当时这个怪人默不作声，好像对什么也不理会。我既害怕又好奇地注视着他，像俄狄浦斯注视人面狮身怪一样。

长久的沉默过后，船长又开口了，他说：

“因此，我一直不能下决定，但是我认为，我的利益是能够与人类天生的那种同情心相一致的。既然命运安排你们来到这里，你们就留在我的船上吧。为了换取你们在船上的自由，你们要答应我一个条件，只要口头上答应就可以了。”

“先生，您说吧，”我答，“我想一定是一个正直的人可以接受的条件吧。”

“是的，先生，条件是这样。可能会因为种种的原因，我不得不把你们关在你们住的舱房里，几个小时，也有可能是几天。我决不愿使用暴力，我希望你们在这种情况下，和在其他任何情况下一样，要绝对服从。因为我不想让你们看到一些你们所不应该看到的东西，这样做后果由我一人承担，跟你们没有任何关系。你们能接受这条件吗？”

这样看来，船上一定有很离奇古怪的事，这事是服从社会法律的人不应该看到的！那么，在我将来可能碰到的惊奇事件当中，这一定是非同小可的一件。

“我们接受，”我答，“但是，先生，我希望也能向您提一个问题，仅此一个。”

“您说，先生。”

“您刚才说我们在船上可以自由，是不是？”

“完全自由。”

“我要问的是，你说的自由是怎样的自由？”

“就是可以自由地走动，自由地看，甚至于有观察船上一切的自由——某些特殊情况除外——就是跟我们（我的同伴和我）拥有同样的自由。”

很明显，我们都没有领会对方的意思。于是我又说：“请原谅，先生，您说的不过是囚徒可以在监狱中自由走动而已！这种自由对于我们并不够。”

“可是，您们对此应该感到很满足了。”

“什么！我们再也不能回到我们的祖国、亲人、朋友的身边了吗？”

“是的，先生，这不过是使您不再受那世俗的束缚罢了。这种束缚，人们还以为是自由，抛弃了它，也许并不像你们想象的那么难受吧！”

“可恶的家伙！”尼德·兰喊道，“我可不能保证我以后不会逃走！”

“尼德·兰师傅，我也没有要您保证。”船长冷淡地回答。

“先生，”我说，我也忍不住了自己的怒火，“您仗势欺人！太霸道了！”

“不，先生，这不是霸道，这是仁慈！由于您们的战败而将成为我的俘虏！那时，只要我的一句话就能把你们全部送到海底，但是我留下你们！你们攻击过我！你们知道了世上任何人都不应该知道的一种秘密，这是我一生的秘密！您以为我会把你们再送回陆地上去吗？那是不可能的！现在我之所以把你们留在这里，并不是为了你们，而是为了我自己！”

从他说的这些话可以看出，他这人是非常固执的，任何理由都无法让他改变。

“先生，”我又说，“这样看来，您只是让我们在生死之间做出选择罢了。”

“是的。”

“对于这样提出的问题，我们竟无言以对。”我说，“但我要声明，我们现在也不需要对您做出任何的承诺。”

“是的先生。”这个神秘的人回答。

随后，他用比较温和的口气说：“现在，请允许我把话说完。阿龙纳斯先生，我了解您。我想您应该不会抱怨这个偶然的把我和你们的命运连结在一起的机会吧！我很喜欢您发表的那本关于海底秘密的著作，这本书我常常会读。地上的学问可以使您达到的，在您的著作中已经达到了。但您还有很多不懂的，还有许多您没见过的新奇的东西。教授，让我跟您说，在船上的这段时间一定不会让您后悔的。您以后将到神奇的世界中游历。震惊、诧异，将是您常有的心情。那不断呈现在您眼前的奇异景象会使您百看不厌。我在下一次周游海底世界的时候，（也许这是最后一次，谁知道？）去我已经到过多次看我曾经研究过的事物，这时我将邀请您作为我的研究同伴。从这一天起，您将进入一个新元素的世界，您将看见除了我和我的同伴之外世界上任何人都没有看到过的东西，因为我，我们的星球将把它最后的秘密展示给您。”

他的这些话对我产生了很大的影响，这也正是我心中所想的。我为了想要看这些伟大的东西已经暂时忘记我们已经失去了自由！我甚至想先把自由放下，等以后有机会再做打算。所以我只是这样回答他：“先生，您虽然跟人类世界断绝了联系，但我感觉您还没有丢掉人类的感情。我们是作为受难者被您好心收留，我们不会忘了您的好意。至于我，如果因为科学的关系可以把自由忘记的话，我不否认，我们两人的相遇可能给我巨大的补偿。”

我想，船长我们应该握手，借此表示我们的意见是一致的。但他并没有这样做。我真替他惋惜。

“最后一个问题。”当这个神秘的人物想退出去的时候，我对他说。

“教授先生，您请说。”

“我应当怎样称呼您呢？”

“先生，”船长回答，“对您而言，我不过是尼摩船长，在我看来，您和您的同伴不过是诺第留斯号的乘客。”

尼摩船长叫了一个侍者进来。船长还是用我听不懂的那种语言吩咐了几句，然后他转身对加拿大人和康塞尔说：“请您们跟着这个人，去您们的舱房进餐。”

“这个，我很高兴！”鱼叉手回答。

于是康塞尔和他终于走出这间关了他们三十多小时的小房子。

“阿龙纳斯先生，我们的午餐也已经准备好了，请随我来。”

“船长，一切听从您的指挥。”

我跟在船长后面走，一出房门，便走上一条有电光照耀的走廊，像是船上的过道。走了 10 米左右，在我面前打开了第二道门。

于是我走进了餐厅，餐厅内的两端摆着镶嵌乌木花饰的高大橡木餐橱，里面的摆设和家具都十分讲究，在架子的隔板上，摆放着闪闪发光的陶器、瓷器和一些玻璃制品，这些东西的价值远远超出我的想象。金银制的餐具在由天花板倾泻的光线下显得辉煌夺目，天花板上绘有精美的图画，使光线更加柔和而悦目。

餐桌上早已摆好了丰盛的饭菜。尼摩船长示意我坐下。他对我说：“请坐，请吃，您已经饿了好久了，请不要客气。”

午餐还算丰盛，有好几道菜，全是海里的东西，其中还有一些我根本不知道是什么东西的一些荤菜。我承认这些菜很好吃，虽然有一种特殊味道，但我吃得还算习惯。这些式样不同的菜看来都富于磷质，所以我想这一定全是海中的产物。

尼摩船长看着我。我并没有问他，但他好像看透了我的心事一样，他就主动地答复我那些我很想知道的问题。他说：“这些菜大部分您以前都没见过。不过您可以大胆的放心吃，这么久了，我和我的船员都是靠吃这种食品维持生活的，我们的身体并不见得比别人差，个个都很强壮。我已经很久都不吃陆上食物了，这些菜很干净，营养也是很丰富的。”

“那么，”我说，“这些都是海产品吗？”

“是的，教授，大海供给我我所需要的一切。有时我抛下拖网，等网满得都要断了的时候就把它拉上来。有时我也会去那些比较偏僻人类无法到达的海域捕猎，我追逐那些居住在我的海底森林中的野味。我的牛羊家畜，像尼普顿的老牧人的一样，无忧无虑地在那广阔的海底牧场上吃草。我在海底有一笔巨大的产业，这产业是由造物主亲手播种的。”

我用惊异的眼神望着尼摩船长，我这样回答他：“先生，我完全相信您的渔网能供应这桌上的许多鱼类，我也了解您如何在您的海底森林中打猎，但是有一点我不太明白，在您的餐桌上为什么会有少量的肉类？”

“先生，”尼摩船长回答，“我从来也不吃陆地上动物的肉。”

“不过，那这是什么呢？”我手指着一个盘子里还剩下的几块肉说。

“教授，您以为这是牛肉吗？其实它不过是海鳖的里臀。这盘是海豚的肝，可能您要认为是炖猪肉了。我有一位很棒的厨师，他善于保藏各种海产品。请尝一尝这些菜，这是一盘海参罐头，马来人说这是世界上最美味的食物。这是奶油糕，所用的奶是从鲸类的奶头上挤出来的，糖是从北极海中的一种大海藻里提炼出来的。最后请您尝尝这秋牡丹的果子酱，它的味道和陆地上的果子酱一样的美味可口。”

我一一尝过了，并不是由于贪吃，而是由于好奇。同时尼摩船长开始将他那令人匪夷所思，让人似信非信的故事讲给我听，就这也让我听得如痴如醉。

他说：“阿龙纳斯先生，这神奇的、取之不尽的生命泉源，不仅给我吃的，还能给我提供穿的。您身上现在穿的这件衣服的材质就是由一种贝壳类的足丝织成的，染上古人喜欢的绛红色，再加上我从地中海海兔中取出的紫色。您在舱房中梳洗台上看到的香料，也是从海产植物中提炼出来的。您睡的床是海中最柔软的大叶海藻做的。您使的笔是鲸的触须，墨水是墨鱼或乌贼分泌的汁。现在大海给我提供一切，正如将来一切都要归还给它一样！”

“船长，您爱海吗？”

“是的，很爱！海是包罗万象的！地球上十分之七的面积都是海。海的气息是纯洁的。在这汪洋浩瀚的大海中，你可以感到自己的周围到处都有生命在颤动，所以您不是孤独的。海之为物是超越的、神妙的生存之乘舆。海是动，海是爱，正如法国一位大诗人所说的，它的生命是无止境的。的确，教授，自然界在海中也同样有动物、植物、矿物三类。动物在海中可以大量地繁殖，主要的有四类腔肠动物，三类节肢动物，五类软体动物，还有三类脊椎动物，即哺乳类，爬虫类和数不清的鱼类。鱼类是动物中种类最多的……共有 13000 多种，其中只有十分之一是生活在淡水中。海是大自然的仓库。可以说，地球始于大海，谁知道将来地球是不是还得归还于海呢！海中的环境十分和平，海不属于压迫者。在海面上，他们还可以使用他们的暴力，互相攻击，厮杀，把陆地上的各种恐怖手段都搬到海上来。但在海平面 30 英尺以下，他们的权力便没用了，他们的气焰便熄灭了，他们的影响也就消失了！啊！先生，就在海中生活吧！只有在海中才有独立！在海中就不会再有压迫者！在海中我就可以得到我想要的自由！”

尼摩船长正说得兴高采烈的时候，忽然停住了。他是超出了他惯常的沉默，还是因为说得太多了？霎时间，他来来回回地走动着，情绪很激动。过了一会儿，他焦躁的情绪慢慢稳定了下来，他用惯有的冷淡的语气转身对我说：“教授，现在如果您愿意的话，我愿意为您效劳，带您参观我们的诺第留斯号。”

第十一章　诺第留斯号

尼摩船长站起身，我跟在他后面，在餐厅的后部打开了两扇门。我走进一个房间，大小跟我刚才走出的那间饭厅差不多。

这是图书室。高大的紫檀木书架镶嵌着铜丝，架上一层一层的隔板上放满了统一规格的书籍。架子下面摆着一排长沙发，沙发上蒙着栗色的布，沙发的曲度正合适，坐着特别舒服。沙发旁边还有可以随意移来移去的活动书案，可供人把书放在上面看。图书室中央放着一张大桌子，上面摆满了许多小册子，其中有一些已经过时的报纸。半嵌在拱形天花板上的四个磨砂玻璃球发出柔和的电光，照耀着这和谐的布局。我几乎都不敢相信自己的眼睛，布置如此精致的图书馆，不禁让我从心底对它赞美。

“尼摩船长，”我对躺在沙发上的主人说，“就是把这个图书室放在大陆宫廷也会觉得非常自豪，我一想到它可以跟着您到海底的最深处，真不禁要眉飞色舞，十分高兴起来。”

“教授，还有哪里能比这儿更隐僻更静谧的呢？”尼摩船长答，“您的自然博物馆的工作室能和这里一样安静舒适吗？”

“不能，先生。我的工作室跟这个比起来可以说太寒酸了。您这屋里有六七千本书呢……”

“阿龙纳斯先生，共有一万二千本。这也是我跟陆上唯一有联系的地方。但从我的诺第留斯号第一次潜入水底的那一天起，对我来说，人世对我来说就完结了。这一天，我买了最后一批书，最后一批小册子，最后几份日报，从那时起，我就认为人类没有什么思想，也没有什么著作了。教授，这些书你可以随便翻看。”

在谢过尼摩船长后，我向书架走去。各种文字的科学、哲学和文学书籍，架子上应有尽有；但是却没有发现一本是关于政治经济学的，好像这类书籍被全部剔除了一样。说来也奇怪，不同语言的书籍，都随便地混在了一起，没有醒目的分类，很显然，诺第留斯号的船长随手拿一本书都可以流畅地阅读下去。

在这些书籍中，不仅有古代的更有近代的大师的杰作——这些都是人类在史学、诗歌和科学方面多年积累的杰出作品，从荷马到维克多·雨果，从翟诺芬到米歇列，从拉伯雷到乔治·桑夫人，没有一个缺失的。不过在这里较多的是有关科学的书籍，有机械学、弹道学、海洋绘图学、气象学、地理学、地质学等，这些书籍所占的比例并不比自然科学的书籍少，我想船长研究的重点应该就是这些。

我看见架上有韩波尔全集、阿拉哥全集，以及傅戈尔、亨利·圣·克利·德维尔夏斯尔、密尔·爱德华、卡特法日、邓达尔、法拉第、白尔特洛、薛希修道院长、别台曼、莫利少校、阿加昔斯等人的著作，还有科学院的论文，各国地理学会的会刊等等也都应有尽有。而我写的那两本书也被放在了比较明显的地方，可能就是因为这两本书，我才受到了尼摩船长的特殊待遇吧。在伯特兰的著作中间，他的那部《天文学的创始人》，竟使我推算出这只船制造的准确日期。这部书出版于1865年，由此可以断定，诺第留斯号应该是在这一时期之后才下水的。这样说来，尼摩船长的海底生活，最多不过三年而已。我很希望有更新近的书籍可以让我更确定尼摩船长下水的日期，但我想，做这个研究我将有的是时间，我不愿在此多做停留，而耽误游览诺第留斯号。

“先生，”我对船长说，“对于这些图书我可以随便使用，我很感谢您。这是科学的宝库，我在这里一定能学到很多的。”

“这里不仅是图书室，”尼摩船长说，“同时也是吸烟室。”

“吸烟室吗？”我喊，“船上也抽烟吗？”

“当然。”

“那么先生，我可不可以认为您跟哈瓦那有来往呢？”

“一点儿来往都没有。”船长回答，“阿龙纳斯先生，这支雪茄，虽然不是来自哈瓦那，但您抽抽看，如果您是行家，它一定会让您很满意的。”

我接过他给我的雪茄烟，形状有点像哈瓦那制的伦敦式雪茄，烟叶也似乎是上等的金色烟叶。我在一根漂亮的铜托子上的小火盆上把烟点起来。爱吸烟的人两天都没有抽到烟，一拿起烟来，就感觉浑身轻松，我尽情地吸了几口。我说：“好极了，但不是烟草。”

“对，”船长回答，“这种烟草不是从哈瓦那来的，也不是从东方来的。这是海里供给我的一种富有烟精的海藻，但这种海藻的数量并不多。先生，您抽不到哈瓦那制的雪茄烟会有遗憾吗？”

“船长，从今天起我就看不起那些烟了。”

“那您就随便抽吧！不用管它的来历。它们没有受过任何烟草管理局的检查，但质量也未必就比其他的差。”

“正相反，质量很好。”

这时候，尼摩船长打开了跟图书馆的门相对的另一扇门，我走进了宽敞华丽的客厅。

这客厅的形状是长方形，长10米，宽6米，高5米，淡淡的图案花纹把天花板装饰得很漂亮，装在天花板上的灯球射出明亮柔和的光线，照耀着陈列在这博物馆中的各种珍藏。可以说这客厅就是一所博物馆，一只神奇智慧的妙手把自然界和艺术上的一切珍奇都收集在此，使它带着一个画家工作室所特有的那种富有艺术性的凌乱。

四周的墙壁悬挂着带有图案的壁毯，壁毯上点缀着三十来幅名画，画框的式样都是一致的，在每幅画之间还有闪闪发亮的武器饰物。在中间我还看到有不少的名画，其中大部分我在欧洲私人的收藏馆或在图画展览会上曾经见到过。历代著名大师的代表作品有：拉斐尔的圣母图，达·芬奇的圣女像，戈列治的一幅少女，狄提恩的一幅妇人，维郎尼斯的一幅膜拜图，缨利罗的一幅圣母升天图，贺尔拜因的一幅肖像，委拉斯开兹的一幅修士，里贝拉的一幅殉教者，鲁本斯的一幅节日欢宴图，狄尼埃父子的两幅佛兰德风景，居拉都、米苏、包台尔派的三幅“世态画”，叶利哥和普吕东的两幅油画，巴久生和魏宜的几幅海景图。在近代的作品中，有签署德拉克洛瓦、安格尔、德甘、杜罗扬、梅索尼埃、多宾宜等画家的作品。在角落的座架上，还有一些模仿古代最美典型的缩小铜像和石像。诺第留斯号船长之前就已经说过的那种惊奇的情况已经开始控制我的心灵了。

“教授，”这个古怪人说，“请您原谅我在这所乱七八糟、没有秩序的客厅接待您。”

“船长，我并不想知道您是什么人，但我想您应该是一位艺术家吧？”

“先生，我顶多是一名业余爱好者。我以前是一个热烈、不知疲倦的追求家，我喜欢收藏这些靠着人类双手创造出来的美丽的作品，因此我也收藏了不少价值不菲的艺术品。这些东西对我来说是已经死亡的陆地留给我的最后的纪念品了。在我看来，你们的那些近代的美术家也已经是古代的了，他们都已经有两三千年了，所以在我心中，也不把他们分为古代的和现代的。名家大师是没有时代之分的。”

“那这些音乐家呢？”我指着韦伯、罗西尼、贝多芬、莫扎特、海顿、奥比、海罗尔、梅衣比尔、瓦格纳、古诺以及其他一些音乐家的乐谱说，在一座大型钢琴上面这些乐谱杂乱无章地放着，这架钢琴占着客厅很大的一部分空间。

尼摩船长回答我：“这些音乐家和俄尔甫斯是属于同时代的人，因为在死者的记忆中，已经没有了年代的差别——我已经死了，教授，我跟您的长眠在地下6英尺深的朋友们是一样的！”

尼摩船长开始沉默不语，他好像陷入了深沉的幻想中。我激动地看着他，默默地观察着他脸上的表情。他胳膊肘靠在一张嵌花的桌子上，没有看我，好像站在他面前的我是不存在的一样。

我不敢打破他的沉思，我继续观看厅里的那些珍藏。

除了艺术作品以外，自然界罕见的产品也占了很大一部分。这些东西主要是植物、贝壳，以及其他的一些海洋生物，这些可能都是尼摩船长一人发现的。在大厅中间，有一个喷泉。在电光的照耀下显得异常通透，喷出的水又重落在由一片大贝壳制成的环形水池中。这个最大的无头软体类动物的贝壳，从它镶有精细花纹的边缘上量，周长约有 6 米，这贝壳比威尼斯共和国送给佛朗索瓦一世的那些美丽贝壳还要大得多，巴黎圣修佩斯教堂曾用这种贝壳做了两个巨大的圣水池。

在这环形水池周围，红铜架子的玻璃柜中，摆放着一些生物学家很难看到的东西，这些珍贵的海产物品都分了类，并贴上了标签。谁都不难想象，作为生物教授的我现在是怎么的高兴。

植虫动物门的两类，棘皮类和腔肠类，在柜中有很奇异的品种。在腔肠类中，有管状珊瑚、摩鹿加群岛的海木贼、扇形矾花、磷光珊瑚、叙利亚的柔软海绵、各式各样的伞形珊瑚、挪威海中很好看的逗点珊瑚、八枚珊瑚虫、我的老师密尔·爱德华很清楚地分为许多种的整组的石蚕（这里面，我看见有很美丽的扇形石蚕）、安的列斯群岛的“海神之车”、波旁岛的眼形珊瑚，各种各样的美丽珊瑚，以及所有一切稀奇古怪的腔肠类动物。这些动物集合起来，可以形成一个海岛，将来有一天这些岛会结合成为大陆。在外表多刺的棘皮类中，有海盘车、五角星、海星球、流盘星、彗星球、海参等，作为这一类动物的整套标本摆在这里。

一位稍微有一点激动的贝壳类专家，站在陈列有软体类动物标本的玻璃柜面前，一定会惊讶得目瞪口呆。现在我看见的这一套标本，可以说价值连城，时间不允许我一一加以描述。在这些珍品中，为了怕我忘记而举出了几种：首先是棘皮王凤，它的全身长着棘刺，颜色非常艳丽，在欧洲博物馆中是非常罕见的，我估计它的价值为 2 万法郎。其次是印度洋美丽的王槌贝，在这种贝红棕色的身上有规律地点缀着白色的点，鲜明突出。再接着是塞内加尔岛的奇异唇贝，这贝有着像是肥皂泡的两片脆酥白壳，好像一吹就要破裂。还有新荷兰岛海中的普通糙贝，想要捕到这种贝是极其不易的。其次，还有几种爪哇伪喷水壶形贝，这种贝像是边缘有叶状皱纹的石灰质的管子，这种贝很受喜爱贝壳的人的欢迎。其次，还有整整一组的洼贝，有些是青黄色，还有一些是棕红色，青黄色的从美洲海中打来的，而棕红色的是在新荷兰岛海中繁殖的，后一种产自墨西哥湾，壳上呈鳞状，非常突出，而前一种是从南冰洋中采来的星状贝。这组中最稀罕的、最好看的是新西兰的马刺形贝。又其次，珍贵的西德列和维纳斯优美贝，好看的带硫磺质的版形贝，螺钿光辉的细纹蹄贝，上阑格巴沿海的格子花盘贝，印度和非洲作为货币使用的各种各类的磁贝，锥形贝类中差不多没人知道的圆锥贝，中国海的绿色帆贝，东印度群岛最珍贵的贝壳——“海的光荣”。最后是纽丝螺、金字塔形螺、燕子螺、海介蛤、袖形贝、硝子贝、棱形贝、螺旋贝、带翼贝、卵形贝、铁盔贝、僧帽贝、朱红贝、岩石螺、化石螺、竖琴螺、油螺、法螺、纺锤螺、笠形贝，科学家把最美丽的名词作为这些精美脆酥的贝类动物的名字。

另外，在特殊的格子中，摆着一串串美丽的珍珠，在电光的照耀下闪闪发光，其中有一些玫瑰红色珠是从红海的尖角螺中取出来的，有蝶形海耳螺的青色珠，有蓝色珠，黄色珠，黑色珠，还有来自海洋的各种软体动物，北方海中蚌蛤类的新品种。最后是那从最稀罕的珍珠贝中取出来的价值不可估量的宝珠。在这些宝珠中有的比鸽蛋大，它们的价值要超过旅行家达成尼埃卖给波斯国王得价 300 万的那颗珍珠，曾经我认为世界上独一无二的、最珍贵的要数马斯加提教长的一颗珍珠，现在我眼前的这些比它还要贵重得多。

所以，这些全部物品的价值是不可估量的。我在想，尼摩船长一定花了数百万的金钱来买这些珍宝，从而满足他收藏家的欲望。可是他是从哪弄来的这些钱呢？我正想的时候，被下面的话打断了：

“教授，您在看我的贝壳吗？当然，这些贝壳足以引起一位生物学家的浓厚兴趣，但在我来说，却是别有风味，因为这些都是我亲手收集起来的，地球上没有一处海是我搜寻不到的。”

“我了解，船长，我了解您每次看到这些稀世珍宝的喜悦。这些财宝是您亲手收集起来的。欧洲没有一所博物馆能有您这样的关于海洋产物的珍贵收藏。除了对这些珍宝固然有的赞美，可是，我不知道该怎么来赞美这艘装载它的船！我并不想完全知道您的秘密！不过，我不得不承认，这艘诺第留斯号，它内部的动力，使它行动的机器，赋予它生命的强大原动力，所有这一切，都引起我极大的好奇心。我看见在这个客厅的墙壁上挂着许多我完全不懂用处的仪器，您是否可以告诉我呢？……”

“阿龙纳斯先生，”尼摩船长回答我，“我跟您说过了，您在船上是自由的。因此，诺第留斯号的任何一部分您都可以去看。所以，您可以仔细参观它，同时我也很高兴，能给你做向导。”

“我不知道该说什么来表达我的谢意，先生，但我不会得寸进尺，随便乱问，我只想问那些物理仪器能有什么作用……”

“教授，我的房子里也有这些仪器，到我房中的时候，我一定给您讲解它们的作用。现在带您去参观一下您的舱房，您有权利知道您在诺第留斯号上住得怎么样。”

我跟在尼摩船长后面，从容厅的一个门出去，又回到过道中。他领着我向船前头走去，在那，我看到的，不仅仅是一个舱房，并且是有床、有梳洗台和各种家具的一个漂亮的房间。

我不得不对我的主人表示十分的感谢。

“您的房间和我的房间是在紧挨着，”他一边开门，一边对我说，“而通过刚才我们离开的客厅也可以进到我的房间，因为它们是相通的。”

我走进船长的房间里。房内的陈设非常朴实整洁，有点像隐士住的，只有一些生活必需品，房中有一张铁床，一张办公桌和一些梳洗用具。屋内的灯光昏暗，里面没有什么奢华的东西。

尼摩船长指着一把椅子，对我说：

“请坐。”

我坐了下来，他便开始对我说了下面的这些话。

第十二章　一切都用电

尼摩船长指着挂在墙壁上的仪表说：“先生，这些就是诺第留斯号航行所必需的仪表。就算在这里，我也总是注意着它们，这些仪表能告诉我，我在海洋中间的实际位置和准确方向。其中有些仪表是您所知道的，例如温度表，它能告诉我诺第留斯号内部的温度；风雨表，能够测出空气的重量和预告天气的变化；湿度表，指示空气的干湿度；暴风镜，一旦镜中的混合物发生分解，便是告诉我暴风雨就要来临；罗盘，指引我前进的方向；六分仪，测太阳的高低，使我知道船所在的纬度，经线仪，使我可以知道船的经度；最后是日间和夜间用的望远镜，当诺第留斯号浮上水面时，对四周的天际我也可以观察。”

“这些是航海家常用的仪器，”我答，“我也知道它们的用法。但在这还有一些别的仪器，一定是作为诺第留斯号特殊需要而用的。我现在看到的这个上面有针转动的表盘，应该是流体压力计吧！”

“正是。它可以测出外面海水的压力，它是跟海水相通的，这样，我就能知道我现在下潜的深度。”

“那些新式的测验器又有什么用呢？”

“那些是温度测验器，让我知道海底下面各水层的温度。”

“还有那些我不知道用处的仪器呢？”

“教授，说到这儿，我想我应该给您说明一下，”尼摩船长说，“您请听我说。”

他静默了一会，然后说：“这里有一种强大、方便、迅速的原动力，它可以适用于任何地方，它能给我光、给我热，它是船上机械的灵魂。船上的一切都要依靠它，所有的一切也都是它造出来的。这原动力就是电。”

“电！”我惊异得叫起来。

“是的，先生。”

“但是，船长，这电的力量好像达不到你这船如此迅速的航行速度。到目前为止，电力还是很有限的，它所产生的力量也是很有限的！”

“教授，”尼摩船长回答，“我的电不是一般的电，这就是我要对您说的一句话。”

“先生，我不想打破砂锅问到底，我只是对于这样一种效果感到十分惊讶而已。不过我有一个问题想问您，当然如果您不想回答，可以拒绝。您用来生产这种神奇原动力的物质很快就会用完的。例如锌，可您跟地上已经没有联系了，原料用完了，您怎样补充呢？”

“这个问题我可以回答您。”尼摩船长回答，“首先，在海底其实有锌、金、银、铁等各种矿藏，要开发它们也不是不可能。但我并不是借助于陆地上的这些金属，大海本身就可以供给我生产电力的原料。”

“大海供给您？”

“是的，教授，我有很多种方法呢。譬如我可以把沉在不同深度下的金属线连结成电路，金属线因受到的不同热度就会产生电。但我还有一种更简单、实用的办法，这也是我通常用的。”

“是什么方法呢？”

“您应该是知道海水的成分的。1000 克的海水中水的比例是 96.5%，而氯化钠占的比例是 2.7% 左右，其余就是少量的氯化镁、硫酸镁、氯化钾、溴化钠、硫酸和一些碳酸盐。由此可以看出，氯化钠在海水中所占的比例还是相当高的。而我就是用从海水中提取出来的这些钠，来制造我所需要的物质。”

“钠吗？”

“是的，先生。把钠和汞混合在一起，成为一种合金，代替本生电池中所需要的锌。汞是不会损失的，只有钠会被消耗，但海水本身又会提供给我所需要的钠。此外我还可以告诉您，钠电池应当是电力最强的，它的电动力是锌电池的好几倍。”

“船长，我很清楚在这种情况下获取钠的优越性。海水中虽然含有钠，但是您要使用，就得把它先提取出来。这您又是怎样做的呢？当然您的电池可以做这种工作，不过，如果我没弄错的话，恐怕您提取出来的钠的数量，要远远小于电动机器所消耗的钠的数量。这样消耗的多，提取的少，那不就得不偿失吗？”

“教授，我并不是用电池提取，我只是简单地利用了陆地上煤炭的热力而已。”

“陆地上的？”我加强了语气又问。

“准确来说是海底的煤炭吧。”尼摩船长回答。

“您可以在海底开采煤矿吗？”

“阿龙纳斯先生，请您耐心些，您有的是时间，可以等待，或许将来您会看到我开采。我只想请您注意这点：我什么都是取自海洋，利用海洋发电，供给诺第留斯号热、光、动力，简单一句话，是电给了诺第留斯号生命。”

“但电不能提供您呼吸的空气吧？”

“呵！这个其实也是可以制造空气的，但我觉得没有这个必要，因为只要我高兴，随时都可以到海面上来呼吸新鲜的空气。但是，电虽不供给我可以呼吸的空气，但它可以发动强大的抽气机，把空气送入特殊的密闭室，这样，我就可以根据需要停留在海底，多久都没问题。”

“船长，”我回答，“我很佩服您，显然您是找到了人类将来可能找到的东西，那就是真正的电的力量。”

“我不知道在将来他们是否能找到，”尼摩船长冷淡地回答，“不管怎样，您已经看到了我用这种宝贵的原动力所做的第一次实际应用。就是它，有太阳光所没有的平均性、连续性，给我们提供光明。现在，您请看这座钟，它是靠电转动的，它可以跟最完善、最准确的钟表比赛他们的准确性。我把它分为 24 小时，像意大利制的钟一样，对我来说，既没有白天和黑夜，也没有太阳和月亮，只有我能一直把它带到海底去的这种人造光！您看，现在是上午 10 点。”

“是的。”

“挂在我们面前的这个表盘，是用来指示船速的。这也是电的另一种用途。一根电线把它跟测程器的螺旋桨连接起来，它上面的长针给我指出行驶的实际速度。请看，现在我们行驶的速度是每小时 15 海里。”

“真了不得。”我答，“船长，我很明白您为什么会使用这种原动力，因为它可以代替风、水和蒸气。”

“阿龙纳斯先生，我们的参观还没结束呢，”尼摩船长站起来说，“请跟我来，到诺第留斯号的后部去看看。”

这只潜水艇整个前头的部分我已经看完了，从船中心到船前头，前半部的正确布置如下：有一扇不渗水的隔板把长五米的图书室和一个长 5 米的餐厅隔开；第二扇隔板把长 10 米的大客厅跟长 5 米的船长的房间隔开；还有一个是我的房间长 2.5 米；最后在船头是长 6.5 米的储藏空气的密室。诺第留斯号前半部全长是 35 米。防水隔板都开有门，橡胶闭塞器把门关得紧紧的，即使有个把漏洞，也可以保证诺第留斯号的安全。

我跟着尼摩船长，穿过船边的狭窄过道，来到船的中心。在这两扇隔板之间有井一般的开口。顺着内壁有一架铁梯子一直延伸到这口井的上部。我问船长这梯子有什么作用。

“沿着梯子可以通到小艇。”他回答。

“什么！在这船上您还有一只小艇吗？”我有些诧异地说。

“当然喽。这只小艇非常轻便，最重要的是不怕沉没，可供游览和钓鱼之用。”

“如果您想登上小艇就必须到水面上去吗？”

“并不需要。这小艇系在诺第留斯号船身的上部，有一个特别的凹洞用来藏它。

小艇全部装有甲板，完全不透水，用结实的螺丝铰钉钉着。铁梯通到诺第留斯号船身上的仅一人可以通过的小孔，这孔紧接着小艇身上的一个大小相同的孔。我就是从这两个小孔登上小艇的。再有一人用压力螺钉，关上了诺第留斯号的孔门，同时我就关上了小艇的孔门，我松开铰钉，小艇就可以快速地浮上水面。这时我就可以打开原本紧闭的盖板，竖起桅杆，扯开风帆或划起桨来，就可以在水上随风飘荡了。”

“但您怎样回到大船上呢？”

“阿龙纳斯先生，不是我回去，而是诺第留斯号回到我身边。”

“它听您的吩咐？”

“是的。我用一根电线把我们连系在一起，我只要打个电报就行了。”

“的确，”我说，我被这些奇迹陶醉了，“没有比这更方便的了！”

我在经过平台的梯笼间时，看到了康塞尔和尼德·兰，他们两人正在一间长两米的舱房里狼吐虎咽、很快活地吃饭。随后，又有一道门通到长 3 米的厨房，厨房是在宽大的食品储藏室中间。

在厨房里，一切的烹饪用的都是电气，电气比煤气更有效更方便。电线接到炉子下面，把热力传给白金片，热力分配到各处，保持一定的、规律的温度。电又烧热蒸馏器，由于汽化作用，可以提供清洁的饮水给所有人。厨房旁边，有一个浴室，室内的水龙头可以按照您的意愿来提供热水还是冷水，房内的布置也让人感到很舒服。

连着厨房的便是长 5 米的船员工作室。房门是关着的，我看不到房内的摆设，否则说不定我就可以估算出诺第留斯号上的人数了。

里面，第四道防水板把这个工作室和机器间隔开。门打开了，我走进了一间房子，里面尼摩船长（他无疑是第一流的工程师）装置着驾驶船的各种机器。

这个机器间，有 20 多米长，特别明亮。内部很自然地分成两部分：第一部分放着生产电力的原料，第二部分装着转动螺旋桨的机器。

我刚进去，就闻到屋里有一种说不出是什么的味道，感到不习惯。尼摩船长看出我的神情，他说：“这是美中不足的一点，这是钠分解出来的气体。我们每天早晨总要把船露出水面通一次风，清除这种气体。”

这时我对诺第留斯号的机器设备有着极大的研究兴趣。

“您看，”尼摩船长对我说，“我用的是本生电池的装置，不是兰可夫电池的装置，前一种的电力更强大。事实证明，虽然本生电池的装置简单，但电力很强。产生出来的电传到船的后部，通过面积很大的电磁铁对杠杆和轮齿组成的特殊机构起作用，使推进器的轮轴运转起来，于是船就可以走动了。推进器的直径是 6 米，涡轮的直径是 7.5 米，转速可达每秒钟一百二十转。”

“那您的航速最高是多少呢？”

“最高可达到每小时 50 海里。”

其中有一个秘密，但我并不是一定要知道。电怎能发生这么强大的力量呢？这种好像没有限制的力量是从哪里得来的呢？这是从一种新型的变压器所造成的高电压中得来的吗？还是从一种秘密的杠杆机构可以无限制的增强的转动中得到的呢？这就是我百思不得其解的问题。

“尼摩船长，”我说，“我看到摆在面前的事实，我不想求得这些事实的说明。当诺第留斯号在林肯号前面行驶时，我就知道它的速度了。但不仅仅是快的问题，我们还要能看见它向哪里走去！我们还要能指挥它向不同的方向前进！它是怎么做的能潜入到最深的海底，因为越往下水的压力就越大，计算起来是有几千几万的大气压呢？它又是怎么做到上升到海面上来呢？最后，您又怎样能使它停留在您认为合适的深度里面呢？我问这些问题会不会太冒昧了？”

“并不冒昧，教授，”他略微迟疑了一下回答我，“您已经不能离开这个潜艇了。请您进客厅来。这里才是我们真正的工作室，在这里，您可以知道关于诺第留斯号的一切！”

第十三章　一些数目字

一会儿，我们坐在客厅的一张长沙发上，各人嘴里叼着雪茄。船长把诺第留斯号详细的平面图、侧面图和投影图放在了我面前。然后他是这样来描述这艘船的形状：

“阿龙纳斯先生，下面就是您乘的这只船的形状和容积。船身是很长的圆筒形，而两端是圆锥形。很明显，它很像一支雪茄烟。其实在伦敦有些船的构造早已采用过这种形式。这个圆筒的长，正好是 70 米，它的横柄，最宽的地方是 8 米。所以这船的构造跟普通的远航大汽船不是完全一样的，它的宽仅占长的十分之一，它从头至尾是够长，但两腰包底又相当圆，这样的设计就能让它在行驶时很容易把积水排走，丝毫不会阻碍它的航行。

“用上面的长和宽来计算一下，就可以得到诺第留斯号的面积和体积。面积共为 1011 平方米，体积共为 1500.2 立方米——就是说，船完全沉入水中时，它的排水量或体重为 1500 立方米或 1500 吨。

“在我当时绘制这艘海底航行的船的图样时，我的要求是它的浮出部分只占十分之一，而吃水部分占十分之九，这样它就可以在水中保持平衡。同时提出，它的排水量只能为它体积的十分之九，即 1356 立方米，也就是说，船的体重等于这个数目的吨数。所以我要根据上面的数据来制造这艘船，船的全体重量不能超过这个数目。

“诺第留斯号有双层的船壳，一层是内壳，另一层是外壳，两壳之间，用许多 T 字形的蹄铁把它们连接起来，使船身坚硬无比。是的，实际上这种细胞式的结构，使这船就像一大块实铁，中间饱满无隙，不惧怕任何的冲击。船壳不会被折断，船身混为一体，是由于结构本身的力量，不是由于铰钉的扣紧，因为材料配置完全适合，构造非常整齐，它可以在海洋中行驶，不怕风浪的汹涌。

“这两层船壳是用钢板制造的，海水密度与钢的密度的比例是 7.8 ∶ 10。第一层船壳至少有 5 厘米厚，重 394.96 吨。第二层内壳，龙骨高 50 厘米，25 厘米宽，重量只有 62 吨。还有一些机器，镇船机，各种附属船具和装饰品，内部的各样墙板和木材等等的重量和上面的 394.96 吨，总重量那就是 1356.48 吨。您明白吗？”

“明白。”我答。

“所以，”船长又说，“在这种条件下，当诺第留斯号在海中时，它浮出海面十分之一。但是，如果我装设了容积等于这十分之一的储水池，容水重量为 150.72 吨，如果我让水池装满了水，这时船的排水量或重量就是 1507 吨，那它就可以潜入水中了。事情就是这样，教授。这些储水池在诺第留斯号的下层，它们是真实存在的。当我打开储水池的门，水就将水池填满，这时船就可以往下沉了。”

“对，船长，可是还有问题。我可以理解您能使船面跟洋面一致。但是，再向下沉，潜入水面以下，您的潜水机器不是碰到一种压力吗？还有一种由下而上的浮力吗？这种力是以 30 英尺高的水柱压力即一个大气压力为标准来计算的，也就是说，每 1 平方厘米所受的力约为 1 公斤。”

“非常对，先生。”

“所以，除非诺第留斯号里面被全部装满水，否则，我不明白您是怎样把船潜到海底下去。”

“教授，”尼摩船长回答，“不要把静力学和动力学混为一谈，不然的话，就要发生严重的错误。到达海洋的下层，其实费不了多大的力，因为凡是物体都有下沉到底的倾向。请您听我的推论吧。”

“船长，我洗耳恭听。”

“想要船潜入水底，就必须增加它的重量，并且是我只需注意海水体积在不同深度中的压缩数量就可以了。”

“当然。”我回答。

“可是，虽说水不是绝对不可压缩，但要压缩水也是很难的。是这样，根据最近的计算，每一大气压（即 30 英尺高的水柱压力）下，水的压缩数量是一千万分之四百三十六。假如说要到 1000 米深的水层，这时我要注意的就是海水在 1000 米的压力下，也就是一百大气压的压力下它的体积的压缩数量。这个数量为十万分之四百三十六。所以此时应增加到的总重量，是 1513.77 吨。这样算来，只需增加的重量数是 6.57 吨。”

“仅这么少吗？”

“是的，阿龙纳斯先生，只有这么多。并且，这用计算是很容易来证实的。本来我又补充了一些储水池，每个能容百吨的水量。这样我就可以下降至海底很深的地方。而如果我要上升，跟洋面相齐时，放出这些水就可以了，当我要诺第留斯号全身十分之一浮出水面时，我就把储水池的水全部排除就行了。”

对于这些数字推理，我没有任何的反对意见。

“船长，”我回答，“我承认您计算得很精确，如果我还要争执，那就显得有些无理取闹了，因为事实说明您是对的。但目前我还是有一种疑惑。”

“先生，什么疑惑呢？”

“当您到海底 1000 米的时候，诺第留斯号的外层承受的压力就是一百大气压。如果在这个时候，您想排出各补充储水池里面的水，使船轻快地上升到水面，那船上一定要有能超过这一百大气压的压力的抽水机，这压力每平方厘米就是 100 公斤。因此，这一种力……”

“电就可以满足这种需要的力量！”尼摩船长迫不及待地说，“先生，我一再对您说，我的机器的动力差不多是无限的。诺第留斯号的抽水机的力量是超乎寻常的，您应该已经看到了，上次对林肯号喷出的像强大的激流一样的水柱，猛烈地冲去。另外，只有到 1500 和 2000 米的中等深度时，那些补充储水池才能得到运用，这么做也是为了爱护我的机器，小心使用它。所以，如果我想到水下两三里深的时候，我还有别的方法，虽然时间较长久，但效果也是一样的。”

“船长，是什么方法呢？”我问。

“这样说来，我得告诉您驾驶诺第留斯号的方法了。”

“我很想知道。”

“驾驶这船，简单说，如果要让它在水平面上向左向右或掉头走时，我便使用普通的舵，舵上还有宽阔的副舵，装在船尾，它是用机轮和滑车操作的。但我又可以使诺第留斯号在水中向上或向下，这时我的两个纵斜机板就派上了用场，机板装在船的两侧浮标线的中央，它们是活动的，能够随便变换位置，并且可以使用动力强大的杠杆，在船内部操纵它们。纵斜机板的位置如果与船身平行时，船便进行水平行驶，如果它们的位置倾斜了，诺第留斯号在推进器的推动下，就沿着倾斜方向或沿着我所要的对角线沉下去或浮上来。并且，如果我想更快地浮出水面时，我就推动推进器，水的压力使诺第留斯号垂直地浮上来，像一只氢气球一样迅速地升入空中。”

“真了不起！船长，”我喊道，“但是，领航人在水下又是如何指示您船要走的路线呢？”

“领航人所在笼间是装有玻璃的，这笼间位于诺第留斯号船身的上部突出部分，装有各种凹凸玻璃片，以确保他能清楚地看见航路。”

“玻璃能承受得了这样强大的压力吗？”

“可以的。玻璃虽然经不起冲击，很脆，但它的耐压力是很强的。1864 年在北方海中利用电光做打鱼的实验，当时使用的是仅 7 毫米厚的玻璃片，它就可以承受 16 个大气压的压力，同时还可以让强烈发热的光线通过，使它获得不均匀的热力。而我们现在使用的玻璃片，比上面打鱼用的玻璃片厚 30 倍，中央的厚度至少是 21 厘米。”

“尼摩船长，这个我承认，但是在这漆黑的海里，一定要有亮光来排除黑暗，才能看得清清楚楚……”

“在领航人的笼间后面，装有一座光度很强的电光探照灯，可以照亮半海里以内的海洋。”

“啊！了不起，真是了不起！船长。我现在明白那种所谓独角鲸的磷光现象了，它真叫学者们惊叹不已！我顺便问一下，那轰动一时的诺第留斯号和斯各脱亚号的相撞事件，是一次意外吗？”

“先生，那完全是一个意外。我那时正在水面下 2 米航行，所以碰撞就发生了。可是我也看到斯各脱亚号并没有受到什么大的损失。”

“是的先生，没有太大的损失。但林肯号呢？”

“教授，关于这事，我得对美国的这艘勇敢的、最棒的战舰说声抱歉，不过是它主动攻击我的，我这也是自卫！但它也没有受到太大的损伤，它可以到最近的海港修理好它所受到的损伤，这对它来说并不难。”

“啊！船长，”我诚恳地喊道，“这可真是一艘神奇的船！”

“是的，教授，”尼摩船长情绪也很激动地回答，“我爱它，它就是我最心爱的东西！海上的一切都是危险的，荷兰人杨生说大海给人的第一印象就是怕人的无底深渊。他说得很好，但是在诺第留斯号船上，您一点也不用害怕。用不着害怕船被损毁，因为它有着坚硬似钢铁的双层船壳；有着风浪的翻腾和颠簸所毁坏不了的缆索：有着风吹不走的帆；有着蒸汽破坏不了的铁炉；因为船身全部是钢铁制的，所以也不用害怕它会发生可怕的火灾；它有用不完的煤炭，因为电是它的机械原动力；因为它在深水独来独往，也不必担心会发生碰撞；它也不用冒风暴的危险，因为它在水面几米下便能得到绝对的平静！先生，这些就是这艘船的优点。它是一只特殊优异、独一无二的船！对于这只船，设计工程师可能比监造建筑师有信心，监造建筑师可能又比船长更有信心，如果真是这样，那您就可以理解为什么我对诺第留斯号是完全的信赖了，因为我同时是这只船的船长、建筑师和工程师！”

尼摩船长滔滔不绝地说着。他眼中的火焰，他激动的手势，使他完全变了一个人。是的！他爱他的船，像一个父亲爱他的儿子一样！

但在我的脑海里自然而然地又出现了一个可能有些冒昧的问题，我忍不住问他：“尼摩船长，这船是您设计建造的吗？”

“是的，教授。”他回答我，“当我还在陆地上居住的时候，我曾在伦敦、巴黎和纽约学习过。”

“但是，您怎样能建造这艘奇异的令人五体投地的诺第留斯号而不被人发现呢？”

“阿龙纳斯先生，船上的每一块材料都来自地球的不同地方，写上假地址送来给我的。船的龙骨是法国克鲁棱工厂制造的，船壳的钢铁板是利物浦利亚工厂造的，推进器大轴是伦敦朋尼公司制的，推进器是格拉斯哥斯各脱工厂制的，船前头的冲角出自瑞典的摩达拉工厂，船上的储水池是巴黎嘉衣公司造的，精确的测验仪器出自纽约的哈提兄弟公司，机器是由普鲁士克虏由工厂制的，等等，我会给上面的每一个制造厂发去署名不同的我的设计图，按图样制造。”

“不过，”我说，“还得把这些制好的一块块材料组装起来呢？”

“教授，我把我的工作场建立在了大洋中的一座荒岛上。在岛上，我的工人，就是我所培养的我的勇敢的同伴，跟我一起，共同把诺第留斯号组装起来。然后，等工程做完，我放了一把火，毁掉了我们在岛上遗留的所有痕迹，如果可能的话，我还要把这岛都炸毁呢。”

“那么，这样看来，我想，这船的建筑费用会是很大一笔开销？”

“阿龙纳斯先生，一只钢铁制的船，每吨容量的建筑费为 1125 法郎。可是诺第留斯号的载重吨数是 1500 吨，那么它的建筑费是 179 万法郎，连装备费一共为 200 万法郎，再加上船内的美术品和收藏物一共是 500 万法郎。”

“尼摩船长，我要问您最后一个问题。”

“您问吧，教授。”

“您很有钱吗？”

“是的，我可以偿清法国的几十亿国债，这对我来说一点也不难！”

我注视着这位跟我说话的怪人。他是认为我好欺骗而故意吹牛吗？将来我一定有机会知道他这话是真是假。

第十四章　黑潮暖流

地球上海水占的面积共计为 383 亿 2558 万平方公里。海水的体积共有 22 亿 5000 万立方米，它可以成为一个直径为 60 里，重量为 300 亿亿吨的巨大圆球。想了解上面这个数目，必须设想十的三十次方与十亿之比，相当于十亿与单位一之比，也就是说，在这个数目中所有的十亿数，等于十亿中所有的单位数。而这个数目的海水也就等于地上所有的河流在 4 万年中所流下来的总量。

在地质学的纪元中，火的时期之后为水的时期。首先，到处都是海洋，然后，在志留纪的初期，山峰渐渐露出来了，出现了一些岛屿，又在发生洪水时被淹没，之后又重新出现，连接起来，构成大陆，最后，就成了现在我们看到的样子。固体大陆从流体海水所取得的面积为 37000657 平方英里，即 12916000 公顷。

陆地把海水分为五大部分：北冰洋、南冰洋、印度洋、大西洋和太平洋。.

太平洋从北至南，是在南北两极之间，从西至东，是在亚洲和美洲之间，跨越的经度有 145 度。太平洋是最平静的海洋，海潮阔大缓慢，潮水中常，雨量丰富。命运召唤我在最奇异的情况下首先走过的，就是这个海洋。

“教授，”尼摩船长对我说，“如果您高兴，我们可以先记下我们现在的位置，决定这次旅行的出发点。现在时间差一刻刚好正午，我现在叫船浮上水面来。”

船长按了三次电铃，抽水机开始把储水池的水排出，气压表上的针从不同的气压度数变化着，表明诺第留斯号是在上升，后来船停住了。

船长说：“我们到了。”

我走上通到平台去的中央梯子，我踏上一层一层的钢铁梯级，从打开的铁盖板，到了诺第雷斯号的上面部分。

平台仅仅有 80 厘米浮出水面。诺第留斯号前头和后部呈现出纺锤形状，就像一根长雪茄烟。我看到船身上的钢板，鳞次栉比地放着，很像地上大爬虫动物身上的鳞甲。所以我很自然地明白了，即使有最好的望远镜，这船还是会被认为是一只海中动物。

大约在平台中间，那只半藏在船壳中的小艇，好像是一个微微突出的包。在平台前后，各有一个向侧边倾斜的、很高的笼间，一部分装着很厚的凹凸玻璃镜，这两个笼间一个作为诺第留斯号领航人之用，另一个装着强力的电灯，为领航而用。

海上风平浪静，天空万里无云。长长的船身几乎感觉不到海洋的阔大波动。

一阵清风吹起了一道道的涟漪。烟雾渐渐地散开了，视野变得更加开阔。

可我们什么也没看到。望不见暗礁，望不见小岛，林肯号也消失不见了，眼前可以看到的只是一片汪洋大海。

尼摩船长带了他的六分仪，测量太阳的高度，由此可以判断船所在的纬度。他等了一会，让太阳跟地平线垂直相交。当他观察的时候，仪器就像握在铁石一般的手中，非常平稳，他的肌肉也没有一丝的颤动。

“正午，”他说，“教授，我们现在就出发吗？”

我最后望了一眼海面，因为离日本海岸较近，海面略微泛黄，随后我便回到了客厅。

在客厅中，船长在地图上标记了此时的方位，并根据之前所观测的时角对所得的数据进行了核对。然后他对我说：“阿龙纳斯先生，我们现在的位置是西经137度15分……”

“您根据哪条子午线计算的呢？”我急忙问道，希望能从尼摩船长的回答中得到他是哪个国家的人。

“先生，”他回答我，“我有各种不同测量依据，根据巴黎、格林威治和华盛顿子午线都可以来计算。但因为您的关系，以后我将根据巴黎子午线计算。”

从他的回答中我什么也没得到。我点头表示谢意，船长又说：“我们在巴黎子午线北纬30度7分，西经137度15分，也就是说，此时距日本海岸约为300海里。今天是11月8日，中午，我们的海底探险旅行将正式开始。”

“愿上帝保佑我们！”我回答。

“教授，”船长又说，“现在您就可以开始您的研究。我要船向东北偏东，在水深50米下方行驶。这里的地图有明显的标记，您可以看着我们的航行路线。客厅您随便使用，我先告辞了。”

尼摩船长对我行个礼，便出去了。留下我一个人，默默地沉思。我在想的都是关于这位古怪的诺第留斯号的船长。这个怪人自认为不属于任何国籍，他的国籍对我来说会永远是个谜吗？他对于人类的那种仇恨，或者那些让他仇恨的人，会有什么样的报复吗？会不会就像康塞尔说的，他是一位天才，一位不被人重视，一位近代的伽利略，但同时也是一位“有人带给过他痛苦”的人呢？或者他是一位科学家，像美国人莫利一样在学术研究事业上因为政治上的变动受到挫折呢？这些我还都不知道。我是因为一次意外被抛在他船上的人，我的生命掌握在他的手中，他冷淡但客气地收留了我，不过他从不和我握手。

我沉浸在深深的思考中整整一个小时，总想弄清楚他的这些引起我好奇心的秘密。后来我的眼光停留在了桌上摆着的平面大地图，我就把手指放在上面所指出的经纬度相交的那点。

海洋跟大陆一样，也有江河。而这些江河却是特殊的，从它们的温度、颜色，就可以辨认出来，其中最引人注目的要属“暖流”。科学决定了在地球上有五条主要水流路线，如下：第一条在北大西洋，第二条在南大西洋，第三条在太平洋北部，第四条在太平洋南部，第五条在南印度洋。从前，里海和阿拉伯海还跟亚洲的各大湖连起来，在印度洋很可能还有第六条水流存在。

正是，在平面地图上记下的那个点，就有一条暖流，日本人叫做黑水流，它是从孟加拉湾出来，受热带太阳光线的直射，所以水很温暖，它横过马六甲海峡，沿着亚洲海岸前进，在太平洋北部形成环弯形，直到阿留地安群岛。它将樟脑树干和各地方的土特产运送出去，它的暖流的纯靛蓝色与大洋的水流形成鲜明对比。诺第留斯号要走的就是这条水流。我两眼直直地盯着它，直到它消失在太平洋的无边水际中，我正感到自己跟水流一齐奔流而去，这时尼德·兰和康塞尔在客厅门口出现了。

他们两个看着堆在他们眼前的这些神奇物品，因惊讶而愣住了。

“我们这是在什么地方呢？我们这是在什么地方呢？”加拿大人喊，“是在魁北克博物馆吗？”

“如果先生高兴可以这样认为，”康塞尔答，“还不如说这是桑美拉大厦呢！”

“朋友们，”我回答，我同时示意让他们进来，“你们不是在加拿大，也不是在法兰西，而是在诺第留斯号船上，在水下50米的海底。”

“既然先生这么肯定，那当然要相信您的话。”康塞尔回答，“老实说，这个客厅，就是让我这个佛兰蒙人看来也要感到十分惊奇。”

“朋友，你惊奇吧，你好好地看吧，对于你这么一个能干的分类者，这里实在有很多的事可以做。”

康塞尔并不需要我去鼓励，这个老实人早就弯身在玻璃柜子上，嘴里已经低声说出生物学家所用的词汇：腹足纲，油螺科，磁贝属，马达加斯加介蛤种，等等。

这个时候，尼德·兰——他不是贝类学家——开始询问我跟尼摩船长会谈的情形。他问我，我是否已经知道他的国籍，还有他是从哪里来，要到哪里去，他要把我们拉到多深的海底去？他的问题太多，我简直来不及回答。

我把我所知道的全部告诉他，还不如说，是把我所不知道的全告诉他。我又问他，他是否看到或听到了点什么。

加拿大人回答：“在这艘船上我什么也没有看见，什么也没有听到！甚至于连一个人影都没看到。他们该不会都是电人吧？”

“电人！”

“这是我的想法。可是您，阿龙纳斯先生，”尼德·兰问，他的那个念头总是忘不掉的，“您不知道这船上一共有多少人吗？十人，二十人，五十人，还是一百人……”

“尼德·兰师傅，这个我真的不知道。而且请您相信我，现在您必须放弃您夺取或逃出诺第留斯号的念头。这船是现代工业的杰作，如果我没有看见它，是该多么的惋惜！仅仅只为了看这些神奇的事物，许多人也就非常乐意接受我们现在的处境了。现在请您保持冷静，我们要想办法观看我们周围所有的事物。”

“观看！”鱼叉手喊，“这里除了监牢似的钢板，其余我们什么也看不见，将来估计也还是什么也看不见！即便是跑，也是盲目行驶……”

当尼德·兰的话音刚落，客厅忽然全黑了，这是绝对的黑暗。明亮的天花板熄灭了，并且熄灭得十分迅速，以致让我的眼睛产生一种疼痛的感觉，跟在相反的情形中，即从漆一般的黑暗中忽见最辉煌的光明所产生的感觉一样。

我们都默默地不敢发出声音，一动也不动，不知道等待我们的到底是福还是祸。这时我们听到一种滑走的声音，让人错误地认为是盖板在诺第留斯号的两侧动起来了。

“一切都要完蛋了！”尼德·兰说。

“水母目！”康塞尔低声说。

忽然，从客厅的方向有光线穿过两个长方形的孔洞射了进来。海水受电光的照耀，显得通体明亮。两块玻璃晶片把我们和海水分开，刚开始的时候我还在担心这种脆弱的隔板可能碎裂，心里害怕得要命，但由于有红铜的结实框架顶住，使它的抵抗力差不多是无限的。

现在可以清楚地看见诺第留斯号周围一海里的海水。多么美丽的景象呵！即便是妙笔也无法描绘这美丽的画面！有谁能把光线穿过透明的水流所产生的新奇景色描绘出来呢？又有谁能描绘那光线照在海洋上下两方，渐次递减的柔和光度呢！

海洋的透明性，让我们知道海水的清澈度胜过山间清泉。甚至于海水中所含有的矿物质和有机物质，可以增加它的透明性。在太平洋中的某部分，如在安的列斯群岛，145米深的海水仍是十分清澈，可以让人看见水底下面的沙床，而阳光的照射力好像可以直达300米的深度。但是，在诺第留斯号所走过的海水中，电光就像是从水波中发出的。这不是明亮的水，而是流动的光了。

爱兰伯认为海底是有辉煌的磷光照耀的，如果他的假设成立，那么大自然一定给海中的居民保留下一种最神奇的景象，我现在看见的这种变化无穷的光，就可以想到这景象是多么美丽，多么迷人。客厅每边都有开向这未曾经过探测的深渊的窗户。厅中的黑暗反衬出外面的光辉，我们细看，仿佛这片纯晶体就像一个非常大的养鱼的玻璃缸。

这时水中的标识没有了，诺第留斯号好像是停止不前了。可是，时时有那些船头冲角分开的水线纹，在我们眼前急速流过。

我们被这一切深深地吸引着，靠在玻璃窗面前，谁都没有打破这份静默。此时康塞尔说：“尼德·兰朋友，您不是想看吗？现在您看吧！”

“太神奇了！太神奇了！”加拿大人说，他已经把他的愤怒和逃跑计划抛在了脑后，他受到了一种不可抗拒的诱惑，“这景色实在太美了，就是再远也值得过来看一看哩！”

“啊！”我喊道，“我明白了这个人的生活！他给自己重新造了一个世界，给自己保留下令人惊叹的神奇！”

“可是鱼呢？”加拿大人说，“怎么看不到鱼呢？”

“那没有关系呀！尼德·兰好朋友”康塞尔回答，“因为您不认识它们哩。”

“我一个打鱼人，会不认识鱼！”尼德·兰怒吼道。

对于这个问题，他们之间发生了争执，其实他们都认识，但只是方式不同罢了。

大家知道鱼类是脊椎动物门中的第四纲和最后一纲。鱼类的确切定义是：“有双重循环作用的，冷血的，用鳃呼吸的，生活在水中的脊椎动物”。鱼类又可以分为两类：硬骨鱼类——即脊骨是硬骨脊椎和软骨鱼类——即脊骨是软骨脊椎。

加拿大人可能也知道这种区别，但康塞尔知道得更多，现在他们已经是朋友了，彼此很要好，康塞尔不能承认自己知道得比尼德·兰少，所以他这样说：“尼德·兰老朋友，您是个非常能干的打鱼手。您曾经捕捉过许多很有趣味的动物。但我敢跟您打赌，您不知道它们该怎么分类。”

“这个我知道，”鱼叉手很正经地回答，“人们把它们分为可吃的和不可吃的两类！”

“这是讲究吃喝的人的一种分类法，”康塞尔回答，“您能告诉我，硬骨鱼类和软骨鱼类的差别吗？”

“康塞尔，这个我可能是知道的。”

“您知道这两大组鱼类的小分类吗？”

“这个我就不太清楚了，愿意听您说。”加拿大人回答。

“尼德·兰老朋友，好吧，让我来告诉您，并且您要好好地记下来。硬骨鱼类可分为六目。第一目是硬鳍鱼，上鳃是完整的，能动的，鳃呈梳子形。这一目共有十五科，就是说，包括已经知道的鱼类的四分之三。这目的代表是：普通鲫鱼。”

“这鱼相当好吃。”尼德·兰回答。

康塞尔又说：“第二目是腹鳍鱼，腹鳍是垂在肚腹下面，胸鳍在后面，而不是长在肩胛骨上。这一目分为五科，大部分的淡水鱼都属于这一目。这目的代表是：鲤鱼、雄鱼。”

“呸！”加拿大人带着不屑的语气说，“淡水鱼！”

“第三目是副鳍鱼，”康塞尔说，“腹鳍是接在胸鳍的下面，紧挨着肩胛骨上。这一目又分为四科。代表是：鲽鱼、比目鱼、鞋底鱼、大比目鱼等。”

“这鱼很美味！很美味的！”鱼叉手喊，他只是从吃的口感这个角度来给鱼分类。

“第四目是无腹鳍鱼，”康塞尔兴致勃勃地又说，“鱼身很长，没有腹鳍，身上有很厚的带黏性的皮；这一目只有一科。代表是：鳝鱼、鳗鱼、电鳗鱼。”

“这鱼的味道很平常！很平常！”尼德·兰答。

“第五目是总鳃鱼，”康塞尔说，“鳃是完全自由的，但由许多小刷子构成，一对一对地排在鳃环节上。这一目也只有一科。代表是：海马鱼、龙马鱼。”

“这鱼不好吃！不好吃！”鱼叉手回答。

康塞尔说：“最后一目也就是第六目是固颚鱼，颚骨是固定在齿颚的颚间骨边上，上颚的拱形骨跟头盖骨缝连接在一起，因而固定不动，它们没有真正的腹鳍，共有两科。代表是：银鳗。”

“这些鱼就是用锅来煮，锅也会觉得丢脸！”加拿大人喊道。

“您明白了吗？尼德·兰老朋友。”博学的康塞尔问。

“一点也不明白，康塞尔老朋友，”鱼叉手回答，“您继续往下说，看得出您对这好像十分感兴趣。”

“至于软骨鱼类，就只有三目。”康塞尔很冷静地又说。

“这个简单。”尼德·兰说。

“第一目，圆口鱼，鳃合成为一个转动的圈环，鱼鳃开合有许多小孔，这一目只有一科。代表：人目鳗。”

“我们很喜欢吃这鱼。”尼德·兰回答。

“第二目，峻鱼，它的鳃类似圆口鱼的鳃，但只有下鳃活动。这一目是软骨鱼类中最重要的，共有两科。代表：鲨鱼、鳃鱼。”

“什么！”尼德·兰喊道，“鲨鱼和鳃鱼竟然属于同一目，康塞尔老朋友，为鳃鱼的利益起见，我劝您不要把它们放在一起吧！”

康塞尔回答：“第三目，鳍鱼，他的鳃跟其它普通鱼鳃一样，只由一个有盖的孔开着，这一目有四科。代表：黄鱼。”

“啊！康塞尔好朋友，您把最好吃的放在最后了——这只是我个人的意见。您说完了吗？”

“是的，我已经说完了，尼德·兰好朋友，即便您已经知道了这些，但还是一无所知，因为科又分为属，属又分为亚属，为种，为变种……”

“好了，康塞尔好朋友，”鱼叉手俯身到玻璃上说，“这不，走过来了这么多种的鱼嘛！”

“真的是鱼呀！”康塞尔喊着，“我们好像是在鱼缸面前呢！”

“不，”我回答，“鱼缸是一个笼子，但这些鱼是自由自在的，就像小鸟在天空中一样可以自由飞翔。”

“好哇，康塞尔好朋友，那您现在说说这些鱼的名目吧，说说吧！”尼德·兰说。

康塞尔回答：“这我可说不了，这是我主人的事！”

“这是一条箭鱼。”我回答。

很明显，康塞尔这个人，一个狂热的分类家，他不是一个生物学家，但我想他不一定能分辨出鲤鱼和鳍鱼的不同。总之他跟加拿大人刚好相反，加拿大人可以毫不迟疑地说出这些鱼的名字来。

尼德·兰回答：“是一条中国箭鱼。”

康塞尔于是低声说：“箭鱼属，硬皮科，固颚目。”

尼德·兰和康塞尔，他们俩合起来，毫无疑问地组成了一位出色的生物学家。

加拿大人并没有说错，他们的面前正是一群箭鱼，这种鱼的身躯是扁的，皮肤很粗糙，背脊上有箭链式的武器，它们在诺第留斯号的周围游来游去，鼓动着它们尾巴两边的四排尖刺。它们的外表非常美丽，上边灰色，下面全白，点点的金黄在波浪的旋涡中间闪闪发亮，是那么的美丽！还有一些鳐鱼在箭鱼的中间，像随风招展的台布，翻来转去。鳐鱼中，我还看到了我很喜欢的那种中国鲤鱼，这种鱼上半身黑黄色，肚下淡淡的玫瑰色，眼睛后面带有三根刺。这种鱼的数量极少，拉色别德当时甚至于还怀疑这种鱼的存在，他只在一本日本的图画书中看见过。

在两小时里，诺第留斯号的周围，围绕着一大群的水族部队。它们在追逐嬉戏，争奇斗艳。我辨认出的有：青色的海婆婆；身上蓝色，头银白色的日本海中的美丽鳍鱼；带有双层黑线的海鲷鱼；不用描写，仅从名字就可以看出的辉煌的碧琉璃鱼；圆团团的尾，通体白色，在背上带紫红斑点的虾虎鱼；带蓝色或带黄色的鳍的条纹鳐鱼；漂亮的裹在六条带中的线带鳐鱼；尾上特别有一条黑带的线条鳐鱼；真正口像笛子一般的笛口鱼；中间还有长至1米的海鹌鹑；日本的火蛇；多刺的鳗鱼；眼睛细小生动，大嘴中长有利牙的6英尺长蛇，等等。

它们获得了我们最高度的赞美。我们不断地发出惊叹声。尼德·兰说鱼的名字，康塞尔加以分类，我感到十分的开心，面对着这些鱼类活泼的姿态和美丽的外形，我痴迷着。我从没有像现在这样的机会，可以随心所欲地观看这些活生生的动物，在它们生活的海水中游来游去。

在我面前游过的各种类型的水族，让我看得眼花缭乱。我对它们实在不能一一列举出来，简直就是日本海和中国海的全部标本。这些鱼比空中的鸟还多，可能是受到了电光的吸引，全部向船边跑过来了。

客厅突然亮了起来，船边盖板闭合起来。使人痴迷的景象突然不见了。可是过了好长时间，我还像在做梦一般地想着，一直到我的眼光注意到那些挂在墙板上的机械为止。罗盘仍是指着东北偏东方，气压表正指在5个气压，这就表示船此时在海底50米处，电力测程器让我们知道，船此时的速度为每小时15海里。

我等着尼摩船长，但他没有出现。此时钟表的时针正指向五。

尼德·兰和康塞尔回到他们的舱房。我也走进我的房间，房中早已摆好了晚餐，其中最美味的海鳖做的汤，一盘切成薄片的海鲤鱼的白肉，另外还做有一盘鲤鱼肝，味道非常可口，一盘金鲷鱼的肉片，我觉得这个味道比鲑鱼肉还好。

晚上我看了一会儿书，写写笔记，思考了一些问题。不一会儿，睡意来袭，我就躺在海藻叶制的床上，酣美地入睡，这个时候，诺第留斯号正很快地穿过黑潮暖流，迅速地驶去。

第十五章　一封邀请书

第二天，11月9日，我整整睡了12个小时才醒来。康塞尔来了，他习惯性地问我“先生晚上睡得可好”，接着就开始干自己的活儿。他没有惊动他的朋友，那个加拿大人，让他像一条瞌睡虫一样在房中继续睡觉。

康塞尔随心所欲地说着话，但并不是每一句都会得到我的回答。我一心想着为什么尼摩船长不见我，从我们昨天交谈之后，他就一直没有露面，我希望今天能够看到他。

我很快穿好了贝足丝织造的衣服。康塞尔对这一身衣料多次引起了不解和惊奇。我告诉他，这身衣料是由发光的、丝一般柔软的纤维制成，这些纤维是由海石生产的，是地中海沿岸很丰富的一种像“猪腔形”介壳贝类留下的。因为它们既柔软又暖和，所以以前人们拿它来做衣料、袜子、手套。诺第留斯号的船员一点不需要陆地上的棉花、羊毛和蚕丝，就可以穿起物美价廉的衣服。

我穿好了衣服来到客厅，那里还没有一个人。

我于是全神贯注地研究那些玻璃柜中堆积着的贝类宝藏。我在那宽大的植物标本库中细心地搜索着，库里装满了各种海洋中罕有的植物，虽然它们已经风干了，但仍然保持着鲜艳的色彩。在这些珍贵的水产植物中间，我看到一些环生的海苔，葡萄叶形的海藻，粒状的水马齿，孔雀昆布，扇子形的海苑，大红色的柔软海草，吸盘草，这草很像被压扁了的蘑菇，长久以来都是被归入植虫动物这类，最后是各种各样的海藻类植物。

一天过去了，尼摩船长还是没来看我。也许人家不愿意我们对于美丽的事物接触得太多吧，连客厅的嵌板也没有再打开。诺第留斯号行驶的方向仍是东北偏东，速度为每小时 12 海里，离海面距离为 50 到 60 米之间。

第三天，11 月 10 日，同样是冷冷清清的没有人，我只看见一个船员。尼德·兰和康塞尔已经跟我在一起待了大半天了。他们对船长的不露面感到不理解和惊讶，他是病了吗？还是要改变怎样安排我们的计划呢？

总而言之，正像康塞尔说的，我们是完全自由的，我们吃得也很讲究。我们的主人完全遵守他的诺言。我们不能抱怨，反而，我们意想不到的遭遇给我们带来了很好的待遇，就这一点，我们就没有权利控诉他。

这一天我开始写关于这次奇遇的日记，这样，我就可以把事情详详细细地记录下来了。写日记的纸是用海中大叶藻制的，这也是一件新奇的事。

11 月 11 日，一大早，诺第留斯号的内部换上了新鲜的空气，我知道现在我们又回到洋面上来补充氧气。我向中央楼梯走去，走上平台。

这时是早晨 6 点。我看见天阴沉沉的，海也发暗，但海面很平静，几乎没有波浪。我希望在平台上能遇见尼摩船长，他会在那儿吗？我只看见领航人在那玻璃笼间里。我坐在小艇外壳的突出部分上，自由自在地呼吸着海上新鲜的空气。

在阳光的照射下，浓雾渐渐消散。一轮红日从东方冉冉升起。海面被阳光照射得像燃着了的火药，发出一片红光。高空中飘散的浮云，染上深浅不同的色泽，无数的“猫舌头”预告今天可能要刮一整天的风。

可是诺第留斯号对于大风暴也是毫不畏惧的，普通的风又算得了什么呢？

我正在欣赏着日出的美景，忽然听到有人走上平台来。

我正准备招呼尼摩船长，但上来的人不是他，而是他的副手。他自顾自地在平台上向前走，好像我是不存在的。他拿着一架高倍的望远镜，十分细心地观察四周的天际，观察过后，他走近嵌板，说了一句话，这句话的语音拼法跟下面的完全一样。我之所以把它记下来，是因为在同样的情况下，每天早晨，都能听到这句话。这句话是这样：

“诺土隆—雷斯扑—罗宜—维尔希。”

但这句话到底是什么意思，我却不知道。

说了这句话后，船副又下到船舱去了。我想诺第留斯号可能又要进行它的海底航行了。所以我走回嵌板边，穿过狭长的过道，回到我的房中。

同样的情形一直持续了有五天。每天早晨，我走上平台，听到同样的人说出同样的话。尼摩船长仍没有出现。

我对于见他已经不抱希望了。到了 11 月 16 日，我跟尼德·兰和康塞尔回到我房中的时候，看见桌上有封信，是给我的。

我拿过信来，立即拆开。信上的字体写得很干净，让人一目了然，但略带一点古体，让人觉得有些像德文字体。

信的内容如下：

送交诺第留斯号船上的阿龙纳斯教授

尼摩船长邀请阿龙纳斯教授出去打猎，时间定于明天早上，在克里斯波岛中举行。船长希望他能来参加，同时也很高兴他的同伴能跟他一起来。

诺第留斯号船长尼摩

1867 年 11 月 16 日

“打猎！”尼德·兰喊道。

“在克利斯波岛的林中！”康塞尔加上一句。

“这个怪人是要到陆地上吗？”尼德·兰又说。

“在我看来，信中已经说得很清楚了。”我把信又看了一遍。

“那么，我们一定接受邀请，”加拿大人说，“那我们该怎么办，到了陆地上就知道了。此外能吃到新鲜的野味我也会很高兴的。”

尼摩船长本来是讨厌大陆和岛屿的，现在反过来邀我们去林中打猎，我也不想去寻找什么解释，只是满意地说：“我们先看看克利斯波岛在什么地方。”

我查了一下地图，找到了一个小岛，它位于北纬 32 度 40 分，西经 167 度 50 分的地方，它是 1801 年由克利斯波船长发现的，在古老的西班牙地图上它被叫做洛加·德拉·蒲拉达，翻译过来就是银石。所以我们现在距出发点约为 1800 海里，诺第留斯号改变了它的行驶方向，它现在开始向东南方驶去。

我把这个处在太平洋北部的小岛指给我的同伴看。

我对他们说：“尼摩船长即使偶然想上陆地，也一定是选择那些荒凉偏僻的地方。”

尼德·兰摇摇头，没有说话，一会儿，康塞尔和他都走了。管事人不动声色地给我送来晚餐，我用过晚餐后，心里还在想着明天打猎的事，很久才睡着。

第二天，11 月 17 日，一觉醒来，感觉诺第留斯号好像不动了。我快速地穿上衣服，走进客厅。

尼摩船长已经在那里了，他看见我，便站起来向我打招呼，问我们是否愿意跟他一块去打猎。

他对于他八天没有露面的原因只字未提，我也不便打听，所以只是干脆地回答说，我的同伴和我都很乐意跟他去。

“不过，”我又补上一句，“先生，我可以提一个问题吗？”

“当然，阿龙纳斯先生，只要我能回答，您就一定能得到答案。”

“船长，既然您跟陆地已经断绝了一切联系，您怎么会有森林在克利斯波岛上呢？”

“教授，”船长回答，“我的森林不需要太阳的光和热。狮子、老虎、豹子，等等，不管什么四足兽都不能到我的森林中来。林中的一切东西只为我一人生长。这不是陆地的森林，而是海底森林。”

“海底的森林！”我喊道。

“是的，教授。”

“您请我到海底森林中去吗？”

“正是。”

“步行去吗？”

“步行去，而且不会沾到一点海水。”

“一面走一面打猎吗？”

“是的。”

“手拿着猎枪吗？”

“对，手拿着猎枪。”

我两眼盯着诺第留斯号的船长，没露出一点讨好他的意思。

我想，他是不是脑子有毛病。敢情这 8 天没出现，是因为病情发作了，到现在还没好。挺可怜的！但愿他只是发发怪脾气，只要不发狂就好！

我的脸色清楚地透露了我的这种想法，但尼摩船长什么也没说，只请我跟着他走，我只好听天由命地跟着他。我们到了饭厅，早餐已经摆好了。

“阿龙纳斯先生，”船长对我说，“不要客气，请随便。我们一边吃饭，一边谈话。尽管我答应您可以去林中散步，但我并没有保证在林中会有餐馆出现。所以请您尽量吃，就像一个要很晚才能回来吃午饭的人一样地多吃一点。”

这顿饭我吃得很饱。菜是各式各样的：有鱼类，海参，美味的植虫动物，另外还有一些海藻类植物，这些对消化很有帮助，像青红片海藻、苦乳味海藻等做出来的。有用水和酵素酒合成的饮料，这酒是按照勘察加岛人的方法，从有名的掌形蔷薇藻中酿造出来的。

刚开始的时候，尼摩船长只是一味地吃着，一句话也没说，后来才对我说：“阿龙纳斯先生，我知道在我邀请您到克利斯波岛的森林中打猎的时候，您认为我是自相矛盾。可当我告诉您这是海底森林的时候，您以为我就是个疯子。教授，您不能这么轻易就下判断。”

“不过，船长，请您相信……”

“您耐心听我说，然后再判断是否应当责备我自相矛盾和发疯了。”

“您请说，船长。”

“教授，我们都知道，人只要有氧气设备，就可以在水底下生活。在水底下工作的工人，只要穿上一件防水的衣服，头上套了一个金属的盒子，再利用打气机和节流器，就可以获得水面上的空气。”

“您说的是潜水设备。”我说。

“正是，可是，带了这套设备，人会显得不自由，那条输送空气的胶皮管子把他和打气机连接起来，就像是一条把他拴在陆地上的锁链，如果我们是这样拴连着诺第留斯号，那我们就不能走得太远了。”

“那么，有什么方法可以自由行动呢？”我问。

“那就要靠您的两个法国同胞——卢格罗尔和德纳露兹创造的器械。我在他们创造的基础上加以改进，利用改善后的器械，就可以在新的生理条件下在海水中生活，而您却一点也不会感到难受。它有一个厚钢板制的密封瓶，可以把 50 大气压的空气压缩进去。它就像士兵的背囊一样，用一条腰带绑在人的背后，瓶的上部像个钢盒，盒中的空气由吹风机控制着，只有在一定的压力下才能溢出来。改进的卢格罗尔器械，都有两条胶皮管子从钢盒通出来，直接与一个喇叭形的东西相连着，其中一条是吸气用的，另一条是用于呼气的，按照呼吸的需要，人的舌头控制这两条胶皮管是吸是呼。但是，海底的压力是很大的，所以我要把我的脑袋装在像潜水员用的一样的铜制的圆球中，那两条胶皮管就连结在这个圆球上。”

“太好了，尼摩船长。可是您所带的空气会很快就被用完的，空气中的含氧量低于百分之十五时，这时浑浊的空气就不适合呼吸了。”

“那是当然，但我跟您说过，阿龙纳斯先生，诺第留斯号的打气机可以把高压压缩的空气装进去，这么一来，这套器械的密封瓶所储藏的空气足够我呼吸九到十个小时。”

“我再没有什么可以为难您的了，”我回答，“但我要问，您在海底下是靠什么来照明呢？”

“兰可夫灯，阿龙纳斯先生。呼吸器放在我背上，探照灯则带在腰间。探照灯装有一组本生电池，我用的是海中含量很多的氯化钠而不是氯化钾。一个感应线圈把发生的电收集起来，送到一盏特制的灯中。灯泡中有一根弯曲的玻璃管，管中有少量的气态二氧化碳。只要把灯打开，二氧化碳气就会发出一种连续不断的白光，把一切照亮。有了这些装备，我在海底就可以呼吸也可以看清路了。”

“尼摩船长，您对我提出的所有反对意见，都作出了让我满意的答复，现在我没有可怀疑的了。不过，我虽然承认卢格罗尔呼吸器和兰可夫探照灯，但对于猎枪，我还是有疑问。”

“这可不是火药枪。”船长回答。

“那么，难道是气枪吗？”

“是的。船上没有制造火药的原料：硝石、硫磺和木炭，我怎么能制造出火药呢？”

“还有，”我说，“海水比空气重 855 倍，在这种环境中要有实效的射击，第一要克服的就是这种巨大的压力。”

“这不是什么理由。现在有一种枪，是按照富尔顿的设计，由英国人菲力哥尔和布列、法国人傅尔西、意大利人兰帝加以改进的，它装有特殊的开关，可以在海水中射击。但是我要再跟您说一遍，我没有火药，只能用压缩空气代替，但这种空气是诺第留斯号的打气机可以大量供应的。”

“可是这空气很快就会用完的。”

“不错，但我带有卢格罗尔瓶，不是能按需要随时供应空气吗？只要按需要装上一个开关龙头就可以了。此外，阿龙纳斯先生，您将亲眼看到，其实水底打猎消费的空气量和子弹并不会太多。”

“但是，在这种光线不太好的地方，同时又比空气重得多的海水中，我觉得子弹打得不会太远，并且命中率也会很低吧？”

“先生，用这种枪，每一发都是可以致命的，并且，动物一旦被打中，不管伤得再轻，它必然像被雷击一样，立即倒下来。”

“为什么呢？”

“因为这枪发出的并不是普通的子弹，这是奥地利化学家列妮布洛克发明的一种小玻璃球，我船上还有很多呢，这种小玻璃球装有钢的套子，下面又加了铅底，像真正的来顿瓶一样，里面具有很高的电压。就是轻轻一碰，也要炸开，不管被打中的动物多么强大有力，也得倒下来死去。我要告诉您，它比四号子弹还小，普通猎枪的弹盒可以装上 10 个。”

“我没什么可问的了，”我从桌旁站起来说，“我只要拿起我的枪来就是了。您去哪里，我就跟到哪里。”

船长领着我来到诺第留斯号的后部，走过尼德·兰和康塞尔的舱房门前，我叫了我的两个同伴，他们立即跟了出来。

一会儿，我们到了靠近机器房的一个小房子前，我们就是要在这个小房子中穿起我们的海底打猎衣服。

第十六章　在海底平原上散步

准确来说，这个小房子，就是诺第留斯号的军火库和储藏衣服的地方。墙上挂着 12 套潜水衣，供海底探险的人使用。

尼德·兰看到这些潜水衣，不愿意穿，因为他觉得它们十分让人讨厌。

“您可知道，老实的尼德·兰，”我对他说，“那克利斯波岛的森林是海底的森林呢！”

“好嘛！”鱼叉手失望地说，因为他吃鲜肉的梦想破灭了。“阿龙纳斯先生，您也要穿这种衣服吗？”

“当然，尼德·兰师傅。”

“先生，您想穿就穿吧！”鱼叉手耸一耸两肩说。

遵照船长的嘱咐，过来两个船员，帮助我们穿这些防水的、用橡胶制成的沉重的衣服，衣服没有任何的缝隙，可以承受很大的压力，而不受到伤害。就像是一套既柔软又坚固的盔甲。上衣和裤子连在一起，裤脚下连着的是很厚的鞋，鞋底是很厚的铅铁板。上衣是由铜片编织的，像一块铁甲保护着胸部，可以抵抗水的压力，让肺部可以自由呼吸，衣袖跟手套也是连在一起的，很柔软，手可以自由活动丝毫不受影响。

18 世纪发明的被人称赞的树皮胸甲、无袖外套、海洋衣、藏身箱等等这些不完备的有缺点的潜水衣，跟我们眼前这套潜水衣比较，实在是太相形见绌了。

尼摩船长、他的一个同伴（一个臂力过人，像赫拉克轨斯一般的大力士）、康塞尔和我，一共四个人，我们已经穿好了潜水衣，只有最后把金属圆球套在头上就可以了。但在戴上金属圆球之前，我要求尼摩船长让我熟悉一下我们要带的猎枪。

诺第留斯号船上的一个船员拿了一支枪给我看。这枪的枪托是钢片制的，中间是空的，空的体积相当大，是用来储藏压缩的空气的，上面有一个阀门，转动机件，便可以使空气流入枪筒。枪托里面装了一盒子弹，共有 20 发电气弹，子弹可以利用弹簧自动跳入枪膛中。一发打出之后，另一发立即补上，可以连续发射。

“尼摩船长，”我说，“这支枪太棒了，使用起来非常方便。我真想现在就试试。不过我们该怎样到海底呢？”

“教授，此刻诺第留斯号就停在水下 10 米的深处，我们可以出发了。”

“我们怎样出去呢？”

"您很快就会知道的。"

尼摩船长把自己的脑袋钻进圆球帽子里面去。康塞尔和我照着他的样子，各自戴上。这时我们听到加拿大人讽刺地对我们说了一声"祝您们玩得高兴"。潜水衣的上部是一个有螺丝钉的铜领子，头盔就固定在上面。圆球上有三个用很厚的玻璃作防护的孔，只要你在圆球内转动脑袋，就可以看见四面八方的东西。当脑袋钻进圆球中的时候，放在我们背上的卢格罗尔呼吸器，立即工作起来。就我个人来说，我呼吸很顺畅，没有一点的不舒服。

我手里拿着猎枪，腰间挂着兰可夫探照灯，整装待发。但是，说实话，穿上这身沉重的衣服，用铅做的鞋底好像把脚钉在了甲板上，想要走动，那是非常困难的。

但这种情形我事先也是想到的，我觉得，有人把我推进跟藏衣室相连的一个小房子中。我的同伴跟着我，同样被推着。我听到装有阻塞机的门在我们出来后就关上，我们的周围立刻漆黑一片。

过了几分钟，一声尖锐的呼啸声传进我的耳朵。我感到有一股冷气，从脚底涌到胸部。显然是有人打开了船内的水门，让外面的海水向我们冲来，没过一会儿，这所小房子便被水灌满了。这时，打开了在诺第留斯号船侧的另一扇门。一道半明半暗的光线照射我们。一会儿，我们便到达了海底底部。

现在，我怎能写出当时在海底散步的印象呢？像这类神奇的事是无法用语言来形容的！就是画笔也不能将海水中的特殊景象描绘出来，语言文字就更做不到了。

尼摩船长走在前面，他的同伴跟在我们后面几步之远。康塞尔和我，彼此紧挨着，好像我们可以通过我们的金属外壳交谈似的。我已经感觉不到衣服、鞋底、空气箱的重量了，也感觉不到这厚厚的圆球的分量，我的脑袋像杏仁在它的核中滚动一般在圆球中间摇摇晃晃。在水中所有这些物体失去了一部分重量，即它们排开的水的重量，因此我更了解了阿基米德发现的这条物理学原理。我不再是一块呆立不动的物体，基本上可以说能够运动自如了。

洋面下 30 英尺的地方都可以被阳光照到，这股神奇的力量让我惊奇。太阳光强有力地穿过水层，把水中的颜色驱散，我可以清楚地看到百米以内的所有物体。百米之外，水底现出蓝天一般的渐次晕淡的不同色度，在远处变成浅蓝，沉没在模糊的黑暗中。真的，在我周围的这水好像只是一种空气，虽然密度较地上的空气大，但跟地面上的空气一样都是透明的。在我头上，我所看到的是平静的海面。

我们走在一片很细、很平的沙上，这地毯就像一个反射镜，把太阳光强烈地反射出去。由此而生出那种强大的光线辐射，射入所有的水层。如果我说，在 30 英尺深的海底，我可以像在阳光下一样看得清清楚楚，会有人相信我吗？

我们走了有一刻钟，踩着明亮的沙层走动。诺第留斯号的船身像一个长长的暗礁，已经渐渐消失不见了，但它的探照灯，射出的光却十分耀眼，在黑暗的水中，可以指引我们回到船上去。那些只在陆地上看见过这种一道道的十分辉煌的白光的人们，对于这种在海底的电光，实在很难理解。在陆地上，空气中充满尘土，使一道道光线像发光的雾一样，但在海上和海底下都是一样的，电光是十分清晰透亮的。

我们没有片刻的停留，广阔的细沙平原好像是无边无际的。我用手拨开水帘，走过后它又自动合上，我走过的足迹，在水的压力下很快就不见了。

走了一会儿，在前面看到了一些东西，虽然只是模模糊糊地映入眼帘，但已经大致可以看出它的轮廓。我看出这是海底岩石前沿好看的一列，形形色色的植虫动物将岩石铺满了，我被这种特有的景色迷住了。

这时是上午 10 点，太阳光还是倾斜地投射在水面上，光线像通过三棱镜一样被折射，海底的花、石、介壳、植物、珊瑚类动物，一接触这折射的光，就显现出太阳光的七种不同颜色来。这种所有浓淡颜色的错综交结，构成了一架红、橙、黄、绿、青、蓝、紫的色彩缤纷的万花筒，就像是十分讲究的水彩画家的调色板一样！真是让人大饱眼福！我想把我心中所有的新奇感觉告诉康塞尔，可我该怎么告诉他呢！怎样才能跟他一起发出赞叹呢！我怎样才能像尼摩船长和他的同伴一样，利用一种约定的记号来传达我的思想呢！实在没有什么好办法，所以我只好自言自语，虽然我知道，说这些空话消耗的空气恐怕比预定的要多些，但我还是忍不住在套着自己脑袋的铜盒子里面大声叫喊。

康塞尔跟我一起欣赏着这灿烂的美景。显然，这个本分的老实人，要不停地把眼前这些形形色色的植虫动物和软体动物进行分类。腔肠动物和棘皮动物到处都是，孤独生活的角形虫，变化不一的叉形虫，纯洁的眼球丛，肌肉盘贴在地上的白头翁，被人叫做雪白珊瑚的耸起呈蘑菇形的菌生虫……装饰了这片土地；再镶上结了天蓝丝绦领子的红花石疣，满是小虫伪海盘车，散在沙间像星宿一般的海星，真像水中仙女手绣的精美花边。在我们走路时所引起的波动中，朵朵的花彩摇摆着它们婀娜的身姿。把散布在地上成千成万的软体动物的美丽品种，海糙鱼，环纹海扇，洼形贝，当那贝——真正会跳跃的贝，叶纹贝，朱红胄，像天使翅膀一般的袖形贝，以及其他各种各样的海洋生物，践踏在我的脚底下，我心中实在有些不忍。但是我们不得不继续前进，成群结队的管状水母在我们头上游着，伸出它们天蓝色的触须，一连串地飘在水中。还有月形水母，它那带乳白色或淡玫瑰红的伞，加上天蓝色边框，为我们遮住了阳光。在黑暗中，还有一些发光的半球形水母，为我们照亮了前进的道路！

在四分之一海里的范围内，我没有停下脚步，这些珍品不断地出现在我面前。

尼摩船长向我招手，我跟着他走。不久，脚下的土壤由细沙平原变成了一片胶粘的泥地，单独由硅土或石灰贝壳构成，美国人管它叫“乌兹”。接着我们又走过一片海藻地，它们是未经海水冲走的海产植物，有很强的繁殖力。这种纤维紧密的草坪，踩在脚下软绵绵的，足以和人工织出的最柔软的地毯媲美。但是，不只我们脚下是绿草如茵，连我们头上也是一片翠绿。水面上轻飘飘地浮着一层海产植物，全部是取之不尽的海藻类，这类植物，至少有两千多种是我们已经知道的。我看见水中浮着很长的海带（有的像球形，有的像管状）、红花藻、叶子很纤细的薛苔、很像仙人掌的蔷薇藻。我注意到离海面较近的一层是青绿色的海草，在更深一些的地方是红色的海草，在最深处的是黑色或赭色的水草，它们在海底形成海底花园和草地。

这些海藻类实在是宇宙植物界的一个奇迹。在海藻类中有着地球上最小和最大的植物。因为在仅仅 5 平方毫米的地方，可以有四万条这类肉眼不可见的微生植物，同时还有人采过长超过 500 米的海带。

我们离开诺第留斯号大概有一个半小时了，已经接近中午了，太阳光垂直地照下来，再没有折射作用了。美丽的颜色也渐渐消失了，我们的头顶上那翠玉和青玉的各种色度也消失了。我们很有规律地走着，踩在地上发出很响亮的声音。在水中很轻微的声响也能很快地传出去。这与在陆地上耳朵听到的是不一样的。因为对于声音，水的传播速度比空气快四倍。

这时候，海底地面由于有明显的斜坡，渐渐低下去。光线的色泽是一致的。我们到了百米的深度，受到 10 个大气压的压力。我没有感觉有什么难受，因为我的潜水服就是为适应这些情况而设计的。我只是觉得手指活动起来不是太灵活，但这种情况很快就消失了。我穿上这沉重的潜水衣，漫游了两小时，本来应该疲倦，可现在却没有丝毫的倦意。由于水力的帮助，我行动得异常灵便。

到了300英尺的深度，我还可以看到很微弱的太阳光。紧接着阳光的强烈光辉，是红色的曙光，白天与黑夜之间的阴暗光线。但我们还不需要使用兰可夫灯，还可以看得清楚。

这时，尼摩船长停了下来。他在等着我，要我到他的面前去，他指着让我看那不远处的阴影中，渐渐露出来的一堆堆模糊不清的形体。

我想，那应该就是克利斯波森林了。果然，我没有猜错。

第十七章　海底森林

我们终于走到了森林边，这可能是尼摩船长的广大领土中最美丽的一处。他把森林的所有权留给了自己，把森林看作是他自己的，像创世之初出现的一批人一样，认为拥有这片森林的所有权。其实，又有谁能够跟他争这海底财产的所有权呢？又有谁能像他一样大胆，手拿着斧子，敢来这里砍伐荆棘，开垦田地呢？

森林中生长的都是些高大的木本植物，当我们走到树林中阔大的拱形枝干之下，我的眼光首先就被这林中树枝排列的奇形怪状所吸引，因为我从来没有见过这种奇怪的形状。

林中地上几乎没有什么草，小树上丛生的枝条没有向外蔓延，也不向下垂弯，也不向横的方向伸展。所有草木都笔直地伸向洋面，没有多余的枝条，不管怎么细小，都是笔直的，像铁杆一般。由于受到海水强大密度的影响，海带和水藻，都坚定不移地沿着垂直线生长。而且这些水草又是静止不动的，我用手把它们分开只要一放手，它们便立即回复原来笔直的状态。这林子简直就是垂直线的世界。

不久我便习惯了这种古怪的形状，同时也已经习惯了四周相对黑暗的环境。林中地上尖利的石块随处可见，行走时很难躲避。在我看来，在这里海底植物是应有尽有了，就是比南北两极地带或热带区域都更为丰富。不过，在短短几分钟内，我竟然把动、植物两类混为一谈了，把植虫动物当做水产植物。本来，又有谁不会弄错呢？在海底下，动物界和植物界是紧密相联的。

我观察到，这里的所有植物界产品，只是在表面上跟土壤连在一起，事实上这些植物没有根，只要是固体不管是沙、是贝、是甲壳或石子，都可以支持它们，它们所需要的只是一个支点，而不是需要生长的营养。这些植物是自己生长起来的，而海水就是唯一给予它们养分的资源。它们大部分没有叶子，只长出奇形怪状的小片，表面的色彩比较单调，只有玫瑰红、青绿、洋红、青黄、古铜、灰褐等颜色。我在这里看到的，跟诺第留斯号船上风干的标本又是不一样的，而是活生生的、似乎迎风招展地作扇子般展开的孔雀彩贝，伸长像可食的嫩笋一样的片形贝，大红的陶瓷贝。长长的软软的，高达 15 米的古铜藻，茎在顶上长大的一束一束瓶形水草，以及其他各种各样的海产植物，但它们都不会开花。一位很有趣的生物学家曾说过：“大海真是无奇不有，动物类开花，植物类不开花，古怪新奇的自然！”

在这里的灌木如温带的树木一样高大，在它们湿润的阴影下面，遍地都是生动的花丛。植虫动物上面开放出像花一般有弯曲条纹的脑纹状珊瑚，草地上一堆一堆的石花珊瑚，触须透明的黑黄石竹珊瑚。为了使这个幻觉更加完美。又有成群的蝇鱼，它们从这枝飞到那枝，还有两腮耸起、鳞甲尖利的麦虫鱼、飞鱼、单鳍鱼，在我们脚下跳来跳去。

到 1 点钟左右，尼摩船长发出暂时休息的信号。在我看来，我很乐意能休息一下，于是我们在一个海草华盖下面躺下休息，这海草的细长枝条像箭一般直插着。

休息的这一刻我觉得很舒服，但唯一的遗憾是彼此不能交谈，不能说话，当然也不能回答。我只是把我粗大的铜头挨近康塞尔的铜头，我看见这老实人的眼睛闪出兴奋的亮光，他在铜壳子里面乱摇乱摆，作最滑稽可笑的怪样子，来表达自己兴奋的心情。

虽然走了 4 小时的路，却并没有饥饿的感觉，心里感到很吃惊。这是为什么，我却说不出来原因。但另一方面，像所有潜水人一样，我有点无法克制地想睡觉。不一会儿，我便无法克制自己的双眼，我立即掉到无法抗拒的昏睡中，这昏睡，刚才也只是因为在走动着才被克制了。而尼摩船长和他的同伴，先给我们作出睡眠的榜样，早就躺在清澈的水晶体中。

我不知道在这种昏睡中度过了多长时间，但当我醒来的时候，太阳已经西斜下去了。尼摩船长已经站起来，我也开始伸展我的四肢，就在这个时候，一个意外东西的出现，让我立即站了起来。

离我们几步远的地方，有一只海蜘蛛，高有 1 米，斜着眼注视我，好像就要向我扑来。虽然我有相当厚重的潜水衣，可以保护我不会被它咬伤，但我还是有些害怕，禁不住颤抖起来。康塞尔和诺第留斯号的水手在这个时候也醒来了。尼摩船长指着这个怕人的甲壳虫类动物给他的同伴看，他的同伴一枪就结束了它的生命，我看见这个怪物的丑陋脚爪抽搐得怕人，在拼命挣扎。

碰到这个怪物之后，我就想到一定还有其它更可怕的动物时常来到这黑沉沉的海底，我的潜水衣可能无法保护我，无法抵抗它们的袭击。这事是我事先没有想到的，现在我决定要时刻警惕。此外，我还以为这次的休息表示旅行的结束呢，但我错了，尼摩船长仍然大胆地继续他的旅行，并不让我们回到船上去。

地面继续往下陷，斜度更明显了，把我们拉到最深的海底。这时候，可能已经快 3 点了，我们来到了一座狭小的山谷，这山谷在峭壁间，在 150 米深的海底下。由于我们配带的装备很棒，我们可以超越大自然拿来限制人的在海底旅行不得超过 90 米的深度。

我说我们应该是在 150 米的深度，虽然没有什么仪器可以让我来测量，但我知道，即使最清澈的海水，阳光也不能再往下照了。就在这时，周围变得漆黑。

十步外什么也看不到了。所以我只能摸索着前进，这时忽然闪出来一道明亮的白光。原来是尼摩船长使用他的兰可夫灯，他的同伴也打开了电光机器。康塞尔和我也学着他们做起来。我转动螺丝钉，使电磁铁跟曲玻璃管接通，灯亮了，有我们四盏探照灯的照射，周围 25 米内都变得明亮起来。

尼摩船长继续向森林中最幽深的地方走去，沿途树木越来越少。我注意到，在海底，植物比动物消失得快。土地已经变得越来越贫瘠，海产植物已经越来越少，但数量很多的动物、节肢动物、软体动物、植虫动物和鱼类仍然到处都是。

我一边走一边想，我们的兰可夫灯一定会引起那些沉黑的海底居民的注意。可是，就算它们来，也会停留在距离相当远的地方，此时猎人的力量是达不到的。好几次，我看见尼摩船长停下脚步，拿起他的枪瞄准，但经过一段时间的观察后，他又把枪放下，继续往前走。

大约到 4 点钟的时候，结束了这段新奇惊人的旅行。一道高大的岩石墙和大堆怪石群矗立在我们面前，那岩石如巨人一般，花岗石的悬崖，岩壁上有一些沉黑的岩洞，可是找不到攀爬上去的道路。

这应该就是克利斯波岛的尽头，是陆地了。

尼摩船长突然停住脚步。他向我们打手势，示意我们停下来，我是多么地想穿过这道墙，但我不得不停下脚步，这里应该是尼摩船长领地的最后界限。他不愿意越过自己的界限，穿过这界限便是他不愿踩踏的地球的陆地部分了。

于是我们开始往回走。尼摩船长又在前面带领他的队伍，他总是不会迟疑地向前走。我觉得，我们回到诺第留斯号，好像走的不是来时的路。这条新路很陡，因此路很难走，显然它是比较接近海面。不过，回到海水上层的行动不能太过突然，不能过急地减小压力，因为压力减得过急，可能在我们机体中引起严重的疾病，发生致使潜水人有生命危险的内伤，所以我们要慢慢地上来。很快我们又可以看到亮光了，慢慢地扩大，太阳已经在天际的低处，折射作用重新又把七色的光圈套在各种不同的物体上了。

在 10 米深的地方，我们周围有着一大群各种各类的小鱼，比空中飞鸟的数量还多，也更敏捷，但我们眼前还没有出现值得我们开枪的水产猎物。

这时候，我看见船长的枪匆忙顶在肩上，瞄准了林间一个正在走动的东西。枪响了，我听到轻微的啸声，在离我们几步远的地方那个动物被击中倒了下来。

我们打到的是一只很好看的水獭，它可能是唯一住在海中的四足兽了。这水獭长有 1.5 米，有非常大的价值。它的皮，表面是栗褐色，底面是银白色，可以制成好看的皮筒，在俄国和中国的市场上，是十分受关注的。根据它皮毛的柔软和光泽度决定它的价格不低于 2000 法郎。我对这新奇的哺乳动物很是喜欢，它圆圆的头上面有短短的耳朵，眼睛也是圆的，像猫须一般的白色耸须，蹼足有趾，尾巴毛非常厚实。这种珍贵的肉食动物，现在已经很少见了，因为渔人的追赶和捕获，它们主要是躲藏在太平洋的北极圈里，就是在那里，它们也将面临着灭绝的危险。

尼摩船长的同伴把水獭捡起来，放在肩头上，我们继续向前走。

在一小时里，我们踏上了一片细沙的平原。平原时常升至距海面不及 2 米的地方。当时我可以清楚地看到我们的身影，可方向刚好相反。在我们上面，出现同样的一群人，和我们做着同样的动作和姿势，唯一不同的是脑袋在下面，两脚却倒悬在空中。

还有另一种情况值得记录。一阵阵的浓云飞掠过去，这些云形成得很快，但消失得也很快。但仔细一想，我知道了，这些所谓的云只不过是海底厚薄不一的波浪所反映出来的。我又看到浪头向下滑落时演变成无数泡沫飞溅的滚滚波涛，像羊群一样。我还看到有一些巨大的鸟从海面疾飞掠过，在我们头上留下它们的身影。

这个时候，我目睹了一次射击，好像从来没有一个猎人射过这样准确、漂亮的一枪。有一只大鸟张开着大大的翅膀飞着，我们可以很清楚地看到它。此时尼摩船长的同伴看见大鸟离水面仅仅只有几米，他就眼疾手快地瞄准，射击。大鸟被击落下来，一直掉到这位敏捷的猎人的旁边，他立即捉住了这只大鸟。是一种很美丽的海鹅，这是一种人们非常赞美的海鸟。

我们并没有因为打海鹅这件事而耽误我们的行程。在两小时里，我们有时沿着细沙平原走，有时沿着苔藓草地走，路非常难走。老实说，我实在有些走不动了，就在这时，在半里远的地方，我看到有一道模糊的光线冲破了海水的黑沉。那是诺第留斯号的探照灯。要不了 20 分钟，我们就可以回到船上了，一旦到船上，我就可以自由呼吸了，因为我觉得我的空气储藏器里面已经没有太多的氧气来供应我了。我在心里这样盘算着，并没有想到下面的意外遭遇，耽误了我们的时间，以致推迟了我们上船的时间。

我和尼摩船长之间大约有 20 步左右的距离，我跟在他的后面，突然尼摩船长向我转过来。他用他有力的手，把我按倒在地，他的同伴对康塞尔也做了同样的事。刚开始我对这次突然的攻击，作了种种的猜想，但当我看见船长也躺在我旁边，不敢动时，悬着的心释然了不少。

于是我就躺在地上，正好躲在苔藓丛林的后面，当我抬起头来，我看见了一个发出磷光十分庞大的躯体，气势汹汹地走过来。

我的血都凝结了！我认出来，逼近我们的是一对十分厉害的火鲛，它们在鲨鱼类中是属于最可怕的一种，它们有着巨大的尾巴，目光呆滞，嘴的周围有很多孔，孔中喷出闪闪发光的磷质。这火鲛真是大得让人害怕，它们的铁牙床，足可以把整个人咬成肉酱！我不知道康塞尔是不是此时正在给它们分类，在我说来，与其说是拿生物学者的身份，不如说是拿将被吞食的人的身份，很不科学的观点来观察它们的银白的肚腹，满是利牙的血盆大口。

幸运的是，这对贪吃的家伙好像视力不太好，它们并没有看见我们就游走了，只是它们的黄黑色的尾巴略微碰到了我们而已，我们能躲过这次危险真是个奇迹，毫无疑问，这比在深林中碰见猛虎还要危险得多。

半小时后，靠着电光的指引，我们重新登上了诺第留斯号。外部的门仍然开着，我们刚走进第一个小房间，尼摩船长就把门关起来。然后他按了一下按钮，我就听到船内部的抽水机运作起来，我感觉我周围的水渐渐低下去，没一会儿，小房中的水便被完全排出。内部的门打开来，我们走进了储衣室。

在储衣室，我们脱下了潜水衣，脱时费了好大的工夫。我已经感到疲惫不堪，回到自己的房中，一方面对于这次惊人的海底旅行赞叹不已，另一方面，实在太累，躺在床上很快便迷迷糊糊地睡着了。

第十八章　太平洋下四千里

翌日，11 月 18 日，昨天的疲惫，已经完全缓过劲来，我走上平台，这时诺第留斯号的船副刚好在说出他每天说的同样的那句话。于是我在想，这句话应该是跟海面的情况有关，它的意思会不会是："我们什么都望不见。"

这时洋面上空空荡荡的，远处连一只船也没有。克利斯波岛的高地已在夜间消失不见了。海洋把三棱镜分出的其他六种颜色都吸收了，只把蓝色向四周反射出去，呈现一种十分好看的靛蓝色。宽阔的波纹，随着风浪此起彼伏，在层层叠叠的波涛上有规律地显现。

我正在欣赏这美丽的海洋景色时，尼摩船长出来了。他好像没有看到平台上的我，开始做他的天文观察。不一会儿，做完观察，他靠着探照灯笼间，眼光观察着洋面。

同时又有 20 名左右的诺第留斯号的水手，来到平台上，他们个个的身体都很强壮，他们来收昨天晚上撒在船后的渔网。这些水手看起来虽然都有着欧洲人的体型，但很明显是属于不同的国家。如果我没看错，他们中间应该有爱尔兰人、好几个斯拉夫人、法国人、一个希腊人或克里特岛人。不过，他们都不怎么爱说话，他们彼此间使用的语言，我甚至弄不清它们的出处，所以我根本没有办法去跟他们交谈。

渔网被拉上船来，网是袋形的，跟诺曼底沿海使用的鱼网基本一样，是用一根浮在水上的横木和一条串起下层网眼的链索把网口在水中支开。这些类似口袋的网挂在铁框上，拉在船后面，一路上，经过的鱼没有一个能逃走的，都被捞了上来。这一天打到了许多新奇的鱼，比如：黑色带有许多触须的噪噗鱼；带波纹有红色花纹围起来的弯箭鱼；动作很滑稽可笑的海蛙鱼，因为它的滑稽所以又被称为丑角鱼；满身都是银白的鳞的海豹鱼；毒性很强的弯月形鳆鱼；橄榄色的八目鳗；淡青色的鳖鱼；旋毛鱼，这鱼发电的力量相等于电鳗和电鱼；多鳞的纹翅鱼，这鱼身上有古铜色横斜的带纹；好几种虾虎鱼等。还有一些身材很大的鱼，一条头部隆起的加郎鱼；好几条 1 米长的美丽的鲤鱼，它的身上带天蓝和银白相间的颜色，甚是好看；三条华丽的金枪鱼，虽然它们游动得很快，仍无法摆脱被捕的命运。

我大致估测了一下，这些鱼的重量大概得超过 1000 斤。是一次不错的收获，但并不特别出奇。因为网在船后拖拉有好几个小时，自然能捞到大量的各种水产。因此，只要诺第留斯号凭借着飞快的速度和电光的吸引力，我们就不会缺少食物，可以不断地捕捉到鱼类。

这些种类不同的海产动物立即通过打开的嵌板送到下面的食物储藏室，其中有些要趁新鲜食用，有些则需要保存起来。

捕完了鱼，空气也换了新鲜的，我想诺第留斯号又要开始它的海底旅行了。当我正准备回房的时候，尼摩船长向我转过身来，没有什么客套，直截了当地对我说："教授，您看这海洋，它不是有着真实的生命吗？它不是也有愤怒和温柔吗？昨天，它跟我们一样安静地睡着，过了一个安静的夜晚，现在，它又开始动起来了。"

不说早安，也不说晚安！大家都会认为这个怪人现在只不过是把已经开了头的谈话继续说下去。

"您看，"他又说，"它在太阳的沐浴下苏醒了！它又要开始它有阳光的生活了！观察它生活的变化，实在是很有趣的学术研究呢。它有脉搏、有血管、有起伏，我觉得科学家莫利说得很对，他发现海洋也有循环作用，跟动物身上的血液循环是一样的。"

尼摩船长并没有给我答话的机会，我觉得跟他说太多的"当然"、"一定"和"您对"，没有什么用处。他说话，与其说是对我说，还不如说是他自言自语，他每说完一句话，中间会有相当长时间的停顿，他的这种思考方式真是特殊。

"是的，"他说，"海洋有真正的循环作用，想要这循环起作用，只要造物者在海中增加热、盐和微生动物就可以了。的确，热力可以造成海水的密度不同，使海中发生许多顺流和逆流。在北极区域是完全没有水汽蒸发的，但在赤道地带这种蒸发现象就会很频繁，造成热带海水和极圈海水间永远不停的交流。此外，我还注意过那些由上而下和由下而上的水流，形成海洋真正的呼吸。我看见了海水的分子因为在水面上受热后，沉入到海底，到达零下 2 度的时候，此时的密度达到最大，然后，温度再降低，它的重量也随之减轻，它就又浮了上来。您将在极圈地方看到这种现象所产生的结果，同时由于大自然的这个规律，您将了解到，冰冻作用只能在水面上发生。”

当尼摩船长说到这里的时候，我想说：“极圈吗！这个大胆的人不会是想把我们带到极圈里去吧！”

这时船长不说了，他全神贯注地注视着他细心研究的海洋。一会儿他又说了起来：“教授，海水中盐的分量是多到数不尽的，如果您把溶解在海中的盐提取出来，您可以造成一个 450 万立方里的体积的盐堆，如果把这些盐在地球上摊开，可以铺成一层 10 米高的表皮。您不要以为海中有这些盐是大自然随意制造的，不是的。盐质可以使海永不容易蒸发，使海风不能带走过多的水汽，否则的话，水汽再重新化成水，都可以把温带地方全部淹没了。这真是一项了不起的作用，是调节全地球的力量，使其保持平衡的伟大作用！”

尼摩船长又不作声了，站起来，在平台上走了几步，又转向我走来。

他说：“至于那些一滴水中便有几千万的原生纤毛虫，它们在 1 毫克的水量中便有 80 万个，它们也有着一样重要的作用。它们吸收了海中的盐分，消化了水中的固体物质，它们作为石灰质陆地的制造者，同样也能够制造珊瑚和水螅啊！这滴水，当它失去它的矿物质的时候，就会变轻，浮到水面上来，在水面吸收了由于蒸发作用而抛弃在那里的盐质，又变重了，重新沉入海底，给那些微生动物带来了可吸收的新物质。因此就产生了永不停息的，上下循环往复的水流，产生永远不断的生命力，这种生命力比在陆地上更强大、更旺盛，在海洋的各个部分更丰富、更无穷地发展。有人说，海洋是人类的坟墓，但对无数的动物和对我来说，它却是我们生命的所在！”

当尼摩船长这样说话的时候，他的情绪非常激动，我对此产生一种特殊的心情。

他又说：“所以，真正的生活在海洋中！我打算在水中建设城市，集体居住在海底，就像诺第留斯号一样，每天早晨浮上水面来呼吸新鲜的空气。如果成功的话，那将是最自由、最独立自主的城市！不过，又有谁知道，会不会也有一些专制魔王……”

尼摩船长以一个激烈的手势，结束了他的话。一会儿。他直接来问我，好像要把一些不祥的思想驱逐出去似的，他问：“阿龙纳斯先生，您知道海洋到底有多深吗？”

“船长，我所知道的都是探测器测出来的结果。”

“您可以给我说一下，必要时我可以加以检查吗？”

“下面这些数字是我从记忆中搜索出来的，”我答，“如果我没记错，地中海的平均深度为 2500 米，而北大西洋的平均深度为 8200 米。在南大西洋，南纬 35 度的地方，做了几次不错的测量，结果有的是 12000 米，有的是 14091 米，有的是 15149 米，总体来说，如果把海底平均起来，它的平均深度可能在 7000 米左右。”

“很好，教授，”尼摩船长答，“希望我能给您一些更准确的数字。就我们目前所在的太平洋这一带海域它的平均深度只有 4000 米。”

说完这话，尼摩船长向嵌板走去，从铁梯下去不见了。我跟着他下来，回到客厅中。推进器立即运转起来，从测程器看出此时船的速度为每小时 20 海里。

过去了好几周，尼摩船长很少过来。我也只是在十分少有的机会才看见他。他的副手按时来作航线记录，一一记在图上，所以我可以很正确地掌握诺第留斯号所走的航线。

康塞尔和尼德·兰跟我一起，谈了很长的时间。康塞尔告诉了他的朋友，我们在海底散步时所见到的新奇事物，加拿大人对没有跟我们一块儿去表示非常的后悔。但我希望以后还会有这样的机会。客厅的嵌板几乎每天都会打开好几个小时，我们的眼睛尽情地观察这百看不厌的海底世界。

诺第留斯号所走的大方向是东南方，它始终保持在100米和150米之间的深度。但突然有一天，不知道是什么原因，它使用那两块纵斜机板，沿着纵斜线潜下去，一直到2000米的水下。温度表此时的显示是4. 25摄氏度，好像在这样深度的水里，不管在哪里，温度都是一样的。11 月 26 日凌晨 3 点，诺第留斯号在西经 172 度上越过了北回归线。27 日，在它上面可以远远地望见夏威夷群岛。这是 1779 年 2 日 14 日有名的航海家库克遇难的地方。我们自出发到现在，已经走了 4860 里了。这天早晨，我在平台上望见在下风两海里左右的夏威夷岛，它是形成这群岛的 7 个岛中最大的一个。我清楚地看到它的边缘地带已经被开发，与海岸线平行的各支山脉和海拔几千米的火山群，高耸在它上面的就是摩那罗亚火山。在这一带海中特有的海洋生物就是孔雀扇形珊瑚，它是一种外形美观的扁平水螅类。

诺第留斯号仍是向着东南方前进着。12 月 1 月，它越过赤道线在西经 142 度上。4 日，经过快速、顺利的行驶后，我们望见了马贵斯群岛。在南纬 8 度 57 分，西经 139 度 32 分，相距 3 海里远，我看见奴加衣瓦岛的马丁角，这是法国马贵斯群岛中的最重要的一个岛。我看到天边满是丛林密布的山岭，因为尼摩船长不喜欢接近陆地，所以其他的什么也没看到。在这一带海面上，用渔网打到很多美丽的鱼。比如味道非常鲜美的哥利芬鱼，它有着天蓝色的鳍，金黄色的尾巴美丽极了；差不多没有鳞甲的赤裸鱼，但同样也很美味；带骨腮的骨眶鱼；黑黄的塔查鱼，比鲤鱼还好吃。所有这些鱼都很值得品尝。

离开了这些令人神往的美丽海岛后，从12月4日至11日，诺第留斯号共走了4000里左右。在这期间碰见了一大群枪乌贼，这些家伙的身体特别柔软，跟墨鱼很像，法国渔人称它们为水黄蜂，它属于头足纲，双鳃目，其中包括肛鱼和墨鱼。古代的生物学家对这种鱼做了特别的研究，它们给古代希腊公众会场的演说家提供了好些譬喻语，根据之前生活在加利尼埃斯的希腊医生阿典尼所说的话，这类鱼在希腊的有钱人的餐桌上，也是一道美味佳肴。

就是在12月9日和10日夜间，诺第留斯号碰见一大群喜欢夜间活动的软体动物。估计起来，它们的数量要超过成千百万。它们遵循着槽白鱼和沙丁鱼所走的路线，从温带地方向较暖的水域转移。我们通过很厚的透亮玻璃，看见它们极其迅速地向后游着，运用它们的运动器官转动，追赶其他的鱼类和软体动物，吃小鱼，或被更大鱼吃掉。它们用头上天生的10只腿脚艰难地乱爬着，好像小孩玩的蛇形吹气管子。不管诺第留斯号走得有多快，但在这大群动物中间也走了好几个小时，渔网打到了不少这种枪乌贼，其中我看到了被奥宾尼分类的9种太平洋品种。

在这次航行中，海洋把各种奇妙的景象一一呈现在我们眼前，它时时更换布景和场面，使我们大开眼界，我们不仅仅是被吸引，要在海水里面观察造物者的作品，并且还想来揭示这海洋底下最惊人的秘密。

12月11日，我在客厅看了一整天的书。尼德·兰和康塞尔通过打开的嵌板，观察那明亮的海水。诺第留斯号静止着，它的储水池装满了水，它现在的位置是在水下1000米的地方，在这个区域很少有生物居住，只是偶尔会出现一些大鱼。

我这时正读让·马西著的一本很有趣味的书——《胃的调理者》，我正读得津津有味的时候，被康塞尔的说话声打断。

“先生您可以来一下吗？”他带着很惊异的声音对我说。

“什么事，康塞尔？”

“先生请您来看吧。”

我站起来，依靠着玻璃，看着。

在电光照耀下，我看见一团巨大的黑东西，一动也不动，悬在海水中间。我很认真地观察着，想辨认这条巨大鱼类动物的性质。但心中忽然出现一个念头，喊道：“是一只船！”

“是的，”加拿大人回答，“一只撞在暗礁上的沉船！”

尼德·兰并没有弄错。我们面前是一只船，上面弄断了的护桅索仍然挂在链上，船壳看起来还很好，船沉没顶多也就是几个小时。三根断桅从甲板上两英尺高的地方断下来，表明这只遇难的船不得不牺牲了桅杆。但船是侧躺着，是向左舷倾斜的，内部已经灌满了水。这种落在波涛中的残骸的景象，实在是凄惨。更为凄惨的是，甲板上还有躺着挂在绳索上的尸体！我看见有四具男性尸体，其中一个站在舵边，还有一个站在船尾跳板格子上的是一位年轻的妇人，她的手中还抱着一个孩子。有诺第留斯号的电光的照亮，我可以清楚地看出她那还没有被海水所腐蚀的面容。她作最后绝望的挣扎，把小孩举在她头上，这可怜的小生命正两只小手抱着妈妈的脖子呢！四个水手的姿态和表情让人看着害怕，他们的身躯因为抽搐而变得不成样子，仍在做拼命的努力，想摆脱那缠绕自己的绳索。只有领航的舵手，他的表情比较镇定，面貌很严肃、很清晰，灰白的头发贴在前额，痉挛的手放在舵轮上，仿佛还在深深的海底驾驶着他那只遇难的三桅船！

这场面太怕人了！我们沉默不语地望着这真实的沉船事故，可以说在这最后一刻掇下来的沉船景象面前，我们的心剧烈地跳动着！同时我还看见了一些巨大的鲛鱼，被这人肉的诱饵所诱惑，眼睛冒着火向这边游来了！

这时，诺第留斯号继续着它的航行，绕过沉没的船，这时我看见写在船尾牌子上的船名：

佛罗利达号，山德兰港

第十九章　万尼科罗群岛

看到上面这可怕的景象，仅仅只是诺第留斯号在航程中碰到的一连串海难的开始，自从它来到了来往船只比较密集的海中，看到遇难的船只在海水中腐烂已经是常有的事了，在更深的地方，海底下面，还看到了很多生锈的子弹、大炮、链、锚以及其他许多铁器。

即便看到这些，诺第留斯号仍没有停下它前进的脚步。我们在船上的生活很孤独。12 月 11 日，我们望见了位于南纬 13 度 30 分和 23 度 50 分之间，西经 125 度 30 分和 151 度 30 分之间的帕摩图群岛，从度西岛一直到拉查列岛，呈东南偏东至西北偏西走势，在长 500 里的海面上罗列起来。群岛的面积共 370 平方里，大约由 60 多个岛屿组成，在这些岛屿中间，我看到了成为法国保护地的甘比尔群岛。这些岛屿全部都是珊瑚岛。在珊瑚这种腔肠动物的作用下，造成地面缓慢但连续地上升，由此推断，将来有一天这些岛屿一定会连接在一起。然后，连接起来的新岛又跟邻近的群岛衔接，这样一来，从新西兰和新喀里多尼亚岛起，至马贵斯群岛止，便会出现一个新的大陆，那就是未来的第五大洲。

那天，我在跟尼摩船长谈论我的新大陆构成的理论，他很冷漠地回了我一句：“地球上并不需要新的大陆，而是新的人！”

在这次航行中，诺第留斯号偶然开到群岛中最奇异的克列蒙端尼岛。它是1822年，曲米涅娃号船长贝尔发现的。因此我得以对构成太平洋中的小岛的造礁珊瑚体系加以研究。造礁珊瑚跟普通珊瑚是不一样的，它们有一层石灰质的表皮，我著名的老师密尔·爱德华先生把它们表皮构造的各种变化分为五部分。这些细小的微生动物是以分泌物累积而成的珊瑚树，是数以亿万计地生活在它们的细胞里面。它们分泌的石灰质日积月累，组成了礁石、岩石、小岛、岛屿。在某些地方，它们形成一个边缘有缺口的圆形环，围绕着一个珊瑚洲或一个内湖，可与大海相通。在另一处，它们形成一些礁石的悬崖，跟新喀里多尼亚海岸和帕摩图群岛一些小岛的情形是一致的。在另外一些地方，比如在联合岛和毛利斯岛，它们筑起礁石脉，跟矗立的高墙一样，高墙附近的海却深不可测。

沿着克列蒙端尼岛的悬崖走了仅仅几百米，我看到这些由微生物中的劳动者所创造的巨大工程，从内心发出对它们的赞美。这些悬崖绝大部分是由千孔珊瑚、星珊瑚、滨珊瑚和脑形珊瑚的造礁珊瑚类所创造的。造礁珊瑚类动物在海波激荡的表面一层繁殖得特别迅速，因此，它们的建筑工程是从上层开始，然后逐渐向下，带着上层剩余的分泌物，渐渐沉到下面去。至少达尔文的学说是这样解释环状珊瑚岛的构成的。但在我看来，达尔文的这个学说比那以海面下几米有浮出的山岭或火山的峰顶作为造礁珊瑚的工作基地的学说，更合理、更高明。

因为这些新奇的墙垣是垂直的，所以我可以靠近来观察，测探器指示的深度超过300米，我们船上的强烈电光把这些光辉的石灰石照得透亮，清晰可见。

康塞尔问我这些巨大的墙垣要用多长时间积累起来，我回答了他的这个问题说，根据学者们的意见，积累八分之一寸厚的珊瑚墙需要一个世纪，也就是一百年左右的时间，他表现出十分地诧异。

“那么造成这些墙垣要多少时间呢？”他又问。

“要19.2万年，我老实的康塞尔，这就大大地拉长了《圣经》上记载的时间。另外，煤炭的形成，也就是被洪水冲积的森林的矿化作用，玄武岩的冷化作用，需要的时间比这更长久。再说，《圣经》中的时间只是表明一个一个时期，并不表示两次日出之间的时间，因为，按照《圣经》上的说法，太阳并不是开天辟地第一天才有的。”

当诺第留斯号回到海面的时候，我望见这个低洼、多树的克列蒙端尼岛。很明显岛上的珊瑚石是由于旋风和风暴的冲刷，变成了肥沃的土地。不知什么时候，暴风把一些谷粒果核带到邻近土地，撒落在石灰质的地上，土里夹杂了鱼类和海产植物分解出来的渣滓，变成很好的草木肥料。随后又有一些可可果核随着波浪，漂到了这边新开辟的海岸。不久种子生根发芽，慢慢长大成树，成林，贮蓄了水蒸气。于是便形成了水流。又有些微生动物，昆虫，爬虫，从上风处随风吹到了这里。龟鳖到这里来产卵，禽鸟在嫩枝上筑巢。就这样动物们在岛上活跃了起来。后来，岛上的青葱和肥沃的土地引起了人类的关注，便出现在了岛上。群岛就这样形成了，它们是这些微生物的惊人杰作。

傍晚时候，克列蒙端尼岛在远处隐隐地没了踪迹，显然是诺第留斯号改变了航路的方向。在西经 135 度上接触到南回归线的时候，船又上溯南北两回归线间的海水，向西北偏西驶去。虽然夏季的太阳光十分火热，可一点也没影响到我们，因为在水底 30 至 40 米的深度，温度不会超过十一二摄氏度。

12 月 15 日，在东边我们望到了迷人的社会群岛和作为太平洋王后的婀娜多姿的塔希提岛。早晨在距离几里的下方，我看见了这岛上高耸的山峰。这一带海域为我们的餐桌添置了不少美味的鱼，鲤鱼、鳍鱼、乳白鱼，还有好几种属于鳗鱼类的海蛇。

到目前为止诺第留斯号已经走了 8100 海里了。当它穿过东加塔布群岛和航海家群岛之间的时候，测程器的记录已经变成了 9720 海里。汤加塔布群岛是从前阿尔戈号、太子港号和博兰公爵号的船员遇难的地方，航海家群岛是拉·白鲁斯的朋友郎格尔船长被害的所在。不久我又看见了维蒂群岛，和合号的水手和可爱的指挥官约瑟芬号的南特人布罗船长就是被这个岛上的土人杀害的。

这群岛从东至西有 90 里，北至南有 100 里，位于南纬 6 度至 2 度，西经 174 度至 179 度之间。这群岛是由很多小岛组成的，如：万奴岛、维蒂岛和甘杜朋岛等。

1643 年是塔曼斯发现了这群小岛，和托利色利发明风雨表、路易十四即位是同一年。可以想想，这三件事中哪一件是对人类最有益的？随后，库克在 1714 年，当土尔加斯朵在 1793 年，杜蒙·居维尔在 1827 年都曾到过这里，是经过杜蒙·居维尔的勘察，才弄清楚了群岛的地理形势。诺第留斯号驶近了魏利阿湾，狄勇船长曾在这里遇到过惊人冒险的事件，他是第一个弄明关于拉白鲁斯沉船的秘密的人。

在海湾中我们打到了很多好吃的牡蛎。我们是按照薛尼克（古罗马哲学家）的方法，在饭桌上把牡蛎剥开，立即食用。大家知道，在地中海科西嘉岛这种软体动物非常普遍，是属于贝壳蛇类。魏利阿海湾中一定有非常丰富的牡蛎，如果没遭到严重的破坏，这一带海湾必定要被这些团结成群的动物填满，因为有人估算，一个牡蛎就可以产 200 万个卵。

尼德·兰师傅在这次吃牡蛎中，没有对他的贪吃而后悔，因为即便吃再多的牡蛎您也不会有饱胀的感觉。是的，供给一个人每日营养所需的 315 克氮素，就要差不多200个左右的牡蛎呢。

12月25日，诺第留斯号行驶在新赫布里底群岛间，这群岛是由居洛斯在1606年发现的。1768年，布几威尔来探险，直到1773年，库克才把这里命名为新赫布里底。这一群岛屿由9个主要大岛组成，形成一条从西北偏北至东南偏南的120里的长带，位于南纬15度至2度，西经164度至168度之间。我们的船沿着奥卢岛岸边走过，在正午时刻观察这岛，好像一堆郁郁葱葱的树林，一座很高的山峰耸立着。这一天刚好是圣诞节，尼德·兰似乎因为不能过节感到很伤心，因为圣诞节对于基督教徒来说意味着家人的团聚。

我有七八天没有看见尼摩船长了，27日早晨，他来到客厅，脸上的神气总是像跟你分手不过5分钟的样子。

我正在看平面图上的诺第留斯号所走的航路。船长走了过来，手指着地图上的一点，只说出了一个名字："万尼科罗群岛。"

万尼科罗这名字是很有魔力的。拉白鲁斯的探险船只就是在这里失踪的。我立即站起来。

"我们要去万尼科罗群岛吗？"我问。

"是的，教授。"船长回答。

"我可以去看看罗盘号和浑天仪号被毁坏沉没的有名的岛屿吗？"

"如果您高兴，当然可以的，教授。"

"那我们什么时候能到呢？"

"我们已经到了，教授。"

我跟着尼摩船长，走上平台，在平台上，我眼光匆忙地向天际瞭望。

在东北方，现出两座由火山形成大小不等的岛屿，有40海里长的环形珊瑚礁围绕。我们现在就在万尼科罗岛面前，杜蒙·居维尔称它为搜索岛，该岛位于南纬16度4分和东经164度32分。岛上土地从岸边的海滩，一直到内部的高峰，都好像蒙起了一层青纱帐，岛上矗立着高900米的加波哥山，俯视整个岛屿。

诺第留斯号从狭窄的水道，穿过外围的一道石带，走在暗礁岩石里面了，这里的海水深度在50米和65米之间。我看见红树荫下有十二三个土人，他们看见我们的船开来，露出极端怪异的表情。他们可能认为这在水面上行走的长长的灰黑东西，是他们应当警戒的一头很厉害的鲸科动物吧？

这个时候，尼摩船长向我打听拉白鲁斯失事遇难的情形，这事我是知道的。

"船长，可能我知道的大家都知道吧。"我回答他。

"您可以把大家知道的情形告诉我吗？"他带些讥讽的神气说。

"那当然。"

我把杜蒙·居维尔关于这事在他的最后著作中所谈到的情形告诉了尼摩船长，

下面就是简单的概述。

在 1785 年，拉白鲁斯和他的副手郎格尔船长受路易十六的派遣，做环球航行。他们乘两艘三级舰罗盘号和浑天仪号出发，以后就再没有听见有关他们的消息了。

1791 年，法国政府很担心这两艘战舰的命运，装备了两艘大型运输舰，搜索号和希望号，做寻找的工作。这两艘运输舰由土尔加斯朵指挥，于 9 月 28 日离开布勒斯特海港。可两个月后，从阿伯马尔号船的船长波温送来的报告中得知，在新佐治岛沿岸看到了失事的两艘战舰的残骸。当时，土尔加斯朵并不知道这个情况——而且这报告也并不十分可靠。所以他仍向海军部群岛出发，前去寻找，他是根据韩德船长的一个报告，说这群岛是拉白鲁斯遇难的地点。

他的搜寻没有一点结果。希望号和搜索号甚至在经过万尼科罗群岛时都没有停留。当时土尔加斯朵，他的两名副手和船员中的好几名水手都丢了性命，总的来说，这是一次很不幸的航行。第一个确认无疑的把这次遇难人的遗物找出来的，是一位经常航行在太平洋上的老航海家狄勇船长。1824 年 5 月 15 日，他驾驶着他的圣巴土利克号，经过新赫布里底群岛之一的第克贝亚岛附近时，在那里，一个印第安人乘着独木舟，靠近他的船边，卖给他一把银质的刀柄，刀柄上有文字痕迹。这个印第安人说，6 年前，当他在万尼科罗岛生活的时候，曾看见两个欧洲人，他们是一只遇难船的船员，多年前这只船撞在岛附近的暗礁上了。

狄勇立即猜到，这一定是拉白鲁斯船上的遇难人员，因为大家都知道这些船只的失踪，曾经震惊了世界。他打算到万尼科罗群岛去，据印第安人说，在那里还有许多遇难船只的遗物，但由于大风和海浪的阻挡，他无法到达那里。

狄勇回到加尔各答，在加尔各答他想尽一切办法吸引亚洲学会和印度公司的注意。于是他得到一只命名为搜索号的船，由他指挥这只船。1827 年 1 月 23 月，有一个法国人陪着他，乘船出发，前往搜寻。

搜索号寻找了太平洋的好几个地方，于 1827 年 7 月 7 日在万尼科罗群岛前面停下了脚步，地点就是此刻诺第留斯号所在的这个天然小港万奴岛中。

在这里，狄勇收集了许多遇难船只的遗物：锚，铁制的用具，滑车的铁链环，一颗十八号炮弹，小炮，船后部断片，残破的天文仪器，另外还有一口铜钟，上面写着“巴赞为我造的”。这是 1785 年左右，布勒斯特军械局铸造厂所使用的标记。这事已经十分明了，没什么可怀疑了。

狄勇为了使自己所获得的材料更加完备，他留在了这遇难的地方，一直到同年 10 月，他才离开了万尼科罗群岛，去新西兰。1828 年 4 月 7 日到了加尔各答，然后回法国。到了法国，他受到查理十世的热情招待。可是，这个时候，杜蒙·居维尔不知道狄勇所作的搜寻工作，并且他从一只捕鲸船的报告知道，在路易西安尼省和新喀里多尼亚岛的土人手里发现有好些徽章和一种圣路易十字勋章。他已经先出发向别处找寻失事的地点了。

于是杜蒙·居维尔驾驶浑天仪号，向大洋出发，在狄勇离开了万尼科罗群岛两个月后，他的船停在何巴市面前。在那里，他才知道狄勇所获得的结果，之后，他又从加尔各答轮船公司的和合号的一个名叫何伯斯的船副那里得知，他曾在南纬8度18分和东经56度30分的一个小岛，看到这些地方的土人使用一些铁条和红色毛布。

杜蒙·居维尔心中十分矛盾，不知道是否应该相信这些不太可靠的报刊所登载的记事。最后他决定到狄勇曾经到过的地方去勘察。

1828年2月10日，浑天仪号来到了提科皮亚岛，请了一个落户在岛上的逃兵作向导和翻译，向万尼科罗群岛出发。2月12日，可以看到万尼科罗群岛，至14日他都只是沿着群岛的礁石脉行驶，直到20日，才停泊在万奴岛的天然港内。

23日，船上的好几名人员在岛上搜索一遍，得到一些不重要的残余物品。当地土人不愿意带他们到遇难失事的地方去。他们的这种行为更让人相信他们曾经虐待过船中的遇难人员，他们也好像怕杜蒙·居维尔要给拉白鲁斯和他的苦命同伴报仇似的。但在26日，土人知道他们不会受到任何报复，因为他们得到了礼物，这样他们才带领船副雅居诺，到船只遇难的地方。

在这个地方，5米至6米的水深处，在巴古和万奴两岛的礁石间，堆积着的炮、锚、铅块和铁块都被覆盖了一层厚厚的石灰质凝结物。浑天仪号的大艇和捕鲸船开到了这个地方，费了九牛二虎之力，才把一个重1800斤的锚，一大块铅，一门口径八分的铁铸大炮和两尊铜炮打捞上来。

杜蒙·居维尔从土人那里得知，拉白鲁斯在岛附近暗礁上损失了他的两只船后，又造了一只较小的船，他乘着新造的船，但这条船也同样失去了踪迹……没有人知道它是在什么地方失踪的。指挥浑天仪号的这位船长于是在一株红树华盖下，建造了一座衣冠墓，用来纪念那位著名的航海家和他的同伴。墓碑是一座简单的四角形金字塔，建筑在珊瑚石的基地上，上面没有竖立铁架，是为了防止引起土人的贪心。

杜蒙·居维尔要离开这岛了。但他的船员因受了海岛不良气候的影响，很多人患了热病，就连他本人也病得很厉害，一直拖延到8月17日才开始起航。

当时法国政府怕杜蒙·居维尔不知道狄勇的调查结果，派出当时停在美洲西部海岸的巴沿尼号小战舰到万尼科罗群岛，战舰由列哥郎·德·土浪美林指挥。巴沿尼号在浑天仪号离开几个月后，到达了万尼科罗岛，他们并没有什么新的发现，仅仅看见土人没有破坏拉白鲁斯的墓。

上面就是我给尼摩船长讲述的关于这件事的主要内容。

“那么，”他对我说，“在万尼科罗群岛失事的遇难人所建造的第三只船，究竟在什么地方遇难沉没的，还是没人知道吗？”

“是的，还是不知道。”

尼摩船长没再说什么，他对我做个手势，要我跟他到客厅中去。诺第留斯号潜在海水下几米深的地方，嵌板此时也打开了。

我急匆匆地走到玻璃隔板面前看，只见盖满了菌生植物、管状植物、翡翠海草、石竹小草的珊瑚礁石下面，在成千上万的十分可爱的鱼类（卿筒鱼、鲍鱼、裂骨鱼、雕纹鱼、金鱼）中间，我看到了一些未能捞起的船体残骸，如锚、铁马磴、炮弹、炮、绞盘架、船头废料等，这些全是遇难船只留下的，现在上面已经披上活生生的花朵了。

当我注视这些遇难船只的残骸时心中难受极了，尼摩船长用很严肃的声音对我说：“拉白鲁斯船长于 1785 年 12 月 7 日率领了罗盘号和浑天仪号两船出发。他最开始到达的是植物湾，他访问了友爱群岛，新喀里多尼亚，向圣克鲁斯群岛出发，停在哈巴衣群岛的奈摩加岛面前。然后，到了他不熟悉的万尼科罗群岛的礁石上面。走在前头的罗盘号撞在南边海岸的礁石上。浑天仪号前来援救，不幸的是也碰上暗礁。被撞破的罗盘号立即沉了下去，浑天仪号只是搁浅在了下方，支持了好几天。当地土人非常欢迎遇难船员，善意招待了他们。遇难船员便在岛上住了下来，利用两艘破损的大船的材料，重新拼凑，造了一只较小的船。有些水手不想走了，愿意居住在万尼科罗群岛上。别的一些体弱有病的船员，跟拉白鲁斯重新出发，向所罗门群岛开去，他们所有的一切，生命和财产，都在失望和满意呷之间沉没了。”

“您是怎么知道的？”我喊道。

“我在那最后遇难失事的地方找到了这个文件。”

尼摩船长让我看一个白色的铁盒，上面印有法国的国徽，但已经被盐水所侵蚀了。他打开铁盒，我看见一卷纸色已经发黄的公文，但上面的字迹还算清晰。

这是法国海军部长给拉白鲁斯船长的训令，旁边还有路易十六亲笔的批语呢！

“啊！”尼摩船长于是说，“对于一位海员来说，这真是死得其所。这座漂亮的珊瑚坟墓实在是太清幽了！愿上天保佑我的同伴和我不要葬身别处！”

第二十章　托列斯海峡

12月27日至28日夜间，诺第留斯号以超高的速度前进着，离开了万尼科罗群岛海面。它沿着西北方向行驶，在短短的3天之内，它就走过了从拉白鲁斯群岛至巴布亚群岛东南尖角的750里。

1868年1月1日早晨，康塞尔在平台上向我走来，这个老实人对我说："先生，新年好！祝您一年顺利，好吗？"

"当然好了，康塞尔，还是跟在巴黎我的植物园工作室一样。我接受你的祝福，谢谢你。不过我想问问你，就我们目前的情况，你说的一年顺利是什么意思。这是将使我们结束在船上的囚禁的一年呢？还是仍然继续这神奇的游历旅行的一年呢？"

"我的天，"康塞尔回答，"我不知道该怎样对先生说才好。的确我们是看到许多稀奇古怪的事物，这两个月来，我们没有感到一点的厌烦。最近这次也是最离奇、最惊人的。如此下去，我真不知道将来会是怎样结局。可是我觉得我们再也没有这样的机会了。"

"再也没有了，康塞尔。"

"还有尼摩先生，正如在拉丁语中他的名字所表示的意义一样，好像他的存在与否，跟我们没有太大的关联。"

"康塞尔，你到底是什么意思呢？"

"如果先生让我说，我想顺利的一年，就是可以让我们看见一切的一年……"

"康塞尔，你想看见一切吗？那是需要很长的时间的，尼德·兰又有怎样的想法呢？"

"尼德·兰的想法跟我恰好相反，"康塞尔回答，"他是个很现实的人，同时食量很大。看鱼和吃鱼，已经不能满足他。对一个真正的萨克逊人来说，没有酒、面包和肉，是不行的，因为牛排是他的家常便饭，喝适量的白兰地或真尼酒会让他感到很舒服！"

"康塞尔，在我个人，吃喝的问题并不会让我苦恼。我对船上的饮食还是比较习惯的。"

"我也一样，"康塞尔回答，"因此，我想留下，但尼德·兰师傅却想逃走。所以，新开始的这一年，如果对他是顺利的了，那么对我就是不顺利的，反之亦然。那么我们两人中总有一个是满意的。不管怎么说，我都衷心地祝愿先生一年顺顺利利。”

“谢谢你，康塞尔，不过关于新年礼物恐怕做不到了，现在暂且好好握一下手作为新年的贺仪。就目前的情况只能这样了。”

“先生从没有像现在这样慷慨。”康塞尔回答。

说完这话，这忠厚的老实人走开了。

1月2日，我们自日本海出发到现在，已经走了11340海里，即5250法里了。现在诺第留斯号的冲角正对着的，就是澳大利亚洲东北边岸珊瑚海的危险海面。我们的船沿暗礁脉在距离几海里远的地方驶过去。1770年6月10日，库克率领的船在这里差点失事沉没，库克自己乘的船碰上了一座岩石，船之所以没有沉没，那是因为有一块珊瑚石被撞了下来，刚好堵在被冲破的船身裂口处，这是一种特殊的情形，船因此得以保全。

我很想看一看这条长360里的暗礁脉，波涛汹涌的海水不断冲击在暗礁脉上，汹涌澎湃，十分凶猛，隆隆的声音好似雷声。可是，这个时候，诺第留斯号转动纵斜机板，把我们带到很深的海底，我无缘看到这座珊瑚造成的长城。能看到的只是我们的渔网所打到的各种不同的鱼类。在打到的各种各样的鱼类中，我看到属于鲭鱼类的嘉蒙鱼，它的体积跟鲸鱼差不多，它的两侧是浅蓝色，身上有横斜的带纹，待鱼慢慢长大，带纹也就隐没不见了。这类鱼成群结队地陪伴着我们，提供给我们美味可口的肉。渔网里还有许多长半分米的青花鲷鱼，这鱼的味道像海绊鲤。还有一些锥角飞鱼，这鱼是真正的海底飞燕，在黑夜的时候，它可以放出磷光，轮流在空中和水中照耀。我又在渔网眼上得到了属于软体类和植虫类的各种不同的翡翠虫、糙鱼、海渭、罗盘鱼、马刺鱼、硝子鱼、樱子鱼。除了鱼类还有一些飘浮的美丽海藻，刀片藻和大囊藻。这种海藻身上有从细孔中分泌出的一种黏液。在这种海藻里面，我又采得一种十分好看的胶质海藻，在博物馆中这海藻被归入天然珍宝的一类。走过珊瑚海两天后，1月4日，我们到达了巴布亚岛海岸。这时候，尼摩船长只告诉我，他打算经托列斯海峡到印度洋去，其他什么也没说。这让尼德·兰很高兴，因为这条路渐渐地使他跟欧洲海面相接近了。

人们之所以把托列斯海峡认为是很危险的地带，不仅因为有刺猬一般的暗礁，而且还有住在这一带海岸的土人。托列斯海峡分开了巴布亚岛（又名新几内亚岛），跟新荷兰岛。

巴布亚岛长约400里，宽约130里，面积约40000平方里。它位于南纬0度19分和10度之间，西经128度23分和146度15分之间。正午，船副来测太阳高度的时候，我望见阿化斯群山的高峰，一层一层地高起，绝对是峻峭的山峰。

1511年葡萄牙人佛朗西斯·薛郎诺发现了这座岛。之后接着来的有：1526年唐·约瑟、德·米纳色斯；1527年格利那瓦；1528年西班牙将军阿尔瓦·德·萨维德拉；1545年尤哥·奥铁兹；1616年荷兰人舒田；1753年有尼古拉、苏留克、塔斯曼、胡每尔、嘉铁列、爱德华、布几威尔、库克、贺列斯特；1792年土尔加斯朵；1823年斗比列；1827年杜蒙·居维尔。雷恩兹说过："巴布亚是占据全部马来亚黑人的集中地。"我知道，这次偶然机会的航行，已经把我带到可怕的安达孟尼人面前来了。

于是诺第留斯号驶到地球上最危险的海峡口上来了，就是很大胆的航海家也几乎不敢冒险通过这海峡，路易·已兹·德·托列斯从南方海上回到美拉尼西亚群岛时，曾冒险穿过这海峡，1840年，杜蒙·居维尔的几艘船在那里搁浅，几乎全军覆没。虽然诺第留斯号可以避免海中的一切危险，现在也要来挑战一下这珊瑚礁石群了。

托列斯海峡约有34里宽，但它却给航行带来很多困难，几乎没法前进，因为有无数的小岛、岛屿、暗礁和岩石堵在里面。因此，尼摩船长为了能安全通过这个海峡，采取了必要的措施。诺第留斯号浮在水面上前进，它的推进器像鲸的尾巴一样，慢慢地冲开海浪。

趁着这个机会，我和我的两个同伴来到了基本没人来的平台。领航人的笼间就在我们面前，如果我没有搞错，在里面的应该就是尼摩船长，他亲自指挥诺第留斯号。

我面前放着关于托列斯海峡的详细地图，这图之前是由海军中尉古往·德波亚号（现在已是海军上将）和工程师文生唐·杜日兰所绘制的，他们曾是杜蒙·居维尔的最后一次环球航行的参谋人员。这地图跟金船长制的一样，都非常完整，可以根据它来通过这狭窄的水道，用它来做向导避开水中的危险，我很细心地观察着这些地图。

在诺第留斯号周围，波涛汹涌的海水翻滚沸腾着。海浪从东南奔向西北，以两海里半的速度冲击着处处露出尖峰的珊瑚礁。

"这海真够凶恶的！"尼德·兰对我说。

"对，是够凶恶的，"我回答，"可能像诺第留斯号这样的船都不能应付自如呢。"

"那位怪船长，对他走的航路一定十分熟悉，因为我看见有一堆堆珊瑚礁石，如果不小心撞上去，可能就要粉身碎骨了。"加拿大人说。

对，我们现在的处境很危险，但诺第留斯号好像被施了魔法，顺利地避开了这些凶险的暗礁。它并没有沿着浑天仪号和罗盘号所走的航线走，在那里杜蒙·居维尔受到过致命的打击。它从靠北一点的线路走，沿着莫利岛，然后再回到西南方，向甘伯兰海道驶去。我以为它就是要走这海道了，但忽然它又掉头转回向西北方，穿过好多人们不知道的小岛和岛屿，驶往通提岛和凶险的水道。我想，尼摩船长是不是疯了，要让他的船驶入杜蒙·居维尔的船曾经遇难的险道中去。忽然它又一次地改变了方向，正指着西方，向格波罗尔岛驶去。

现在已经是下午 3 点。大海正在涨潮，高涨的潮水汹涌着。诺第留斯号慢慢地靠近这个岛，就是这时，我还看见了这岛上很好看的班达树林的边缘呢。我们沿岛走了差不多有两里，我被突如其来的冲击给震倒了。诺第留斯号触礁了，动弹不得了，左舷轻微地搁浅下来。我站了起来，看见尼摩船长和他的船副都来到了平台上。他们检查了船的情形，用我听不懂的语言彼此交流了几句。

我们现在的处境是这样的：距右舷两海里远的地方是格波罗尔岛，这岛的海岸从北至西作圆弧形，好像一只巨大的胳膊。在南边和东边，由于退潮已经看见一些露出的珊瑚石尖，我们的船搁浅了，并且这里的潮水水位平时不是很高，这对于诺第留斯号重回大海是非常不利的。不过船并没有受到损坏，因为船身非常坚固。但是，即便它没有沉没，没有损坏，可是它可能要永远搁浅在这暗礁上，尼摩船长的潜水船不是就完蛋了吗?

我正在这样想的时候，尼摩船长保持着镇静的姿态，一点也不激动，一点也不失望地走近前来，他总是一副胸有成竹的样子。

“出意外了吗？”我对他说。

“不，是偶然的事件。”他回答我。

“是偶然事件，”我又说，“或许因为这次偶然您就要重新做回您不愿做的陆地居民呢！”

尼摩船长用一种奇异的眼光注视我，然后做一个否定的手势。这就足可以说明，不会有什么东西能够强迫他再重新回到陆地上去。不一会儿他又说：“阿龙纳斯先生，诺第留斯号并没有损坏呢。它仍然可以带您去探究海洋的秘密。我们的海底旅行才刚刚开始呢，我很荣幸能够陪伴您，我可不愿让旅行这么快就结束了。”

“尼摩船长，”我并没有注意他说的话中带的讽刺意味，我接着说，“诺第留斯号是在高潮来的时候搁浅的。一般来说，即便太平洋涨潮涨水也不是很高，如果您不能让诺第留斯号浮起来（在我看来这是不可能的），那我就想不到还有什么办法，让它能够离开暗礁，摆脱这搁浅的命运。”

“教授，您说得对，太平洋的潮水涨得是不高，”尼摩船长回答我，“但是托列斯海峡，涨潮和退潮之间，存在着 1.5 米的高度差。今天是 1 月 4 日，再过 5 天就是月圆之时。如果这个让人喜欢的月球，不能够掀起足够的水量，不助我一臂之力，做这件只由它来帮我做的好事，我才会感到奇怪呢！”

话说完，尼摩船长他的船副，一同回到了诺第留斯号船中。至于船，仍然是一动不动静止着，好像那些珊瑚腔肠类动物已经在船身上堆砌了它们那牢固的洋灰。

在船长走开后，尼德·兰走到我面前对我说，“先生，怎么办呢？”

"尼德好朋友，我们得耐心等待 5 天后的涨潮，因为那一天，好像月球会很乐意把我们送回大海里去。"

"只能这样吗？"

"只能这样。"

"这位船长不准备把锚抛到海中去，链索结住机器，把船拉出来吗？"

"既然潮水可以帮到我们，这些当然用不着了。"康塞尔简单地回答。

加拿大人看了看康塞尔，然后耸耸两肩，以一个水手的身份很内行地说："先生，我告诉您，您一定要相信我，这堆铁块再也不能在海面上或海底下航行了。现在除了把它论斤卖掉外，它已经没有任何利用价值了。所以，我认为现在是时候跟尼摩船长不辞而别了。"

"尼德老朋友，"我回答，"对这个勇敢、坚固的诺第留斯号，我并不跟您一样那么绝望，在 4 天内，可能有我们所指望的太平洋潮水到来。另外，如果我们是靠近英国或法国南部海岸，逃走计划还是可以实施的，但目前是在巴布亚海面，那就不一样了。再说，如果诺第留斯号真的摆脱不了这搁浅，我们再逃走那也不晚啊，我总觉得逃走是很严重的事。"

"难道我们不可以勘探一下这地方的情形吗？"尼德·兰又说，"这是一个岛，在这岛上有树，树下还有地上的动物，我真想咬几口这些动物身上的肉。"

"这点，尼德·兰老朋友说得对，"康塞尔说，"我很同意他的意见。先生难道不可以问一问尼摩船长，把我们送到岛上去，哪怕只为了让我们的脚再踩踏一下我们地球上的陆地，让我们不要忘记了在陆地上行走的习惯也好啊？"

"那我去问问他，"我回答，"我估计他答应的可能性应该不大。"

"请先生试一试好了，"康塞尔说，"我们会非常感谢船长的好意，决不会有什么意外行动。"

尼摩船长居然答应了我的请求，这完全在我的意料之外。他并且是很殷勤、很礼貌地答应了我，还没有让我保证一定回到船上。在新几内亚岛上逃亡是很危险的，我一定不会让尼德·兰去冒这个险。如果落在巴布亚土人的手里，可并不比在诺第留斯号船上做俘虏好呢。

明天早晨我们将使用那只小艇去陆地。我没有问尼摩船长是否跟我们一起去。并且我想，船上可能没有人来给我们划艇，驾驶小艇的事就交给尼德·兰一个人了。此外，我们离岸最多只有 2 海里远，在暗礁之间的水路中，对于大船来说可能是凶险的，但划一只轻快的小艇，对加拿大人来说，就是小菜一碟，就跟玩耍一样。

第二天，1 月 5 日，小艇从它的小窝中出来了，从平台上放入海中。这些动作两个人就完全可以做。桨原来就是在艇中的，我们只要上去坐好就可以了，我们带了电气枪和刀斧，从诺第留斯号下来，上了小艇。海面十分平静，从岸上吹来阵阵微风。尼德·兰在暗礁间的狭小水路中间指挥着舵，康塞尔和我坐在桨边，用力地划着。小艇很顺利地走去，并且速度很快。

尼德·兰无法抑制他兴奋的心情，就像是从监牢中逃出来的犯人，但他完全没想到他还要回到监牢里面去。

“有肉吃了！”他反复地说，“我们要去吃大肉了，真是太棒了！吃真正的野味了！没有面包，也无所谓了！虽然鱼也是好吃的，但也不能天天吃，一块新鲜的野味，架上火烤熟，是可以让我们好好地换换口味呢。”

“真馋嘴。”康塞尔回答，“他说得我已经流口水了！”

“我们必需要注意一点，”我说，“岛上林中是不是有身材高大的野兽，会不会我们反倒成了它们的猎物。”

“对！阿龙纳斯先生，”加拿大人的牙齿好像已经磨得十分锋利地回答，“如果这岛上除了老虎外没有别的四足兽，那我就吃老虎，吃它的腰窝肉。”

“尼德·兰好朋友，真有点让人害怕。”康塞尔回答。

“不管怎样，”尼德·兰又说，“所有四条腿没有羽毛的野兽和所有两条腿有羽毛的鸟，只要它们一出来就将受到我第一声枪响的问候。”

“好嘛！”我回答，“尼德·兰师傅又开始粗心大意了！”

“阿龙纳斯先生，别害怕，”加拿大人回答，“您只管好好划，要不了25分钟我就可以照我的烹调法给您弄盘肉来吃。”

到8点半，诺第留斯号的小艇已经穿过了围绕格波罗尔岛的珊瑚石带，在沙滩上慢慢停了下来。

第二十一章　在陆地上的两天

我的脚刚一踩在地上，一种难以形容的深刻印象涌上心头，尼德·兰用脚试着踢了踢土地，好像要把它占为己有。其实，按照尼摩船长的说法，我们是“诺第留斯号的乘客”，实际上应该说是诺第留斯号船长的俘虏——也不过才两个月而已。

几分钟后，我们和岛岸只有枪弹射程的距离了。岛上的土地差不多完全是由造礁珊瑚沉积形成的，不过在一些干涸了的急流河床里有一些花岗石的碎片，说明这岛是在原始的太古时期形成的。整个岛上都有令人赞美的树木，郁郁葱葱的。其中还有一些高达200英尺的高树，彼此间由葛藤连接着，好像天然的吊床，在风中摇摆着。这是合欢树、班达树、火鸟树、麻栗树、无花果树、木芙蓉、棕树，都长得枝繁叶茂的，互相交织着。在这些树的绿荫下，在它们的齿形树干脚边，还有许多兰科、豆科、蕨科植物。

可是，加拿大人对巴布亚上这些美丽的植物品种没有丝毫的兴趣，他抛开了美丽的，去追求实用的东西。他看见一棵椰子树，从树上打下好几个椰子，劈开来，喝了椰汁吃了椰肉，心里痛快极了，这更显示出我们对于诺第留斯号船上家常饭食的不满。

“太美味了！”尼德·兰说。

“味道真是太棒了！”康塞尔回答。

“我想，如果我们把这些带回船上，那个尼摩船长应该不会反对吧？”加拿大人说。

“我想应该不会吧，”我回答，“不过有一点可以肯定他一定不会吃。”

“那是他自己没口福！”康塞尔说。

尼德·兰回答，“他不吃的话剩下来的就会更多，这样更好啊。我们就可以吃得更多了！”

“您听我说，尼德·兰师傅，”我对这个鱼叉手说，当他又要打另一棵椰子树的时候，“椰子虽然好吃，但我们应该先考察一下岛上是否还出产别的一些又好吃又有用的东西，不要马上把小艇都装满了椰子，这才是明智之举。譬如一些新鲜的蔬菜，诺第留斯号船上的厨房一定很欢迎。”

“先生说得很对，”康塞尔回答，“我建议把我们的小艇分成三部分，一部分放水果，一部分放蔬菜，一部分放猎物。但直到现在，连野味的影子还没有见着。”

“康塞尔，别失望。”加拿大人回答。

“那么，我们继续往前走，”我说，“不过我们要更加注意，把眼睛擦亮点。虽然这岛上看起来荒无人烟，但很可能有些生人，他们可能有着跟我们不同的对于猎物性质的看法！”

“嘻嘻！”尼德·兰发出怪声，动了动上下两颚的牙床，作出不言而喻的表示。

“尼德·兰，您怎么啦？”康塞尔喊。

“说真的，”加拿大人回答，“我现在开始懂得人肉味的诱惑力了！”

“尼德·兰！您在说什么？”康塞尔问，“您要吃人肉！那我跟您住在一个舱房，常常在你身边，我的性命不就有危险了吗！说不定哪天我醒来，发现身子被咬去了一半呢！”

“康塞尔好朋友，我很喜欢您，不到紧要关头我是不会吃您的。”

“这可说不好，”康塞尔回答，“快打猎去！我一定要打到一些猎物来满足您这吃人肉的家伙，要不然，总有一天，先生只能看见他仆人一块一块的肉来服侍他了。”

当我们彼此说笑着，交流意见的时候，我们走入了森林的阴沉的穹窿下，仅用了两个小时的时间，就把整个林子走了个遍。

这次偶然的意外满足了我们的心愿，我们找到了许多可以吃的植物，其中一种是热带地区最有用的产品——面包树，它成了我们船上所没有的宝贵食物。在格波罗尔岛上，这种树数量很多，我对那没有核仁的一种特别留心，马来亚语管它叫“利马”。

这种树有着笔直的40英尺高的树干，这也是跟别的树不同的地方。树顶成环形，由耳珠很多的阔大树叶组成，漂亮极了。在一个生物学家看来，一看便知这是“面包果树”，幸运的是这树在马斯卡林群岛已经移植成功了。在浓密的绿叶中，粗大的球形果子低垂下来，这果子外表很粗糙，约有0.1米大，好像六角形。这是大自然恩赐给不同地区的有用植物，不用管理，一年之中有8个月都可以给人们提供面包果。

尼德·兰对这些面包果也十分熟悉。他在之前的多次旅行中已经吃过了，他对调制这种可吃的东西很有自己的一套。所以看见这些果子，他肚子里的馋虫已经蠢蠢欲动，再也忍耐不住了。

“先生，”他对我说，“如果不让我尝一尝这面包树的果子，真是要比死还让我难受！”

“好吧，尼德·兰朋友，您随意。我们来这里就是为了找食物换换口味的，就试试看吧。”

“用不了多久的。”加拿大人回答。

于是他拿了火镜，利用阳光，把干树枝点着了，熊熊的火光燃烧起来。这个时候，康塞尔和我把树上又大又好的果子摘了下来。有些果子还没熟透，厚厚的表皮上蒙了一层白肉，几乎没什么纤维。树上的果子多数已经变黄，有黏性，只等人去摘了。

这些果子都没有核。康塞尔拿了十多个给尼德·兰，他把它们切成厚片，放在红火上，他总是一边切一边说：“您等着吧，先生，这面包好吃极了呢！”

“关键是我们太久没吃到面包了！”康塞尔说。

加拿大人又说：“甚至可以说这不是普通的面包，而是美味的糕点。先生，您从来没吃过吗？”

“从未吃过，尼德·兰。”

“那您快准备好，来尝尝这别有风味的东西吧。如果您吃了后不再想吃的话，那我就不是最好的鱼叉手了。”

几分钟后，向着火的那部分果子已经完全烤焦了。露出里面白粉条，就像又软又嫩的面包屑，味道有点像百叶菜。

不得不承认，这面包真的很好吃，我也很喜欢吃。

“可惜这么好吃的面包却不能保存太久，”我说：“我们就用不着把它带回船上了。”

“真的吗？先生！”尼德·兰喊，“这是您生物学家的看法，但从我这个制作面包的人来说，康塞尔，您再去摘取些果子，回去的时候我们带上。”

“您怎样贮藏这些果子呢？”我问加拿大人。

“拿这果子的淀粉泥制成发面团，那就可以长久保存，不会变质。当我想要吃的时候，到船上厨房里一烤就可以了，虽然有些酸味，但您仍然会觉得很好吃。”

“尼德·兰师傅，现在我们已经有面包了，不缺什么了吧？”

“还缺些东西，教授，”加拿大人回答，“还缺些水果，至少还缺些蔬菜！”

“我们找水果和蔬菜去。”

当我们摘完了面包果，就去找水果，要把我们的“地上”午餐丰富储备起来。

我们并没有白费功夫，到中午时分，我们找到大量的香蕉。这种美味的东西在热带地区长年都有，马来亚人叫它们“比桑”，意思是生吃，不必煮熟。除了香蕉，我们还得到一些味道很辛烈的巨大雅克果，很甜的芒果和大到令人无法相信的菠萝。这次采水果费了我们很长的时间，但收获颇丰，并没有因为浪费了时间而感到惋惜。

康塞尔总是跟着尼德·兰。鱼叉手走在前面，他的手法很熟练，当他在树林中走过的时候，总能采到很好吃的果子，更加丰富了贮藏的食物。

康塞尔问：“尼德·兰好朋友，我们不再缺什么了吧？”

“嗯！”加拿大人有些不耐烦地说。

“怎么！您还不满足吗？”

“这些植物是不能成为正餐的，”尼德·兰回答，“那是正餐后的菜，是餐后的点心。可是汤在哪儿呢？肉在哪儿呢？”

“对呀，”我说，“尼德答应我的排骨，现在看来大有问题了。”

“先生，”加拿大人回答，“我们的打猎还没开始呢，怎么能结束呢？耐心点！我们一定可以碰到一些有羽毛的动物，就算这里没有，别的地方也一定有……”

“就算今天碰不着，明天一定就可以碰着，”康塞尔补充说，“我们不能走得太远了。我提议回小艇中去了。”

“什么！这就回去了！”尼德·兰喊。

“在天黑之前我们一定要回去。”我说。

“那现在是什么时候呢？”加拿大人问。

“起码是午后 2 点了。”康塞尔回答。

“在地上时间过得真快啊！”尼德·兰师傅带着惋惜的叹声说。

“走吧。”康塞尔回答。

我们从林中穿回来，我们又得到了一些新的食品，临时采摘了一些菜棕榈果，因为想要摘到这种果子一定要到树顶上，我认出是马来亚人叫做“阿布卢”的小豆，还有一些上等品质的芋薯。

当我们回到小艇，我们带的东西已经很多了，可是尼德·兰还觉得不够。可他很幸运，又得到了些东西。在我们上小艇的时候，他看见好几棵高 25 英尺至 30 英尺属于棕榈一类的树。这些树跟面包树一样宝贵，一样有用，也是马来亚地方最有用的产物之一。还有一些西米树，这些树就像桑树一样，利用自己的嫩枝和种子，不需人工种植自己就能生长、繁殖。

尼德·兰有方法来对付这些树。他拿出斧子，挥动起来，不久就砍倒了两三棵西米树，从洒在叶上的白粉屑得知，这几棵树是很成熟了。

我看着他砍树，虽然已经很饿了，但还是不忘拿生物学家的眼光看着他。他把每一根树干剥去一层表皮，表皮厚约 1 英寸，下面是缠绕作一团的结子所组成的长长纤维网，上面就粘着胶质护膜般的细粉。这粉就是作为美拉尼西亚居民粮食的主要食物的西米粉。

尼德·兰此刻只是把树干砍成片，像劈柴一般，准备将来提取树干上的粉，让粉通过一块薄布，使它跟纤维丝分开，让它经过太阳的晾晒，晒干里面的水蒸气，然后把它放在模中，让它凝固起来。

到了下午 5 点的时候，我们带上我们的劳动成果，离开了这岛的海岸，半小时后，我们的小艇又靠在诺第留斯号旁边了。我们到船上的时候，没有出来一个人。这只巨大钢铁板的圆锥筒好像被抛弃了一样，没有人管。我们把食物搬上去之后，我就回到我的房间。我看见房中已经摆好了晚餐。我吃完饭，便去睡觉了。

第二天，1 月 6 日，船上还是没有一点消息，船内也是死一般的沉寂。小艇仍然停在我们昨天停靠的地方。我们决定再到格波罗尔岛上去。尼德·兰希望今天比昨天运气好一点，能打到一些猎物，他想到树林的另一部分去看看。

太阳升起来的时候，我们已经在小艇上了。因为是顺风在海浪的推送下，小艇不一会就到了岛上。

我们下了小艇，走上陆地，我想让加拿大人凭直觉来带路可能会更好些，因此，我们跟在尼德·兰后面，他的长腿走得很快，常常把我们远远地抛在后面。

尼德·兰沿着海岸向西走了一会儿，涉水渡过一些急流，到了高地平原，边缘上尽是令人赞美的树林。有些翠鸟在水流边飞来飞去，但它们不让人接近，见有人来就飞走了。它们的小心警惕，让我知道这些飞禽是很清楚怎样对付我们这些两足动物的，于是我得到结论是，即使这岛上没有居民，至少也是常有生人到岛上来。

穿过了一片相当广大的草原，我们来到一座小树林的边缘，林中有许多禽鸟飞舞歌唱，处处洋溢着生机。

“这不过是一些禽鸟呢。”康塞尔说。

“但里面也有可吃的呢！”鱼叉手回答。

“没有，尼德·兰好朋友，”康塞尔回答，“我看到那里仅仅只有一些鹦鹉。”

“康塞尔好朋友，”尼德·兰严肃地回答，“对于我们这没有别的东西可吃的人来说，鹦鹉就等于山鸡。”

“再说这种鸟烹调得好，味道也是很不错的。”我说。

在树林的浓密树叶底下，正在这时，一大群鹦鹉在树枝间飞来飞去，这些家伙只要您用心教它们，它们便可以说人类的语言了。这时它们只是陪着那些五颜六色的雌鹦鹉，叽叽喳喳说个不休；有大红色的赤鹦鹉，好像一块随风飘荡的红纱；在飞时发出响声的加罗西鹦鹉；有神气严肃的五彩鹦鹉，好像在思考些哲学问题；有染上最美的大蓝色的巴布亚鹦鹉；还有各种各样美丽可爱但一般来说不可食用的飞禽。

但是，还有一种鸟它从未走过阿卢群岛和巴布亚群岛的边界，是这地方的特产。但现在在这一群禽鸟中我并没有看到它的身影。命运暂时把这鸟保留起来，但很快我就能欣赏它那美丽的身姿了。

穿过了一座不是很浓密的丛林，又到了一片荆棘丛生的平原。我看到在空中有好些华丽的鸟在飞，它们身上很长的羽毛导致它们一定要逆风才能飞行。它们的飞行姿势波浪起伏，在空中展示着它们优美的曲线，它们的色泽鲜艳夺目，诱惑了人们的眼睛。认出它们对我来说是没有一点困难的。

“无双鸟，无双鸟！”我喊。

“燕雀目，直肠亚目。”康塞尔回答。

“鹤鹄科吗？”尼德·兰问。

“我想不是，尼德·兰师傅。我想靠着他的好手段，打下一只这种热带出产的最美丽可爱的东西来！”

“我试试，教授，我用惯了鱼叉，可能用枪会差些吧。”

马来亚人靠这种鸟与中国人进行贸易，他们用各种不同的方法来捕捉这种鸟，但他们的方法我们都不能使用。他们或者使用强力的雀胶，使它们粘上不能动，或者把罗网安放在无双鸟喜欢居住的高树顶上，甚至有些人把毒药投到这些鸟经常去喝的泉水中。而我们现在，只有射击这一种方法。我们能射中它们的机会是很渺茫的。不出所料，我们确实白白浪费了一些弹药。

到 11 点左右，我们已经走过了构成这岛中心的第一层山脉，可还是一无所获。肚子已经饿得咕噜噜地响，饥饿煎熬着我们。猎人相信自己一定会有成果，可是错了，一点猎物也没有得到。幸运的是，康塞尔完全出于意外地开了两枪，获得了午餐的猎物，一只白鸽和一只山鸠。匆忙地拔掉它们的羽毛，挂在叉子上，放在燃着的干木上烤着。当烤炙这些很有意味的动物的时候，尼德·兰就调理着面包果。一会儿，白鸽和山鸠被吃得连骨头都没有了，大家都说很好吃。这些鸟经常吃很多的肉豆蔻，所以它们的肉像加了香料一样，成为一盘美味可口的佳肴。

“这味道好像吃香菌长大的母鸡的味儿一般。”康塞尔说。

“尼德，现在我们还缺些什么吗？”我问加拿大人。

“还缺一只四足的猎物，阿龙纳斯先生。”尼德·兰回答，“所有这些鸽子、山鸠都不过是零食和小吃。所以，只要我还没有打到有排骨肉的动物，我就不会满足。”

“尼德，如果我没有捕捉到一只无双鸟，我也不会感到满意。”

“那么我们继续打猎吧，”康塞尔回答，“不过要向大海这一边走。我们已经到了山岭的第一层斜坡，我想还是回到森林地带要好些。”

康塞尔很有见识，我们就照他说的做了。走了一个小时，出现在我们面前的是一座真正的西米树的森林。在我们脚下爬过了一些蛇，但它们是无毒的。无双鸟一看到我们走近就立刻飞走了。正在我因为没有办法抓到它们而失望的时候，走在我前面的康塞尔，忽然弯下身子，发出胜利的呼喊，拿着一只十分好看的无双鸟走到我身边来。

“你太棒了！康塞尔。”我喊。

“先生，您过奖了，不敢当。”康塞尔回答。

“不，好小伙子，你真是了不起，能空手捉到一只活的无双鸟，真是太棒了！”

“如果先生细心地观察一下，那就可以看到其实我没有多大的功劳。”

“康塞尔，为什么呢？”

“因为这鸟像鹌鹑一样醉了。”

“醉了吗？”

“是的，先生，它在豆蔻树下吃豆蔻吃醉了，我就在树下捉到它的。尼德好朋友，请您看看这贪吃贪喝、过度任性而导致的可怕后果吧！”

“怪话！”加拿大人回答，“我这两个月来只是喝了一些真尼酒，干吗这么责备我！”

接着我检查了这只奇异的鸟。康塞尔没有弄错，这只无双鸟被豆蔻汁迷醉了，使得它瘫软无力，走路都很困难，更别说飞了。我并不为此担心，让它好好地睡一觉，酒醒了就好了。

这只无双鸟属于巴布亚和邻近群岛出产的八种无双鸟中最美的一种——“大翡翠”无双鸟，非常的罕见。它有 0.3 米长，眼睛不大，就在嘴近边，头也比较小。它的嘴是黄色，脚爪和指甲是褐色，翅膀是榛子色，翼端是朱红色，头上和颈后是淡黄色，喉间是翡翠色，腹部和胸部是栗子色。因此，它的身上综合了各种华丽的色彩，而且在它的尾巴上还有两个耸起的绒毛绿球，连接着很细腻的很轻飘的细长羽毛，好像拖垂的长带，于是这一切就把这只奇鸟的整个形象完全美化起来了，所以当地土人很诗意地称它为“太阳的鸟”。

我是多么地希望能把这只好看的无双鸟带回巴黎去，送给植物园，因为园中还没有一只活的无双鸟。

“这鸟真是很罕见吗？”加拿大人问，用一种不从艺术的观点来估计猎物的口气。

“十分罕见，我老实的同伴，能抓到活的就更是难得了。即便是死了，这些鸟仍然是重要的贸易对象。所以土人会想方设法地制造假的，像制造珍珠和钻石一样。”

“怎么！”康塞尔喊，“有人做假无双鸟吗？”

“是的，康塞尔。”

“那么，先生知道土人的制造方法吗？”

“知道。当东方的季候风来临的时候，无双鸟便脱掉了它尾巴周围的美丽羽毛，这些脱下的羽毛，生物学家把它们叫做副翼羽毛。那些假造这鸟的人类就把这些羽毛收集起来，很巧妙地把它们装在预先打死、拔了毛的可怜的鹦鹉身上。然后他们把皮毛接合的地方粘起来，装扮好鸟身，他们就把这些新奇的制作品送到欧洲各地的博物馆和喜爱鸟类的人。”

尼德·兰说：“虽然这不是真的无双鸟，但羽毛总是真的，如果不是拿来食用，我想也没有什么坏处！”

虽然捕到这只无双鸟让我的欲望得到满足，但加拿大猎人的欲望还没有得到满足。幸运的是，在2点左右的时候，尼德·兰打到一只肥大的林中野猪，这是土人叫做“巴利奥唐”的一种猪。这猪正好在我们追求真正四足兽肉的时候到来了，所以它很受欢迎，被留下了。尼德·兰很是得意自己精准的枪法。野猪中了电气弹，倒在地上死了。

加拿大人从猪身上割下六七块腰窝肉准备晚上烤着吃，他又剥去它的皮毛，开膛，清出内脏。然后又开始继续打猎，这次打猎又显示出了尼德·兰和康塞尔的战绩成果，这一对朋友在树丛中搜索的时候，赶出了一大群袋鼠，它们伸开有弹性的腿，一蹦一跳地逃走。这些动物虽然逃走得很快，但还没等它们跳到足够远，电气弹已经追上它们了。

“啊！教授，”尼德·兰喊，这激起了他狂热的打猎兴致，“多么好吃的猎物，特别是焖煮起来！这在诺第留斯号船上，是多么难得的食物！两只！三只！五只在地上了！我一想到我们在吃这些肉的时候，而船上的那些蠢家伙连肉渣都吃不到，就别提多高兴了。”

我想这个加拿大人，如果他不是说了那么多的话，在过度欢喜中，可能他会把这整群的袋鼠都屠杀了！他只打了一打左右就停止了。

“这类袋鼠是有袋哺乳类的第一目。”康塞尔说。这些袋鼠身材短小，但跑得非常快，是兔袋鼠的一种，通常居住在树洞中。虽然它们身材不大，可是肉很好吃，被当做一种珍品。

对打猎的结果我们都很满意。快乐的尼德·兰提议明天再到这个迷人的岛上来，他要把所有可以吃的四足动物都打尽，一个不留。他这样打算着，并没有想到接下来发生的意外事件。

下午6点，我们回到了海滩。我们的小艇仍然停在原来的地方。诺第留斯号在离岸两海里的海面现出来，好像一座很长的礁石。

尼德·兰一刻也没耽搁，立即开始准备晚餐。“巴利奥唐”野猪的腰窝肉烤在红火上，不久就发出一种很香的气味，香味弥漫在空气中！

我觉得我也跟加拿大人是同一类人了。面对着这些新鲜的烤肉，我也抑制不住地高兴起来！请大家原谅我，像我原谅尼德·兰师傅一样，完全是出于相同的理由！

晚餐实在太美味了。加上两只山鸠，这晚餐更丰富，更完美了。西米面条，面包果，一些芒果，六七个菠萝和一种椰子果酿成的饮料，我们吃得眉飞色舞，按捺不住兴奋，并且我认为，我的忠实同伴们已经失去了清醒的头脑。

“今晚我们能不能不回诺第留斯号呢？”康塞尔说。

“我们永远都不回去好吗？”尼德·兰说。

就在这时，一块石头突然落在我们脚边，立刻打断了鱼叉手的提议。

第二十二章　尼摩船长的雷

我们并没有站起来，只是向树林方向看去，我们停住了往嘴里送食物的手，尼德·兰的手也正好把东西放到嘴中就不动了。

康塞尔说：“石头不可能从天而降，不然的话，那就是陨石了。”

紧接着，又落下了第二块加工过的圆形石头，把康塞尔手中一块好吃的山鸠腿肉打落了，这就印证了他的说法，需要我们注意。

我们三人全站起来，把枪扛在肩上，准备随时回应这次突然的袭击。

“是一些猿猴吗？”尼德·兰喊。

“可以这样说，”康塞尔回答，“他们是野蛮人。”

“快回小艇去。”我说，同时向海边走。

果然，我们只能向后退走，因为有20来个土人，拿着弓箭和投石器，从遮住了右方天际的丛林边缘出来，与我们相距不过100步左右。

我们的小艇停在离我们20米远的海滩上。

这些土人并没有快步追赶，而慢慢地向我们走来，可是他们故意地做着种种动作，石块和弓箭像雨点一般打来。尼德·兰不愿意放弃所有的食物，顾不得眼前的危险，一边拿野猪，一边拿袋鼠，快速地把食物收拾起来。

两分钟后，我们就到了海滩上，把食物和武器放在小艇里，将小艇推入海中，装好两支桨。我们划出还不到200米远，只见100个左右的土人大喊大叫，手舞足蹈地一直走到水深至腰间的海水中。我留心地看，以为这些土人的出现一定要把诺第留斯号船上的一些人引到平台上来观看，可是并没有。这只庞大的机器在海面上好像睡着了一样，完全没有人的踪影。

20分钟后，我们登上了船，嵌板是开着的，把小艇放好后，我们回到了诺第留斯号的里面。

我走进客厅，听到一些音乐声。尼摩船长正弯身向着他的大风琴，沉浸在音乐的无限乐趣中。

“船长！”我对他说。

他好像没有听见。

“船长！”我又说，同时用手去碰了碰他。

他身上微微发抖，回过身来对我说：“是您啊，教授。很好，你们打猎好吗？你们采了很多的植物标本吗？”

“是的，很不错，船长，”我回答，“不过不幸的是，我们带来了一样两腿动物，这些动物就在附近，我觉得特别不放心。”

“什么两腿动物哪？”

“是一些野蛮人。”

“一些野蛮人！”尼摩船长带着讥讽的语气说，“教授，您刚踏在这地球的陆地上便碰见野蛮人，您觉得这很奇怪吗？陆地上哪一处没有野蛮人呢？而且您叫他们为野蛮人的，他们就一定比其他的人坏吗？”

“不过，船长……”

“在我个人看来，先生，我到处都碰见野蛮人。”

“那么，”我回答，“如果您不愿意在诺第留斯号船上接待他们的话，我希望您能多加小心，还是想办法应付他们吧。”

“这事您不用操心，放心吧，教授。”

“可是那些土人有好多呢。”

“您估计他们有多少？”

“至少有 100 人左右。”

“阿龙纳斯先生，”尼摩船长回答，他的手指又搁在大风琴的键子上了，“就是巴布亚所有的土人都齐集在这海滩上，他们的攻击对诺第留斯号来说一点也不用惧怕！”

船长的指头于是又在风琴键盘上奔驰了，我看他只是按黑键，这使他弹出的和声主要是带苏格兰乐曲的特色。不久他便忘了我的存在，沉浸在一种美梦幻想中，我不敢去惊扰他。

我又回到平台上。在这低纬度的地区，太阳落下得很快，并且没有黄昏的时候，此时黑夜已经来临。我看那格波罗尔岛已经很模糊不清了。但在海滩上闪耀着许多火光，说明这些土人还没有离开，还在那里守着。

我一个人在这个平台上逗留了好几个钟头，有时想着这些土人——但并不特别怕他们，因为船长那坚定不移的信心给了我不害怕的信念——有时又把他们抛在脑后，欣赏这热带地区的夜间美景。我的思想飞向法国去了，好像跟着黄道十二宫的星宿一齐去似的，这些星是有好几个钟头照着法国的。月亮在星辰中间辉煌照耀，于是我想到，这座忠实殷勤的地球卫星要在后天回到相同的这个地方来，掀起这些海波，帮助诺第留斯号脱离它的珊瑚石床。大概到半夜，看见沉黑的海波上一切都很平静，同时海岸的树下也毫无声息，我就回到我的舱房中，安心地睡去。

一夜过去，没有发生什么不幸的事。巴布亚人可能由于单单看见搁浅在海湾中的大怪物，便不敢前来，因为嵌板仍然开着，他们很容易走进诺第留斯号里面来。

1 月 8 日早晨 6 点，我又走上平台。早晨的晨雾已渐渐散开了，格波罗尔岛从消失的雾气中露出来，首先露出海滩，然后现出山峰。

土人仍然守在那里，但人数比昨天更多了，大约有五六百人左右。一些土人趁着退潮的时候，来到珊瑚石尖上，此时离诺第留斯号的距离约 400 米。我可以很清楚地看见他们。他们是真正的巴布亚人，身材高大，体格魁伟，前额宽大高起，鼻子肥厚且直挺，牙齿洁白。他们的头发像羊毛一般，但却是红色的，披散在漆黑发亮的、像非洲纽比人一般的身躯上。他们那被割开了或拉长了的耳垂子上挂着骨质的耳环。这些土人通常是光着身子，不穿衣服。在他们中间我看见有些女人，从腰至膝穿一件真正草叶做的粗糙裙子，上面用一根草带子系着。有些头领脖子上带着一个弯月形的饰物和红白两色的玻璃编成的项链。几乎全部的人都带了弓、箭和盾，肩上背着像网一类的东西，网中装满他们能巧妙地用投石机投出来的溜圆石块。

其中一个头领走到距诺第留斯号相当近的地方，很细心地观察这只船。他好像是一个高级的“马多”（当地土语，意为“头领”），因为他披着一条香蕉树叶编的，中间和边上织成花样，并且染了很鲜明的颜色的围巾。

这个人站得很近，以至于我很容易就可以击毙这个土人，但我认为等待他表示出真正故意的攻击行动之后，再还手才对。

在整个低潮期间，这些土人在诺第留斯号周围转来转去，但他们并不大声喧闹。我听到他们说的最多的一句话是“阿洗”，从他们的手势来看，我想他们应该是要我到岛上去，但我想谢绝他们的这个邀请才是最好的选择。

所以这一天小艇不能离开大船了，这让尼德·兰师傅感到很失望，他不可能多弄点他所要的食物了。这个手巧的加拿大人便趁此机会利用他的时间，来准备他从格波罗尔岛带回来的肉类和面粉。至于那些土人，在早晨11点左右，当潮水上涨珊瑚石尖顶开始隐没不见时，他们都回到岸上去了。但我看见他们在海滩上的人数却是大量增加了。可能他们是从邻近小岛来的，又或者就是从巴布亚本岛来的，不过我还没有看到一只土人的独木舟。

目前我因为没有什么事可做，就想到在这些清澈的海水中去捞些贝壳什么的，好像水里面有丰富的贝壳类、植虫类和海产植物。并且今天也是诺第留斯号在这一带海面停留的最后一天了，按照尼摩船长说法，在明天潮涨的时候，船就要浮出去重新回到大海里了。因此我叫康塞尔给我拿了一个轻便的小捞器，就像用来捞牡蛎的网。

“那些野蛮人呢？”康塞尔问我，“不怕先生见怪，我觉得他们并没有十分凶恶！”

“他们是要吃人的，老实人。”

“一个人既吃人肉，但同时也是老实的，”康塞尔回答，“就像一个人同时可以是贪婪的又是诚实的一样，二者并不矛盾。”

“对！康塞尔，我同意你的说法，他们是吃人肉的诚实人，他们是老老实实地吃俘虏的肉。不过我不想被他们吃掉，即使是老老实实的吞食，我也不愿意。我要十分小心，时时警戒，因为诺第留斯号的船长对这件事好像一点也不在意，不加防范。我们现在动手捞吧。”

在两个钟头内，我们打鱼的兴致很高，但没有打到什么罕见的珍品。打捞器里面装满了驴耳贝、竖琴贝、河贝子，值得一提的是打到了我今天才看到的最好看的糙鱼，我们还打了一些海参、产珍珠的牡蛎和一打左右的小鳖，这些都拿来作为船上的食用品。

但是，在无意中，我找到一件稀罕物，准确来说，找到一件自然变形的珍品，这种东西是很不容易碰见的。康塞尔把打捞器放下去又捞起来的时候，器中装满很平常的各种贝类，他忽然看见我很快地将胳膊伸进网里面去，取出一个贝壳来，发出贝类学家的喊声，也就是说，发出人类喉咙可以发出的最尖锐的喊声。

“哎！先生怎么啦？”康塞尔问，他感到非常奇怪，“先生是被什么东西咬到了吗？”

“没有，老实人，不过我也愿意用我的一根手指换取我的发现。”

“您发现什么了呢？”

“就是这个贝壳。”我手指着我的战利品说。

“但这只是一个普通的斑红橄榄贝，橄榄贝属，节鳃图，腹足纲，软体类门……”

“非常正确，康塞尔，但这个橄榄贝纹跟普通的不一样，它不是从右往左卷过来，而是从左往右转过去。”

“真的吗？”康塞尔喊道。

“没错，老实人，这是一个左卷贝！”

“一个左卷贝！”康塞尔激动地重复着说。

“你看一看这贝壳的螺旋纹便知道我有没有弄错了。”

“啊！先生要相信我，”康塞尔说，用发抖的手拿着这珍贵的贝壳，“我从没有过像现在这样激动的心情呢！”

这实在是令人激动的事！正像生物学家所观察到的一样，从右向左是自然的规律。天体的行星和它们的卫星公转和自转的运动，都是从右向左转。就像人类使用右手的机会比使用左手的多，所以，人类使用的工具、器械、楼梯、锁钥、钟表的法条等，都配合成从右向左来使用的。大自然通常也是按照这个法则来造就贝类的卷旋螺纹。贝类纹基本是右转的，左转的极其稀少，偶然发现有左转的，爱好的人便会以重金来收买。

康塞尔和我都陶醉在我们得到的宝贝上，我也在庆幸我们的博物馆又多了一件珍品。就在这时一个土人投来一个石子，很不幸地打碎了康塞尔手中的珍品。

我发出了一声绝望的喊声！康塞尔拿起我的枪，对准在10米外挥动投石器的一个土人。我正要阻止他，但枪声已经响了，击碎了挂在土人胳膊上的护身灵镯。

“康塞尔！康塞尔！”我大声地喊。

“怎么啦！难道先生没有看见是他们先开始攻击的吗？”

“一个贝壳跟一个人的性命是不能相比的！”我对他说。

“啊！混蛋东西！”康塞尔喊，“他就是打碎我的肩骨，也比打碎这贝壳好些！”

康塞尔说的是心里话，但我不赞同他的看法。可是目前的形势已经很不乐观了，只是我们还没有觉察到罢了。就在这时，在诺第留斯号的周围有20多只独木舟。这种独木舟是用中空的树身做的，很长却很窄。为了便于行驶，还配有两根浮在水面的竹制长杆，以保持舟身的平衡，不发生摆动。那些半光着身体、可以巧妙使用自由桨板的土人驾驶着独木舟，慢慢地向我们驶来，我看到这样的情景心中不禁害怕了起来。

很明显，这些巴布亚人跟欧洲人已经有过来往，他们见过并且能够识别欧洲人的船只。但我们这只躺在湾中的钢铁圆锥，既没有桅杆也没有烟囱，他们又会怎么想呢？他们一定认为这是个坏东西，因为刚开始的时候他们只是站在距离很远的地方，不敢向前靠近。可是，等他们看见船停在那里不能动弹，便渐渐胆大起来，想靠近一探究竟。我们应该阻止他们的靠近。但我们的武器没有砰砰的声响，对于这些土人没有太大的震慑力，因为他们所害怕的是宏大的炮声。雷电的危险虽然在闪电而不在雷声，但如果没有那隆隆的声响，也很少有人害怕。

这时，独木舟已经离诺第留斯号更近了，一阵一阵的箭落在船身上了。

“真怪！下雹子了！”康塞尔说，“不过这可能是有毒的雹子呢！”

“应当通知尼摩船长。”我说，同时我就从嵌板中进来。

我走到客厅，里面没有人，我冒昧地敲了敲朝着船长房间开的那扇门。

屋内传出一声“请进”，我走了进去，看见船长正在聚精会神地计算着，上面有很多未知数 X 和其他的代数符号。

“没有打搅到您吧？”我有礼貌地问。

“不会，阿龙纳斯先生，”船长回答我，“不过我想您一定是有什么重大的事才来见我的吧。”

“对，很紧急，很重大的事，土人的许多独木舟已经把我们围起来了，几分钟内，我们很快就要受到好几百土人的攻击了。”

“啊！”尼摩船长安静地说，“他们是乘独木舟来的吗？”

“是的，先生。”

“好吧，先生，把嵌板关上就可以了。”

“正是，我就是来告诉您……”

“没有比这更容易的了。”尼摩船长说。

他按了一个电钮，便把命令传达到船员所在的岗位。

“命令执行了，先生，”一刻后他对我说，“小艇放好了，嵌板也关上了。我想，这些钢铁墙壁，就是林肯号战舰的炮弹也不能对它有丝毫的损伤，您现在不害怕那些土人先生们会冲进来了吧？”

“不害怕了，船长，但还存在着一个危险。”

“先生，什么危险呢？”

“就是明天又要打开嵌板来给诺第留斯号调换空气……”

“那是当然，先生，因为我们的船呼吸是跟鲸类一样的。”

“可是，如果这个时候，巴布亚人占据了平台，我真不知道您怎样做才可以不让他们进来呢。”

“那么，先生，您以为他们可以上到船上吗？”

“我想应该可以。”

“好，先生，让他们上来好了，我没有什么理由可以阻止他们。实际上，这些巴布亚人是很值得同情的，我在访问格波罗尔岛的过程中，哪怕只牺牲一个这样苦命人的生命，我都不愿意！”

他说完这话，我便想离开，但尼摩船长却让我留下，要我坐在他旁边。他很关心地问我们登陆游荡的经过，还询问了我们打猎的情形，他好像对加拿大人爱吃肉的那种需要完全不了解。然后话题转到各种问题上，虽然尼摩船长仍然和以前一样不轻易流露内心情感，但却露出了一副比较和蔼的样子。在他提到的许多问题中，我们谈到诺第留斯号目前所处的境况，因为它现在搁浅的地方正是杜蒙·居维尔差点丢了性命的那个海峡。因此引起了船长对我说起这件事：

“他是一名伟大的海员，同时也是一位富有智慧的航海家！是你们法国人的库克船长，但也是一位不幸的学者啊！他不怕南极的冰层，大洋洲的珊瑚礁和太平洋的那些吃人肉的土人，在经历了种种危险后，竟在一次火车事故中丢掉了自己的生命，多么可惜啊！如果这个精干的人在他生命的尽头，还能做些思考的话，您认为他最后在思考些什么呢！”

尼摩船长说这些的时候情绪十分的激动，我也被他激动的情绪感染了。然后，我手拿着地图说：“我们再来看看这位法国航海家的环球航行所取得的成绩，他两次到南极的探险，使他发现阿米利和路易·非力两个地方，以及他对于大洋洲的主要岛屿所做的水道学的记录资料。”

“你们的居维尔做的是海上的，”尼摩船长对我说，“而我做的是海底的，做得比他更方便，更全面，浑天仪号和罗盘号不断受大风暴的影响，它们怎么能跟诺第留斯号相比呢？它是安静的工作室，在海水中间真正泰然自若呢！”

“不过，船长，”我说，“杜蒙·居维尔的旧式海船跟诺第留斯号有一点是相似的。”

“哪一点呢先生？”

“那就是诺第留斯号跟它们一样在此处搁浅了！”

“诺第留斯号并未搁浅，先生，”尼摩船长冷淡地回答我，“诺第留斯号只是在海床上歇息，居维尔想要他的船脱离礁石，重回海上，他所要做的是非常困难的，而我根本什么也不用做。浑天仪号和罗盘号几乎沉没了，但我的诺第留斯号一点危险也没有。明天，将在我指定的日子，指定的时刻，潮水会让它平安地浮起来，它就又可以继续在海底航行了。”

我说：“船长，对于这点我并不怀疑……”

“明天，”尼摩船长又说，他站了起来，“明天，下午2点40分，诺第留斯号将浮在海上，丝毫无损地离开托列斯海峡。”

用干脆的语气说完了这些话后，尼摩船长轻轻地点点头，示意让我离开，我就回到了自己的房中。

康塞尔在房中等着我，他想知道我跟船长会谈的结果。

“老实人，”我回答，“当我觉得他的诺第留斯号将要受巴布亚土人的严重威胁的时候，船长带着十足嘲讽的语气回答了我。所以我只跟你说一点，就是：相信他，安心睡觉。”

“先生还有什么事需要我做吗？”

“没有，老实人。尼德・兰干什么去了？”

“请先生原谅我，”康塞尔回答，“尼德好朋友正在做袋鼠肉饼，这将成为最美味的珍品呢！”

房内只剩我一个人了，我上床躺下，但睡不着。我听到土人的声响，他们发出震耳的叫喊，不停地用脚在平台上踩船，这一夜就是在这样的响声中度过了，船上人员仍是按兵不动，对土人的叫嚣全然不予理睬。在这些土人面前，他们没有感到一点的不安，就像守在铁甲堡垒中的兵士全不留心在铁甲上奔跑的蚂蚁一样。

我起床的时候已经 6 点了。嵌板并没有打开，船内部的空气还没有调换，不过储藏库中总是装满空气的，这时它已经被投入了使用，好几立方米的氧放入诺第留斯号的缺氧空气中，我在房中一直工作到中午，一直没看见尼摩船长，船好像也没作任何起航的准备。

我又在房中待了一段时间，然后来到客厅。此时大钟指针正指向 2 点半，再过 10 分钟，潮水就要达到最高点。如果尼摩船长那狂妄的诺言不失真的话，诺第留斯号应该马上就要脱离礁石了。不然的话，它想离开珊瑚石床，恐怕还不知道要这样度过多少年月呢。

可是，不久船身就开始有了略微的颤动。我听到珊瑚石上石灰质形成的不平表面与船边发生摩擦，发出沙沙的声响。

2 点 35 分，尼摩船长出现在客厅中。

“我们要起航了。”他说。

“啊！”我喊了一声。

“我下了命令，要打开嵌板。”

“那些巴布亚人呢？”

“哪些巴布亚人？”尼摩船长不屑地回答，同时轻轻地耸一耸肩。

“他们不是要进到诺第留斯号里面来了吗？”

“怎样进来？”

“从您打开的嵌板进来。”

“阿龙纳斯先生，”尼摩船长安静地回答，“就算嵌板打开着，人们也不能随随便便就进来。”

我用疑惑的眼神盯着船长。

“您不明白吗？”他对我说。

“一点也不明白。”

“那么，您过来，就会明白了。”

我向中央铁梯走去。尼德·兰和康塞尔早就在那里，他们也是很奇怪，正看着船上的人员把嵌板打开，同时那些疯狂可怕的土人在外面大声叫唤着。

嵌板被打开了。现出来了20副怕人的面孔。但第一个土人，他刚把手放在铁梯扶手上，马上被一种神秘不可见的力量推到后面去，同时发出怕人的叫喊，慌忙地边跳边逃跑。他的十来个同伴陆续前来摸扶手，也得到相同的待遇，受到打击，向后逃走。

康塞尔乐得发狂了。尼德·兰被他急躁的天性驱使着，跑到楼梯上去。但是，当他两手抓住扶手的时候，他也被击倒了。

“有鬼！有鬼！”他喊，“我被雷击了！”

这句话让我明白了一切。那并不是扶手，那是一根铁索，通上了船上的电流，直达到平台。谁触到它，都会受到一种强烈的电击，如果尼摩船长把他机器中的整个电流都放到这导体中去，这种力量足以致人丧命！也可以这样说，在来攻击的敌人和他之间，他张挂了一副电网，接触到它的人都会受到它的惩罚。

巴布亚人害怕得发狂，都向后退去。我们笑着，安慰不幸的尼德·兰，用手摩擦他，他像魔鬼附身一样，大声地咒骂。

但在这个时候，也就是船长指定的2点40分的时候，诺第留斯号受海水最后的波浪所掀动，离开了它的珊瑚石床。它的机轮开始以隆重的缓慢姿态搅打海水。一会儿，渐渐加大了速度，向着大海奔驰而去，它安全无恙地离开了托列斯海峡的危险水道。

第二十三章　强逼睡眠

第二天,1 月 10 日,诺第留斯号又在水中航行了,我可以估计出它前行的速度,不会低于每小时 35 海里。它的机轮推动得那么快，我甚至已经看不出来它是在转动着，更不可能计算它的转数了。

我想到这神奇的电，除了给诺第留斯号以动力、热力、光明之外，又能保护它不受外界的攻击，使它变为神圣不可侵犯的船，想来侵犯的人是避免不了受到电击的，心中不禁产生了一种无限的赞美之情，立刻又从这船转到赞美制造这船的工程师。

我们行驶的方向一直向西，1 月 11 日，我们走过了在东经 135 度和南纬 10 度的韦塞尔角，这角是卡彭塔里亚海湾的东尖端。在地图上有明确的记载，海中仍然有很多较为零散的礁石。诺第留斯号很容易躲开在它左舷的摩宜礁石，和右舷的维多利亚暗礁，它们同在东经 130 度和南纬 10 度，这时船正沿着这纬度行驶。

1 月 13 日，诺第留斯号来到了帝位海，在东经 122 度望见了跟帝位海同名的帝位岛。这个岛面积为 1625 平方里，由印度王公们统治。这些王公们自称是鳄鱼的子孙，就是说，他们的祖先是人类可能想到的最古老的来源。所以他们的带鳞甲的祖宗在岛上河流中大量繁殖，岛上人们特别的尊敬它。岛上的人保护它们，娇养它们，奉承它们，喂养它们，把青年女子作它们的食料，如果有外来客人，敢大胆地去动这些神圣的蜥蝎类，那他就将惹下大祸了。

但诺第留斯号跟这些难看的动物并没有什么交道可打。帝位岛也只是在中午，船副记录方位的时候，出现了一下。同样，我也只望到了属于这群岛屿的罗地小岛，这岛上的女人在马来亚市场上是被公认的有名的美人。

从这里开始，诺第留斯号改变了航行的方向，向西南方驶去。船头正向着印度洋。尼摩船长打算把我们带到什么地方去呢？他是要上溯回到亚洲海岸吗？他要走近欧洲海岸吗？他是要躲避有人居住的陆地吧，但从航行的方向看，这也是不可能的。那么他是要往南去吗？是要先过好望角，然后再过合恩角，向南极走去吗？他的诺第留斯号在太平洋中航行方便自由，他是又要回到太平洋中来吗？这些问题只有在将来我才能知道。

已经走过了嘉地埃、依比尼亚、西林加巴当、斯各脱暗礁群，这是在海水中浮出的最后礁石了。1 月 14 日，陆地已经在我们眼前消失了。诺第留斯号放慢了速度，好像非常任性，有时在水中走，有时又浮出水面来。

在这次航行中，尼摩船长就海中不同水层的各种温度，做了些很有趣的实验。在一般情况下，这些温度的记录是利用相当复杂的器械来进行，但不论是使用温度表来探测（因玻璃管时常被水的压力压碎），或是使用通过电流的金属制成的仪器来探测，得到的结果都是不太可靠，因为这样取得的结果无法得到验证。但尼摩船长就不同了，他亲自到海底下去探测各水层的温度，当他的温度表跟各水层相接触时，马上就会得到很准确的度数。是这样的：诺第留斯号把所有的储水池装满水，或用纵斜机板斜斜下降，就可以陆续达到3000、4000、5000、7000、9000、10000米的深度，这些实验最后得到的结果是，不管在哪个纬度下，海水在1000米下的深度，温度总是4.5摄氏度，这是永远不会改变的。

我对看他做这种实验很感兴趣，尼摩船长对这种实验有一种真正的热情。我经常在心里想，他做这些观察有什么目的呢？是为了人类的利益吗？这好像不太可能，因为，总有一天，他的工作要跟他一起在没人知道的海中消失！除非他是打算把他的实验结果交给我。这就是预先要肯定总有一天我的奇怪游历将会结束，可是这一天，我却不知道什么时候能够到来。

不管怎样，船长又让我知道他所获得的各种数字，这些数字是关于地球上主要海洋海水密度的报告。从他给我的这个报告，我获取的是一个无关科学的个人知识。

这是1月15日的早上，船长跟我一起在平台上散步，他问我是否知道各处海水的不同密度。我回答不知道，同时又说，科学对于这个问题还没有做过精确的观察。

“关于这个问题我已经做了些观察，”他对我说，“而且我可以保证它们的准确性。”

“很好，”我答，“不过诺第留斯号是另一个世界，这个世界的学者的‘秘密’不能传到陆地上。”

“您说得对，教授，”他静默一刻后对我说，“它是另一个世界，它跟陆地已经没有什么关联，就像陪着地球环绕太阳的各个行星对于地球一样，从来也没有人知道土星和木星中的学者们所做的工作。但是，既然偶然的机会把我们二人联系在了一起，我可以把我观察所得的结果告诉您。”

“愿闻其详，船长。”

“教授，您知道海水的密度比淡水大，但并不是各处的海水密度都是一样的。比方，我拿‘一’作为淡水的密度，那太平洋海水的密度是一又千分之二十六，大西洋海水的密度是一又千分之二十八，地中海的海水密度是一又千分之三十……”

“啊！”我想，“他也曾冒险去过地中海吗？”

“爱奥尼亚海水密度是一又千分之十八，亚德里亚海水密度是一又千分之二十九。”

很显然，诺第留斯号并没有逃避往来人数较多的欧洲海面，因此可以说——或者不久——它要把我们带到比较文明的地中海去。我想如果尼德·兰听到这个消息，一定会非常兴奋。在接下来的几天，我们花费了很大一部分的时间在各种各样的实验上：研究不同深度水层的含盐量，海水的感电作用，海水的染色作用，海水的透明传光作用。在所有的实验中，处处显示出了尼摩船长他的奇特才能，也显示出他对我的关怀备至。

在以后的几天里，他好像又消失不见了，在他的船上我又像一个孤独的人了。

1月16日，诺第留斯号好像睡着了，停在海面下仅仅几米深的地方。船上的电力机械不走，机轮也停止了转动，就这样任由船随着海水的波动自由游动。我心想，船上的船员会不会正在作内部修理工作，由于机件的机械运动很激烈，修理是必要的。我的同伴和我，在这时看到一种很新奇的景象。客厅的嵌板敞开，由于诺第留斯号的探照灯没开，水中一片阴暗。骚动的和乌云密布的天空照在海洋上部水层中，显得昏暗模糊不清。

在这样的条件下观察海中情景，即使最粗大的鱼看来也是模模糊糊的只有一个影子。突然，诺第留斯号转入了完全的光明。刚开始我还以为是探照灯亮起来，是电力把海水照亮。经过仔细的观察，发现其实是我弄错了，我认识到我错误的看法。

诺第留斯号浮游在一层磷光里面，在阴暗的海水中，磷火也变得格外耀眼。这光由无数的发光微生动物所产生，经过船身的金属板反射，闪光就更强烈了。这时，在阵阵光明的水层中间，我突然看到了这些闪光，好像熔在大火炉中的铅铁流一样，或跟烧到白热化的金属块一样，相比之下，在这火红光下有些明亮的部分也变成阴影了。在这光明的环境中间所有阴影好像都已经不存在了。不！这不是我们通常的燃烧发光体的辐射光！在这光中有一种不寻常的精力和运动！这光，让人们感觉到了它的生机和活力。

其实，这光明是有细微触须的真正透明小胶球，结合了海中点滴微虫和无穷无尽的粟粒状夜光虫，在仅仅30立方厘米的水中，它们的数目就可以达到2.5万只。又因为有水母、海盘、章鱼、海枣以及其他发光植虫动物所发出的特别的微光，与它们发出的光交相辉映，更加增强了光的亮度。这些发磷光的植虫动物身上浸满被海水分解了的有机物体的泡沫，或浸满鱼类所分泌的黏液。

在这种光辉的海波中诺第留斯号浮游了好几个小时，看着那些粗大的海中动物，像火蛇一样在那里游来游去，我感到无比的惊叹。

在那不发热的火光中间，我看见有许多外观美丽、游动迅速的海猪，它们是海中从不感到疲乏的丑角，还有许多剑鱼，长有3米，它们能预知大风暴的来袭，时不时用它们那巨大的剑锋撞击大厅的玻璃。然后又出现了一些比较小的鱼类，有各种的箭鱼，跳跃的鳍鱼，人头形样的狼鱼，以及成千成百的其他鱼类，它们在这光明的海水中奔跑的时候，留下带子一样的条条的花纹。

这种光辉夺目的景象像是可以迷人心神的魔法！是不是空气中的一些变化使这种现象更加强烈呢？是不是海波上面发生了风暴呢？即便是有风暴诺第留斯号在水下几米的深度，也不会感到风暴的怒吼，它和平常一样在安静的海水中摆来摆去。我们就是在这不断为眼前的新奇景象所陶醉的情形中行驶着。康塞尔仍在观察，他把他的植虫类、节肢类、软体类、鱼类等搬出来加以分类。时间过得很快，我简直来不及计算了。

尼德·兰总是想着法子把船上日常的事物按照他的习惯变换一下。我们就像一只蜗牛，已经住惯了壳中的生活，同时我也可以肯定地说，要想成为一个完全的蜗牛也并不是一件很难的事。

因为我们觉得现在的生活还算是很安逸，很方便的，所以也不再想在地球上面还有另一种不同的生活。就在这个时候，发生了一件使我们觉得我们所处地位的离奇古怪的事情。

1月18日，诺第留斯号到了东经105度和南纬15度的地方。海上的天气很恶劣，波涛汹涌。大风猛烈地从东方吹来，风雨表好几天以来一直在下降，预示着不久将有暴风和雨——海水和空气的恶斗。

我在船副来测量角度的时候，走到平台上。我等待他像往常一样，说每日要说的那句话。可是那天，另一句一样听不懂的话代替了这句话。我立即看见尼摩船长出来，拿着望远镜，向天边瞭望。

在几分钟内，船长一动不动，不离开他目标内的那个点。一会儿，他把望远镜放下，跟船副交换了十多句话，船副好像无法抑制自己激动的情绪，尼摩船长比较有主张，神情很镇定。他好像提出了些反对的意见，船副带着明确的语气来反驳他。我是从他们说话的口气和他们的手势做这样的猜测。至于我，也细心地注视他们所指的方向，却什么也没看见。天和水完全清楚地相交在一条水平线上。

但是，尼摩船长在平台的两极端间走来走去，没有注意到我，也可能是没有看见我。他的脚步很坚定，但没有像平时一样那么有规律。他时而停住脚步，两手交叉放在胸前，观察大海。他要在这个浩瀚的空间中找些什么呢？这时诺第留斯号距最近的海岸也已经有好几百海里了！

船副又拿过望远镜来，固执地搜索着天际，来来回回地走着，不停地跺脚，他神经质的激动跟船长的冷静形成了鲜明的对比。

此外，必须很快弄清楚这个神秘的情况，因为船上得到尼摩船长的命令，机器增加推动力，螺旋桨转动得更快了。

这个时候，船副又重新要船长小心注意。船长停下脚步，把望远镜向所指的天边望去，他观察了很久。

我也觉得很是纳闷，也想知道到底发生了什么，于是我便走下客厅，在厅中拿了我常用的望远镜，回到平台，扶在平台前头的突出部分，装设探照灯的笼间上，我就要打算望一望天际和海边的所有情景了。

但我的眼睛还没有挨到镜面上，突然有人夺走了我的望远镜。

我转过身来，发现尼摩船长站在我旁边，他好像完全变了个人一样，我完全认不得。他的眼睛闪着阴沉的火光，从紧促的睫毛中露出来。他半张着嘴，看起来有些可怕。他直挺的身子，紧握的拳头，缩在两肩中间的脑袋，证明他有了正从他全身发出来的强烈的仇恨。他站在那里一动不动，我的望远镜从他的手中掉下来，滚到他脚边。

他的这种愤怒是我无心引起的吗？是这个神秘不可解的人物认为我看出了作为诺第留斯号的客人不应当知道的某些秘密吗？

不！他仇恨的对象并不是我，因为他并没有看我，而他的眼睛仍然坚定不移地盯着天际那神秘不可知的一点。

慢慢的尼摩船长镇定了下来，似乎又有了新的想法。他那本来已经变了样的脸，现在又跟从前一样地安静下来。他用那我听不懂的语言对船副说了几句话，然后转身面对着我。

“阿龙纳斯先生，”他语气相当激动地对我说，“我要您现在遵守您跟我的那一条约定。”

“船长，是哪一条呢？”

“现在我要把您的同伴和您都关起来，直到我认为可以让你们自由的时候为止。”

“您是这船的主人，”我眼盯着他回答，“但是我可以问您一个问题吗？”

“不，先生。”

听了这话，我没有争辩，只能听从他的安排，因为所有的抗拒都是于事无补的。

我走到尼德·兰和康塞尔住的舱房中，把船长的命令告诉了他们。读者可以想象一下这个暴躁的加拿大人在听到这个消息时会是什么反应。并且，对于这件事我们也没有任何的时间来解释，因为有四个船员早就等在门口，他们把我们领到我们在诺第留斯号船上第一夜住过的那个房间里。

尼德·兰想质问，但他刚一进来，门就被关上了，当然也得不到任何回答。

“先生可以给我说一下这是怎么回事吗？”康塞尔问我。

我把事情的经过告诉了他们，他们也跟我一样感到奇怪，但同样也不知道到底是怎么回事。

于是，我便开始无限的想象，但尼摩船长的那种忧虑的面容总是在我脑海中纠缠着，找不到答案。我简直不能把两个合理的观念结合起来，我迷失在这荒谬无理的假设中，就在这时，我被尼德·兰的一句话惊醒，从冥思苦想中解脱了出来。

他说："瞧！午餐来了！"

可不是，饭菜都已经摆好了，显然是尼摩船长下了开饭的命令，同时他加大诺第留斯号的航行速度。

"先生我可以说句劝告的话吗？"康塞尔问我。

"当然可以。"我回答。

"因为我们不知道到底发生了什么事，所以请先生吃快点，这样才比较好。"

"你说得对，康塞尔。"

"可惜的是他们只给我吃船上的菜。"尼德·兰说。

"尼德好朋友，"康塞尔回答，"如果完全没有午餐，你又能怎样呢？"

这话打断了鱼叉手所有的咒骂。

我们便开始坐在桌前吃饭，吃的时候大家都没怎么说话。我只是吃了很少的一点，康塞尔因为他谨慎的性格，"勉强"吃了一点，而尼德·兰虽然心里不乐意，但嘴却没有停一下。午餐过后，我们各自靠着各人的座位。

就在这时，这房间的光明球突然熄灭了，我们陷入了黑暗中。不久尼德·兰就睡着了，让我惊讶的是，康塞尔也昏沉沉地睡着了。我正在想他们为什么这样迫切需要睡眠的时候，忽然我感觉到自己的头脑也开始昏沉沉地麻痹起来了。我想努力睁开我的两眼，但却不由自主地闭上了。一种错觉萦绕着我，使我感到不适。很明显，在我们吃的饭里被放了些安眠药。看来尼摩船长真是不想让我们知道他的计划，把我们关起来还不够，又要让我们好好安睡呢！

我听到嵌板被关起来的声音，使人觉得大海的微微波动现在也停止了。那诺第留斯号是离开了洋面吗？它是回到了静止不动的水底下吗？

我努力地抗拒着睡意，想让自己睁开双眼，但已经做不到了，我的呼吸逐渐平缓。我觉得我的肢体被一种厉害的冰冷冻住了，像瘫痪了一样。我的眼皮变成了真正的铅铁盖，盖住我的眼睛，我再也不能睁开了。一种病态的、满是错觉的昏睡侵占了我的身体。不久，幻影消失不见了，我完全进入了沉睡中。

第二十四章　珊瑚王国

第二天醒来，我感觉头脑特别清醒。但令我吃惊的是，我竟是在自己的房中。我的同伴一定也回到他们的舱房中去了，可能他们跟我一样，一点也没有感觉到。夜间所有的经过他们也一点不知道，像我完全不知道一样，要想揭开这个秘密，只有等将来的偶然机会了。

我心里盘算着走出这个房间，心想我是否已经恢复了自由？或者仍旧是俘虏？事实上，我又完全自由了。我打开门，走入过道，上了中央铁梯。昨天关闭着的嵌板现在已经打开了，我到了平台上。

尼德·兰和康塞尔已经在那里等我了。我问他们，他们也是什么都不知道。昏沉沉的睡眠没给他们留下任何的记忆，他们也和我一样在奇怪，不知道是在什么时候又回到自己的舱房中了。

至于诺第留斯号，看起来还是跟往常一样，很安静，很神秘。它行动很缓慢，浮在海波上面，船上好像一点变化也没有。

尼德·兰睁着他锐利的眼睛，观察着海面。海上什么都没有，没有船只，没有陆地，加拿大人见天边同样也是什么也没有。西风呼呼地吹来，风掀起壮阔的波浪打到船上，船明显地摆动起来。

诺第留斯号换过新鲜空气后，行驶在深度平均为 15 米的水底下面，这样它可以随时很快地回到水面上来。在 1 月 19 日这一天诺第留斯号一反常态好几次浮出水面，每一次船副都会到平台上，说他每天习惯说的那句话。

至于尼摩船长，他并没有出来。船上的人员除了那冷冰冰的管事人，平常一样准时地，默不作声地给我开饭。

两点左右，我正在客厅中整理我的笔记，尼摩船长走进了我的房间。我向他行个礼，他回了我一个基本上什么也看不出来的礼，一句话也没说。我继续做我的工作，心中希望他能对于昨夜的特殊事件给我一个解释。

但他什么也没说。我注视着他那疲倦的面容：他的眼睛红红的，睡眠并没有让它得到恢复，他的脸上带着深深的忧伤，看起来好像很痛苦的样子。他来来回回地走动着，坐下又站起来，随意拿起一本书，随即又放下，看着他的各种器械，但没作习惯要作的记录。他看起来好像坐立不安，非常焦躁。最后他终于向我走来了，问我："阿龙纳斯先生，您是医生吗？"

我真没想到他怎么会忽然问这个问题，我看了他一下，但并没有马上回答他。

“您是医生吗？”他又问，“您的好些同事，像格拉地奥列，摩甘·唐东，以及其他的一些人都曾经学过医。”

“是的，”我说，“我是医生，还做过住院大夫。在我去博物馆当教授之前，曾经做过几年医生。”

“很好，先生。”

很显然尼摩船长对我的回答很满意。但是，我还是不明白他为什么会突然问这些，所以我想等他提出新问题，这样自己可以随机应变地回答他。

“阿龙纳斯先生，”船长对我说，“您愿意为我的一个船员治疗吗？”

“您这有人生病吗？”

“是的。”

“那好，您带我去。”

“请跟我来吧。”

我得承认，这时我心跳得非常厉害。我不知道为什么，我觉得这个船员的疾病和昨晚的事件之间应该有什么联系，这个秘密跟那个病人一样，都让我十分关心。

尼摩船长带我到诺第留斯号的后部，让我走进水手住所旁边的一间舱房。

舱房中的床上，躺着一个40岁左右的人，是一个真正典型的盎格鲁一萨克逊人，他有着坚强有力的外貌。

我俯身去看他。他不仅有病，而且还受了伤。他的头部包裹着血淋淋的纱布，躺在两个枕头上。病人睁大眼睛看我，我把纱布解开，他并没有阻止我，连一声痛苦的呻吟都没有。

受伤的地方看起来很怕人，头盖骨被冲击的器械打碎，脑子露出来，脑上受到了很厉害的摩擦。在有伤的脑子上面凝结着一块一块的血痕，颜色像酒糟。脑子同时受到震动和击打。病人的呼吸已经很缓慢。肌肉痉挛着，就连脸也在抽搐着。大脑完全发炎了，因此思想和动作都麻木不灵了。

我按了按病人的脉搏，已经时有时无。肢体末端已经冰冷，看得出死亡已经临近，无力回天。我把这个不幸的病人重新包扎好，又把他头上的纱布弄好，转过身来对着尼摩船长，我问他：“他怎么受了这么严重的伤呢？”

“这不是重点！”船长掩饰地回答，“诺第留斯号受到一次撞击，撞断了机器上的一条杠杆，打中了这个不幸的人。他的病情怎么样呢？”

我迟疑着没敢说。

“您说吧，”船长对我说，“他不懂法语。”

我又看了下这个病人，然后回答：“他已经活不过两个小时了。”

“没有办法可以救他吗？”

"没有。"

尼摩船长的手颤抖起来，从他的眼中流出了几滴眼泪，以前我以为他是不会掉眼泪的。

我又看了一眼这垂死的人，他的生命正在一点一点地消失。明亮的电光照在他临死的床上，让他的面色显得更加苍白。我看到在他聪明的额头上，可能由于生活中的不幸或多年的贫苦过早地留下了岁月的痕迹。我想在他弥留之际从他嘴里吐出的一些含糊不清的话中，了解一点他生平的秘密！

"您可以出去了，阿龙纳斯先生。"尼摩船长对我说。

我退了出来，留船长一人在那个垂危病人的房里，我回到自己的房中，刚才的场面使我的情绪很激动。一整天，我都感觉心中十分不安，有着种种不祥的预感。晚上也没有睡好，时常从睡梦中惊醒，感觉听到了从远处传来的悲叹和好像唱丧歌的声音，这是对死者的祷词，他们是在用那种我听不懂的语言做祷告吗？

第二天一大早，我就来到平台上，而尼摩船长已经在那里了。他一看见我，就走到我跟前。

"教授，"他对我说，"您今天愿意跟我们一起去作一次海底散步吗？"

"我的同伴可以一起去吗？"我问。

"如果他们愿意，当然没问题。"

"我们会去的，船长。"

"那请您们去换好潜水衣。"

关于那个危急病人或已经死去的人的消息，他却只字未提。我把尼摩船长的提议告诉了尼德·兰和康塞尔，康塞尔立刻便欣然同意，这一次加拿大人也表示很乐意跟我们一块去。

此时的时间是早上 8 点。到了 8 点半，我们已经穿好了潜水衣，并带上探照灯和呼吸器。那座双重的门开启了，尼摩船长和跟在他后面的十多个船员一齐出来，我们到了水下 10 米的地方，脚便踩在海底地上，而诺第留斯号就停泊在那里。

过了一段轻微的斜坡路，便到了崎岖不平的地面，此时的深度大约为 25 米左右。这地面跟我第一次在太平洋水底下散步时看见的完全不同。这里没有细沙，没有海底草地，没有海底树林，我立即发现今天尼摩船长带我们来的这个神奇地方就是珊瑚王国。

在植虫动物门翡翠纲中，有矾花这一目，这一目共有三科，包含：矾花、木贼和珊瑚。珊瑚属于珊瑚科，它是一种奇怪的东西，曾先后被分入矿物、植物和动物类。在古代它是治病的良药，在近代是装饰的珍宝。一直到 1694 年，马赛人皮桑尼尔才明确地把它们归入动物类。

珊瑚是一群聚集在易碎的石质伪珊瑚树上的微生物的总体。这些珊瑚虫的繁殖力是非常独特的，像枝芽滋生一样，它们有着各自的生命，同时又有共同的生命，因此这种情形就像是一种天然的社会主义。我知道关于这种奇怪的植虫动物的最新研究结果，根据生物学家的精确观察，珊瑚虫在分支繁殖中起着矿化的作用。去参观这大自然种植在海底下的石质森林，对我来说，实在是太令人激动了。

打开了兰可夫探照灯，我们沿着正在形成的珊瑚层走去，这些珊瑚脉经过很漫长的时间，不过总有一天会把印度洋的这一部分海面封闭起来。路的两旁尽是错杂的小珊瑚树所形成的混乱的珊瑚树丛，枝杈上满是星状的小花闪着白色的光。不过，跟陆地上的植物刚好相反，那些固定在海底岩石上的珊瑚树的枝杈，全是从上到下生长的。

灯光在色彩鲜艳的枝叶中照来照去，现出一片美丽迷人的景象。我仿佛是看见这薄膜一般圆筒形状的细管在海波下舞动着。我想去采它们的带有纤维触须的新鲜花瓣（有的已经盛开，有的却含苞欲放）的时候。正在这时，有些行动敏捷的鱼，像鸟飞过一样在珊瑚枝间游来游去。可是当我的手挨近这些有生命的花朵的时候，花丛中便立即发出警报，于是雪白的花瓣立刻缩到它们的朱红匣中去了，我眼前的花朵消失了，珊瑚丛随即变成了一大团的圆形石头。

偶然的机会我看到了这种植虫动物中最珍贵的一些品种。这里的珊瑚跟在地中海的沿岸各国如法国、意大利和巴巴利海岸的一样珍贵。对于其中最美的几种给了“血花”和“血沫”这样富有诗意的名字，它们鲜艳的颜色证明这是有道理的。在交易市场，这种珊瑚可以卖到 1 公斤 500 法郎。在这一带的海水里面实在是为打捞珊瑚的人蕴藏有无数的财富呢。

这种宝贵的物质时常夹杂有其他种类的珊瑚树，形成密集和混杂的整体，因此被称为“马西奥达”，在这些整块珊瑚里面，我还看到有很美丽的玫瑰珊瑚品种。

不久，珊瑚树丛就更加紧密、密集起来，树枝分布增长起来，展现在我们面前的好像是真正的石质丛林和奇矮建筑的长槽。

尼摩船长走入一条长廊般的黑暗过道，这条长廊渐渐地把我们送到了 100 米深的地方。我们的蛇形玻璃管中的灯光，照在这些天然的凹凸不平的拱形建筑物上面，照在水晶烛台一般安排着的、火星点缀起来的下垂花板上，不断发出迷人的魔术般力量。在珊瑚丛中，我还看到一样新奇古怪的海虱形珊瑚树，节肢蝶形珊瑚，还有一些团聚成堆的珊瑚，有的青有的红，就像是铺在石灰地上的海藻。生物学家经过长期的讨论后，才把这些珊瑚堆明确地列入植物中。但根据一位思想家所说，它们也可能就是生命刚从无知觉的沉睡中苏醒过来，还没有完全脱离矿物的性质。

走了两个小时，我们到了 300 米深的地方，那是珊瑚在上面开始形成的最后边界。但在这里的，已不再是孤立隔开的珊瑚丛，不是低树林的丛木，而是广大的森林，是巨大的矿化植物，粗大的石树。由那些海葛藤，漂亮好看的羽毛草花圈交织在一起，受到各样色彩和反光的点缀，煞是好看。它们那高大的树枝深入阴暗的海水中不见了，我们就在下面顺利地走过，脚下还有管状珊瑚、石竹形珊瑚、星状贝、脑形贝、菌状贝，形成一条五彩缤纷的地毯。

这景象实在是难以形容，难以想象！啊！可此时我们却不能交换彼此所感到的印象！这是多么遗憾啊！为什么我们非要被关禁在这金属玻璃的圆盔中！为什么我们要被阻止，彼此不能说话！至少让我们在生活中，跟在海水中繁殖的鱼类一样，或者跟那些两栖动物一样，可以长时间地随自己的心意，穿行于陆地和海洋之中！

这时尼摩船长停下了前进的脚步。我的同伴和我也停止前进，我回过头来，只看见船员们作半圆形围绕着他们的首领。我再细心一看，看到其中有四人肩上抬着一件长方形的东西。

我们在一块宽大空地的中心站着，四周围绕的是海底森林的高大突出的枝杈。我们的照明灯在这广阔的空间中射出模糊的光线，地上的影子被拉得特别长。空地的尽头，更是漆黑暗淡，只有珊瑚的尖刺留住了一些稀疏的亮光。

尼德·兰和康塞尔在我旁边站着，我们留心观察着，在心里想，这是要参加一个很离奇的场面了。我向地面看了看，看到有好几处，由于石灰质的堆积，像是人为所致，有微微隆起的瘤子，地面显得鼓起来的样子。

在空地中间，在一个用石头随便堆起来的石基上，竖着一副珊瑚的十字架，这十字架伸着两条长长的胳膊，简直要使人错误地认为是石质的血制成的呢。

尼摩船长做个手势，一个船员走上前来，在距十字架几英尺远的地方，从腰间取下铁锹，开始挖坑。

于是我便明白了！这里是墓地，这坑是墓穴，这长形的东西应该就是昨夜死去的那个不幸人的尸体！尼摩船长和他的船员们来到这与世隔绝的海洋底下，来到这所公共的墓地，是为了安葬他们的同伴。

不！我的心情从未如此紧张！从未有过如此强烈思想像现在这样侵到我的脑中来！我不想看到眼前的这一切！

不过墓穴挖得很慢。鱼儿受到惊扰，到处乱跑。我听到铁锹碰到石灰质的地上发出叮叮的声响，铁锹有时碰到丢在水底下的火石，发出星星的火光。墓穴渐渐地越来越大，不久便可以容纳尸体了。

这时抬尸体的船员便走上前来，尸体用白色的麻布包裹着，被放入灌满水的墓穴。尼摩船长两手交叉放在胸前，死者生前的所有的朋友们，都跪下来，作祈祷的姿态。我的两个同伴和我也很虔诚地鞠躬敬礼。

于是墓穴被从地上挖出的土石掩盖起来，地面形成微微的隆起。

当填好墓穴，尼摩船长和他的船员都站起身来，然后走到坟前，大家屈膝，伸手，作最后的告别。

然后这送葬的队伍沿着原路，在森林的拱形建筑物下，一堆一堆的丛林中间，走过了很长的珊瑚丛，一直往上走，向着诺第留斯号的方向走去。

船上的灯光已经能看见了，有一道长长的光线，把我们一直引到诺第留斯号。我们回到船上的时候，正是一点钟。

我换了衣服，走上平台，心中正缠绕着那可怕的思想，就走到探照灯旁边坐下。

尼摩船长走到我面前，我站起来，对他说："正如我所说，那人是在昨夜死的吗？"

"是的，阿龙纳斯先生。"尼摩船长答。

"他现在在那珊瑚墓地中长眠在他的同伴身边吗？"

船长突然用他颤抖的手遮住了脸，他无法抑制他发出的哽咽，随后他说："在那海波下面几百英尺深的地方，就是我们安静的墓地！"

"船长，至少您死去的同伴们可以在那里很安静地长眠，不受鲨鱼的欺负！"

"是的，先生，"尼摩船长很严肃地回答，"不受鲨鱼和人类的欺负。"

【第二部分】

第一章　印度洋

现在开始第二部分的海底旅行。第一部分是结束在动人的珊瑚墓地上，在我心中留下很深刻的印象。

看来尼摩船长是完全生活在那无边大海中的，甚至已经在那最秘密的深渊中，准备好了自己的墓地。在那里，不会有这样或那样的海怪来打扰诺第留斯号船员的长眠。这些船员同生共死，“在那儿他们不会受到任何一个生人的打扰！”尼摩船长又补充了这一句。

这位船长对人类社会总是表示那么的不信任，倔强，坚决，这是一种无法改变的不信任。

对我来说，康塞尔的那些说法已经无法让我满足，虽然这个老实人仍坚持他的看法，认为诺第留斯号的船长是一位怀才不遇的学者，是用不屑蔑视来回应人世冷淡的一位学者。

他还认为船长是一位不为人们所理解的天才，因为忍受不了人世的欺骗，对人世的一切深感失望，不得已才逃避到这个别人不能随意到达而他的本能却可以允许他行动自由的大海里来。但是，在我看来，这有 1.5 亿公亩的广阔水面，海水十分澄清，低下头来看它的人都会感到头晕目眩。一连几天诺第留斯号基本上都是行驶在水深 100 和 200 米间的地方。对于那些不是特别爱海的人来说，一定会觉得在船中的时间过得很漫长并且非常乏味，但对我来说就不同了，我每天在平台上散步，锻炼锻炼身体，呼吸着新鲜的海洋空气，并通过客厅的玻璃观察物产丰富的海水景象，阅读图书室的书籍，整理我的笔记，我的时间就是这样被我利用着，一刻也不会让我厌烦或无聊。

我们各人的健康情况也很让人满意，我们已经完全适应了船上的饮食起居，在我个人来说，尼德·兰也实在用不着由于不满的情绪而想尽各种方法做出口味不同的菜。还有，在海底稳定的温度下，甚至连感冒也不会有的。并且，在法国南方称为“海茴香”的那种石蚕属的草树，船上还储藏有很多，它跟那腔肠动物容易溶化的肉和起来，可以制成一种治疗咳嗽的优良药膏。

几天来，我们看到了大量的水鸟、噗足鸟、大海鸥和一些一般的海鸥。我们打了一些海鸟，用一种方法来烹调，使人又尝到很可口的水禽野味。

诺第留斯号的渔网还打到好几种海龟，它们是海甲鱼属，背后隆起，有着很宝贵的龟甲。这些龟很善于潜入水中，只要它们闭起鼻腔外孔的活肉塞，就可以长久地停留在水中。有些海甲鱼被打捞上来的时候，它们还在甲壳中睡觉，躲在壳里是为了躲避海中动物的捕捉，一般来说这些甲鱼肉是不怎么好吃的，但甲鱼蛋却是十分美味的珍品。

至于鱼类，当我们从打开的嵌板窥见了它们的水中生活的秘密时，总能赢得我们的赞美声。我仔细地看了几种我以前一直没有机会观察过的鱼。

我要特别提的是红海、印度洋和赤道附近的美洲那一部分所特有的牡蛎类。这些鱼类跟甲鱼、执豚、云丹、甲壳类一样，保护它们身体的，既不是白垩的，也不是石质的，而是真正骨质的甲壳。这种甲壳有的为立体三角形，有的为立体四方形，质地非常的坚硬。

我从助手康塞尔每天写的札记中，记录了一些这一带海中所特有的腹鱼类，比如：有着红色背脊，白色肚腹的针鱼，这鱼很特别，它有三行纵列的线纹；还有颜色鲜艳，长 7 英寸的电鱼；其次作为其他鱼属的标本可以举出：身上有白色的带纹，却没有尾，类似黑褐色蛋的卵形鱼；海中真正的海豪猪的虎鱼，这鱼的身上有很多刺，可以鼓起身子，变成一个身上布满尖刺的球；各海洋都会有的海马鱼；会飞的长嘴飞马鱼，这鱼的腹鳍很宽大，看起来就像翅膀一样，虽然不能飞得很高，但至少也能跳入空中；还有体型扁平的鸽子鱼，这鱼的尾上有许多鱼鳞的圆环；大颚鱼有着长 25 公分的下巴，这鱼的颜色非常漂亮同时也是很美味的；灰白色的美首鱼，这鱼的头部是凹凸不平的；还有身上带黑纹，长着长长的腹鳍，能以惊人的速度在水面上跳来跳去的奇形鱼：美丽的风帆鱼，这鱼可以竖起所有的鳍，就像扬起的帆一样可以随风漂流；色彩斑斓的彩鱼，这鱼好像受大自然的特别青睐，一身具有黄、天蓝、银白和金黄各种颜色；绒翼鱼，这鱼的翼全由丝条组成；老是沾上污泥的刺鳍鱼，还能发出蟋蟀的声音；海幼鱼，这鱼的肝是有毒的；波帝鱼，这鱼在眼睛上戴有一个会动的眼罩；最后，管状的长嘴哨子，这鱼是真正的海中猎手，带有一支枪，夏斯包式和雷明答式枪的制造者所没有想到的一种枪，射出一滴水就可以把昆虫杀死。

拉色别德所分类的第八十九种鱼属，属于硬骨鱼类的第二亚纲，特征为有一个鳃盖和一块鳃膜，在这个属里我看到有头上长着尖刺的蝎子鱼，这鱼只有一个脊鳍，这些鱼按照所属的不同亚属，有的身上有细小的鳞而有的却没有。第二亚属中有一些两指鱼的品种，这鱼长有四五厘米，身上有黄色带纹，头的形状长得很是古怪。至于第一亚属，也有一些被称为“海蟾蜍”的怪鱼品种，这鱼的脑袋很大，头上有时带很深的皱纹，有时肿起一个一个的瘤，身上各处都带利刺和疙瘩，还有长短不一和看起来很可怕的角，身上和尾上满是鸡眼，这鱼的利刺刺到人是很危险的，它是让人讨厌，同时又让人害怕的鱼。

从 1 月 21 日至 23 日，每天 24 小时诺第留斯号走 250 法里，即 540 海里，也就是说它的航行速度为每小时 22 海里。我们之所以能以这么快的速度行走的同时还能认识这些鱼，是因为它们受到了电光的吸引，前来陪伴我们，大部分的鱼追不上船的速度，不久就被甩在后面，但有些鱼在一定的时间内仍然可以跟上来，在诺第留斯号周围的海水中游动。

24 日早晨，在南纬 12 度 5 分，东经 94 度 33 分，我们望见了企林岛，这是造礁珊瑚浮起的岛，岛上有很多又高又好看的椰子树，达尔文和费兹罗亚船长曾经来过这里。诺第留斯号沿这座荒岛的悬崖在距离不远的水中行驶。它的打捞机打了许多腔肠类和棘皮类动物，以及软体动物门的好些新奇介壳动物。没多久，企林岛不见了，消失在了天边。航行路线是指着西北，向印度半岛的尖端驶去！

那天，尼德·兰对我说：“到了有文化的地方了。这当然比巴布亚强多了，在巴布亚碰见的野蛮人比鹿还多呢！教授，在这印度半岛的陆地上，有马路、铁路、有英国的、法国的和印度的城市。走 5 英里路，一定可以碰到一个本国人。嗯！这么好的机会难道不该跟尼摩船长不辞而别吗？”

“不，尼德，不，”我用很坚决的语气回答他，“像你们水手说的，走走看吧。诺第留斯号走近人居住的地方，总有一天它要回到欧洲去，就让它带我们去吧。一旦到欧洲海中，我们要谨慎小心地出主意，决定我们要做的事情。并且，我想尼摩船长不会让我们像在新几内亚森林中打猎一样，去踏上马拉巴尔或科罗曼德尔海岸。”

“那么！先生，难道我们不得到他的允许不行吗？”

我没有回答加拿大人，我不想与他争论。实际上，对于命运中所能有的一切机会，我都要尽力思考。难道不正是命运把我送到诺第留斯号船上来的吗？

从企林岛开始，行船速度已经渐渐慢了下来。行程也比较随意，时常把我们拉到很深的地方去。船员使用了几次纵斜机板，船内部杠杆可以把机板对浮标线作倾斜的移动。靠着这种方法我们一直下潜到了二三公里深的地方，但仍未到达海底。在印度洋有些海域就连 13000 米的探测器都还不能达到底部。至于低水层的温度，温度表总是不变地指着 4 度。不过在上面水层中，我注意到，在深水处的水总比大海面的水要凉一些。

1 月 25 日，洋面上什么也没有，这一天诺第留斯号是在水面上度过的。强大的推进器搅动着水波，把水流喷入高空。远远望去，人们怎么能不把它当做一头巨大的鲸类动物呢？这一天有四分之三的时间我都在平台上。我远望大海，海面上空无一物，只在下午 4 点的时候，有一艘长形的汽船，跟我们相向而行，从西方驶来。有一个时候是可以看见这船的桅杆，但它却没有发现紧挨着水面航行的诺第留斯号。我想这艘汽船应该是属于印度半岛和东方航线轮船公司的，它航行于锡兰岛和悉尼之间，中途停泊在佐治玉呷和墨尔本港。

下午 5 点的时候，在热带地方白天和黑夜之间的短暂的黄昏来临之前，康塞尔和我被一个新奇的景象惊呆了。

那是一种迷人的动物，照古代人的说法，遇见它，就预示着好运的到来。亚里士多德、雅典尼、普林尼、奥比安等，对它的性情嗜好做过研究，并且用尽希腊和意大利学者们所有的诗词来赞美它。他们称它为“诺第留斯”或“庞比留斯”，但近代科学对这个名称并不认同，这种软体动物现在被命名为“阿哥那提”——肛鱼。这时候在洋面上游动着的一群正是这种肛鱼。在我们看来，有成千上万条，它们是印度洋特有的一种，是带突瘤的肛鱼属。这些美丽的软体动物行动是向后倒退的，它们使用运动管，把吐出的水从管中排出，就可以走动了。它们有八根触须，其中六根又长又细，浮在水面上，其他两根弯圆作掌形，像张开的轻帆迎风招展。

我可以清楚地看见它们的螺旋波纹的介壳，居维埃用很恰当的比喻，说这壳是一只精美的小艇。是的，这壳像一只真正的小船，虽然它是这个动物分泌出来的，但它没有紧紧附着它，而是它把这动物装载在里面。

“肛鱼可以随意离开它的介壳，”我对康塞尔说，“但它永远不会离开的。”

“这就跟尼摩船长一样，”康塞尔很恰当地回答，“所以把他的船称为肛鱼号可能更恰当。”

诺第留斯号在这群软体动物中行驶了大约有一个钟头左右。一会儿，好像发生了什么可怕的事情，突然它们受到了惊吓，好像听到信号一样，所有的帆一下子都卷起来了，胳膊也收回去了，身体都缩起来了，翻倒的介壳改变了重心，整个队伍都沉在水波中不见了。这事发生得太突然，仅在一瞬间，从来没有一只舰队的演习能执行这么一致的动作。

这时候，黑夜来临，被微风掀起的一些海浪在诺第留斯号边缘下缓慢地推过去。

翌日，1 月 26 日，我们在东经 82 度上穿过了赤道线，船又回到北半球了。

这一天，一大群鲛鱼陪着我们。这些可怕的动物在这一带海中繁殖，一度使这里变成很危险的地方。其中有烟色鲛，它的背脊是栗子色，肚腹是灰白色的，嘴里有十二排长牙；还有睛点鲛，这鲛脖子上有被白圆圈圈起来的一个大黑点，看起来很像一只眼睛；还有圆吻角鲨，它有着淡黄的花纹，嘴脸圆形，带有灰点。这些家伙的力气很大，时常冲撞客厅的玻璃，来势猛烈，让人害怕。尼德·兰情不自禁了，他想到水面去用他的鱼叉杀死这些怪物，尤其是其中的一类鲨鱼鲛。这鲛嘴中有一排排的牙，组成花纹一样，特别是一种长 5 米的虎皮大鲛，特别刺激他，使他技痒难耐。但诺第留斯号加快了航行的速度，不久就把这些游得很迅速的鲛鱼都甩在后面了。

1 月 27 日，在广阔的孟加拉湾口，我们好几次碰见了凄惨骇人的景象！水面上浮着许多尸体，那是印度城市中的死人，从恒河而下，随着水波流入大海，因为这地方的唯一掩埋者——秃鹫——还没能把这些尸体完全吃掉。但海中鲛鱼很多，可以帮助秃鹫来完成这件未完成的丧气事。

晚上 7 点左右，诺第留斯号航行在奶海里，船身一半露在水面上，一半在水里。一望无际的大洋呈乳白色。这是因为月光的原因吗？不是的，因为新月还不到两天，此时已在水平线下不见了。整个天空，虽然是星光灿烂，但跟这乳白色的海水对比，还是显得很黯淡。

康塞尔不敢相信自己的眼睛，还以为是自己眼花了，他问我产生这种新奇现象的原因是什么。很幸运，这个我是知道的。

我对他说："这就是人们所说的奶海，时常在盎波尼岛海岸和这一带海中可以看到这阔大的白色水流。"

"不过，"康塞尔问，"先生可以告诉我产生这种效果的原因吗？因为，我想这海水并没有变成奶呀！"

"不，康塞尔，这种使你惊奇的白色是因为水中有数以万计的会发光的细微滴虫，这微生滴虫的外形是无色的胶质，有一根头发那样细，长也不足 1 毫米的五分之一。这些微生滴虫彼此连接起来在好几里长的海面上，形成一片白色。"

"好几里！"康塞尔喊道。

"是的，老实人，你不用费心去计算这些滴虫的数量，因为你是算不出来的，我曾经听说，某些航海家在这奶海上走了 40 多海里远。"

诺第留斯号在这白色水流中行驶了几个小时，它没有声响地在这肥皂泡沫般的水面上溜过去，就像在海湾中顺流和逆流相遇时所形成的泡沫上面行驶一样。

半夜左右，海面忽然又出现平常的颜色来，但在我们船后面，一直到水天相接处，天空反映着白色的水面，很久都像受北极的模糊曙光照射一样。

第二章　尼摩船长的新提议

1 月 28 日正午，当诺第留斯号在北纬 9 度 4 分浮上水面来的时候，在西边 8 海里的地方望见有一块陆地。我首先注意到的是一群山岭，这群山岭约 2000 英尺高，连绵起伏。把陆地的方位测定后，我回到客厅中，把测好的经纬度跟地图一对比，我发现出现在我们面前的就是锡兰岛，它是挂在印度半岛下端的一颗宝珠。

我到图书室去找一部关于这座岛的书籍，它是地球上的岛屿中最富饶的一个岛。我正好找到西尔所写的题名为《锡兰和锡兰人》的一部书。回到客厅，我首先记下这岛的位置，并且知道古时候对这岛有着不同的称谓。它所处的位置是在北纬 5 度 55 分和 9 度 49 分，东经 79 度 42 分和 82 度 4 分之间，岛总长有 275 英里，最宽的地方 150 英里，周围 900 英里，面积为 24448 平方英里，也就是说，比爱尔兰岛面积小一些。

这时尼摩船长和他的副手走了进来。船长在地图上看了一下，然后过来对我说："锡兰岛是以采珍珠而闻名的地方。阿龙纳斯先生，您愿意去采珠场看看吗？"

"当然愿意。"

"好，这事很容易。但是每年定期的采珠现在还没有开始，所以我们只能看到采珠场，却看不见采珠人，不过这也没有什么关系。我吩咐船驶到马纳尔湾，夜里我们就可以到达。"

船长对船副说了几句话，船副随即便出去了。不久诺第留斯号就潜入水中，压力表指出它是在水深 30 英尺的地方。

我在地图上找马纳尔湾，在锡兰岛的西北海岸，纬度 9 度的地方找到了。这海湾由马纳尔小岛的延长海岸线所形成。要到这湾，必须上溯锡兰岛整个西部海岸。

"教授，"尼摩船长说，"在孟加拉湾，印度海，中国海和日本海，还有美洲南部的海，巴拿马湾，加利福尼亚湾，都有人采珍珠，但采珠成绩最好的地方就属锡兰岛。我们现在来这里，时间是早了一些。每年 3 月在马纳尔湾才会齐集采珠人，为期整整有 30 天，有 300 多只船一齐做这种采取海中珠宝的有利事业。每只船有十个划船手和十个采珠人。采珠人又分为两组，轮流潜入水中，他们是用一根长绳一头系在船上，另一头拴着一块大石头，再用两只脚夹着石头，就可以下潜至 12 米深的地方采珠。"

"那么，"我说，"他们一直使用这种原始方法吗？"

“是的，”尼摩船长回答我，“这些采珠场是属于地球上最灵巧的人民——英国人——因为1802年的阿米恩条约把采珠场归给他们了。”

“我觉得，您使用的那种潜水衣对于采珠应该有很大的用处。”

“是的，非常有用，因为那些可怜的采珠人不能在水底停留太久，英国人培西华在他写的锡兰岛游记中，说有一个加非列利人能在水下停留五分钟，这事我觉得不怎么可靠。我知道有些潜水人在水里可以停留到56秒，最优秀的可以停留到86秒，不过能停留这么久的人是很少的，并且，等这些可怜人回到船上来，就会从他们的鼻孔和耳朵都流出带血的水来……我认为这些采珠人留在水里面可以忍受的平均时间为30秒，在这30秒内，他们得迅速地把自己采得的珍珠贝塞在一个小网中。一般的说，这些采珠人的寿命都不长，他们的视力也会很早就衰退，眼睛上发生溃疡，身上有多处的创伤，有时他们甚至在水底下就中风了。”

“是的，”我说，“这种职业是很凄惨的，这是为了满足少数人的虚荣心罢了。不过，船长，请您告诉我，一整天一只船可以采得多少珍珠贝呢？”

“大约有四五万左右。甚至有人说，1814年，英国政府实行公营采珠，在短短20天的时间里，一共采得7600万珍珠贝。”

“那么，”我问，“这些采珠人可以得到丰厚的报酬吧？”

“哪能说丰厚呢，教授。在巴拿马，他们每周得到1美元，平常采到一个有珍珠的贝，他们才能得到一个苏（法国旧时辅币名，一个苏约等于二十分之一公斤银的价格），何况他们采得的贝里面多数是没有珍珠的！”

“这些可怜的采珠人，使他们的主人发了财，自己只能采到一颗有珍珠的贝而得到一个苏！这也太不像话了！”

“教授，那也是没有办法的，”尼摩船长对我说，“您跟您的同伴们一同去参观马纳尔的礁石岩脉，如果在那里已经有早来的采珠人，那我们就可以看看他们是怎么采珍珠的了。”

“好啊船长。”

“请问一下，教授，您害怕鲛鱼吗？”

“鲛鱼吗？”我喊。

这个问题至少对我来说好像是多余的。

“到底怕不怕？”尼摩船长立即又问。

“船长，我说实话，我不习惯跟这鱼打交道。”

“我们对它们已经习以为常了，”尼摩船长回答，“慢慢地你们也会习惯的。另外，我们还带着武器，这样，说不定我们还可以捕到一条鲛鱼，那会是一次很有趣的打猎。就这样吧，教授，明天早上见吧。”

尼摩船长用从容的语气说了这句话后，便离开了客厅。

虽然我已经接受了尼摩船长的邀请，但我还是自言自语地说："我们要考虑一下，不要急着答应，到海底森林中打水獭，像我们在克利斯波岛树林中做的那样，如果是这样还是可以去的。但是，跑到海底下去，谁知道会不会碰到鲛鱼，那就不一样了！"

于是我开始幻想鲛鱼，想到它宽大的，有一排一排尖利牙齿的牙床，一下子就可以把人咬成两段，我已经感觉腰上有点痛了。还有就是尼摩船长提出这次令人有些为难的邀请时，他那种不以为然的样子，让我猜不透！你不要以为这就跟到树下去捉一只不咬人的狐狸一样容易吧！我心中想："有办法了，康塞尔一定不愿意参加这样的活动，这样我就有借口可以不去陪船长了。"至于尼德·兰，老实说，我觉得他去不去就说不准了。不管多大的危险，对于他的战斗性总是一种诱惑。

我又开始读西尔的书，但总是心不在焉。我在书中的字里行间，看见那鲛鱼张着大大嘴巴。这时候，康塞尔和尼德·兰神态平静，还有点高兴地走进来。他们不知道等待着他们的将是什么。尼德·兰对我说，"先生，您那尼摩船长——一个怪人——向我们作了一个很客气的提议。"

"啊！"我惊叹道，"你们已经知道……"

"实在抱歉先生，"康塞尔回答，"尼摩船长邀请我们明天跟先生一齐去参观锡兰岛的采珠场。他说话的态度很诚恳，真像一位地道的绅士。"

"他没有对你们说别的吗？"

"先生，"加拿大人回答，"除了他已经给您讲过的这次散步外，其他什么也没说。"

"这样，"我说，"他没有对你们介绍详细的情形，关于……"

"没有，生物学家。您会跟我们一块去吗？"

"我……当然！尼德·兰师傅，我相信您对这事一定会很有兴趣。"

"对了！这事很新奇，很有趣。"

"又或者很危险呢！"我用暗示的语气又加上一句。

"很危险！"尼德·兰回答，"只是到珍珠贝礁石上走一走，能会有什么危险！"

一定是尼摩船长认为没有必要让我的同伴想到鲛鱼，所以没有对他们说。我有些不安地注视他们，好像他们的肢体已经被咬了似的。我应该事先通知他们吗？我想是应该的，可我却不知道该怎样跟他们说才好。

"先生，"康塞尔对我说，"先生是否愿意给我们讲一些关于采珍珠的情形吗？"

"是讲采珍珠这事情本身呢，"我问，"还是讲有可能发生的意外的故事呢？"

"讲采珍珠的事，"加拿大人回答，"去实地看之前，先知道一点还是比较好的。"

"好吧，朋友们，请坐吧，我把从英国人西尔写的书中所知道的一切，都给你们讲讲吧。"

尼德·兰和康塞尔在长沙发上坐下，加拿大人首先对我说："先生，那什么是珍珠呢？"

"老实的尼德，"我回答，"对不同人来说它有着不同的意义：对诗人来说，珍珠是大海的眼泪；对东方人来说，它是一滴固化的露水；对女人来说，它是她们带在手指上、脖子上或耳朵上的，长圆形，透明色，螺铀质的装饰品；对化学家来说，它是带了些胶质的磷酸盐和碳酸钙的混合物；最后，对生物学家来说，它不过是某种双壳类动物产生螺钢质的器官的病态分泌物。"

"软体门，"康塞尔说，"无头纲，甲壳属。"

我又说："不过，能在体内凝结成珍珠的最好软体动物，要属珍珠贝、乳白珠贝和宝贵的小纹贝。珍珠不过是成为圆形的螺铀体的凝结物而已。它或者粘在珠贝的壳上，或者嵌在动物本身的皱褶上。在介壳上粘着的是固定的，在肉上的是活动自由的。不过，珍珠总有一个小小的固体物，或一颗石卵，或一粒沙，作为它的核心，螺铀质连续不停地在好几年中间，一层一层薄薄地环绕着这核心积累起来。"

"在同一个贝中，可以找到好几颗珍珠吗？"康塞尔问。

"可以的，老实人。有些小纹贝，就像是一个珍珠筐。"

"甚至有人说，一个珍珠贝里面含有不低于150个鲛鱼，对于这点我深表怀疑。"

"150个鲛鱼？"尼德·兰喊。

"我说鲛鱼了吗？"我急忙喊道，"我是说150个珍珠，怎么会说是鲛鱼呢？"

"那倒是，"康塞尔说，"先生现在可以告诉我们能用什么方法把珍珠取出来吗？"

"取珍珠的办法有好几种，如果珍珠是粘在壳上的，采珠人通常是用钳子把它突出来。不过，最平常的办法是把小纹贝摊在海岸边的草席上面，它们这样在露天中摆着很快就死了，10天后，到了腐烂得差不多的时候，再把它们浸在装满水的储水池里面，然后打开它们，接着就是进行双重的刮削工作。首先，把商业中称为真银白、混杂白和混杂黑的螺铀片进行分类装箱，每箱在125公斤到150公斤。然后把珍珠贝的腺组织取开，把它用水煮，用筛子筛，能把最小的珍珠都取出来。"

"珍珠是看大小来衡量它们的价格吗？"康塞尔问。

"不仅看大小，"我回答，"并且看它们的形状，根据水质来看它们的颜色，看它们的明亮度——也就是看它的光泽。童贞珠或模范珠被称为最美丽的珍珠，这种珠在软体动物的纤维上独立长成，它们是白色的，但并不透明，但也有的是蛋白色且透明，最常见的有球形和梨形。一般来说球形的，用来做手链，而梨形的，做耳环。因为这些珍珠很是宝贵，它们论粒卖。其他的珍珠粘在贝壳上，形状比较不规律，它们论重量卖。最后，也就是最差的小珍珠是分在最低级的一类，它们论堆卖。"

“不过，”康塞尔说，“采珍珠有危险吗？”

“一般没有，”我急急地回答，“要是事先采取一些预防措施，就更没什么危险了。”

“干这行能有什么危险呢！”尼德·兰说，“最多喝几口海水而已！”

“尼德·兰，你说得对，”我也试着用尼摩船长满不在乎的语气来说，“老实的尼德，我想问你，你怕鲛鱼吗？”

“我怎么会怕它们呢！”加拿大人回答，“我可是一位职业的鱼叉手！捕捉它们是我的本行哩！”

“我不是说拿大钩钩它们，我说的是，把它们拖到船甲板上来，砍断它们的尾巴，割开它们的肚腹，挖出它们的心肝扔到海里面去！”

“您说的是，碰见……？”

“正是。”

“在水中碰见吗？”

“是的。”

“那也没关系，只要有一个很好的鱼叉。先生，您应该是知道的，鲛鱼有天生的缺点，如果它们要咬人，必须先把肚子翻转，倒过身子来，就在它翻身的时候……”

尼德·兰带着某种口气说出这个“咬”字，简直让人后脊发凉。

“康塞尔，你呢，你觉得鲛鱼怎样？”

“我对先生一向坦诚。”康塞尔说。

我心中想：“那就好。”

“如果先生去攻打鲛鱼，”康塞尔说，“我想您的助手没有理由会不跟您一同前往！”

第三章　价值千万的珍珠

黑夜来临，我躺下睡了，但睡眠质量很不好，鲨鱼影响了我的整个睡眠。“鲨鱼”法语为 requin，是鲛鱼的俗称，它的语源有人认为是从拉丁语 requiem（为死者超度的祈祷）转化过来，因为“鲨鱼”一词和“超度”一词很相近，人们就联想，“鲨鱼”是最凶恶的一种鱼，人一旦被咬就会丧命，只有作“超度”来祈祷他长眠了。所以我觉得把“超度”作为“鲨鱼”一词的语源，既对又不对。

第二天凌晨 4 点，尼摩船长特别吩咐管事人前来把我叫醒。我匆忙起床，穿好衣服，到客厅去。

尼摩船长在厅中等着我。

“阿龙纳斯先生，”他说，“您准备好了吗？可以出发了吗？”

“好了。”

“那请跟我来。”

“船长，我的同伴们呢？”

“他们已经在等着我们了。”

我问：“我们不穿潜水衣吗？”

“不用了，我没让诺第留斯号接近海岸，我们离马纳尔礁石岩脉还有相当长一段距离。不过我已经准备好了小艇，它可以载我们到下水的地点，可以让我们少走这段相当长的路。我们的潜水服就放在了艇中，等我们要作水底探访的时候，再穿也不晚。”

尼摩船长领我到中央楼梯，直通至平台。尼德·兰和康塞尔已经在那里了，他们对于这次的“海底游玩”很是高兴。诺第留斯号上的 5 个水手拿着桨，在紧靠着大船的小艇中等待着我们。

天色还很暗，片片云彩遮住了天空，只露出微弱的星光。我向陆地的方向望去，只见一条摇曳不定的海岸线，封住了从西南到西北的四分之三的天边。诺第留斯号在夜间上溯至锡兰岛西部海岸，现在到了这海口的西边，也可以说现在是到了马纳尔岛陆地形成的这个海湾的西边。在这深水底下，便是小纹贝礁石岩脉，长度超过 20 英里，真是取之不尽的珍珠生产场。尼摩船长、康塞尔、尼德·兰和我，我们坐在小艇后面，小艇艇长用手把着舵，他的四个同伴划着桨，解了绳索，我们便离开了大船。

小艇向南驶去，划桨人不紧不慢地划着，他们使劲地在水中划桨，十分卖力，我注意到这是海军战舰上常用的方法，一下一下很有节奏，每10秒划一下。小艇滑行时溅起的水珠像熔铅散射出的液体一样，落在漆黑的水波中嘶嘶作响。从海面冲来一阵不大的波浪，使小艇发生轻微的颠簸，有些浪花飞溅到它的头部。

我们沉默不语，尼摩船长在想什么呢？可能他在想此时自己离陆地太近了，这刚好跟加拿大人的意见相反，在尼德·兰看来却觉得自己跟陆地的距离还是太远了。至于康塞尔，他只是坐在那里看新鲜，什么也不理会。

到5点半的时候，天边刚放出来的曙光更清楚地衬托出海岸的上层轮廓。在东边，海岸相当平坦，向南部分则稍微有点突起。我们距离海岸还有5英里，它的边岸跟蒙蒙的雾水混合在了一起。在边岸和我们之间，海上空无一物，没有一只船，也没有一个采珠人。在这采珠人聚会的场所，现在却是一片沉寂。尼摩船长已经提前向我说过，我们是早了一个月来到这里。

6点，天忽然亮了，日夜交替很快是热带地区特有的情形，在这个地区是没有黎明和黄昏的。太阳光线穿过堆在东方天边的云幕，一轮灿烂的红日很快就升了起来。

我可以清楚地看见陆地，稀疏的树木散在各处。小艇向马纳尔岛前进，岛南部渐渐扩大。

尼摩船长站起来，看了一下海。他点一点头，锚就抛下去了，但铁链并没有下沉太多，因为此处的水深只有1米左右，在这里形成了一处小纹贝礁岩脉突起来的最高峰。小艇立即转过头来，是因为受了向大海方面排去的退潮力量。

“阿龙纳斯先生，我们到了，”尼摩船长说，“您现在可以看见的这狭窄的海湾，一个月后，就在这个地方，无数采珍珠的商船都会在这里集聚，采珠人要大胆去水下搜索珍珠。这片海湾的地理位置很好，非常适合于这类采珠工作。它躲避了强烈的风暴，海面也从没有汹涌的波浪，这些条件对于采珠人的工作，都是非常有利的。现在让我们换上潜水衣，开始下水游览吧。”

我没有回答他的话，我眼望着这可疑的海水，小艇中的水手帮我穿那笨重的潜水衣。尼摩船长和我的两个同伴也开始换了。这次旅行，诺第留斯号的船员一个也没有同去。

不一会儿，我们的身体都装在橡皮胶衣里面，一直套到脖子处，空气箱也绑在背上了。可我们没带兰可夫灯。在我的头部还没有套进铜帽的时候，我问船长怎么不带灯。

“这次的游览兰可夫灯对我们来说没什么用处，”船长回答，“我们不到太深的地方去，太阳光线就可以给我们照亮了。并且，在这里的水底下带着电光灯也是不妥的。电灯的亮光可能意外地引来这一带海中的危险动物。”

尼摩船长在说这话的时候，我回过头来看康塞尔和尼德·兰，可是他们已经戴好了金属的球帽，他们没有听到，也不能回答。我又向尼摩船长问了最后一个问题，我问他："我们的武器呢？我们的枪呢？"

"枪？带枪有什么用？你们山区的人不是手拿短刀去打熊吗？钢刀不比铅弹更可靠吗？这里有一把刺刀，您带上，我们走吧。"

我看看我的两个同伴，他们也跟我一样拿着短刀，另外，尼德·兰用手拿着一把鱼叉，这叉是他离开诺第留斯号之前放在小艇上的。

然后，我也像船长一样，戴起那沉重的铜球，我们的空气储藏器立即开始输送空气。

一会儿，小艇上的水手们把我们一个一个扶入水中，在深度为 1.5 米的地方，我们踩在了平坦的沙上。尼摩船长对我们做了一个跟着他走的手势，我们沿着逐渐下斜的坡道走，渐渐地走向了水底。

在水底，萦绕在我脑海中关于鲛鱼的念头消失了，我的心变得十分平静。由于动作十分方便，这也增加了我的信心，我的思想完全被水底下奇异的景象给吸引住了。

太阳可以把足够的光度照到水底，就连最微小的物体也能看得见。走了十来分钟后，我们到了 5 米的水深处，底面也是相当的平坦。

在我们走的路上，一大群新奇的鱼类，像沼泽地中的一大群山鸡那样，一哄而起。还有一些单鳍属的怪鱼，这种鱼只在尾上有一只鳍，其他就没有了。其中我认出了爪哇鳗，跟蛇一样，长 0.8 米，肚腹苍白，很容易跟两侧没有金线的海鳗相混淆，难以分辨。至于躯体压缩作卵形的硬鳍属中的燕雀鱼，这鱼的颜色非常鲜艳，脊鳍似镰刀状，这鱼也可以食用，晾干浸在盐水中，是一道美味的好菜名为"卡拉瓦"。其次为属于长轴属的土兰格巴鱼，全身披着八条纵带的鳞甲。

太阳慢慢地升了起来，水底被照得更加明亮了。这时地下也渐渐发生了变化，细沙地之后，接着是突起的岩石路，路上铺着一层软体动物和植虫动物形成的地毯。在这两门动物的品种中间，我看到大小不一壳很薄的胎盘贝，这是红海和印度洋特有的一种牡蛎；介壳圆形的橙色满月贝；长 15 厘米的多角岩石贝，在水底下竖起来，像要抓人的手似的；突锥形贝；一些波斯朱红贝，诺第留斯号美丽的色彩就由这种贝提供的；角形螺贝，全身长着尖刺；张口舌形贝；鸭子贝，这贝是可以食用的，在印度市场可以看到有卖的；带甲水母，发出微弱的亮光；最后还看到使人赞美的扇形圆眼贝，像很美丽的扇子，是这一带海中最易繁殖的树枝形动物之一。

在这些活的植物中间，在这些水甲虫的摇篮下面，有无数成群结队的节肢动物爬来爬去，其中最多的是齿形蛙类，这蛙身上的甲壳作弯曲的三角形；还有这一带海中所特产的卑格鱼；还有可怕的单性鱼，它们的形状非常难看。我好几次碰见了跟那种单性鱼一样难看的动物，就是达尔文曾经观察过的大蟹，大自然赋予了它一种本能和力量，可以吃椰子。它爬上岸，爬到椰子树上把椰子扔下来，在椰子掉下来的时候摔破了，它用它那有力的钳把椰子剥开来吃。在这明亮的水底下，这种蟹在走动的时候非常灵活。同时还有一些自由自在的鱼鳖类，就是常到马拉巴海岸的那一类，在动摇的岩石中间慢慢地爬着。

大约到 7 点的时候，我们终于到了小纹贝礁石岩脉上，岩脉上繁殖着不计其数的亿万珍珠贝。这些宝贵的软体动物粘附在岩石上，它们被那些棕色的纤维牢牢地缚在石上，挣脱不掉。从这点来看，珍珠贝还不如珠蚌，因为大自然起码还给珠蚌自由移动的能力。

杂色小纹贝也就是所谓的珍珠母，它的两片介壳差不多是一样的，壳呈圆环形，壳壁很厚，外表很粗糙，凹凸不平。有些珍珠母的外壳上面带一条一条的淡青色线纹，线纹尽头处有些发亮。这是属于年轻一类的珍珠母，还有另外的一些的表面上比较粗糙，黑一点的珍珠母，有十来年了，宽有 15 厘米。

尼摩船长用手指给我看一大堆小纹贝，我了解这个宝藏是取之不尽的，因为大自然的创造力远远超过人类的破坏能力。尼德·兰行使着他的这种破坏本能，急匆匆地把那些最好的珍珠贝塞到他带着的渔网中。

但我们没有停下脚步，我们要跟着船长走，好像是沿着只有他才认得的小路走去。水底地面明显地上升，甚至有时我把胳膊举起来，手便在水面上了。没过多久，岩脉的水平面又突然低下来。我们时常绕着一根一根的四角锥形的高大岩石走过去，在岩石的阴暗凹凸的地方，有一些大型的甲壳动物，架起长长的爪子，好像一门大炮，眼睛一动不动地盯着我们。在我们脚下，爬着无数的藤萝鱼、多须鱼、卷鱼类和环鱼类，在那里它们把它们的触须和卷须伸得很长。

这时候，我们面前现出一个宽大的石洞，在铺满各种海底花草的岩石堆中。刚开始，我看这洞中很黑，照到这里的太阳光已经很微弱，甚至没有，剩下的模糊的亮光只不过是浸在水里的光线罢了。

我们跟着尼摩船长进入洞中。我的眼睛很快就习惯了这种并非漆黑的黑暗。我分辨出那些由天然石柱支架起来的、穹窿很宽大的形成轮廓的起拱石，这些石柱的宽大底座安在花岗岩的石基上，像托斯甘（古代意大利一个国家）式建筑的那种笨重石柱一样。这个神秘的带路人为什么带我们到这海底下的地窖中来呢？不久我就明白了。

我们走下一个相当陡的斜坡之后，我们的脚踩踏到一种圆形的井底地面。到这里，尼摩船长停住了脚步，他指着一件东西，但我还没有完全看清楚。

那是一只身量巨大的珍珠贝，一只庞大无比的车渠，简直就像一个盛满水的圣水盘，这个圣水盘宽超过 2 米，这只贝比诺第留斯号客厅中放着的还要大得多。

我走近这巨大的软体动物面前，它的纤维带把它钉在花岗岩的石板上，附着这石板，它就在这平静的石洞中单独生长起来。我估计这只贝的重量有300公斤，而净肉差不多就应该有15公斤，那就必须有一位卡冈都亚（法国15—16世纪的著名作家拉伯雷的名著《巨人传》里面的主人公）的肚子才能吞食几打这样巨大的贝了。

尼摩船长对这只双壳动物的存在分明是知道的，他应该是不止一次地来到这个地方，我想他带我们到这里来只不过是要给我们看一件天然的奇物。可没想到是我搞错了。尼摩船长有特别目的，是为了看看这车渠的生长情况而来的。

这只软体动物半张开着它的两壳。船长走上前去，把短刀插入两壳间，使它们不能再闭合。然后他用手把两壳边挂着的，作为这动物的外套的膜皮弄开。

在膜皮里面，叶状的褶皱间，我看见一颗有椰子那么大，可以自由浮动的珍珠。它的形状像一个圆球，晶莹剔透，泛着耀眼的白光，使它成为价值无法估量的稀有珍宝。我被好奇心驱动着，伸手去拿这珍珠，想要摸摸它，掂一掂它的分量！但船长阻止了我，示意我不要去动它，他很快抽出他的短刀，让两片介壳立即合拢起来。

于是我明白了尼摩船长的用意。把这颗珍珠留在那只车渠的衣膜里面，随着时间的推移这珠就可以慢慢长大。每年，那软体动物的分泌物都在环绕珍珠周围的薄膜上累积起来。而只有尼摩船长才知道这个天然的、硕大无比的果实在腔洞中成熟，也可以说，是他把这颗珍珠培养起来的，有一天他可以拿来摆在他那琳琅满目的陈列室中。他甚至可以按照中国人和印度人的办法来把一块玻璃片和金属物塞入这软体动物的内部皱褶里面，珍珠质的物质渐渐把它包裹起来变成珍珠。不管怎么说，这颗珍珠跟我所认识的珍珠相比，跟尼摩船长所收藏的珍珠相比较，都是更为珍贵的。我估计这个珍珠的价值至少是1000万法郎。它是天然的珍宝，不是奢侈的装饰品，因为，我想恐怕没有女人的耳朵能受得了这么大一颗珍珠。

看完了这个宝贵的珍珠，尼摩船长离开石洞，我们走到小纹贝礁石上。在这些清澈的海水中间，还没有采珠人来因为工作而把海水搅浑，我们真像闲着无事来此散步的人，各走各的，随自己的心意或走或停。至于我，已经不把那件由于空想所引起的让我恐慌的事放在心上了。此时的海底离海面已经很近了，不久，我的头离水面只有1米的距离了。康塞尔走到我旁边，把他的铜球帽紧贴着我的铜球帽，他挤弄眼睛，向我作个友谊的敬礼。不过这海下高地只有几米长，很快我们又回到“我们的”深水中。我想现在我是有权利可以说它是我们的。10分钟后，忽然尼摩船长停住了脚步，我以为他是停下来要往回走，然而并不是，他做个手势，示意我们在一个宽大的窝里面，挨着他蹲下来。他用手指着水中的一点，我细心地观察他所指的那点。

离我们5米远的地方，出现一个黑影，下沉到海底。此时使我害怕的鲛鱼的念头又涌现在我心中。可是这一次我又错了，在我们面前的并不是海洋中的怪物。

那是一个人，一个活生生的人，可能是个印度人，也可能是个黑人，不过可以肯定的是他是一个可怜的采珠人，还没到采珠期他就前来采珠了。我看见他的艇底就停泊在距他头上只有几英尺的水面上。他潜入水中，很快又浮上来。两脚中间夹着一块砸成像小面包一般的石头，一根绳索缚着石头，另一头系在他的艇子上，这样可以使他很快就到达海底。这些就是他所有的采珠工具。到了海底约5米深左右，他立即跪下，把顺手拿到的小纹珠贝塞入他的口袋中。不一会，他又浮出水面，倒净口袋，再次夹着石头，开始新一轮的采珠工作，一上一下，只不过30秒钟。

这个采珠人没有看到我们，他的视线被岩石的阴影给挡住了，并且，这个可怜的采珠人又怎么会想到，在水底会有同他一样同属人类的人，正在偷偷地看着他，细细观察他采珠的经过呢?

他就这样多次的上去又下来……每一次下水，他仅仅只采得十来个螺贝，因为螺贝被坚强的纤维带粘在岩石上，他要用很大的劲儿才能把它们拉下来。而且他不顾生命危险采来的这些螺贝里面又有多少里面是长有珍珠的呢!

我全神贯注地观察着他，他很规律地进行着他的工作，在半小时内，他没有感到丝毫的危险，所以我也就习惯了这种很有趣味的采珠景象。忽然间，在这个采珠人跪在水底下的时候，他好像是受到了什么惊吓，立即站起，使劲往上一跳，想要浮到海面上去。

我知道了他害怕的原因，在这不幸的采珠人头上出现了一个巨大的黑影。那是一条体型庞大的鲨鱼，它的眼睛露着凶光，张着它那血盆大口，迎面斜刺地向前冲了过来!我害怕地愣住了，甚至想动一动都觉得很难。

这个饥饿的家伙，用力甩动它的鳍，向采珠人身上扑来，采珠人往旁边一闪，成功地避开了鲨鱼的嘴，但没有避开鲨鱼的尾巴，鱼尾打在了他的胸上，他翻倒在水底下。

这个场面不过是瞬间的事。鲨鱼掉头回来，翻转脊背，眼看就要把采珠人切成两半儿了，就在这时，蹲在我旁边的尼摩船长突然站起来，他手持短刀，直向鲨鱼冲去，准备跟鲨鱼展开顽强的肉搏。

鲨鱼正要咬这个不幸的采珠人的时候，看见来了新的敌人，它立即又翻过肚腹，迅速地向船长冲来。

尼摩船长当时的姿态现在还在我眼前浮现。他弯下身子，带着一种特别的冷静，等待那巨大的鲨鱼，当鲨鱼向他冲来的时候，船长非常敏捷地跳在一边，躲开了鲨鱼的攻击，同时用短刀刺入鲨鱼的肚腹。不过，事情并没有结束，胜负尚未分出，怕人的战斗才刚刚开始。

鲨鱼这时可以说是发出了怒吼，鲜血像水流一般地从它的伤口喷出，染红了海水，在这浑浊的水中，我什么也看不见，一直到水中露出微弱的亮光的时候，我才模模糊糊地看见勇敢大胆的船长，抓住鲨鱼的一只鳍，跟这个怪物做着搏斗，短刀乱刺鲨鱼的肚腹，但都不是致命的，也就是说，没有能刺中它的心脏。鲨鱼拼死挣扎，疯狂地搅动海水，搅起的旋涡差点把我打倒。

我是多么地想去帮助船长，但被这恐怖的景象震慑住了，一动不能动。

我直直地盯着这场可怕的战斗，我看见战斗的形势突然发生了改变……船长被压在他身上的巨大躯体所翻倒，摔在水底地下。一会儿，只见鲨鱼张着它那大的怕人的嘴巴，像工厂中的大钳一般，眼看尼摩船长的性命就要不保了，就在这危机时刻，尼德·兰手拿鱼叉，迅速向鲨鱼冲去，投出他那可怕的利叉，打中了鲨鱼。

海水顿时变成一片血色，那疯狂得不可形容的鲨鱼激烈地挣扎着，海水被搅动得汹涌地激荡着。尼德·兰他做到了。这鲨鱼被利叉直刺心脏，这东西在怕人的抽搐中作最后的挣扎，反冲上来，激起的波浪掀倒了康塞尔。

尼德·兰立即把尼摩船长扶起来，所幸船长并没有受伤，他站起来，走到那个采珠人身边，匆忙地割断他和石头连起来的绳索，抱起他，两脚使劲一蹬，便浮出了海面。

我们三人也跟着上来，意外得救的人，转瞬间，都到了采珠人的小艇上。

尼摩船长首先关心的是抢救这个不幸的采珠人。我不知道他能否成功。这个可怜人浸在水中时间并不太长，我希望船长可以成功救活他。但鲨鱼尾巴的重击可能是致命的重伤。

运气不错，靠着康塞尔和船长的有力按摩，我看见那个不幸的人渐渐恢复了知觉。他睁开双眼，看见四个大铜脑袋弯身向着他，他顿时惊呆了，甚至可以说是害怕呢！

特别是，当尼摩船长从衣服口袋中取出一个珍珠囊，放在他手中时，真不知道他心里是怎么想的。锡兰岛的穷苦采珠人用颤抖的手接过了这位水中人给的贵重施舍物。在他惊奇的眼睛里不难看出救他性命和给他财产的，一定是不可思议的超人的神灵。

船长点了点头，我们又回到小纹贝的礁石岩脉间，我们沿着来时的路返回，走了半个小时后，我们就碰上了挽在水底地面的诺第留斯小艇的铁锚。登上小艇后，依靠艇上水手的帮助，解开了我们沉重的铜脑盖。尼摩船长的第一句话是对加拿大人说的，他说：“兰师傅，谢谢您。”

“船长，那是我对您盛情款待的报答，”尼德·兰回答，“这是我应该做的。”

在船长的嘴唇间露出来一个淡淡的微笑，此外再没有说什么了。

“回诺第留斯号。”他说。

小艇在水波上飞快地行驶。几分钟后，我们碰到那条鲨鱼的尸体浮在海面上，从它那鳍梢现出的黑颜色，我认出这条鲨鱼就是印度洋中可怕的黑鲨鱼，是一种真正的鲨鱼。它身长有25英尺，而它的大嘴占它全长的三分之一。从它的上颚摆成等边三角形的六排牙齿，就可以看出，这是一条成年的大鲨鱼。

当我正在注视这个尸体时，在小艇周围忽然出现十多条饥饿贪食的鲛鱼，但这些家伙并不理会我们，全扑到死鲨鱼身上去，很快把尸体撕成碎块一块一块地抢着吃。

8点半，我们回到了诺第留斯号船上。

在船上，我细细回想了一下，我们在马纳尔一带礁石岩脉间旅行所遭遇到的事故，其中有两点值得注意一定要提出来：一点是关于尼摩船长的勇敢，无与伦比；另一点是虽然他逃到海底，与世隔绝，却仍然有着无私奉献的牺牲精神。所以总的来说，这个古怪的人还没有能完全抛弃他善良的性格。

当我向他说出我的这些想法的时候，他口气有些激动地回答我：“教授，这个采珠人是一个被压迫国家的居民，我的心还在向着这些被压迫国家的人民，并且，直到我最后一口气，我的心永远都向着被压迫国家的人民这边！”

第四章　红海

1月29日，已经看不到锡兰岛了，诺第留斯号以每小时20海里的速度行驶在把马尔代夫群岛和拉克代夫群岛分开的弯弯曲曲的水道中。它又沿着原是珊瑚岛的吉檀岛行驶，这岛位于北纬10度和14度30分之间，东经69度和50度72分之间。在1499年由法斯科·德·嘉马发现，为拉克代夫群岛的19座主要岛屿之一。

从日本海出发到现在，我们已经走了16220海里，即7500法里了。

第二天，1月30日，当诺第留斯号浮出洋面的时候，已经看不见陆地了。船对着西北偏北方向，向阿曼海驶去，这海位于阿拉伯和印度岛之间，是波斯湾的出海口。

很显然，波斯湾是不能通行的海湾，没有出口的海道。那么尼摩船长是要带我们去哪里呢？这点我也说不清楚。加拿大人已经问过我这个问题，可我回答不出来，所以他对此有些不满。

“尼德·兰师傅，随船长的意思吧，他愿意带我们去哪里，就去哪里。”

“随他的意思，”加拿大人回答，“那他应该带我们走不远。波斯湾是没有出路的，我们进去，不久就要从原路回来。”

“好吧！兰师傅，返回就返回吧。走出波斯湾，如果诺第留斯号要到红海，巴布厄尔曼特海峡总在那里，随时都可以通过。”

“先生，”尼德·兰回答，“不用我说您应该也知道，红海跟波斯湾一样是没有通路的，因为苏伊士地峡还没有凿通，即使凿通，我们这只怪船，恐怕也不方便在这些有堤堰和闸口的水道间冒险吧。所以，红海并不是带我们回到欧洲的路。”

“所以，我只是说，我们可能要回欧洲去。”

“那您是怎么猜想的呢？”

“我猜想，走过阿拉伯和埃及一带的新奇海水后，诺第留斯号重回到印度洋，或者经莫三鼻给海峡，或者走马斯加林群岛海面，驶到好望角。”

“到了好望角之后呢？”加拿大人坚持地问。

“那么就要走入我们还不熟悉的大西洋了，朋友！”

“您是不是对这种海底旅行感到疲倦了？您对这海底新奇的、变幻莫测的景象已经看腻了吗？对我来说，这种旅行将来基本上是没有人能做的了，如果就这样结束，我会觉得十分遗憾。”

“不过，”加拿大人回答，“阿龙纳斯先生，您知道我们被囚禁在这只诺第留斯号船上已经快3个月了吗？”

“不，尼德，我不知道，我也不想知道，我不计日，我也不计算时间。”

“那结果呢？”

“总有一天会有结果的。再说我们现在没有一点的自主权，现在讨论这些，也是毫无意义。老实的尼德，如果您来跟我说：‘有逃走的机会了。’那我就会和您讨论。可是现在的情形并非如此，并且坦白地对您说，尼摩船长可能永远不会到欧洲海中去冒险。”

直至2月3日，用了4天的时间诺第留斯号在不同速度和不同深度下走过了阿曼海。船行驶得好像很随意，因为它并没有一定是按着航线行驶，不过它始终没有越过北回归线。

离开阿曼海的时候，我们有一个短暂的时间去认识马斯喀特城，它是阿曼最重要的城市。它的奇异外表让我赞美，但这只是一瞬间的感觉，很快诺第留斯号就潜入了深水中。

随后，它又沿着马拉和哈达拉毛一带6海里的阿拉伯海岸行驶，这一带海岸线上山峦起伏，中间还有一些古代遗址。2月5月，我们进入亚丁湾，这湾是巴布厄尔曼特长颈形海峡的真正漏斗，把印度洋的水倒流入红海中。

2月6日，诺第留斯号浮出水面，远远看见亚丁港，港口建筑在海岬上，它跟大陆连接靠着一条很窄的地峡。

我以为尼摩船长到了这个地方，就一定要退回来，可是我错了，我对他并没有返回感到惊讶。

第二天，2月7日，我们走进巴布厄尔曼特海峡，在阿拉伯语中这个名字是“泪门”的意思。20海里宽的海峡，只有52公里长，对诺底留斯号来说如果开足马力的话，一个小时就可以穿过去。由于许多的英国船和法国船，从苏伊士到孟买、到加尔各答、到墨尔本、到波旁、到毛里求斯，都经过这狭窄的海峡，这使得诺第留斯号不愿浮出水面来，它只是很小心地在水下航行，所以两岸的情况我什么也没看到，就连英国政府拿来使亚丁港的防卫更加巩固的丕林岛也没看到。

中午的时候，我们就已经在红海里面了。

红海是《圣经》中传说的名湖，即便下雨也不会感觉凉爽，还没有一条大河流入，而且过度的蒸发使水量不断消失，平均每年有1.5米厚的水面消失呢！不过奇怪的是这湾四面封闭，要是照一般湖沼的情况来说，应当早就干涸了。

他为什么要带我们到这海湾中来，此刻我已经不想去揣摩尼摩船长的意思。我完全赞同诺第留斯号进入红海。它以中常速度行驶，时而浮出水面，有时又为躲避来往的船只而潜入水底，这样，我就可以同时从水上和水下来观察这新奇的海。

2月8日的早晨，在我们面前出现了摩卡港。

随后，诺第留斯号向非洲海岸靠近，这一带的海比较深。这里，在清澈的似水晶一般的海水中间，从打开的嵌板，我可以细细看那色彩鲜明奇妙的珊瑚丛林，那披上海带和黑角菜的华美青绿毛皮的一片片宽大岩石令人叹为观止，邻近利比亚海岸相接的这些火山的暗礁和小岛，铺排成地毯一般，景色变化无穷，千姿百态，真是美不胜收！但是，海底这些丛生的枝状动物表现得最美丽的地方，还是在诺第留斯号就要驶入的东部的海岸附近。那是在铁哈马海岸一带，因为在这一带海岸，不单海面下有一层一层的花一般的植虫动物，而且这些植虫动物在20米水深左右满是组成五色斑斓的图像花纹，但水底下的比接近水面的一层变化更多，颜色较为黯淡，因为近水面的一层受海水的湿润，保持着鲜艳的颜色。

就这样我在客厅的玻璃窗户边，不知道度过了多少令人惬意的时光！在电光的照耀下，我不知道欣赏了多少海底下的新品种动植物！有伞形菌；有石板色的多须峭；特别是晶形峭；有管珊瑚，像笛子一般，等着潘神（希腊神话中的畜牧神，人身羊足，头上长角，喜好音乐）来吹；有这一带海中特产的贝壳，附生在造礁珊瑚的空洞中，下部有很短的螺丝纹环绕；最后有成千成万的那种水螅类，那些就是我从来没有见过的普通海绵。

海绵纲是水螅类的第一纲，就是由这种非常有用处的新奇产物组成的这一纲。海绵并非像有些生物学家所说的那样是植物，它是动物，不过是最低一目的动物，是比珊瑚更低的水螅丛。它的动物性是不容置疑的，我们不能接受古代人的意见，认为它是一种存在于动物和植物中间的物种。不过我要说，对于海绵的机体组织，生物学家还没有统一的意见。有些生物学家认为海绵是水螅丛，而另外一些，像爱德华先生，却认为它是独立的、单一的个体。

海绵纲大约共有 300 多种，多数的海中都有海绵，在某些淡水流里面也生长有这东西，被称为“淡水海绵”。不过海绵繁殖最多的地方要属地中海、希腊半岛、叙利亚海岸和红海一带。

在这一带海中，生长着上等的海绵，比如叙利亚的金色海绵，巴巴利亚的坚韧海绵等，这些海绵每一块的价值就能达到150法郎。由于受到苏伊士地峡的阻拦，我们无法走过去，我也就不可能在近东各港湾里来研究这些植虫动物，只能在红海中来观察它们了。所以，当诺第留斯号在 8 米和 9 米之间的水层，慢慢溜过这些东部海岸的美丽岩石的时候，我把康塞尔叫到了身边。

在这一带海水里面，生长着各种各样的海绵，有球形海绵、脚形海绵、指形海绵等。看见这些形状的海绵，那些比学者意味重的渔人们给它们取了很有诗人意味的名字，例如：花枣、花篮、狮子蹄、羚羊角、海王手套、孔雀尾……都是恰如其分。从它们附有半液体胶质的纤维组织中，不断流出线一样的水，这线水把生命带进了每一个细胞中，之后因为运动的收缩而被排出来。在水螅死后便不再分泌这种半液体胶质，同时开始腐烂，释放出氨气来。这时就只剩下那日用海绵所有的角质纤维或胶质纤维了。日常所用海绵是茶褐色，根据它的弹力、渗透力或抵抗浸渍力的程度大小，可以选择不同的用途。

这些水螅丛附在岩石上，软体动物的介壳上，还有附在蛇婆茎上，它们铺平了那些最轻微的凹凸，有的是摆开来，有的是竖起或垂下，像珊瑚形成的瘤一样。我告诉康塞尔，采取海绵有两种方法，一种用打捞机，另一种就是用手。通常潜水的采绵人使用后一种方法，这方法比较好，不损伤水螅丛的纤维，可以保留了它很高的使用价值。

在海绵类旁边繁殖着的其他植虫动物，主要是形状很美观的水母。软体类有各种各样的枪乌贼，据奥比尼的说法，这些枪乌贼是红海所特有的；爬虫类有属于龟鳖属的条纹甲鱼，这种甲鱼也是一道营养又美味的佳肴。

这里有很多鱼类，并且很值得注意。下面就是用诺第留斯号的鱼网捕到的一些鱼：鳐鱼类，里面有椭圆形、红棕色，身上有大小不一的蓝黑斑点的稣鱼，从它们身上带有双重的齿形刺就很容易可以认出来；白鳍鱼的背是银白的；尾带小点的赤醇鱼；以及身上披着长两米的袍子的锦带谭鱼，在水中间游来游去；跟鲛鱼相近的软骨鱼——没齿稣，这种鱼完全没有牙齿；身长1英尺的驼峰牡蛎，峰顶是弯的尖刺；蛇鱼类，像尾色银白、背上淡蓝、胸部褐色带灰色边线的海鳗一样；有属鲭科的光鱼，身上有狭窄的金色纹，并且像法国国旗一样，有红蓝白三色；长0.4米的楔形硬鳍鱼；美丽的加郎鱼，身上有漆黑的六条横带，蓝色和黄色的鳍，金色和银色的鳞；还有黄头耳形豚鱼；团足鱼；硬鳍斯加鱼、箭鱼、海婆鱼、虾虎鱼，以及我们在已经走过的海洋见到的其他千百种鱼类。

2月9日，诺第留斯号在红海最宽阔的海面上浮出，海面的西岸是苏阿京，东岸是光享达，直径是190海里。

这一天中午，尼摩船长在地图上记录了船行的方位后，便走上平台来，我正好也在那里。我心中打算，如果对于他此后的航行计划得不到一些了解，我是不打算让他回船里去。

他一看见我就走上前来，很礼貌地递给我一支雪茄烟，对我说："嗨！教授，您喜欢这红海吗？您曾充分观察它所蕴藏的奇异东西吗？欣赏够它的鱼类和植虫类，它的海绵花坛和珊瑚森林了吗？您曾望见那些在海边的城市吗？"

"是的，尼摩船长，"我回答，"诺第留斯号是神奇的，对于做这种研究也是很方便的。啊！它真是一只聪明有智慧的船！"

"不错，先生，聪明，大胆，还不会受伤！它既不怕红海的强烈风暴，也不怕那汹涌的波涛和危险的暗礁。"

"是的，"我说，"红海常被称为最危险的海，如果我没有记错，在上古时代，人们听到它的名字就会觉得讨厌。"

"是的，阿龙纳斯先生，之前它确实让人讨厌。希腊和拉丁的历史家没有说它好的，史杜拉宾曾说，在刮北风和雨季的时期在红海航行是非常困难的，风浪特别厉害。阿拉伯人艾德利西是用哥尔藏海湾的名字来写红海的，他说有很多的船在这里就沉没了，到了晚上，没有人敢冒险航行。他认为，这海是因为受到了台风的控制，处处有损害船只的暗礁，不论在海底还是海面，简直是一无是处。"

我马上说："很明显，那是因为这些历史家并没有在诺第留斯号船上航行过。"

"是的，"船长回答时带着微笑，"关于这一点，现代人比古代人并没有进步多少。发明蒸汽机就花费了好几个世纪的时间呢！在100年后谁知道是否将有第二只诺第留斯号出现呢！阿龙纳斯先生，科学进步是很慢的呢。"

"您说得一点没错，"我回答，"您的船比它的时代超前了一个世纪，或者好几个世纪。这样一个秘密要跟它的发明人一同消逝，那该是多么的不幸。"

尼摩船长并没有回答我的话，只是沉默了几分钟，紧接着我问道："船长，您对这海好像做过特别的研究，可以告诉我红海这名字的来源吗？"

"阿龙纳斯先生，关于这个问题的解释有很多种。您想知道14世纪的一位史学家的意见吗？”

“当然想。”

“这位异想天开的史学家认为‘红海’这个名字是在以色列人走过这海之后才有的，当时他们受法老军队的追赶到达这片海上，大海听到摩西的声音就涌上来，把法老军队淹没了。为表示这种神奇，变成为鲜红的海，自后‘红海’便由此得名。”

“尼摩船长，”我回答，“我不能满足于这个诗人的解释，我想听听您的意见。”

“阿龙纳斯先生，在我看来，红海这个名字是希伯来语‘爱德龙’一词的转译，古代的人之所以称它这个名字，是由于这海水的颜色非常红的缘故。”

“可是，到目前为止，我看见的都是清澈的海水，没有任何特殊的颜色。”

“当然，可当您走进这海湾的内部时，您就会看到这奇异的现象。我回想起从前看过完全红色的多尔湾，好像一弯血湖。”

“您认为这颜色是因为海中存在有某种微生海藻吗？”

“是的。那是被称为‘三棱藻’的细小植物所产生的朱红色的黏性物质，仅 1 平方厘米的面积就有 4 万只这样的植物。等我们到多尔湾的时候，说不定您就可以看到这些植物。”

“尼摩船长，这样说来，您不是第一次乘诺第留斯号经过红海吧？”

“是的，不是第一次，先生。”

“那么，您上面说的以色列人走过这海和埃及军队遇难的事，我想问问您，您曾经在海底下看到关于这件历史事件的一些痕迹吗？”

“没有看到，教授，因为有一个明显的理由。”

“什么理由呢？”

“就是摩西带领他的人民走过的地方，现在已经完全被沙土覆盖，甚至连骆驼的腿也淹没不了。您很清楚，如果没有足够的水，我的诺第留斯号是不可能驶过那里的。”

“这地方在哪儿？”我问。

“在苏伊士上面一点，在从前是一个很深的深水港，因为当时红海的水面还一直伸到这些咸水湖中。暂且不管现在这条水道是不是能发生奇迹，但之前以色列人就是通过这里走到巴勒斯坦去的，法老的军队就是被水淹没在了这里。所以我想，如果在这些沙土中间挖掘，一定可以发现埃及制造的大量武器和其他一些用具。”

“那是肯定的，”我回答，“同时希望考古学家要尽快在这里进行发掘工作，尽量赶在苏伊士运河凿通，在这地峡上许多新的城市建设起来之前挖掘。这条运河对诺第留斯号这样的一只船来说，实在没什么用处。”

“不错，但是它对全世界却很有用。”船长回答，“古时的人很清楚，在红海与地中海之间建立交通，对于他们的商业贸易有很大的益处，可是他们并没有想到发掘一条直通的运河，而是利用尼罗河来作居间。按照传说，很可能在薛索斯土利斯王朝(公元前 14 世纪的埃及王朝)就开始有了，这条连接尼罗河和红海的运河。可以肯定的是，公元前 615 年，尼哥斯进行了一条运河的工程，引尼罗河水，穿过与阿拉伯相望的埃及平原。这条运河的河宽是两艘有三排桨的船可以并行无阻，上溯航行的时间需要 4 天。这条运河的工程后来由伊他斯比的儿子大流士继续进行，大约在蒲图连美二世时代竣工。史杜拉宾看见了这河作航行使用，不过在运河近布巴斯提地方的起点和红海之间的河床坡度大小，一年中只有几个月可以行船。直到安敦难时代，这运河一直用来作商业贸易。后来，由于'哈利发'峨默尔命令放弃运河，就淤塞了，随后又修复起来。761 年或 762 年，'哈利发'阿利·蒙索尔要阻止粮食运到反抗他的穆罕默德·宾·阿比多拉那里，便完全填平了这条运河。"

"那么，船长，把两个海连结起来并使加的斯到印度的航程缩短 9000 公里的这条运河，古代人不敢开凿而现在由德勒赛普干起来了，在不久的将来，非洲就要变为一个巨大的海岛了。"

船长又说："遗憾的是我不能带您穿过苏伊士运河，但后天，等我们到地中海的时候，您可以望见塞得港的长堤。"

"地中海！"我喊道。

"是的，教授，您觉得很奇怪吗？"

"我奇怪的是，后天我们就能到地中海了。"

"为什么要奇怪呢？"

"因为诺第留斯号要经过好望角，绕非洲一周，您必定要它以惊人的速度才能保证在后天到达地中海！"

"谁告诉您，它要绕非洲一周呢？谁告诉您，它要经过好望角呢？"

"除非它是在陆地上行驶或从地峡上面过去，那……"

"或从底下穿过去，阿龙纳斯先生。"

"从苏伊士地峡底下穿过去吗？"

"当然，"尼摩船长用平静的语气回答，"现在人们在这舌形地面上所做的，其实大自然早就在它底下做好了。"

"怎么！难道地下有条通道？"

"是的，有一条地道，我称它为阿拉伯海底地道。地道在苏伊士下面，一直通到北路斯海湾。"

"那么，这地峡是由松动的沙土形成的吗？"

"在一定的深度的确是沙土，但是在 50 米以下，就是一层坚固不可动摇的岩石。”

“您是偶然的机会发现这地道的吗？”我越来越惊奇地问。

“是偶然发现的，同时也有推理的成分，教授，甚至推理的成分多于偶然的成分。”

“船长，虽然我的心在听您讲，但我的耳朵却对它听到的话表示抗拒。”

“先生啊！‘人有耳朵，却不听’，不管在什么时代这种人都有的。我已经利用过好几次这条通道了，您完全可以相信我它的存在性。如果不是这样，我今天也不到这无路可通的红海中来随便冒险了。”

“我想知道您是怎样发现这条海底地道的，会不会有些冒昧？”

“先生，”船长回答我，“在永远不会分开的我们之间，不应该有任何的秘密。”

我没有理会他这话中有话的说词，在等待着尼摩船长讲述发现通道这件事。他说：“教授，其实是一位生物学家的简单推理，使我发现这条只有我一人认识的海底地道。我曾经注意到，在红海和地中海中有一些完全相同的鱼类，比如车鱼、蛇鱼、簇鱼、愚鱼、绞车鱼、飞鱼。于是我就确定了这个事实，我便开始思考，在这两个海中间是不是存在有交通路线。如果有通道，仅仅由于两海的水平面不同，地下水流必然要从红海流入地中海。于是我在苏伊士附近打了很多鱼，在鱼尾上套上铜圈，然后把鱼放入海中。几个月后，在叙利亚海岸，我找到了一些我从前放走的尾上有铜圈的鱼。因此也就证实了两海之间是有路可通的。我利用诺第留斯号去找寻这条通路，终于发现了它，于是我便冒险走过去。教授，很快，您也要通过我的阿拉伯海底地道！”

第五章　阿拉伯海底地道

就在这天，我把和尼摩船长这次谈话的一部分内容告诉了康塞尔和尼德·兰，这立即引起了他们极大的兴趣。当我告诉他们，再有两天我们就要进入地中海的时候，康塞尔高兴得拍手叫好，而尼德·兰只是不屑地耸一耸肩，喊道：“海底地道！一条连接两海之间的通路！谁曾听说过呢？”

“尼德好朋友，”康塞尔回答，“您曾听说过诺第留斯号吗？没有吧，可是它是存在的。所以，别刚听到你就耸肩膀，不要以为您从没有听说过，那就是不存在的。”

尼德·兰摇摇头，立即答道：“那我们走着瞧吧！我巴不得相信有这条地道，相信这位船长，并且祈求苍天保佑让他带我们到地中海。”

当天晚上，诺第留斯号在纬度 21 度 30 分的水面上航行，此时比较靠近阿拉伯海岸。我望见奇达，这是埃及、叙利亚、土耳其和印度之间贸易的重要市场。

不久，奇达就消失在了黑夜的阴影中，诺第留斯号潜入微带磷光的海水中。

第二天，2 月 10 日，向着我们开来了好几只船。诺第留斯号又潜入水中航行，中午，在地图上记录船的方位时候，海面上的来往船只已经不见了，于是它又浮上来，一直露出浮标线。

尼德·兰和康塞尔陪着我坐在平台上。东岸好像有一大块东西，在湿雾中若隐若现。我们靠在小艇侧面，大家随便地闲谈着，就在这时，尼德·兰手指着海上的一点，对我说：“教授，您看见那边的东西了吗？”

“没有，尼德，”我回答，“您是知道的，我的视力不好。”

“仔细看一下，”尼德·兰又说，“在右舷前头，差不多和探照灯在同一直线上！您看不见那块有东西在动吗？”

“是的，”我仔细地看一下说，“我看见有一个灰黑色的长东西在水面上。”

“是另一只诺第留斯号吗？”康塞尔说。

“不是，”加拿大人说，“如果我没有看错，那可能是一只海牛。”

“红海有鲸类吗？”康塞尔问。

“有的，老实人，”我回答，“有时是可以碰到的。”

“我肯定那不是鲸类，”尼德·兰回答，同时目不转睛地盯住那东西，“鲸类和我，我们是老相识，我决不会弄错它们的形状。”

“我们等着吧，”康塞尔说，“诺第留斯号向那边驶去了，一会我们就可以知道那是什么东西。”

正是如此，不久我们离这灰黑的物体只有 1 海里远了，它很像搁浅在海中间的大礁石。到底是什么呢？我还说不清楚。

“啊！它动了！潜入水中了，”尼德·兰喊道，“真奇怪！会是什么动物呢？它没有像鲸一样的分开来的尾巴，它的鳍好像是切断的胳膊腿那样。”

“那么是……”我说。

“快看，”加拿大人立即又说，“它朝天翻过来了，乳房露了出来！”

“人鱼！”康塞尔喊道，“一条真正的人鱼，请先生原谅我这样说。”

人鱼这个名字立刻使我明白了，这个动物是属于人鱼目的海中动物，就是神话中把它当做美人鱼的人鱼水怪。

“不，”我对康塞尔说，“这不是人鱼，是一只奇怪的动物，只在红海中有那么一些。这是儒艮。”

“人鱼目，鱼形类，单官哺乳亚纲，哺乳纲，脊椎动物门。”康塞尔回答。

康塞尔都已经说完了，那就没有什么可以补充的了。可是尼德·兰的眼睛总是盯着这东西，闪出贪婪的光芒好像一定要把它捉到手一样。他的手似乎就要去叉它。看他的样子，让人觉得，他是在等待时机，跃入海中，到水里面去攻击它。

“啊！先生，”他情绪非常激动，用颤抖的声音说，“我从来没有打到过这种东西。”

鱼叉手的全部心意在这一句话里被表现得淋漓尽致。

这时，尼摩船长也来到了平台。他望见了儒艮，便明白了加拿大人的心思，立即对鱼叉手说：“兰师傅，您现在要是手拿鱼叉，一定会手痒难耐，要试试吗？”

“您说得正合我心意，先生。”

“将来您重操旧业的时候，把这只鲸科动物加在您曾经打过的鲸账上，您应该会很高兴吧？”

“那是肯定的。”

“那么您可以去试一试。”

“谢谢您，先生。”尼德·兰回答，眼睛露出欣喜的亮光。

“不过，”船长立即又说，“我请您不要让它逃走了，这是在对您好。”

“打儒艮有危险吗。”我问，我并没有理会加拿大人做着耸肩的姿态。

“有时候有危险，”船长回答，“这东西会转过身来向着攻打它的人，把他的小艇撞翻。但对兰师傅来说，他有着敏锐的眼睛，精准的投叉技术，用不着害怕这种危险。我之所以劝他留心别放走这儒艮，因为这东西在人们眼里是一种美味好吃的猎物，我相信，兰师傅决不会讨厌一大块一大块好吃的肥肉。”

“啊！”加拿大人喊道，“原来这东西还是美味的珍品呢！”

“是的，兰师傅。它的肉真的很美味，非常受欢迎。在马来群岛，人们都把它保留起来作为全公餐桌上的食品。所以人们对这美味的好东西拼命猎取，对它的同类海牛也是一样，所以这类动物已经很稀少了。”

“那么，船长，”康塞尔很正经地说，“如果这条儒艮是它种族中的最后一条，那么从科学研究的角度出发，放过它，是不是会更好些？”

“也许吧，”加拿大人回答，“但是从膳食的利益出发，还是捕捉它好些。”

“兰师傅，您打吧。”尼摩船长回答道。

这个时候，船上的七个船员，无声无息地也来到平台上。其中一人拿了一支鱼叉和一根跟钓鲸用的相同的钓竿。小艇被从它的窝中拉出，放到海中。

六个划桨手坐在横木板上，小艇艇长掌着舵。尼德·兰、康塞尔和我，我们三人在后面坐着。

“船长，您不跟我们一块儿吗？”我问。

“不，先生，我祝你们打儒艮胜利。”

小艇离开大船，六支桨卖力地划动着，快速地向着儒艮的方向驶去，那时儒艮正在距诺第留斯号2海里的海面上游来游去。

到了距离儒艮还有几米远的时候，小艇就放慢了速度，桨在平静的水中悄无声息地划动着。尼德·兰手持鱼叉，站在小艇前端。用来捕鲸的鱼叉，通常是系在一条很长的绳索一端，受伤的动物逃走的时候就会把叉也带着，此刻就会很快地放出绳索去。但现在这根绳索长只有20米左右，它的另一端系在一个小木桶上面，小木桶浮在水面上，就可以知道儒艮在水里面走的道路。

我站起来，现在的距离可以很清楚地看见加拿大人要攻击的对象。它的长长的身体后边拖着一条很长的尾巴，两侧的最尖端就是指爪。它的上颚有两枚很长很长的牙齿，这也是它跟海牛不同的地方，这牙齿作为分在两旁的防御武器。

尼德·兰准备攻打的这条儒艮，有着巨大的身躯，身长至少超过7米。它在水面上好像睡着了，躺着没有动，这种情况对猎取来说是比较好的机会。

小艇小心地靠近儒艮，只有五六米远了，所有的桨都挂在铁圈子上停止了划动。我半蹲着身子，尼德·兰全身有些后仰，老练的手挥动鱼叉，把叉投了出去。忽然听到一声呼啸，儒艮沉下不见了。甩叉用力过猛，可能是打在水中了。

“真见鬼！”愤怒的加拿大人喊道，“我居然没有打中它！”

“不，”我说，“瞧，那东西受伤了，那不是它的血？”

“不过你的叉并没有钉在它的身上。”

“我的鱼叉！我的鱼叉！”尼德·兰喊。

水手们又划起手中的桨来，小艇艇长让小艇向浮桶划去。收回鱼叉，小艇就开始追赶那儒艮。

儒艮不时地浮出海面上来呼吸，它的力气并没有因为受伤而有丝毫的削弱，还是跑得非常快。桨手们奋力划着，迅速追上去。好几次相距只有几米了，就在加拿大人要投叉的时候，海马立即潜入水中，躲开了，打中它的机会很渺茫。

可以想象，性急的尼德·兰在这个时候被激怒到了什么程度。他对这条不幸的儒艮发出英语中最有力量的咒骂。而我只是心中有些不高兴罢了，因为儒艮把我们所有的计谋都弄失败了，让我有了一种挫败感。

在接下来的一个小时内，我们不停地追赶，此时我想，恐怕捕捉到它是很不容易的了，但这个东西忽然起了不良的报复念头。它也会为自己的这个不良念头而后悔不已！它转过身来，开始攻击小艇。儒艮的这种行为没有逃出加拿大人的眼睛。

“小心！”他喊道。

小艇艇长用他那奇怪的语言说了几句话，应该是他通知水手们，要大家小心警戒。儒艮到了离小艇20英尺的水面上停住，它那不在嘴尖端，而在嘴上部敞开的大鼻孔，突然猛地吸了一口空气，然后，鼓足力气，向我们扑来。

小艇没能躲开它的冲撞，差点被撞翻，艇中灌了好多的海水，足有一两吨之多，必须把这水排出去。艇长靠着他的聪明才智，只是艇身的斜面而不是正面受到儒艮攻击，所以才没被撞翻沉没。尼德·兰紧靠在小艇前头，把鱼叉再一次向巨大的动物刺去，这家伙用牙齿咬住小艇的边缘，把小艇叼出水面，像狮子咬小鹿那样。我们都被撞倒了，彼此身子压着，如果不是那拼命地跟儒艮战斗的加拿大人在最后用鱼叉打中了它的心脏，我真不知道这次的冒险打猎将会是怎样的结果呢。

我听到牙齿咬小艇铁板发出的喳喳声响，儒艮沉入了海底，把叉带走了。但不久小木桶就浮出水面来，不一会儿，儒艮的尸体也浮了上来，肚子朝上。小艇向前划去，把儒艮拖在后面，向诺第留斯号划去。

把这条重5000公斤的儒艮拉到大船的平台上，必须使用功率很大的起重滑车。就在尼德·兰面前人们把它宰割了，加拿大人坚持要看宰割的全过程。当天，管事人在午餐时，就把船上厨师做得很好的这种肉拿出几片来给我吃，我觉得这肉味道很好，赛过小牛肉，但不一定胜过大牛肉。

第二天，2月11日，诺第留斯号的食物储藏室又增加了一道美味的猎物。我们捕获了落到诺第留斯号上面的一群海燕，那是埃及特产的尼罗河海燕，嘴是黑的，灰黑的头，眼睛周围有白色的斑点，脊背、翅膀和尾巴均是灰黑色，肚腹和胸颈呈白色，脚爪呈红色。另外我们还捉到十来只尼罗河的鸭子，这鸭子的脖子和头上是白色，并且带有黑色斑点，这也是很美味的。

诺第留斯号那时以很缓慢的速度行驶着，可以说，是慢步溜达着前进。我注意到，越是接近苏伊士，红海的水越是不怎么咸了。下午5点左右，我们看到北方的拉斯一穆罕默德角，这角在苏伊士湾和亚喀巴湾中间，是石区阿拉伯的末端。

诺第留斯号进入直通到苏伊士湾的尤巴尔海峡。我可以清楚地望见一座高山，山在两湾之间俯瞰拉斯一穆罕默德角。那是何烈山、西奈山，摩西当年就是在这山顶上与上帝（据《圣经》故事说，摩西率领以色列人出埃及，渡过红海，来到西奈山拜见上帝，接受“十诫”，让以色列人遵守）面面相对，人们心中想象这山头是不断有神灵的光环笼罩着。

6点，诺第留斯号在经过多尔湾的海面上时而浮上来，时而沉下去。多尔位于海湾里面，湾中海水呈红色，这点在前面尼摩船长已经说过了。一会儿，黑夜来临，在这片沉寂中，偶尔能听到塘鸡和一些夜鸟的叫声，怒潮打在岩石上的声响，或一只汽船的响亮水门搅打湾中海水所发出的远远的声音，这些声音打破了寂寞的海面。

8点到9点，诺第留斯号一直行驶在水下几米深的地方。照我的推测，我们应当很接近苏伊士了。从客厅里的嵌板中，因为受到电光的照耀，水底的岩石清晰可见。我觉得海峡变得愈来愈窄了。

9点15分，船又浮出水面，我来到平台上。心中急切地想穿过尼摩船长的海底地道，我已经有些等不及了，坐立不安，我要到上面来呼吸夜间新鲜的空气。不久，黑暗中，在距我们1海里远的地方我望见一些黯淡的火光，因为雾气的原因有些模糊不清。

有人告诉我说，“那是一座浮在水上的灯塔。”

我回过头来，看见是尼摩船长。

“那浮在水上的灯火是属于苏伊士的，”他又说，“不久我们就要走入地道口了。”

“进入地道很不容易吗？”

“不容易，先生。所以，我会按照惯例亲自到领航人的笼间中，守在那里，亲自指挥航行。阿龙纳斯先生，现在请您下来，诺第留斯号要潜入水中了，一直到通过了阿拉伯海底地道，它才能浮上来。”

我跟着尼摩船长下来。嵌板关闭了，储水池装满了水，船潜入水底10来米深的地方。

当我要回房中去的时候，船长把我留下了，他对我说：“教授，您愿意和我一起到领航人笼间里去吗？”

“求之不得呢！只是我不敢请求您而已。”我回答说。

“那么，请随我来。这样您就可以看见，同时是地下又是海底航行的一切情况。”

尼摩船长领我到中央楼梯，在楼梯栏杆的中间，他打开一扇门，沿上层的长廊走去，来到领航人的笼间，前边已经说过，这笼间在平台的尽头。

这个小舱房的每一面都有6英尺宽，差不多跟密西西比和哈得逊河汽船上领航人所占的笼间差不多一样大。在舱房的中间，有一架垂直放着的机轮正在转动着，轮齿接在舵缆上，缆直通到诺第留斯号的后面。船窗上装有两面凸镜片，嵌在舱间的复壁上，这样守舵人四面八方都可以看得见。这笼间十分黑暗，但我的眼睛很快就习惯了这种黑暗，我看见里面的领航人。他看起来很强壮，两手扶住机轮的轮辋。在外面，平台上另一端的探照灯照耀在笼间后面，灯光把海面照得格外明亮。

“现在，”尼摩船长说，“我们来找地道吧。”

领航人的笼间被好些电线把它跟机器房接连起来，从笼间里面，船长同时可以控制诺第留斯号的航行方向和速度的快慢。他按一下金属钮，机轮的速度就立即减慢。

我默默地注视我们此刻走过的十分陡峭险峻的高墙，这是沿海高厚沙地的坚牢基础。我们沿着这座高墙走了有一个小时，相距那些高大的石壁只不过几米远。尼摩船长两眼始终没有离开那挂在笼间，有两个大小同心圆的罗盘，他每做一个动作，领航人就立刻改变诺第留斯号行驶的方向。

我坐在左舷的船窗边，望见了珊瑚累积成的十分美丽的基层建筑，在岩石凹凸不平的外面，无数植虫、海藻、介壳动物，舞动着它们巨大的爪牙，长长地伸张出来。

10点15分，尼摩船长亲自掌舵。在我们面前出现了一条又深又黑宽阔的长廊，诺第留斯号直冲进去。在它两旁发出一种沙沙的声响，这种声响是我所不习惯的。这是红海的水，顺着地道的斜坡，直冲到地中海上。诺第留斯号像一只离弦的箭跟着这道急流下去，虽然它的机器想尽量让它的速度慢一些，把推进器逆流转动，但也没起到多大的作用。

地道两边狭窄的高墙上，我只看见飞奔的速度在电光下所画出的辉煌线纹、笔直线条、火色痕迹。我用手压着那狂跳不止的心脏。

10点35分，尼摩船长放下舵上的机轮，回过头来，对我说："到地中海了。"

短短不到20分钟，诺第留斯号顺着水流，就通过了苏伊士地峡。

第六章　希腊群岛

第二天，2月12日，天刚亮，诺第留斯号就浮出水面。我立即跑上平台，在南边3海里的地方，北路斯城的侧影隐隐现出。一道急流把我们从这一个海带到另一个海来了。不过，这地道顺流而下是很容易，想要逆流而上恐怕就很难了。

7点左右，尼德·兰和康塞尔也来到平台。这两个形影不离的同伴只知道安安静静地睡觉，完全没有留心到诺第留斯号大胆所完成的航行。

"生物学专家，您所说的地中海呢？"加拿大人带着嘲笑的语气问道。

"我们现在就在它的水面上了，尼德朋友。"

"嗯！"康塞尔哼了一声，"是在昨夜发生的吗？"

"对，就是昨夜，短短几分钟，我们便走过了这看似不能逾越的地峡。"

"我不相信。"加拿大人回答。

"您不信也得信，兰师傅，"我立即说，"那向南方弯下去的低低的海岸，就是埃及海岸了。"

"先生，您还是去跟别人说吧。"固执的加拿大人回答。

"既然先生如此肯定了，"康塞尔对他说，"那我就相信先生了。"

"尼德，尼摩船长还很客气地让我看了他的地道，在他亲自指挥诺第留斯号通过这狭窄地道的时候，当时我一直就在领航人的笼间里，就在他的旁边。"

“尼德，您听明白了吗？”康塞尔说。

“尼德，您的眼力是很好的，”我又说，“您仔细看看是否可以望见那伸出在海中的塞得港长堤。”

加拿大人很认真地看了一下。他说：“果然，教授，您说得对。您的那位船长真是一位了不起的人物。我们现在是在地中海了。很好。我们来商谈一下我们自己的事情吧，但不要让别人听到我们的谈话。”

我对加拿大人要商谈的事情是很清楚的，不管怎样，既然他要谈，我想谈一谈也好。于是我们三人坐到探照灯附近，在那里我们可以避免受到一些浪花打来的泡沫。

“尼德，”我说，“现在我们洗耳恭听，您到底要跟我们谈些什么呢？”

“我要说的很简单。”加拿大人回答，“现在我们已经在欧洲了，在任性的尼摩船长还没有带我们到两极的海底或把我们带回大洋洲之前，我想是时候离开诺第留斯号了。”

我承认，每次跟加拿大人谈论这事，总是让我很为难。

我一点也不想阻止我的同伴们得到自由，但是我自己又完全没想离开尼摩船长。他和他的船，让我日复一日地完成了我的海底研究，也就是在海底重写出这部关于海底宝藏的书来。我还能再有这样一个机会来观察这些海洋的秘密吗？基本不会再有！所以我就不可能在我们的周期考察还没完成之前就离开诺第留斯号。

“尼德朋友，”我说，“请您坦白地告诉我，您在这船上觉得厌烦无聊吗？您对命运把您送到尼摩船长手中来很悔恨吗？”

加拿大人沉默了一刻，什么也没说，然后，他把双手抱在胸前回答我说：“坦白说，我对这次海底旅行并不悔恨，相反，我很高兴。但是必须做完，才能算数吗？”

“是的尼德，这事一定要做完的。”

“那在什么时候什么地方才算做完呢？”

“什么地方？我一点不知道。至于什么时候？我也说不好。不如这样说，就在将来的某一天，海洋中再没有什么可以给我们学习的时候，我们的旅行也就要结束了。在这个世界上，凡事都要有始有终。”

“我的想法跟先生一样，”康塞尔回答，“也可能在走遍了地球上的所有海洋后，尼摩船长会让我们三人全体自由飞走。”

“飞走！”加拿大人喊道，“您是说自由飞走吗？”

“兰师傅，我们不用夸张，”我立即回答道，“我们也不用怕尼摩船长，但对康塞尔的说法我也不能认同。我们知道了诺第留斯号的秘密，我想，它的主人就是恢复我们的自由，也不会让我们随便把这些秘密在陆地上宣传。”

“那么，您希望怎样呢？”加拿大人问。

“我希望在6个月后有像现在一样的对我们有利的机会。”

“哎呦！”加拿大人说，“生物学专家，我想问您，6个月后，我们会在什么地方呢？”

“可能在这里，也可能在中国。您知道，诺第留斯号跑得是多么的快。它穿越海洋，像燕子飞过空中，或快车穿过大陆一样。它并不怕常有船只来往的海洋，谁敢说，它不会走近法国、英国或美洲海岸，在那里跟在这里一样，难道不同样是逃走的好机会吗？”

“阿龙纳斯先生，”加拿大人回答说，“您的想法根本就是错误的。您说的都是将来怎么怎么样，如我们将来在那里或我们将来在这里！而我所说的却是现在，我们现在在这里，就要利用好这个机会。”

尼德·兰坚持自己的说词，我觉得在这个场合上我输了。我实在找不出对我更有利的论证来说服他。

“先生，”尼德·兰又说，“我们作一个不可能的假定，假定尼摩船长现在就给您自由，您会接受吗？”

“我不知道。”我回答说。

他又补充说，“如果他今天给您自由，以后就不再给了，您接受吗？”

我没有回答。

“康塞尔朋友您的想法呢？”尼德·兰问。

“至于康塞尔朋友，”这个老实人安静地回答，“康塞尔朋友在这个问题上是没有什么可说的，是绝对无所谓的。他跟他的主人和同伴尼德一样，是个单身汉。在故乡没有女人，没有父母，没有子女等着他。他给先生做事，想法和说法也完全听从先生的。很遗憾，不能把他算作一票，成为大多数。现在只有两个人出席，一个是先生，一个是尼德·兰。我只在旁边静听着。”

我见康塞尔完全中立了他自己，忍不住笑了起来。

实际上，加拿大人应该也很高兴，因为康塞尔没有反对他。

“那么，”尼德·兰说，“先生，既然康塞尔选择中立，我们俩来讨论这问题吧。我说过了我的想法，您有话回答吗？”

很明显，此刻必须作出结论来，躲躲闪闪是我所不愿意的。

我说：“尼德朋友，我的回答是这样：您反对我是对的。与您说的相比我的论证根本站不住脚。我们不能指望尼摩船长心甘情愿地恢复我们的自由。一般人常有的谨慎也不会让他给我们自由。反过来，我们必须十分的小心谨慎，一旦有脱离诺第留斯号的机会，我们是不应该错过的。”

“对，阿龙纳斯先生，您这些话说得太好了。”

“不过，”我说，“我要提出一点，只有一点。一定是要很有把握的机会才行。第一次逃走计划一定要成功。因为，一旦失败，我们就找不到再来一次的机会了，同时尼摩船长也不会原谅我们了。”

“您这些话很正确，”加拿大人回答说，“但您提出的这一点对于所有逃走的计划都是适用的，两年后逃走或两天内逃走都适用。所以，问题的关键还是，好机会一旦来了，就要好好把握。”

“我同意。尼德，那么请您告诉我，您所谓的好机会是指什么呢？”

“我所说的好机会，就是指在某一个黑夜里，诺第留斯号很靠近欧洲的某一处海岸的时候。”

“您打算泅水逃走吗？”

“是的。如果船是浮在水面，而我们离海岸又相当近，我们就逃走。如果我们离海岸很远，船又在水下航行，我们就不得不继续留在船上。”

“留下又该怎么做呢？”

“留下，我就想办法把那只小艇弄到手，这小艇的操纵我也是知道的。我们溜进艇里面，把螺钉松开，然后就浮上水面来，就连船头的领航人应该也看不见我们逃走。”

“好，尼德。那就等待这个好机会吧，但您千万别忘记，一旦失败，我们就完了。”

“我不会忘的，先生。”

“尼德，您想听听我对于您的计划有什么想法吗？”

“很愿意，阿龙纳斯先生。”

“那么，我想——我不说‘我希望’——这个好机会是不会到来的。”

“为什么呢？”

“因为对于我们没有抛弃恢复自由的希望这个情况，尼摩船长是不可能不知道，特别在这一带接近欧洲海岸的海洋中，他一定会更加小心警戒。”

“我赞同先生的看法。”康塞尔说。

“我们走着瞧吧。”尼德·兰回答，神气很坚决地摇摇头。

“现在，”我又说，“尼德，今天的谈话就到此为止吧，以后不要再提这事了。等到那一天，您准备好了，就通知我们，我们完全听您指挥跟着您走。”

这次谈话就这样结束了，后来的种种情况充分表明，如果那天真的做了，后果将不堪设想。我想说的是，我的预见好像被事实证实了，加拿大人很是失望。不知道是尼摩船长在这一带往来船只较多的海上不信任我们呢？还是他仅仅是为了躲开那些在这地中海行驶的无数船只？总之，船经常是在水底走，或在距海岸很远的海面行驶，即使是浮出来，也只是让领航人的笼间在水面，或者干脆就潜到很深的水底下去。因为在希腊群岛和小亚细亚之间，我们找不到深2000米的海底。所以，我只能从维吉尔（古罗马诗人）的诗句中认识斯波拉群岛之一，嘉巴托斯岛。这诗句是尼摩船长的手指放在平面地图上的一个点时给我念出来的：

在嘉巴托斯上面住着海王涅豆尼的能预言的海神哥留列斯·蒲罗台（希腊神话中的海神）……

第二天午饭后，我回到客厅开始自己的工作。一直到下午5点，我一直在整理自己的笔记。就在这时，不知是何原因，觉得很热，也许是因为自己烦躁的情绪吧。但这样的现象有点蹊跷，我们现在既不是在高纬度地带，并且诺第留斯号此时还是在水下行驶，按理来说温度不应该有这么高的。我继续着我的工作，可是温度持续上升，甚至有点让人难以忍受。

“难道是船内着火了吗？”我心中暗想。

在我正准备出去看个究竟的时候，迎面走来了尼摩船长。他走过去看了看温度计，然后转过来对我说：“42度。”

“我已经感觉到了，温度再升的话，我们就受不住了。”

“教授，如果您不想让温度升高的话，那它就不会升高了。”

“这么说，您也可以控制它吗？”

“不能，但是我们可以离开这产生热力的地方。”

“那么，这热是因为外界因素。”

“不错。现在我们是行驶在滚沸的水流中。”

“这可能吗？”我喊道。

“请看。”

嵌板打开，我看见诺第留斯号的周围全是白色的海水。

在水流中间升起一阵硫磺质的水蒸气，水流像锅炉中的水一般沸腾。我把手放在一块玻璃上，非常烫，我赶忙把手缩了回来。

“我们现在在什么地方？”我问。

“教授，”船长回答我说，“我们现在在桑多休岛附近，就是在把尼亚一加孟宜小岛和巴列亚一加孟宜小岛分开的那条水道中。我是想让您看一看海底火山喷发的神奇景象。”

我说：“我还以为这些新岛屿的形成早就停止了呢。”

“在火山区域的海中没有什么是会停止的，”尼摩船长回答，“地球也总是在承受着地下火的煎熬。根据嘉西奥多尔和蒲林尼的话，早在公元19年，在新近形成的那些小岛的地方已经有一个新岛，名字叫铁那女神。但不久这岛就消失不见了，直到公元69年又浮出来，后来又再次沉了下去。从那个时期后直到现在，停止了海中的浮沉工作。但是，在1866年2月3日，一个名为佐治岛的新岛，在硫磺质的水蒸气中间，临近尼亚一加孟宜小岛的地方浮出来了，并在同月6日，同尼亚一加孟宜合并起来。7天后，2月13日，阿夫罗沙小岛出现，在它和尼亚一加孟宜中间形成一条宽10米的水道。在这件事发生的时候，我正在这一带海中，我观察了岛屿形成的全过程。阿夫罗沙小岛是圆圈形，直径30尺，高30尺，它由黑色的和玻璃质的火山石构成，还夹杂了一些长石碎片。最后，在3月10日，在临近尼亚一加孟宜小岛地方又出现了一个更小的小岛，名为列卡岛，从那以后，这三个小岛就合并在一起，形成了现在的这个大岛。”

“目前我们所在的水道在哪里呢？”我问。

“这不是嘛，”尼摩船长指着一张希腊群岛的地图回答我，“您看，我把这些新出现的小岛都加上去了。”

“这水道总有一天会被填平吗？”

“可能性很大，阿龙纳斯先生。因为自1866年以来，在巴列亚一加孟宜小岛的圣尼古拉港对面浮出来8个火山石的小岛了。显然，要不了多长时间，尼亚和巴列亚两小岛就要连接起来。”

我回到玻璃近边，诺第留斯号已经停止不前了，热气令人愈来愈不能忍受。由于有铁盐，发生染色作用，原本白色的海水，现在转变为红色。虽然客厅关得很严实，但还是送进来一股令人吃不消的硫磺气味，同时我还看见了赤红色的火焰，灿烂辉煌，掩盖了电灯的光辉。

因为太热我已全身湿透，呼吸也变得急促，好像就要被煮熟了。事实上，我真觉得是有人在煮我！

“我们无法在这沸腾的水流中停留了。”我对船长说。

“是的，再留在这儿可能就有危险了。”心平气和的尼摩回答说。

命令刚发出，诺第留斯号便调转船身，离开这座熔炉，如果继续留下难免会有危险呢！一刻钟后，我们浮出水面，又可以在海面上自由呼吸了。

我在心里想，如果尼德·兰选择在这一带的海来实行我们的逃走计划，恐怕我们不能活着走出这片火海吧。

第二天，2月6日，我们离开了这在罗得岛和亚历山大港之间，深度有3000米的海，诺第留斯号行驶在雪利哥海面，绕过马达邦角后，就把希腊群岛远远地抛在了后面。

第七章　地中海四十八小时

地中海，是最碧蓝的海，希伯来人的“大海”，希腊人的“海洋”，罗马人的“我们的海”。在地中海的周围广植橘树、芦荟、仙人掌、海松树，到处有番石榴花的芳香。四周被峻峭的群山环抱，有清新纯洁的空气，却被地下烈火无情地熬煎着，直到现在这海都是海王涅豆尼和阎王蒲留敦争夺世界霸权的战场。米歇列曾说，就是在地中海的沿岸或水面，是人类在地球上锻炼自己的最强大有力的一个场所……

虽然这海很美丽，但它的面积共200万平方公里，所以我只能粗略地眺望一下。我甚至没有得到尼摩船长本人关于这海的知识，因为这个神秘人在这次快速度的航海中，一次都没有出现。我估计诺第留斯号在这海底下所走过的路程约有600里，而这次旅行，他仅仅用了48小时的时间。2月16日早晨从希腊一带海面出发，到18日太阳从东方升起的时候，我们就通过直布罗陀海峡了。

对我来说，事情非常明显，尼摩船长不喜欢这海，因为地中海正处在人类所居住的陆地中间。海水和海风给他带来的即便不是过多的悔恨，也一定是太多的回忆。在这海里，他失去了海洋赋予他的那种自由自在的神情姿态和那种独来独往的行动。相反他的诺第留斯号在这些非洲和欧洲相接近的海岸中间，使他感到呼吸不畅，很不自在。

因此，我们以每小时25海里的速度高速前进着。不用说，此时的尼德·兰一定很难过，只有放弃他的逃走计划。在这样每秒15至13米的速度下，他不可能使用那只小艇，离开诺第留斯号。那就像是从飞奔的火车上往下跳，这行为就太鲁莽了。并且，我们的船单单根据罗盘的度数和测程器的指示来行驶，只有到夜间才浮上水面来，调换新鲜空气。

所以，我从地中海内部往外看，就像在快速行驶的列车上的旅客所看到的一闪而过的风景一样。也就是说，只能看到远远的天际，但是眼前像闪电一般飞过的景致却反倒看不见。不过，康塞尔和我，我们还能看见一些地中海的鱼类，这些鱼有着强有力的鳍，可以让它们跟着高速行驶的诺第留斯号前进一些时间。我们在客厅的玻璃边等待机会，我们的笔记对我校正地中海鱼类学提供了很大的帮助。

在被阵阵电光照得明亮清晰的水流中间，有一些长1米的八目鳗蜿蜒地游来游去，这种鱼差不多存在于所有气候不同的地方。稣鱼类宽5英尺的尖嘴鱼，这鱼有着白色的肚腹，灰色的脊背带有斑点，像宽大的围巾被水流漂着滚来滚去。还有一些鲫鱼类它们走得很快，我想知道它们对于希腊人给它们的“鹰”的称号是否值得，或者近代渔人很离奇地称它们为“老鼠”、“蟾蜍”和“蝙蝠”。好些鸢形鲛有12英尺长，它们会让潜水的人感到特别的害怕，这些鲛彼此在水里比赛速度。长8英尺，嗅觉极端敏锐的梅狐狸，像淡蓝色的阴影一样在水中出现。还有就是鲷鱼属的扁鱼，有些长达13分米，全身银白和天蓝，特别显出它们的鳍的深黑色调，这种鱼在古时被专门用来祭奠美神维纳斯，它们的眼睛嵌在金色的眉睫里，非常秀丽。美丽的鳍鱼，长9至10米，它们游动的速度很快，不时用它们那有力的尾巴冲撞客厅的玻璃，显出它们有小栗色斑点的淡蓝脊背，它们跟鲛鱼很像，但没有鲛鱼那么大的力气。在所有的海洋中都可以碰到这种鱼，春季，它们喜欢逆流而上至大河里。但在地中海的这些不同鱼类中，当诺第留斯号上浮接近水面时我可以清楚地观察到的，是属于骨质鱼组的第六十三属。那是鳍鲸鱼，脊背蓝黑，肚腹上有银白色的鳞甲，背上线条发出金黄的微光。这类鱼非常喜欢跟着船只一起走，在热带炎热的天空下，它们躲藏在船的凉快阴影中。事情果然如此，它们陪着诺第留斯号，像从前陪着拉比路斯的船只一样。在很长的一段时间里，它们同我们的船比赛竞走。我不停地欣赏这些鱼，它们天生具有赛跑的天赋，它们的头很小，身子很光滑，形状像纺锤，有的身长超过3米，它们有特别有力的胸鳍，尾巴作叉形。它们在游动时作三角形，像和它们比快的某种鸟类一样，因此，古时人就说它们是熟习几何学的。

我单单为了记忆，举出康塞尔或我只偶尔看到的那些地中海的鱼类。那是淡白色的拳状电鳗，游走时像不可捉摸的气体一样。有长3英尺的海鳝鱼，它的肝是很美味很好吃的。有海鳝鱼，像长3至4米的蛇一样，有青、蓝和黄的美丽颜色。浮来浮去，像细长的海藻的带条鱼，有诗人称为琴鱼，水手称为笛鱼，嘴上装有三角形和多齿形的两块薄片，形状像老河马的乐器。有燕子笛鱼，走得很快，像燕子一样，所以有了这样的名字。有金著稠，头红色，脊鳍上满是丝线条。有海中的山鸡之称的华美的鲽鱼，这鱼全身作菱形，有着淡黄色的鳍，带栗子色的小斑点，左边上部，通常带有栗色和黄色花纹。有芦葵鱼，身上带有黑色、灰色、栗色、蓝色、黄色、青色的斑点，它能发出银质钟铃的叮当声响。最后有美丽的海诽鳃，那真正是海里面的无双鸟。

至于哺乳类，我觉得走过亚德里亚海口时似乎看到了两三头大头鲸，它们其有真甲鲸属的脊鳍；几条圆球头属的海猪，它们是地中海的特产，额头上有一条条光辉的花纹；又有十来条身长3米的海豹，肚腹呈白色，黑皮毛，大家知道它们的名字是“和尚”，它们的样子完全跟多明尼克派的修士一样。

康塞尔好像望见了一只6英尺宽的大龟，背有三条纵长的伸出去的突起棱骨。

至于植虫动物，我曾在短时间内，欣赏一种美丽的唇形水螅，它是橙黄色的，这些东西钩在船左舷嵌板的玻璃上，像是一条很长、很细的丝带，长出无穷无尽的枝叶，末梢是精美的花边，就是阿拉克妮的巧手也织不出来它的美丽。可惜我没能打到这个美丽的品种。如果不是在 16 日晚上诺第留斯号突然放慢了速度，要不然我一定看不到地中海的其他植虫动物了。

当时，我们正行驶在西西里岛和突尼斯海岸中间。在崩角和墨西拿海峡间的狭窄海中，海底突然上升，在这一带简直就形成了一条山脊，水深只有 16 米，至于两边，有 170 米深。所以诺第留斯号行驶得很小心，生怕撞上这道海底栅栏。我在地中海地图上，指给康塞尔看这条很长的暗礁所在的位置。

“不过，请先生原谅，”康塞尔说，“那是一条真正连结欧洲和非洲的地峡了。”

“是的，老实人，”我回答，“利比亚海峡被它完全堵住了，史密斯的测量也证明了这两个大陆从前是在崩角和夫利那角间连结起来的。”

“这个我相信。”康塞尔说。

“要知道，”我立即又说，“在直布罗陀和叙达之间也存在一道类似的栅栏，在远古时代，它把地中海完全封锁起来。”

康塞尔很用心地研究诺第留斯号缓慢地、挨近地面走过的那浅水海底。

这浅水海底，在多石的和火成岩的地下，长着各种各样的海洋植物：有海绵、海参、透明的海胆，带淡红色的蔓，发出轻微的磷光；还有海带，俗名海黄瓜，浸在七色阳光的照射光线中；有最美的成丛海水仙；有宽一米巡行游走的车盘，它们的大红颜色，把海水都染红了；有许多种类不同，可以食用的海栗；有茎很长的石纹花；有青色的海苑葵，茎是淡灰色，花盘是栗子色，藏在触须形成的橄榄色毛发里面，很不容易看清楚。

康塞尔对于软体动物和节肢动物观察得特别认真，虽然关于这一部分的术语有些枯燥，但我不愿对不起这个老实人，遗漏了他个人的观察。

在软体动物门中，他看到有许多的梳形海扇；三角形的端那螺；彼此堆起来的驴蹄形双壳贝；鳍黄色和壳透明的三齿稍子贝；带淡青色小斑点的卵形贝、橙黄色的腹脚贝、古锹形贝、名为海兔的腹足贝、多肉的无触角贝、地中海特产的伞贝；壳中产生一种很宝贵的螺铀的海耳贝；火焰形海扇无头贝（据说，法国南部人爱吃这种贝甚于牡蛎）；马赛人很宝贵的毛蚬、又白又肥的双层草贝；又有一些介蛤，北美沿海出产很丰富，在纽约零售的数量非常之多；还有我很爱吃的带胡椒味豹石子贝；颜色变化很多的潜在自身壳洞中的盖形梳贝；大红瘤丛生的辛提贝；顶上有凸起的壳，侧面有突出的带线条痕迹的薄鳃类蛤；头上戴冠的铁贝；尖端弯曲和有些像小艇形的肉食贝；带有白点，蒙上丝绦的头巾，类似小蛐蜓的琴贝；灰色海神贝；螺丝形介壳的人形柱贝；爬在背上的洼涡贝；耳朵贝；其中有带椭圆形壳的琉璃草耳朵贝；茶褐色的丝挂贝、海蛤、海螺、菊贝、薄片贝、岩贝、花瓶贝、宝石贝等等。

至于节肢动物，康塞尔已经在他的笔记上精确地把它们分为六纲，其中甲壳纲，蔓足纲和环虫纲这三纲是属于海产动物。

甲壳纲分为九目，其中第一目包括十脚节肢动物，这些动物通常是头部和胸部连接起来，口腔器官由好几对节肢组成，在胸部又有四对、五对或六对可以走动的脚用来爬行。康塞尔遵照我们的老师密尔·爱德华的方法，把十脚节肢动物分为三部：短尾部、长尾部和无尾部。这些名字稍微有点通俗，但很明白，也很准确。在短尾部中，康塞尔举出"阿马地"蟹，前头有两支分开的长刺；蝎子蟹——我不知道为什么——希腊人拿这种蟹来象征智慧；棍形海蜘蛛和刺形海蚁蛛，这些东西可能是迷路到达浅海底中来了，因为它们通常是在水很深的地方；十足蟹、矢形蟹、菱形蟹，还有粒形蟹，康塞尔指出，这蟹很容易消化；无齿的伞花蟹、螃蟹、西蟹、毛绒蟹等。在长尾部中，分为五科：装甲科、掘脚科、无定位科、虾科、足目科。康塞尔举出普通的龙虾（母龙虾肉是很受人喜爱的）是地中海唯一的螯虾属动物。至于最后的无尾部，康塞尔看到一只正在抢贝壳的托西纳虾，平时它们就喜欢躲在贝壳里。他还观察到一些熊虾，或海蝉、河虾，以及各种食用的虾等等。

此时诺第留斯号已经通过了利比亚海峡的浅水海底，到了深海水中，在提速后，便看不见这些软体动物、节肢动物、植虫动物了，只有一些像黑影一般走过的大鱼。

在2月16日的夜间，我们进入了地中海的第二道水域，最深的地方有3000米。诺第留斯号在机轮的推动下，随侧面的纵斜机板溜下，一直下潜到海底深处。

在海底最深处，虽然没有自然的新奇东西，但阵阵的海水也让我们看到了各种可怕的场面。正在这时，我们走过了地中海发生遇难沉船事件最多的地方。从阿尔及利亚沿海至普罗文沙海岸，不知道有多少船只在这里遇难，又有多少船只沉没了！

因此，在走过这片遇难海域时，我看见在海底躺着很多沉没的船，有的已经被珊瑚礁粘住了，有的只是刚蒙上一层铁锈，锚、子弹、大炮、各种铁架、机轮叶、破碎的圆筒、机器零件、损坏的锅炉，以及一些浮在水中的船壳，有的直立，有的翻倒。

这些遇难的船只有的是由于碰上了花岗石的暗礁、有的因为相撞才沉没的。我看见有些船笔直地沉下去，桅樯直立，船具已经受到了海水的腐蚀。这些沉没的船就像是停泊在阔大的外港中，等待着起航的时刻。当诺第留斯号从它们中间走过时，沉没的船只受到电光波的照耀，好像在招展它们的旗帜，向它致敬，向它报告它们的编号！但事实并非如此，在这发生灾祸的地方，只有寂静和死亡！

当诺第留斯号离直布罗陀海峡越来越近的时候，我看到地中海底下，这些遇难沉没船只的残骸也愈来愈多了。欧洲和非洲海岸在这里变得狭窄起来，在这狭窄的空隙中，船只相碰相撞频频发生，我看见下面有许多铁制的船身或汽船的离奇古怪的残骸，有的倒下，有的竖立，好像一只庞大的动物。其中一只船，侧面破裂了，烟囱弯了，它的机轮只剩下骨架，舵已经离开尾柱，但铁链仍在舵上系着，它后面的铁盘已经受到海水严重的侵蚀，现出十分难看的形状！在这遇难的船只中有多少人丧失了生命！有多少牺牲者被拖到水底下去了！是否会有水手保全了性命，给人们讲述他遇到的可怕的灾祸呢？或者这次遇难事件仍然披着神秘的面纱呢？

然而，诺第留斯号无情地、开足马力从这些残骸中间跑过去。2 月 18 日，凌晨 3 点左右，它出现在直布罗陀海峡的出海口上。

海峡中有两道水流：一道是上层水流，很早就有人知道是它把大西洋的水引入到地中海的，另外一道是相反的下层水流，现在由于推理证明了它的存在。的确，地中海水的总量，由于大西洋潮水和其他的大河水的流入，水量不停地增加，这海水的水平面应该逐年上涨，因为水汽的蒸发作用不能保持水量的平衡。但是，事实并非如此，所以，人们就自然而然地承认存在有一道下层的水流，把地中海多余的水从直布罗陀海峡输送到大西洋去。

对的，事实的确如此。现在诺第留斯号就是要来利用这道相反的下层水流，它迅速地进入这条狭窄的水道。在这一瞬间，我望见了那座根据蒲林尼和阿维纽斯的话而沉在海底下的壮丽惊人的赫克留斯庙的废墟，以及在下面支撑这座庙的小岛。几分钟后，我们就浮在大西洋的水面上了。

第八章　维哥湾

大西洋是很重要的海洋，它有着广阔的水面，面积共有2500万平方海里，长9000海里，宽平均2700海里。在古代除了迎太基人，可以说几乎没有人知道这个海。迎太基人是古代的荷兰人，他们曾沿着欧洲和非洲的西部海岸进行贸易往来。在这辽阔的海面，有悬挂着各国旗帜的船只往来，因为大西洋受到各国的保护。但在这辽阔的海洋的终点为两个尖角，那就是令航海家所害怕的合恩角和暴风角！诺第留斯号推动它前头的冲角，冲破海浪，在大西洋里尽情航行。

在这三个半月的时间里，诺第留斯号走了近10000里，比绕地球一周的大圈还要多。现在我们要到哪里去呢？将来我们又能看到些什么呢？诺第留斯号驶过直布罗陀海峡后，驶到大西洋洋面上，它又浮上水面来，现在又恢复了我们每天在平台上的散步。

尼德·兰和康塞尔陪着我立即上平台去。在距离12海里的地方，隐约现出西班牙半岛的最西南的尖角——圣文孙特角。当时刮起了很大的南风，海面波涛汹桶，海水翻滚着，使诺第留斯号发生剧烈的颠簸，已经不能待在平台上了，因为大浪随时都会打来。所以我们呼吸了几下新鲜空气后，就回到船中。各自回到了自己的舱房，但是加拿大人好像心事重重的样子，跟着我来了。我们在经过地中海时诺第留斯号飞快的速度，不容许他实行他的计划，为此他表现出了明显的失望。

当我关上了房门，他坐下，一声不吭地望着我。

“尼德朋友，”我对他说，“我了解您，您没有什么好自责的。当诺第留斯号行驶时，在那样的条件下，想要离开它，除非是发疯了！”

尼德·兰没有回答，他紧闭的嘴唇，紧蹙的眉毛，这表示有一个坚定的思想死死纠缠着他。

“再等等吧，”我又说，“事情并不见得完全没有希望。我们现在沿葡萄牙海岸上溯，离法国、英国已经不是太远了，我们可以很容易找到一个逃走的地方啊！可如果诺第留斯号从直布罗陀海峡出来，往南方驶去，如果它把我们带到那些没有陆地的区域去，我会跟您一样感到苦恼。但是，现在我们已经知道尼摩船长并不躲避有文化的海面，我想在几天内，您就可以安全地来执行您的逃跑计划。”

尼德·兰的眼睛直盯着我，最后，终于开口说：“就在今夜实行我的计划。”

我突然站起来。坦白地说，他会告诉我这个消息完全出乎了我的预料，我要回答加拿大人，但又不知从何说起。

“我们曾经约定要等待一个好机会，”尼德·兰接着说，“现在我已经掌握了这个好机会。今天夜间，我们距离西班牙海岸只有几海里，夜间很阴暗，海风还是吹向陆地的。您既有言在先，阿龙纳斯先生，我选择完全相信您。”

见我没有回答，加拿大人就站起，走到跟前对我说：“今晚9点，我已经通知了康塞尔。这个时候，尼摩船长在他房中，可能已经睡下了。机械师、船上人员都不可能看见我们。康塞尔和我，我们走到中央楼梯去，阿龙纳斯先生，您就留在离我们两步远的图书室中，等待信号。小艇里有桨、桅和帆，并且我还弄了一些吃的。我还拿到了一把英国螺丝扳手，可以把钉在诺第留斯号船身上的小艇弄下来。您看，一切我都已经准备好了。今天夜里见。”

“可海上风浪太大。”我说。

“这个我知道，”加拿大人回答，“但必须冒险了。想要自由就必须得付出代价。再说，小艇也很结实，就算有风浪，走几海里对它来说应该不难。谁知道明天我们也许就跑到百里之外的海面上了呢？如果一切顺利的话，10点至11点间我们可能在陆地的某处登陆了，也或许是丢了性命，所以，只有依靠上帝的眷顾，夜里见！”

说完这话，加拿大人就退了出去，留我一人待在房中不知所措。我也想过，等机会来了，我可以有时间来认真考虑一下。但我那性情固执的同伴并没有让我这么做。不过，我还能对他说什么话呢？尼德·兰说得很对。现在的情况对我们逃走来说的确是个好机会。我可以食言反悔吗？我能为了个人的利益，损害我的同伴们的将来吗？我负得了这个责任吗？说不定明天尼摩船长就会把我们带到离开所有陆地的大海中？

这时候，发出相当响的啸声，我知道船上储水池盛满水了，诺第留斯号潜入大西洋水底下去了。

我要躲开船长，使他的眼睛看不到我心中激动的情绪，所以我选择留在房中。我就这样度过这很矛盾的一天。一方面想走，恢复自由；另一方面又为离开这只神奇的诺第留斯号而感到惋惜，一旦离开我就不能完成我的海底研究了！离开这海洋，像我喜欢说的，这样离开“我的大西洋”，我还没有观察大西洋的最深水层，并没像取得印度洋和太平洋曾给我揭露的秘密！如同一部好看的小说刚翻完上部，却没有了下文，当我的梦正做到最美好的时候却被打断了！有些不甘心。多么苦闷的时间就这样过去，有时想象着自己跟同伴们安全逃在陆地上，有时又不顾自己的理性，希望有意外的机会能阻止尼德·兰的计划！

我两次到客厅中去看罗盘，我想看看诺第留斯号的方向是接近还是离开海岸，但都不是，诺第留斯号总是在葡萄牙海域沿着大西洋海岸向北行驶。

所以，这时候我必须下定决心，准备逃走。我的行李并不重，除了我的笔记，别的什么也没有。至于尼摩船长，我心中问，他对我们的逃走会怎样想呢？使他心中有怎样的苦恼？或者给他带来多大的危险？以及当逃走被发觉或不成功的两种情况下，他将怎么对待我们呢？当然我没有什么理由可以埋怨他，相反，我应该感激他，从没有像他那么坦白真诚的待客态度。我离开他，也不能说是忘恩负义，因为并没有什么誓言把我们跟他束缚在一起。我们之所以留在他身边，只是客观环境的力量，而不是我们的诺言。但他的这种公然承认，把我们永远留在船上作囚人的想法，正能说明我们所有的逃走企图都是合情合理的。

自从在桑多林岛附近跟船长见面以来，我就再也没有看见过他。在我们逃走之前，还有没有机会让我跟他再见一面呢？我想见他，但又怕见他。我注意地听，心想是不是可以听到他在隔壁的房中走动的声音呢，可是没有什么声响传到我的耳边来，那房中大概是没人吧。

我于是又问自己，这个古怪的人是不是根本就不在船上。自从那一夜，小艇离开了诺第留斯号执行一个神秘的任务，我对于这个怪人的思想，有些略微的改变。我想，不管怎么说，尼摩船长跟陆地一定还有联系。难道他从不离开诺第留斯号吗？有时候，整整几个星期我都碰不见他。在这期间他在做什么事呢？当我以为他愤世嫉俗，心里厌恶这个世界，不愿见人的时候，他会不会正在远处，完成某种我一直不知道内容性质的秘密行动呢？

所有这些思想，以及其他无数的想法，不断地困扰着我。在我们所处的奇特情况中，充斥着无穷无尽的胡思乱想。我心中的不安到达了极点。由于心中烦躁，感觉时间实在过得太慢了，好像这一天的等待是无止境的。

我的晚饭像往常一样，还是在我的房中吃的。我心中有事，胡乱地吃了一点，7 点我便离开餐桌。我心中盘算着，距跟尼德·兰约定相会的时候，还有 120 分钟。更加剧了我心中激动的情绪，我的脉搏剧烈地跳动着，我无法让自己平静下来。我在房间中来来回回地走着，希望运动可以抚平一下我心中的烦乱。我也想到我们可能会在这次大胆的逃跑中不幸死亡，可我并不难过。令我难过的是，只要一想到我们的计划在离开诺第留斯号之前就被发觉，想到我们被带到激怒的尼摩船长面前，他因为我抛弃他而很痛苦，我的心就怦怦地跳起来了。

我想最后再看一眼这个客厅。我从长廊走过去，来到了那间不知给我带来了多少快乐和好处的陈列室。我两眼盯着所有这些财富、宝藏，就像一个人要永远流亡，走后不再回来的人一样。这些自然界的奇珍异宝，这些艺术上的杰作，这些日子来，它们集中了我全部的生命力，现在我却要永远地抛弃它们了。我还想再通过客厅的玻璃，再看一眼这大西洋的水底下，可是嵌板紧闭着，一块铁板隔开了我还不认识的这个大洋。

在客厅中就这样来来回回地走着，我走近门边，这门在屋角墙上，跟船长的舱房是通着的。我很惊讶，这门半开着，不由自主地退了回来。如果尼摩船长在里面，他肯定能看见我。但是我没有听到任何声音，我走近前去，房中没有人。我推开门，走近几步，房中还是那朴实严肃的情景，隐士僧家的风味。这时候，房中墙上挂着的几幅我第一次进来没有留心到的铜版画引起了我的注意，那是肖像画，历史上伟大人物的肖像画，他们一生是永远忠诚于献身人类伟大理想的伟人肖像。在喊出“波兰完了”就跌倒的英雄哥修斯哥（波兰民族解放运动领导人）；波查里斯（希腊爱国者）；近代希腊的列盎尼达斯（古斯巴达国王）；俄康乃尔（爱尔兰民族运动领袖）；北美合众国的创始人华盛顿；意大利的爱国志士马宁；被拥护奴隶制的人所刺杀的美国总统林肯；最后，那位主张黑人解放的殉道者被吊死在绞架上的约翰·布朗，就像维克多·雨果用铅笔画出来的那个很可怕的样子。在这些英雄人物和尼摩船长在心灵上有什么联系呢？从这一群肖像画中，我可能找出他生平的秘密来吗？他是被压迫人民的保护者，奴隶种族的解放者吗？难道他是现世纪最近政治动乱或社会动荡中的一位人物吗？他是那次可悲的而又永远是光荣的美国南北战争中的一位英雄吗？

忽然大钟响了八下，大钟的锤子敲在铃上的第一次声响，把我从梦中惊醒，我全身颤抖起来，好像有一只无形的眼睛能穿透我心里最秘密的地方。我匆忙地退出这个房间，来到客厅中，眼睛紧盯在罗盘上面。我们一直是在向北行驶。测程器指的是中等的速度，压力表指出船在60米左右深的水层。可以说周围的环境对加拿大人的计划都是非常有利的。

我回到自己的房中，我多穿了一些衣服，尽量使身上暖和，海靴、水獭帽、海豹皮里子的贝足丝织的外衣都穿戴上了。我已经准备好了，剩下的只有等待。我竖起耳朵来用心听，看看会不会有些喊叫声，向我说明尼德·兰的逃走计划突然被发觉了呢？但除了推进器的震动外，一切都是那么的安静。这样的安静甚至让我感觉有些惶恐和不安。

离9点就差几分钟了，我把耳朵贴着船长的房门，还是没有一点的声响。我走出我的房间，回到客厅，客厅里半明半暗，空无一人。

我打开跟图书室相通的门，室内光线不足，同样也是冷冷清清的。我站在靠近门的地方，这门对着中央楼梯的笼间，等待着尼德·兰的信号。

这时候，推进机的震动明显减低了，不一会儿就完全没了声响。诺第留斯号为什么会突然停了呢？这次停船对于尼德·兰的计划是顺当或是不利也说不好，我的心脏的跳动打破了这时的沉寂。忽然，我感到一下轻微的撞击，我知道，诺第留斯号是停在大西洋的海底了，我心中不安的情绪更加高涨了。加拿大人的信号还没有发出来，我很想出去找他，要他先暂停他的计划。我感觉到我们的航行情况有些反常，这时候，客厅的门开了，尼摩船长走了进来，他看见了我，没有什么客套话，他用平和的语气说："啊！教授，我正在找您呢。您知道西班牙的历史吗？"

我当时的头脑混乱，精神也有些恍惚，就算是一个很熟悉自己本国历史的人，在这样的情况下，也可能说不出来一句话。

"怎么了，"尼摩船长立即又说，"您听到我说的话吗？您知道西班牙的历史吗？"

"知道得很少。"我回答。

"许多学者都是如此，知之甚少，"船长说，"那么，您请坐，"他又说，"我要告诉您一段新奇事件是关于这个国家历史的。"

船长躺在一张安乐椅上，我机械地坐在他近边淡淡的阴影中。

"教授，"他对我说，"您听我说，在某一方面您可能对这段历史会很感兴趣，因为它回答了您可能无法解决的一个问题。"

我说："船长，我听您说。"我不知道尼摩船长要说什么，我心里在想，这件事会不会跟我们的逃走计划有关系。

"教授，"尼摩船长又说，"请您注意，我们现在要回溯到1702年了。您知道，在那个时期，您的法国国王路易十四专横跋扈，他以为他做一下手势，比利牛斯山就得陷入地下去，他要让西班牙人接受他的孙子——安儒公爵做他们的国王。当时这位帝号为菲力五世的国王，统治着西班牙，可是他治国无方，对外出了问题，跟强大的敌人发生了争执。其实就在一年前，荷兰、奥地利和英国王室在海牙签订了同盟协议，目的是要把菲力五世赶下台，让奥地利某亲王继任，它们又过早地把查理三世的称号给了这位亲王。

"西班牙当然要抵抗这个同盟，可是它缺乏士兵和海员，但只要有装着从美洲得来的金银珠宝的船只能进入海港，它是不会缺钱的。就是在1702年终，西班牙政府正在等着一队载有大量金钱的运输船，因为这时候有盟国的联合的海军在大西洋上巡逻，所以这艘运输船由法国派23艘战舰护送，指挥官是夏都·雷诺海军大将。

"这队运输船本来要开到加的斯港，但法国海军指挥官夏都·雷诺接到英国舰队在这一带海域巡逻的情报，便决定把这队船开到法国的一个港口。

"当然西班牙船队的船长不会同意这个意见，他们希望把船队带到西班牙的港口，即使去不了加的斯，那也可以去位于西班牙西北部海岸的维哥湾。

"由于指挥官夏都·雷诺生性软弱，便同意了西班牙船长的要求。

"但不幸的是，维哥湾是个很开阔的地界，没有设防。所以必须要在英军追来之前把船上货物全部卸下来。但由于一些无聊的竞争问题导致货物没能及时卸下。"

"您能听明白吗？教授。"尼摩船长问。

“能听懂。”我回答他。但心里却在琢磨他给我讲这个历史的目的会是什么。

“很好，那我们继续。当时的情况是这样的：加的斯商人有一种特权，来自西印度的所有货物他们会统一收购。如果把船上的这些金银珠宝卸在维哥湾就会影响当地人的利益。于是他们便跑到马德里告状，却被软弱无能的菲力五世下旨封存货物，船可以停在维哥湾，直到敌军撤离再返回。

“就在这御旨下达时，1702 年 10 月 22 日，英国舰队进入维哥湾。尽管双方力量差距很大，夏都・雷诺上将还是进行了顽强的抵抗。但毕竟寡不敌众，眼看船上的金银财宝将要落入敌人之手，他便下令将船凿沉，因此，船上的所有财宝和船一起沉入了海底。”

说到这里尼摩船长停住了。说实话，到此时，我仍然不知道他的故事跟我有什么关系。

“那后来呢？”我急忙问道。

“至于后来，阿龙纳斯先生，我们现在就在维哥湾，就需要您自己去揭开这个秘密了。”尼摩船长说道。

我这才恍然大悟，这里就是维哥湾战争的战场，西班牙那些装满金银珠宝的大船沉没的地方。而现在尼摩船长却成了这些财宝无可争议的继承人。

“教授，您知道大海里蕴藏着多少宝物吗？”尼摩船长微笑着问。

“有人估测说，悬浮在海水中的银子有 200 万吨。”我答道。

“没错，不过要提炼这些银，所花的费用要比所得的利益大得多。但在这湾中就不一样了，我只需捡拾人们所丢掉的这些就行了。并且不仅只有维哥湾这一个地方，在其他千百处的海难发生地都是一样的，这些我在海底地图都已标记下来了。您现在明白了我有无穷财富的原因了吧。”

“我明白了，船长。但请让我说一句，就是您来打捞维哥湾金银的事，只不过比另一个跟您竞争的会社早一步罢了。”

“什么会社呢？”

“是一个获得西班牙政府的特许，来打捞这些沉没的运输船只的会社。会社的股东们因为受到利益的诱惑，兴致很高，因为人们估计这些沉没的财宝有 5 亿的巨大价值呢。”

“5 亿！”尼摩船长回答，“以前是有，可现在没那么多了。”

“的确如此，”我说，“所以还是对这些股东发出一个通知，也算是做了一件好事。不过谁知道他们会不会听呢。通常，赌博的人金钱的损失并不会有太大遗憾，最大的遗憾是他们疯狂希望的毁灭。不过，我对这些股东们并不感到惋惜，我想到的是千千万万的苦难人，如果把这些财宝合理分配，也可以让他们从中获益，可是现在这些财富，他们已经没有拥有的机会了！”

我本来不想表示这个惋惜的意思，生怕要伤了尼摩船长的感情。

“没有拥有的机会！”他激动地回答，“那么，先生，您认为由我收集起来，这些财富就是丧失了吗？在您看来，我辛辛苦苦打捞这些财物是为我自己吗？谁告诉您我不是好好地正当使用它们呢？您以为我不知道世上有无数受苦的人，有被压迫的种族吗？有无数要救济的穷人，要报仇的牺牲者吗？说了这么多您现在还不明白吗？”

说到这里尼摩船长就停住了，他是不是后悔，自己说得太多了呢？我猜对了。不论是出于什么动机，要他到海底下来寻求独立自主，他首先还是一个人！于是我明白了，当诺第留斯号航行在起义反抗的克里特岛海中的时候，尼摩船长的那数百万金子是送给谁的。

第九章　沉没的大陆

第二天2月19日早晨，加拿大人走进我房间，我正在等待着他的到来，他一脸失望的表情。

“先生，怎么样？”他对我说。

“尼德，昨天机会对我们很不利。”

“是啊！那个鬼怪船长在我们正要逃出他的船的时候，却把船停了下来。”

“尼德，是啊，他跟他的银行经理有事呢。”

“他的银行经理？”

“也可以说是跟他的银行有事。我所说的银行指的就是海洋，就是他存放财富的地方，这地方可是比国家的金库更为安全可靠。”

我告诉了加拿大人昨晚发生的意外事件，言外之意是希望这样可以使他不要离开尼摩船长。可是，我的讲述换来的只是尼德表现出来很强烈的悔恨，他为自己没有能亲自到维哥湾的战场上去看一下而感到惋惜。

他说：“好吧，事情已经这样了！这一次只是鱼叉落了空罢了！下一次我们一定成功，如果可能，就在今晚……”

“您知道诺第留斯号现在航行的方向是什么吗？”我问。

“不知道。”尼德回答。

“那么，中午的时候，我们来观测下船的方位吧。”

加拿大人回到了自己的舱房。我一穿好衣服，就来到客厅。罗盘指示让人看了心里有些慌乱，诺第留斯号是向着西南偏南航行的，跟欧洲的方向更好相反。

我把船的方位标记在地图上，心中有些焦急。11 点左右，储水池排出了所有的水，船浮上洋面。我跑上平台，尼德早已在那里了。

再也望不见陆地了，只见一片汪洋大海，天际有几只帆船，可能是到桑罗克角等待顺风，好绕过好望角。天色暗沉，暴风雨可能就要来临。

尼德的愤怒到了极点，他极力向多雾的天际望去，还是希望在这浓雾后面，有他所渴望的陆地。

正午，太阳露了出来但很快又消失了。船副趁着暂时晴朗的天气，测量了太阳的高度。一会儿，海水变得更汹涌起来，我们回到船中，嵌板随即关上了。一小时后，我看了一下地图，从图上可以看出诺第留斯号的方位，是在西经 16 度 17 分，南纬 33 度 22 分，离最近的海岸也有 150 里，现在是没办法逃走的。当我把船的方位告诉加拿大人的时候，他的愤怒是可想而知的。

至于我，倒并不怎么沮丧，相反还有一种如释重负的感觉，所以我又以一颗平常心继续我平时的工作了。

晚上 11 点左右，尼摩船长突然来看我，这让我颇感意外。他十分亲切地问我昨夜一整晚没休息是否会累。

我回答他说："不累。"

"这样的话，阿龙纳斯先生，您是否愿意跟我一起来一次有趣的游览呢？"船长问我。

"听您的，船长，我们去哪儿？"我回答。

"您只在白天参观过海底世界，您是否愿意在黑夜里下去看看呢？"

"当然愿意。"

"那好吧，教授，那我们现在就走吧，先去换潜水衣。不过我得提前告诉您这次的参观会非常累，并且要走好久。"

他这么说着，反倒激起了我的好奇心。

到了更衣室，这才发现这次的海底漫步，我的同伴和船上的所有船员没有一个跟我们一块儿去的。尼摩船长甚至都没有问我一句，是否要带康塞尔和尼德·兰。

不一会，我们换好潜水衣，有人帮我们把储气罐背上，却没有准备电光灯，我提醒了船长。

"电光灯对我们没有多大用处。"尼摩船长回答。

我感觉他好像没听懂我的话，但又不能再重复我的问题，因为船长的脑袋已经套在金属球中了。我也戴好了头盔，感觉有人给了我一根铁的手杖。几分钟后，我们按照习惯做了一些热身动作，便走向了 300 米深的大西洋海底了。

时间已近半夜了。海水很黑，但尼摩船长给我指出距诺第留斯号 2 海里左右的地方，有一团淡红色，微微的亮光在亮着。这火光是什么？什么物质发的光？它为什么在海水中还能发光？这些我都是不知道的。总之，它还能为我们照亮，虽然光线很模糊，但我很快就习惯了这种特殊的阴暗，显然，在这种情形下，兰可夫灯的确是没什么用。

我紧跟着尼摩船长，向着上面所说的亮光走去。平铺的地面使人不知不觉地渐渐上升。我们借着手杖的帮助，大步往前走。不过，总的来说，我们走得还是很慢，因为我的脚常常陷入一种带着海藻和混杂有石子的泥泞里面。

正在前进的时候，我的头顶上发出了噼里啪啦的声音，有时这声音更响亮，连续不停的。不久我就明白了造成这声音的原因，原来是下了大雨，雨水落在水面而发出的声响。我本能地想，要被大雨淋湿了！在水中间被水淋湿了！我想到这个古怪的想法，禁不住笑了起来。坦白说，穿着那很厚的潜水衣，水对我来说没有一点的感觉，我只觉得自己是在比地上空气更稠密一些的海水中罢了。

半小时后，地面上出现了很多石头。水母、细小甲壳类、磷光植虫类，发出微弱的光，地面被微微照亮了。我看到亿万植虫类和海藻群所累积起来的一堆一堆的石头，我的脚时常滑在这些黏黏的海藻地毯上，如果没有铁手杖的帮助，我恐怕要不止一次地摔倒在地。我回过头来，看见诺第留斯号那淡白的灯光，逐渐变得模糊了。

前面说的那些石头堆是按照某种规律在海洋底下排列着，对此种现象，我也说不清楚。我看见一些巨大的沟，被远方的黑暗淹没了，无法估计出它的长度。还有一些别的奇特的地方，对于它们的存在我简直不敢相信。我感觉我那沉重的铅铁靴底踏上了用骸骨堆成的床垫，发出嘎巴的脆响，那么我现在脚底下的这个广大平原是什么呢？我很想问问船长，但他用的是他的船员们跟他到海底旅行时，拿来做交谈的手语，我对这种手语，一点也不懂。

指引我们的淡红色光芒越来越亮了，并且把远处都照红了。发光源是在水底下，这使我心中感到很奇怪。这是一种电力发散的现象吗？还是一种地上的学者还不知道的自然现象呢？我脑海里突然出现了这样一个想法，这火团是人为造成的吗？是人点的吗？我是不是要在这些深水层下面，碰到尼摩船长的同伴，朋友呢？他们是不是像他一样过这种奇怪的生活？他现在来拜访他们吗？我要在那里遇见流放的侨民，他们对于地上的穷苦感到厌倦，来这海洋底下的最深处，找寻这种独立自主的生活吗？在我的脑海里这些疯狂的、奇特的思想萦绕着我，在这种心情下，我不断地承受眼前一系列神奇景象所给予的刺激。即便我在这大海下面，真碰见了尼摩船长梦想的一座海底城市，又有什么好奇怪的呢！

我们的道路被照得愈来愈亮了。变白了的光芒是从一座约 800 英尺高的山顶照下来。我现在看见的，不过是从水层形成的晶体所发射出来的单纯反光。而那不可解释的光明的焦点，还在山的另一面。

在这大西洋下面错综复杂的石头罗列起来的迷楼中间，尼摩船长没有一点的迟疑，大步前进。他对这阴暗的道路很熟悉。他一定经常来，才不会迷路。我带着坚定的信心跟随着他。我觉得他就像是一位海中的神灵，当他走在我面前的时候，他的魁梧身材让我赞美不已。

凌晨 1 点，我们来到了这山的山脚，但要爬过这道山坡，必须冒险穿过广阔的乱石丛林，这条小径十分难走。

是的！这是一片死树丛，没有树叶，没有树浆，是受海水作用矿石化了的树。林中有几棵高大的松树耸立着，这简直就像一个还没有倒下来的煤矿坑，深深的根把它支起在倒塌的地上，枝叶就跟用黑纸做的剪影一样，清楚地映在海水这个天花板上。不禁让我想起哈尔兹山坡上的那片森林（德国的一座小山，矿产丰富），而这却是沉在水下的森林。小路上堵满了海藻和墨角菜，一群甲壳类动物在中间蠕动着。我慢慢攀上大石头，跨过横在地上的树干，碰断在两树之间摇摆的海番藤，在树枝间游过的鱼也因为受到惊吓而迅速游走。我兴致很高，一点不感觉疲倦，我紧紧跟着我那不疲倦的领路人。

这么美丽的景象怎样才能把它们描绘出来呢？海水中间的树木和岩石，在海水的反射下更加显得绚丽多彩，这一切让人啧啧称赞。我们攀越的岩石，在我们攀越过后它们随即有些倒了下去，像雪山崩倒一样发出隆隆声。左右两旁都有阔大的空地，好像是人类造成的，我心中在想，会不会有海底的居民忽然出现在我面前呢。

但尼摩船长一直往上走着，我不愿落后，大胆跟着他。我的手杖帮了我很大的忙，在这狭窄小道上两边尽是凿出来的深渊，一旦失足，就会有生命危险。我稳稳地走着，并没有眩晕的感觉。有时我跳过一个裂口，那裂口深不可测，如果是在陆地上，可能会使我望而却步。有时我冒险走过那在深窟上倒下的动摇的大树干上，两眼只是欣赏这地区的景色，不看自己脚下。那里，有一些巨大的岩石，倾斜地支起来，毫不理会那平衡的定律。有些树在这些岩石的膝头中间，像受了很大的压力迸出来的一样，它们彼此支持，相互支撑着。还有一些天然形成的楼阁，削成尖峰的大扇墙垣，像碉堡突出的墙一样，作很大角度的倾斜，如果在陆地上，恐怕地心引力的法则对此是不许可的。

我不是也没有感觉到由于海水的强大密度所发生的那种巨大压力吗？虽然我的衣服，铜质的头盖，铅铁的靴底是那样的重，可当我走上崎岖不平的斜坡时，我简直可以说是一跃而过，像羚羊和山羊一般敏捷！

我们离开诺第留斯号已经有两小时了，穿过了一条长长的森林带，在我们头顶上 100 英尺的地方，耸立着那座山峰，山峰的投影映在对面的光辉回射到山坡上。

一些化石小树东倒西歪地生长着。可我不知道我现在身在何处？尼摩船长带我来的这里究竟是什么地方呢？

我想问问他，可我却不会他的海底交流语。既然不能问他，我就拦住了他，要他停下来，我拉着他的胳膊。但他摇摇头，手指着那山的最后一个山峰，好像是在对我说："走！再走！继续走！"

我跟着他，最后一次鼓起勇气走去，几分钟后，我就攀登上了那座比其他岩石堆高出 10 米左右的尖峰。

我回过头向我们刚越过的这边看，山高出平原不过七八百英尺左右，但从相对的另一边看，它高出大西洋这一部分的海底有 1500 英尺左右。我可以看得很远，一眼就看见了那被强光照着的地方。其实，这山是一座火山。山峰下面 50 英尺的地方，在雨点一般的石头和渣滓中间，一个阔大的喷火口吐出硫磺火石的岩浆，那岩浆好似火的瀑布，散落在海水里面。这火山处在这样的位置上，像一把巨大的火烛，照着海底的平原，一直到很远的尽头。

上面说过，这海底喷火口喷出的是硫磺火石，并非烈焰。要想使火焰必须要有空气中的氧气来帮忙才行。在水底下因为没有氧气火焰是无法燃起的。但火石奔流的本身就可以达到白热化的程度，跟海水相遇，便化成汽了。迅速的海流把所有这些混合的气体都卷下去，火石的急流一直就滚到山脚底下，像维苏威火山喷出的东西流到另一个多列·德尔·格里哥海港（意大利的一座港口城市，多次受到火山和地震的破坏）中那样。

我眼前看到的正是一座被荒废、沉没的城市，坍塌的屋顶，倒下的庙宇，破损零落的拱门，倒在地下的石柱，人们依然还能感觉到这些都是多斯加式建筑物的宏伟壮观。远一点，是宏大水道工程的一些遗址。这边是堆成一座圆丘的街市高地，带有巴尔台农庙（古代雅典的著名建筑）式的模糊形状。那边是堤岸的遗迹，就像一座古老的海港，在海洋边上，庇护过那些商船和战舰。再远一些，有一道一道倒塌下来的墙垣，宽阔无人的街道，整个沉没水底下的庞贝城，现在尼摩船长把它复活过来，呈现在我眼前了！

我在哪里？我到底是在什么地方？我不顾一切地想要知道，我要说话，我要把套在我脑袋的铜球拉下来，这时尼摩船长走到我面前，做了个手势，制止了我。然后他拿起一小块铅石，向一块黑色的玄武岩石走去，只写了几个字：大西洋洲。

我心中豁然开朗！大西洋城，铁奥庞比的古代梅罗勃提城，柏拉图笔下的大西洋洲，被奥利烟尼、薄非尔、杨布利克、唐维尔、马尔台一伯兰、韩波尔等人所不承认，他们把这地方沉没的原因，完全说成是由于神话传说的故事所造成，但承认这个城市的也有很多如波昔端尼斯、蒲林尼、安米恩一麦雪林、铁豆利安、恩格尔、许列尔、杜尼福、贝丰、达维查克。现在这座城市就在我眼前，并且存在着它沉没时所受到的灾祸的无可争辩的实物证据！那么，这就是那块沉没的陆地，不在欧洲、不在亚洲、也不在利比亚，在海久尔山柱的外面，在那曾经居住着那强大的大西洋种族，古希腊最初进行的多次的战争就是针对他们的。

历史家柏拉图把这些英雄传说时期的事迹记载在自己的著作中。他的《狄美和克利提亚斯谈话录》，可以说，就是由于受到诗人和立法家梭伦的灵感启发而写出的著作。

一天，梭伦跟萨依斯城的一些聪明智慧的老人们谈话，根据城中神庙里圣墙上所刻的编年录，证明这城已经有800年历史了。其中一个老人讲了一个更古老1000年的另一城的历史。这个最早的雅典城已经有了900年的历史，曾经遭到了大西洋人的入侵，部分遭到了破坏。他说，这些大西洋人据有一个比亚洲和非洲连合起来还大的洲，包括的面积是从纬度12度起，向北一直至40度止。他们的统治力量一直延伸到埃及，他们还要把威力伸展到希腊，但由于希腊人的顽强抵抗，他们不得不退出。又过去了好几个世纪，发生了一次天翻地覆的大灾祸，就是洪水、地震。仅仅一天一夜的工夫就使这个大西洋洲完全沉没，只有马德尔、阿梭尔群岛、加纳里群岛、青角群岛，就是这洲上的最高山峰现在还露在海面上。

以上就是尼摩船长写的那个字引起我心中对历史的回忆。所以，由于命运的引导，我脚踩在这个消失大陆的一座山峰上了！我的手摸到了十万年前古老的和跟地质时期同时的那些遗址了！我甚至能在最初原始人类曾经走过的地方行走！我的沉重靴底踩着那些洪荒时期的动物骨骼，而那些现在已化成矿石的树木，从前还曾为那些动物遮阳挡雨呢！

啊！为什么我没有时间！我真想走下这山的陡峭斜坡去，走遍这可能把非洲和美洲连接起来的广阔大陆，访问那些洪水前期的伟大城市。那边，在我的眼前现出那勇武好战的马基摩斯城，那信仰虔诚的欧色比斯城，这些居民曾在那里生活过数千百年，他们一定是身强力壮来堆筑一直到现在还可以抵抗水力侵蚀的这些石头建筑物。也许有一天，随着地壳的上升会让这些沉没的废墟重新浮出水面上来！有人说，在大西洋的这一部分有很多的海底火山，很多船只在经过这些受火山熬煎的海底时，常常感到一种剧烈的震动。有些船听到了抑制住没有迸发出来的声音，表示出水火两种元素的深刻激烈的斗争。甚至还有一些船在海面上捡到了一些喷出的火山灰屑。这整个地带，一直至赤道，至今仍然受地心大火的影响，又有谁知道，在遥远的某一时期，由于火山的喷发，火石的不断累积，那喷火的山峰就会慢慢增长起来继而冒出洋面上来！

当我作这些假想的时候，正准备把所有这些伟大景色都装进我脑袋中的时候，尼摩船长手扶着一块长满青苔的石碑，一动不动地站着，呆呆地出神。他是在想那些过去不见了的人类吗？他是向他们打听人类命运的秘密吗？这个古怪的人到这个地方来是锻炼回忆历史吗？他不愿意过近代人的生活，他到这里来是想过古代人的生活吗？我真想去了解他的思想，和他达成思想的共识。

我们在那个地方停了有整整一个钟头，静观那火石光辉下的广阔平原，火石热力有时达到惊人的强度。地心内部的沸腾使山的表面发生剧烈的颤动，沉闷的隆隆声受清亮的海水传播，发出响亮的回声。

这时候，月亮出现了，向这块沉没的大陆投下一些淡白的光芒。这光芒很微弱，竟出现一种令人难以形容的景象。船长站起来，最后看了一眼这广阔的平原，然后做了一个手势，要我跟着他继续走。

我们很快就走下山岭，再次穿过了化石的森林，我便望见了诺第留斯号的探照灯，像一颗星在那里闪烁。船长一直向船走去，我们在黎明的第一道曙光照在海面上的时候回到了船上。

第十章　海底煤坑

第二天，2 月 20 日，由于昨夜的疲劳导致我醒来得很晚，一直睡到 11 点。我赶快穿好衣服，迫切想知道诺第留斯号航行的方向。我从厅中的仪器上看出，它在以每小时 20 海里的速度往南行驶，在水深 100 米的地方。

康塞尔来找我，我把昨晚的旅行的情况告诉了他，并且现在嵌板仍是敞开的，他还可以望见一部分沉没了的大陆。

现在，诺第留斯号行驶在仅距大西洋平原地面 10 米的水层。它飞快的速度就像一只在陆地草原上被风推送的气球，准确来说我们在这厅中，就像在一列特别快的车厢里面。在我们眼前闪过的是那离奇古怪的大石块，从植物界过渡为动物界的树林，那树林的影子在海水中挤眉弄眼的怪样子甚是滑稽。其次是那藏在轴形草和白头翁地毯下面的大堆石头，上面竖起无数长长的水生植物，再次是一些奇形怪状的大块火石，这足以证明地心大火力量的惊人猛烈。

当受到电光照耀这些奇异景象展现在我们面前的时候，我给康塞尔讲了那些关于大西洋人的历史，巴夷（法国作家、天文学家、政治家）就曾受这些纯粹空想的观点的启发，写出很多著名的篇章。我给他说这些英勇无畏的人民的勇敢战争，跟他讨论关于大西洋洲的问题，可是康塞尔却是一副心不在焉的表情。不久我就知道了他这种不在乎表情的原因，这是因为他的眼睛被无数的鱼类吸引着，当鱼走过的时候，康塞尔就陷入他分类法的深渊，脱离了现实世界。在这种情形下，我只有跟着他一块作鱼类学的研究。

其实，大西洋的这些鱼类跟我们之前观察过的，并没有明显的差别。这些鱼类有：长 5 米的鳃鱼，这鱼的体型较大，力量的很大，可以跃出水面；还有各种的鲛鱼，其中有长 15 英尺的海色鲛，它们有着尖利的三角形牙齿，它透明的颜色使它在海水中很难被人发现。

在硬骨鱼类中，康塞尔记录的有：长 3 米淡墨色的帆船鱼，在它的上颚有一把尖利的刺刀；有颜色艳丽的海鳝，亚里士多德时代，它被称为海龙，它的脊背上长有利刺，捕捉它们是很危险的；其次有哥利芬鱼，脊背褐色，带蓝色小条纹，条纹上有金黄色的边；有美丽的扁鱼；月形金口鱼，像一只盘子能发出天蓝色光，阳光照在上面，像银白色的斑点一般；最后还有长 8 米的旗形鱼，它们成群结队地走过，有着淡黄色 6 英尺长的鳍，它的鳍看起来像是一把镰刀或一柄长剑，这种大胆的鱼，以食草为主，但有时也会吃其他的鱼。雄旗行鱼只要看见雌旗行鱼，就立即完全服从，就像训练有素的很驯服的丈夫那样。

但就在观察这些不同品种的海洋动物的同时，我也在不停地看那辽阔的大西洋洲平原。有时，由于平原地面的崎岖不平，诺第留斯号不得不放慢速度，于是它就像鲸类一样巧妙滑过那狭窄曲折的水道。如果遇到不容易走出的地带，它就像一只氢气球漂浮上来，等越过了障碍，它再到深几米的海底下快速行驶。这样的航行真是让人钦佩、赞叹不已，让人联想起空中飞行的氢气球，但有一样是不同的，那就是诺第留斯号是完全受它的领航人控制的。

下午 4 点左右，地面上渐渐发生了改变，之前是夹带有化石枝叶的厚泥土，现在变成了越来越多的石头，有好些变质岩，玄武石凝灰岩，同时又有硫磺火石和黑曜石散在中间。我想不久山岳地带就要和辽阔的平原接上了。我这样想着，在诺第留斯号继续往前行驶的时候，我望见南方的天际水平线，被一带高墙挡住了，好像出路完全被堵死了。很显然，墙顶是高出大洋水面的，那可能是大陆，至少也是一个岛，不是加纳里群岛之一，或许就是青角群岛之一。

这时，船的方位还没有标记出来——可能是故意这样吧——我不知道我们现在的位置。总之，我感觉这座高墙是标记出了大西洋洲的尽头，而事实上我们走过的恐怕也只是很小的一部分。

黑夜来临，我还在继续我的观察，康塞尔回他的房中去了，独自留下了我一人。诺第留斯号缓慢地行驶，在一堆一堆的不知道是什么的东西上面往来盘旋，有时它接触到这些东西，好像它想在上面歇歇脚，有时又很任意地浮出海面上来。这时我透过清澈的海水，望见一些明亮的星宿，那正是跟猎户座排列起来的六七颗黄道星宿。

我在玻璃窗面前停留了很久，欣赏大海和天空的美景，直到嵌板闭合了起来。

这时候，诺第留斯号来到了那座高墙壁立垂直的地方了，它会怎么做呢？我无法猜测。我回到了房中，诺第留斯号已经停止不动了。我睡觉的时候，准备只睡几小时就醒来。

但第二天醒来我到客厅一看，已经8点了，我看了一下压力表，知道诺第留斯号是在洋面上行走。同时我也听到平台上有脚步声。可是船没有一点的晃动，说明海面是风平浪静的。我一直上到嵌板边，嵌板是开着的，但我一看，并没有我期待的阳光，四周一片漆黑。我们这是在哪里呢？是我搞错了吗？现在还是黑夜吗？不！天上没有一颗星星，并且就算是黑夜也不会是这样的漆黑。

我简直感觉有些莫名其妙，这时候，有一个声音对我说："是您吗教授？"

"是我！尼摩船长，"我回答，"我们现在是在哪里呢？"

"教授，在地下呢。"

"在地下！"我喊道，"但诺第留斯号不是漂浮在水面吗？"

"它一直是浮着走的。"

"那这到底是怎么回事呢？"

"您等一下，我们的探照灯马上就要亮起来，如果您想把情况弄明白，那一定可以满足您。"

我走到平台上，在那里等着。周围是绝对的黑暗，就连尼摩船长的影子我也看不见。同时我抬起头注视空中，在我的头上面，我看到一种隐约浮游的微光，一种在圆洞中所射出的微光。这时，探照灯忽然亮了，它那明亮的光掩盖了那模糊的光。

因受电光的突然照耀，我觉得有些晃眼，我赶紧把眼睛闭上。等我再睁开的时候，我看到诺第留斯号好像正在靠近作为码头的岸边浮着，静止不动。这时它漂浮的这个海面是有高墙围起来的圆形的湖，直径2海里，周长6海里。压力表指出，它的水平面和外海的水平面在同一水平线上，这湖跟大海必然是相通的。周围的高墙，下部倾斜，上面是穹窿的圆顶，很像一个倒过来的漏斗，高度有五六百米。顶上有一个圆孔，我刚才看到的那些稀微的光线，显然就是从这个圆洞射进来的太阳光。

在仔细考察这巨大岩洞的内部情形之前，在没有想清楚这洞是天然的或人为造成的之前，我向着尼摩船长走去。我问："我们这是在哪儿呢？"

"是在一座熄灭了的火山中心，"船长回答我，"这座火山由于受到地面震动，海水侵入内部，火被浇灭了。教授，当您睡着的时候，诺第留斯号在海面10米下，从一条天然开凿的水道驶进这小咸水湖里面。这里是湖中停船的港口，是方便、安全、秘密、可以躲开罗盘上所有方位的风的港口！您能在大陆的海岸或海岛，给我找到一个跟这港湾一样安全的、不怕飓风袭击的港口来吗？"

"是的，肯定找不到，"我回答，"尼摩船长，在这港内您很安全。谁会到这火山中心来呢？不过，在那顶上不是有一个孔吗？"

"是的，那是喷火口，这火口从前充满火石、烟气和火焰，现在却变成是使人生动活泼、让我们呼吸新鲜空气的通道了。"

"不过这是一座怎样的火山呢？"我问。

"对过往船只来说，它不过是个普通的暗礁，而对我们来说，它是一个很好的避风港。我也是无意发现的，不过它可帮了我不小的忙。"

"那有人会从上面下来吗？"

"不可能，跟我不能从这里上去一样。下面的100英尺左右，还是可以走的，但再往上一点，石壁就很陡峭，无法攀爬。"

"船长，我感觉大自然随时随地都能被您所利用，给您方便。您在这湖中是很安全，除了您，没有人能到这湖水中来。可是这港口有什么用呢？诺第留斯号并不需要停泊的港口。"

"是的，它不需要停泊的港口，教授。但它需要发电用的原料，需要钠产生电原料，需要煤制造钠，需要煤矿来开采煤炭。就在这里，无数森林被海水淹没了，这些森林在地质时期就埋入沙里了，现在已经矿化，变为煤炭了，对我来说，它们是取之不尽的矿藏。"

"船长，那么，您的船员到这里来做矿工了。"

"是的。这些矿藏在海水下面，像纽卡斯尔的煤坑一样。在这里，穿上潜水衣，手拿锄和铲，我的船员去采煤，所以我就用不着向地上的矿藏要煤。当我烧煤来制造钠的时候，烟就从这山的旧火口喷出去，从表面来看它仍是一座在喷火的火山。"

"我们可以看看您的同伴们做挖煤的工作吗？"

"不行，至少这一次是不可以的，因为我想抓紧时间继续我们的海底周游。所以，我只是把我所储藏的钠取走而已。装载钠用不了多少时间，一天就够了，一天后我们还要继续赶路呢。如果您想在这岩洞中走走，看看这咸水湖，阿龙纳斯先生，那您就好好利用这一天的时间吧。"

我谢过了船长，去找我的两个同伴，他们还在自己的房间呢。我请他们跟着我来，但没有告诉他们现在我们在什么地方。

我们走到平台上，康塞尔对什么是都不会觉得奇怪的，他觉得在水波下面睡过后，醒来在山底下，是很自然的事。而尼德·兰只是一心寻找这洞是否有出路，对其他也是毫不关心。

吃了早饭，10点左右，我们下船来，来到岸上。

"我们又在陆地上了。"康塞尔说。

“我不认为这个叫陆地，”加拿大人回答，“并且我们是在下面，而不是在上面。”

在山崖脚下和湖水之间，有一片沙地，最宽的地方有500英尺。沿着这沙滩，我们可以很容易地环湖走一周。但在悬崖的下边，地势凹凸不平，上面堆着许多火山喷出的大块石头和巨大的火山浮石甚是好看。所有这些大堆石头分解了，受地下火的力量上面浮起一层光滑的珐琅质，一经探照灯的照射，发出辉煌的光彩。堤岸上云母石的微粒，在我们走过时被掀扬起来，像一阵火花的浓云一般飞舞着。

地面渐渐远离湖水，显然是往上升起了。不久我们便抵达很长、很弯曲的石栏，那是真正的斜坡，它在缓缓地上升，不过在这些累积形成的岩石中间，并没有洋灰把它们固定起来，走路要十分小心，并且在这些长石和石英晶体所造成的玻璃质的粗面岩石上，很容易滑倒。

这个巨大洞穴是由火山所形成的，已在很多处得到证实。我对我的同伴们指出，要他们注意。

“你们想一下，”我问他们，“如果这个漏斗里面充满沸腾的火石，并且这种白热流质的水平面一直高到山的出口，像熔铁在熔炉里一样，那时候漏斗的情形是怎样的呢？”

“这种情形我完全可以想象，”康塞尔回答，“但先生能否告诉我，那位伟大的熔铸人为什么半途而废停止了他的工作呢，那熔炉里面又是怎样变成了平静的湖水呢？”

“康塞尔，很有可能是因为海洋底下地形发生了变化，于是大西洋的海水就流了进来，造成了现在作为诺第留斯号的航道。这样水火两元素展开了激烈的斗争，斗争的结果是海神获得胜利。但此后又不知道过了多少世纪，被水淹没的火山，就变成了安静的岩洞了。”

“很好，”尼德·兰回答，“我同意上面的说法，不过，我对教授说的那个口为什么不开在海平面而感到很惋惜。”

“不过，尼德朋友，”康塞尔回答，“如果这口不是在地下，那诺第留斯号就不能进来了！”

我又说：“兰师傅，如果海水不从山底下冲进去，火山就还是火山。所以您的惋惜是多余的。”

我们继续往上走，石径愈来愈崎岖，愈来愈狭窄。路径常常被很深的空洞所切断，我们必须跳过去，还有许多兀起悬挂的大石，人要爬着绕路过去。多亏有康塞尔的敏捷和加拿大人的帮助，一切阻碍都被征服了。

到了30米左右的高度，地面性质发生了变化，不过还是可以走。累积岩和粗面岩后面，接着是玄武岩。玄武岩结为许多气泡，一片片地摊开在那里。而累积岩和粗面岩形成规律的棱形，排起来像一列石柱，支起这巨大穹窿的起拱石，真不愧是天然建筑物的壮丽模型。其次在玄武岩中间，有冷了的火石的长流迂回环绕，嵌上沥青的条纹，有的地方就像一处处铺着硫磺形成的宽阔地毯。一道较强大的光线从火山洞口射入，向着所有这些永远埋在熄灭的火山里面的、从前被火力排出来的物质照射着。

不过，到了200英尺高左右，遇到了无法逾越的障碍，我们无法前进，内部穹窿又成兀起斜出，若想继续往上走就转变为盘旋的道路。在山腰的这一层上面，植物跟矿物开始斗争。有些小树，并且从山崖的凹凸处长出来一些大树。我认得那大戟属的树木，它们流出腐蚀性的浆汁。还有向日草，我觉得这名字很不合理，因为太阳光根本就照不到它们，那褪了色的花串向下垂着，样子很凄凉，但仍残余着花香。到处的菊花在悲戚和病态的长叶芦荟脚下，软弱无力地长着。但在火石形成的滑道中间，我看见有细小的紫罗兰，还有略微的香气，我很高兴嗅到这香味。香是花的灵魂，海中的花，像那缕美丽的水草，虽然美丽却是没有灵魂的！

我们到了一丛健壮的龙血树下面，这时候，尼德·兰喊起来："先生快看啊！一个蜂巢！"

"一个蜂巢！"我回答，做个完全不相信的手势。

"不错！是蜂巢，"加拿大人重复说，"并且周围有好多蜂在飞呢。"

我走上前去，我要说，这是真的。在那里，在龙血树洞中挖成的一个孔穴上，有无数的勤劳智慧的蜜蜂。蜜蜂在加纳里群岛上很常见，所产的蜂蜜被视为珍品，非常受欢迎。

很自然，加拿大人要采取蜂蜜，留作食用，如果我反对，就显得我不近人情。他用打火机点燃了那含有硫磺的干草，他就用烟来熏蜂，周围蜜蜂的飞鸣声渐渐消失了。那挖出来的蜂巢一共供应了我们好几斤香甜的蜜，尼德·兰把蜂蜜装在他背上的口袋中。他对我们说："我把蜂蜜跟面包树的粉和起来，就可以请你们吃很美味的蛋糕了。"

"真好！"康塞尔说，"那肯定是又香又甜的面包呢！"

"先别提你们又香又甜的面包了，"我说，"我们还是继续做我们的有趣味的旅行。"

在我们沿着走的小径某处转弯的地方，呈现出来了这湖的整个面貌。探照灯照在湖面上，十分平静，一点皱痕、波纹都没有。诺第留斯号停在那里，是绝对的静止。在平台和堤岸上，船上人员正忙着各自的工作，那就是他们在这光明的大气中间清楚地投射出来的人影。

这个时候，我们绕过这些前列岩石的最高尖峰，它们把穹窿圆顶支起。在这火山内部，我还看到另外一些东西，那是一些蛰鸟在黑影中盘旋，飞来飞去，或者从它们筑在石尖上的巢中飞出来，那是一些肚腹白色的鹞，及鸣声刺耳的鹰。

在斜坡上，又有美丽又肥胖的鸨，迈着细长的腿快速奔跑。不难想到，加拿大人看见这美味的猎物是怎样的垂涎欲滴，他很悔恨没有带枪，便想用石头来替代铅弹，投了好几次都没有成功，后来他居然打伤了一只这种美丽的鸨。说他不惜冒二十次险，也要把这鸨弄到手，那都是毫不夸张的。凭着他敏捷的身手，他终于把这只鸨塞入放蜂蜜的口袋中。

因为这时没法通过山脊，所以我们不得不返回来。那张开的火山口在我们上面像阔大的井口一般现出来。从这个地方，可以很清楚地看出天空，我还看见一堆乱云，被西风吹送，一直把云雾的细丝碎片带到这山峰上。可以肯定，这些云停在不是很高的空中，因为火山高出海洋的水平面仅仅不过800英尺。

在加拿大人打到了鸟半小时后，我们回到了内层堤岸。在这岸上的花草，有那种海鸡冠草形成的一大块地毯，这是一种伞形小草，这草用糖或醋泡一泡还是很好吃的，它还有一些别的名字，如钻石草、穿石草和海茴香，康塞尔采了好几束。至于动物，那就是各种各样的甲壳类有：龙虾、苗虾、长脚虾、长手蟹、大盘蟹、加拉蟹，以及数不清数量的蚌蛤、岩贝、磁贝、编笠贝。

在这个地方，出现一座高大的岩洞，我跟我的同伴们很高兴地躺在洞中的细沙上。珐琅质的和有光泽的洞壁被火山岩浆烧得平滑极了，洞壁上满是云母石的粉屑。尼德·兰用手拍打高墙，想估测出墙的厚度，我不禁要笑起来。于是所有的话题又集中在他那永不能忘怀的逃走计划上，我想可能几句话就能给他希望，这就是尼摩船长往南来，仅仅是为补充钠的储藏。所以，我希望他在储备完后重新回到欧洲和美洲海岸去，这样加拿大人就可以重新开始实施他的逃跑计划了。我们躺在这惬意的洞中有一个小时了。开始时谈话还很生动，后来渐渐地没有了兴致。睡意向我们袭来，我觉得没有什么理由来抗拒睡眠，接着就让自己沉沉地睡着了。

忽然，我被康塞尔的喊声所惊醒。这个老实人喊：“快起来！快起来！”

“出了什么事呀？”我问，同时我坐了起来。

“水漫上来了！”

我立即站起来，在我们藏身的地方海水像急流一般冲来。毫无疑问，我们既然不是软体动物，所以我们就一定得逃跑。

片刻后，我们就逃到了这岩洞的顶上，脱离了危险。

“这是怎么回事？”康塞尔问，“又是新的奇怪现象吗？”

“不是的朋友们，”我回答，“那只是潮水，像司各脱小说中所描述人物的遭遇一样，潮水突然向我们袭来！外面的大西洋在涨潮，由于自然的平衡法则，湖中的水平面同样要上升，我们只是洗了半个澡而已，我们得回诺第留斯号换衣服去。”

三刻钟后，我们的环湖旅行就结束了，重新回到船上。这时候船上人员已经把钠装载完毕，诺第留斯号已经准备好起航了。

可是，尼摩船长并没有下起航命令。他要等到夜间，是要悄悄地从地下水道出去吗？很有可能是这样。不管怎样，第二天，诺第留斯号已经离开它的港口，远离陆地，航行在大西洋水底下几米深的水层了。

第十一章　萨尔加斯海

诺第留斯号并没有改变它的行驶方向，所以，再回到欧洲海岸去的希望暂时被搁置了。尼摩船长仍是让它向南行驶，他这是要带我们去哪里？我不知道。

这一天，诺第留斯号走过了大西洋很奇特的一部分海面。大家知道大西洋中存在大暖流，名为“旋流”。这股暖流从佛罗里达湾出来，向斯勃齐堡湾流去。但在流入墨西哥湾之前，在北纬 44 度左右的地方，暖流一分为二：主流奔向爱尔兰和挪威海岸，支流弯折向南，与阿棱尔群岛在同一纬度，然后受到非洲海岸的拦截，形成一个长长的椭圆形，又回流到安的列斯群岛。

可是，与其说这第二条支流像一条手臂，还不如说是项圈一般的环流——形成许多暖流圈，把这部分冰冷、风平浪静的大西洋围绕起来，名为萨尔加斯海。这是大西洋中的真正湖泊，暖流的水要绕这湖一周，没有三年的时间是完不成的。

严格说起来，萨尔加斯海，那海水遮盖了整个广阔的大西洋洲。甚至有些作家认为，那些无数散布在这海面的草叶，与古代大陆的草地有着很深的渊源。更可能的情况，就是这些草叶植物，如昆布、海带和墨角菜之类，是来自欧洲和美洲海岸，它们是被大西洋暖流一直带到这片海中来的。

此刻诺第留斯号经过的就是这片海域，它是一片真正的草场，是由昆布、海带、墨角菜、热带海葡萄形成的又厚又密的地毯，想要把它们冲开，船头要费很大的力量才行。所以，尼摩船长不愿把他的机轮纠缠在这草叶堆里面，就让船行驶在水面下几米深的水层中。

萨尔加斯这个名字出自西班牙语，意思是海藻。这广大的草叶海面主要是由浮水藻或承湾藻构成。根据《地球自然地理》的作者、科学家莫利的观点，为什么这些海产植物在大西洋这一带平静海水中能够齐集团结起来，理由是这样的：

“我以为可以从人人都知道的一种经验来解释这一情况。把软木塞碎片或其他浮体的碎片放进一盆水中，使盆中的水循环流动，我们就看见那些分散的碎片集中地聚在水面的中心，也就是最不受激动的地方。现在我们可以想象大西洋就是那个盆，循环的水流就是暖流，那浮体集中聚集的中心就是萨尔加斯海。”

我赞同莫利的观点，并且我还可以在这普通船只很难达到的特殊环境中，对这种现象加以研究。在我们头上，在这些紫黑色的草叶中间堆积着从各处漂来的物体，有从安第斯基山脉冲下来，由亚马逊河或密西西比河漂来的大树干；无数遇难船的残骸，剩余的龙骨或舱底，破损的船板，上面堆满蛤蚧和荷茗儿贝，十分沉重，不可能再浮上洋面来。

2月22日，船在萨尔加斯海中行驶了整整一天，如果您喜欢吃介壳类的鱼类和海产植物，在这里可以得到满足。第二天，大西洋的洋面又和平常看到的一样了。

从2月23日至3月12日的19天中，诺第留斯号一直航行在太平洋中，带着我们以每24小时100里的速度始终未变过。很显然，尼摩船长要完成他海底周游的计划，我对他绕过了合恩角后，打算再回到太平洋的南极海来已经丝毫不做怀疑。

所以尼德·兰是有理由担忧的。在这些海面上，没有岛屿，想逃走简直是异想天开。更没有办法来反对尼摩船长的意志，唯一能做的就是服从。因为一件不可能用强力或计谋办到的事情，或许可以用说服的方法来解决。尼摩船长有我们拿名誉来担保的誓言，绝不泄露他生活秘密的保证，这次旅行结束后，难道还不让我们恢复自由吗？不过这个棘手的问题需要跟船长好好谈谈。那我去要求恢复自由，是不是合适，他会不会不高兴呢？当初他不是已正式说过，他的生活的秘密，是需要我们永远留在诺第留斯号船上才能得到保证吗？4个月来，我对于这事的沉默，他会不会把我的沉默当做是默认了呢？现在又来讨论这个问题，恐怕会引起他的猜疑，以致将来有好的逃走机会，我们要实施起来，岂不更加困难了吗？所有这些理由，在我心中翻来覆去，需要我慎重考虑，但我仍不能做出最后的决定，我提出来和康塞尔谈，他跟我一样，也是拿不定主意。总之，虽然我不是个很容易失望的人，但我明白我重见世人的机会在一天一天的减少，特别是在尼摩船长大胆向大西洋南方行驶的时候！

在我上面说的这19天内，并没有发生什么特别意外的事件。在这段时间，因为尼摩船长工作忙，我很少看见他。我时常在图书室里面看到有些他翻开的书，特别是关于生物科学方面的书。他还翻阅了我的那本关于海底秘密的著作，在书边上写满批注，有时驳斥我的理论和体系。但船长只是这样在书中指出不正确的部分，关于某些问题他很少跟我讨论。有时，我听到大风琴发出抑郁沉闷的声调，他弹奏时，富有表情，不过他只在夜间弹奏，在最秘密的黑暗中间，当诺第留斯号沉睡在荒漠的海洋中间的时候。

在这段旅行中，我们整天都是在水面上航行。海好像是被人遗弃了一样，只是偶尔有几艘帆船，运货物到印度，向好望角驶去。一天，我们被一只捕鲸船的小艇追逐，他们一定认为我们的船是一头巨大的鲸。但尼摩船长不愿使那些勇敢的打鱼人白费时间和精力，他叫船潜入水中，结束了他们的追逐。这个意外事件对尼德·兰来说却有着浓厚兴趣。我想，加拿大人对我们这条钢板鲸鱼没有被打鱼人的鱼叉叉死，一定觉得很遗憾，我想大概我没有猜错。

在这期间康塞尔和我所观察到的鱼类，跟我们在别的纬度下研究过的，并没有太大差别。主要是那种可怕的软骨鱼类，它们分为三个亚属，一共又包括 32 个种。其中主要有带条纹的鲛鱼，长 5 米，头部扁平却比身体还大，尾鳍作圆形，背上有 7 条平行斜下的黑色大带；其次是灰色的珠子鲛鱼，这鱼鳃间穿有 7 个孔，只是在身上中间部分有一个脊鳍；还有一些大海狗，从前人们曾把它当做贪食凶恶的海鱼；一队一队漂亮的海猪，整整陪了我们好几天，它们五六条一群，像狼在乡间那样。它们的身子长 3 米，上面黑色，下面红白色，带有很罕见的小斑点。

这次鱼类观察终于结束，康塞尔还把一大群飞鱼进行分类。看海豚十分准确地猎取这些飞鱼，没有比这更有趣的了。不管它飞得多高多远，即便在诺第留斯号上面，不幸的飞鱼也逃不出海豚那张开的嘴，把它迎接过去。这些飞鱼或是海贼飞鱼或是鸢形鲂鮄，它们的发光的嘴在黑夜间的空中画了一条条的火线后，像流星一样潜入沉黑的水中。

我们的船都在这种情形下行驶，一直持续到 3 月 13 日。这一天，诺第留斯号进行了一次探测海底的试验，这引起我极大的兴趣。

我们从太平洋的远洋中出发至今，差不多已经走了 13000 里。现在我们的位置是在南纬 45 度 37 分，西经 37 度 53 分。就是在这一带海水中，海拉尔号的船长邓亨曾投下 14000 米长的探测器，但没有达到海底。也是在这里，海军大尉巳尔克投下 15000 米长的探测器，依然也没有到达海底。尼摩船长决定把他的船送到最深的海底，来检查一下以前多次所得的探测结果。我准备好了一切，要把这次试验所得的结果完全记录下来。客厅的嵌板打开了，船开始做潜水下降的动作，一直要抵达最深的水层。

可以想到，现在用装满储水池的方法来潜水下降已经不行了，或者说这种方法不可能充分增大诺第留斯号的比重，使它一直潜到海底。而且上浮的时候，抽水机可能没有足够的强力来抵抗外部的压力，来排除多装的水量。

于是尼摩船长决定使用船侧的纵斜机板来探测海底，使纵斜机板与诺第留斯号的浮标线成 45 度角，然后沿着一条充分引伸的对角线潜下去。一切准备就绪后，推进器开到最大的速度，它的四重机叶猛烈搅打海水，这力量简直大得惊人。

在这强大力量的推送下，诺第留斯号的船壳像一根咚咚震响的琴弦一样，抖动着，很规律地向海底潜去。船长和我守候在客厅中，我们目不转睛地盯着压力表上移动得很快的指针，很快就超过了那大部分鱼类可以生活居住的水层。有些鱼类只能生活在海水或河水的上层，只有较少的鱼类能住在相当深的水中。在深水层生活的鱼类中，我看到六孔海豚，它有六个呼吸口；有眼睛像望远镜那么大的望远镜鱼；带甲刀板鱼，这鱼有灰色的前胸鳍和黑色的后胸鳍，有淡红色的骨片胸甲保护；最后，生活在1200米深处的榴弹鱼，这种鱼得承受120个的大气压力。

我问："尼摩船长，您是否曾经在更深的水层观察过鱼类？"

他回答我："鱼类吗？很少。但在目前的科学阶段，人们又能推测到些什么？又能知道些什么呢？"

"船长，人们知道，越是深入到海洋的最底层，植物比动物更难以存活，会更快地绝迹。人们知道，生活在2000米水深的有肩挂贝，牡蛎类。两极探险英雄麦克·格林托克，曾在北极海中2500米的深处，采得一个星贝。人们还知道，英国皇家海军猛犬号的船员从2620英尺，即1海里多的深处，采得一个海星。这就是人们所知道的。不过尼摩船长，您可能还会对我说，人们仍然是一无所知吧？"

"教授，"船长回答，"不，我不能这样没礼貌。不过我想请教一下，您怎样解释这些生物为什么能在这样深的水层生活呢？"

"对此我的解释有两点，"我回答，"第一，因为那些上下垂直往来的水流，由海水的不同咸度和不同密度决定，而这种运动足以维持海百合和海星一类的基本生活。"

"很对。"船长说。

"第二，因为氧是生命的基础，人们都知道，氧溶解在海水中，并不会因为水深而减少，反之，水越深氧的含量反而越高，而底下水层的压力又可以把氧气压缩了。"

"啊！这事人们也知道吗？"尼摩船长带着诧异的语气回答，"好吧，教授，人们当然知道，因为这是事实。可我还要说，如果鱼在水面被捕获，在鱼鳔子里面所含有的氮多于氧，但从深水处捉到它们时却恰恰相反，氧多于氮。这也就证明您所说的这一点是正确的。现在我们继续我们的观察。"

我的眼睛盯在压力表上面，表针指向6000米的深处。从我们开始下沉到现在已经有一小时了。诺第留斯号跟它的纵斜机板溜下去，总是往下沉。空无一物的海水显得十分清澈透明，这种透亮性简直无法形容。又过了一小时，我们到了13000米，即3.25里深了，但给人的感觉还是没有要抵达海底的样子。

但是，到了14000米的时候，我看见从海水中间露出来带黑色的尖顶，不过这些尖顶可能是属于跟喜马拉雅山或白山一样高或更高的山的峰顶，下面还是深不可测的深渊。

诺第留斯号虽然承受着强大压力，但仍然继续下降。我感觉在钢板衔接的地方都颤动了，白的方格铁板有些弯起来了，它的中间隔板发出了悲鸣，受海水的压力客厅的玻璃窗好像要凹陷了。如果这架坚固的机器，不像它的船长所说过的，坚硬得像一大块实铁，那恐怕它早就被挤扁了。

在掠过那些水底下的岩石斜坡的时候，我仍然看到一些蛤蚧类、蛇虫类、活的刺虫类，以及一些海星。

但没一会儿，这些动物的最后代表也消失不见了，在 3 里以下的海底，诺第留斯号已经超过了海底生物可以生存的界限了，像气球上升到不可以呼吸的空气外层一样。我们到了 16000 米，也就是 4 里的深度，此时诺第留斯号身上是顶着 1600 大气压的压力，也就是说它身上每平方厘米顶着 1600 公斤的重量。

"多么新奇的地方！"我喊道，"从来没有人来到这么深的海底！船长，请看那些宏伟的岩石，那些无人居住的岩洞，那些地球最深处的收容所，没有生命存在的地方！这壮丽风景还没有人知道，可我们为什么只能把它们保存在自己的记忆中呢？"

"教授，"尼摩船长问我，"您有比放在记忆中更好的办法吗？"

"您这话是什么意思呢？"

"我的意思是说，在这海底深处，拍一张照片不就可以了！"

我还没来得及向他表示我对这个新提议的惊讶时，尼摩船长便吩咐下去，立即有一架照相机拿到厅中来。从打开的嵌板望去，电光照耀着周围的海水，显得非常清楚。我们的人工光线没有任何阴暗、任何晕淡不匀的地方。这样的拍照光线，恐怕就是太阳光也没有这种光线好。诺第留斯号在它的推进机的力量下，受它纵斜机板斜度的管制，停止了下潜。于是照相机对准海洋底下的风景拍摄，没过几秒钟，我们就得到了极端清楚的底版。我现在拿出来的是冲洗的照片。人们在照片上可以看到那些从来没有受过太阳光照射的原始基本岩石，那些形成地球的坚强基础的底层花岗石，那些在大石堆中空出来的深幽岩洞，那些清楚得无可比拟的侧影，它们的轮廓呈现出黑色的线条，犹如佛兰蒙画家的画笔所绘出来的一样。在更远一点的地方，是连绵起伏的山脉，有一道弯曲的美丽线条，作为这幅风景的底层远景。这一群平滑、黝黑、亮洁、没有苔藓、没有斑点的岩石，它被削成离奇古怪的形状，并且牢固地矗立在细沙形成的地毯上，沙在电光的照耀下，闪闪发亮，这美景难以言表。

可是，等尼摩船长照完了相，却对我说："教授，我们上去吧。不要在这个地方停留太久，并且我也不想让诺第留斯号过久地承受这么大的压力。"

"那好吧，我们上去。"我回答。

"您要站稳了。"

我还没有反应过来尼摩船长的劝告，就被摔在地毯上了。

由于船长发出的信号，船上的推进器跟发动机连结起来，它的纵斜机板垂直地竖立起来，诺第留斯号就像气球在空中飞一样，闪电般的迅速上升。它颤抖着分开海水，那些详细的情景是不可能看到的。它仅仅用了 4 分钟的时间就走了 4 里的路程，同时又跟飞鱼一样，跳出水面，把海水拍打得飞溅到惊人的高度，随后又落在了水面上。

第十二章　大头鲸和长须鲸

在3月13日至14日夜间，诺第留斯号继续向南行驶。我想在合恩角的纬度上，它可能要把船头移转向西，这样就可以返回太平洋，完成它的环球之旅。但事实并非如此，它仍然继续向南极地区驶去。那么，它这是要到哪里去呢？到南极去吗？那可真够疯狂的。我开始想，船长的大胆鲁莽，足以证明尼德·兰的顾虑和恐惧并不是多余的。

已经有一段时间加拿大人不再跟我谈他的逃走计划，他变沉默寡言。可以看出这种无限期延长的囚禁，已经使他备受煎熬，我能感到他心中所累积起来的强烈的愤怒。当他碰见船长的时候，他的眼睛燃起阴沉可怕的火光，我时常害怕他那暴躁的脾气会让他选择走上极端。3月14日这一天，康塞尔和他到我房中来找我，我问他们有什么事。

加拿大人对我说："先生，我只想问您一个问题。"

"您说吧，尼德。"

"您估计一下，诺第留斯号船上会有多少人呢？"

"这我可不知道，我的朋友。"

"我觉得，"尼德·兰立即说，"驾驶这艘船并不需要很多的人员。"

"是的，"我回答，"从目前的情况看，最多十个人就足够了。"

"那么，"加拿大人说，"那为什么船上的人可能比这个数多呢？"

"您什么意思？"我立即说。

我眼睛盯着尼德·兰，他的心思一眼就能让人看穿。

"因为，"我说，"据我所有的推理和我所了解的船长的生活，诺第留斯号不仅仅是一只船。跟它的船长一样，它对于与陆地断绝了联系的人们来说，又是一个避难所。"

"这也是有可能的，"康塞尔说，"不过诺第留斯号只能收容一定数目的人，先生可以估计一下它最多能容纳多少人吗？"

"康塞尔，你这话是什么意思？"

"可以用计算来估计。先生可以根据这船的容积，推测出它可以含有的空气量，另一方面我们还知道每个人的呼吸作用所消费的空气，将这些结果跟诺第留斯号每24小时必须浮上水面来调换空气相比较……"

还没等康塞尔把话说完，我就明白他的意思了。

"我了解你的意思，"我说，"并且这计算并不难，然而那只是一个很不准确的数字。"

"那没关系。"尼德·兰坚持着又说。

"那我们就来算一下吧，"我回答，"每个人每小时要消费100升空气中含有的氧，24小时就消费2400升的空气。这样就可以求出诺第留斯号含有多少倍的2400升空气来。"

"正是。"康塞尔说。

"可是，"我又说，"诺第留斯号的容积是1500吨，1吨的容积是1000升，诺第留斯号含有150万升的空气，拿2400来除……"我用铅笔很快地计算：

"所得的商数是625。也就是说，诺第留斯号所有的空气可以供应625人呼吸24小时。"

"625人！"尼德·兰又重复了一遍。

"您要知道，"我又说，"乘客，水手和职员都算上，我们三个还不及他们的十分之一。"

"这对于我们三个人来说，实在是太多了！"康塞尔低声说。

"可怜的尼德，所以我只能劝您再忍耐一下。"

"除了忍耐，还要顺从。"康塞尔回答。

"不管怎么说，"我又说，"尼摩船长也不可能总是往南走！他总有停止的时候，就算到了冰山面前，他也总要回到有人居住、有文化的海中来！那时候，就可能有机会实施尼德·兰的计划了。"

加拿大人摇摇头，摸摸了额头，什么也没说地走开了。

"先生请允许我说出我对他的看法，"康塞尔于是说，"这可怜的尼德老是想他不可能有的一切。过去的一切总在他心中缠绕，我们所不能有的一切在他觉得都很惋惜，心中非常悔恨。关于从前的回忆苦苦纠缠着他，他很伤心，很难过，我们必须理解他。他在这船上什么也做不了。他不像先生那样，是一位学者，对于海中的美丽事物他跟我们看法也不同，他对这一切都毫无兴趣。他要不顾一切地冒险，只求走入他本国的一个酒店中去！"

很显然，船上单调乏味的生活，对于习惯自由和积极生活的加拿大人来说，简直就是一种折磨。在海上能引起他兴趣的事情实在太少了。可是，有一天，一件偶然的意外事情，使他恢复了从前当鱼叉手时的美好时光。

上午 11 点左右，诺第留斯号在大洋面上，成群的鲸游走在我们中间，我对这个情况并不感到惊讶，我知道这些动物是因为受到人类的过度捕杀，才躲到两极边缘、高纬度的海水中来。

在海上事业方面鲸类所起的作用，对于地理发现的影响是很重大的。鲸类，首先吸引的是巳斯克人，其次亚斯豆里人，再其次是英国人和荷兰人，人类无休止地追随它们，使他们不怕大洋的危险，带领他们从地球这一极端到那一极端。

我们坐在平台上，海上风平浪静。是的，这些纬度地区给我们带来的正是美丽的秋天。这时加拿大人指出东方天边有一条鲸，凭着他的经验，是不会弄错的。我们仔细地看了一下，我们看见在距离诺第留斯号 5 海里的海面上它那灰黑色的脊背，不停地浮起来、沉下去。

“啊！”尼德 · 兰喊道，“如果我现在是在一艘捕鲸船上，那么大的一头鲸，遇到这样的事真是一次痛快的经历！请看它那有力的鼻孔，喷出了混有气体的水柱！只可惜！为什么我被绑在这块钢板上呢！”

我回答：“怎么尼德，您还没有忘记您哪捕鲸的行当吗？”

“先生，捕鲸的人怎能够忘记他的职业呢？又怎能够厌倦这种捕捉所带来的兴奋心情呢？”

“尼德，您没有在这一带海中捕过鲸吗？”

“从来没有，先生。我只在北极海的白令海峡和台维斯海峡一带捕过鲸。”

“这么说，您对南极的鲸还是陌生的。您以前捕捉的都是平常的白鲸，它们并不敢冒险通过赤道的温热海水。”

“啊！教授，您是在给我说吗？”加拿大人用相当怀疑的口气回答。

“我说的是事实。”

“好嘛！那请听我说，两年半前，我在北纬 65 度的格陵兰岛附近捕获了一头鲸，它身上还带着一般白令海峡的捕鲸船所刺中的鱼叉。现在我想问问您，它是在美洲西边被刺中的，如果没有绕合恩角或好望角，通过赤道，又怎么会在格陵兰岛被捕获呢？”

“我跟尼德朋友的想法一样，”康塞尔说，“我也在等着先生的回答呢。”

“朋友们，我的回答是这样的，鲸类是有地方性的，不同鲸生活的地方也是不同的，一旦它们生活在某处海中，并不会轻易离开。如果有一头鲸从白令海峡走到台维斯海峡，道理很简单，那就说明在美洲海岸边或在亚洲海岸边有一条相通的水路连结这两个海洋。”

“您的话我们能信吗？”加拿大人闭着一只眼睛问。

“应该相信先生的话。”康塞尔回答。

“那么，”加拿大人立即又说，“虽然我没有在这一带海中捕过鲸，我就不认得在这一带海中往来的鲸类吗？”

“我刚才已经对您说过了，尼德。”

“那就更有理由去认识它们了。”康塞尔回答。

“快看！快看！”加拿大人激动地喊，“它游过来了！它向我们冲来了！它侮辱我、嘲笑我！它知道我现在拿它是没有一点办法！”

尼德急得直跺脚，他的手挥动着一支空想的鱼叉，在那里颤抖。

“这里的鲸类动物是跟北极海中的一样大吗？”他问。

“差不多吧，尼德。”

“先生，我之前看过有长到100英尺的大鲸！我甚至还听说过，在阿留申群岛的胡拉摩克岛和翁加里克岛还有身长超过150英尺的鲸。”

“我觉得这也太夸张了，”我回答，“这些不过是一些有脊鳍的鲸科动物，跟大头鲸一样，它们通常比普通白鲸还要小一些。”

“啊！”加拿大人喊道，他的眼睛从未离开洋面，“它靠近我们了，它到诺第留斯号的旁边来了！”

尼德·兰用眼睛死死地盯住它。突然他喊道：“啊！并不是一头鲸，是十头，二十头，一大群呢！可我在这里好像脚和手都被绑起来了一样，不能动，什么也做不了！”

“不过，尼德朋友，”康塞尔说，“您为什么不去问问尼摩船长能否准许您去追捕呢？……”

还没等康塞尔把话说完，尼德·兰就已经从打开的嵌板溜了进去，跑去找船长。不一会儿，两人都来到了平台上。尼摩船长看了一下这群鲸类动物，它们在距诺第留斯号1海里的海面上游来游去。

他说：“这些是南极的鲸，如果让捕鲸船遇到，准能让他们发大财。”

“那么，先生，”加拿大人问，“为了不忘记我从前当鱼叉手的职业，我是不是可以追打它们呢？”

“仅仅为消灭它们而捕杀，能有什么意义呢！”尼摩船长回答，“这么多鲸油在我们船上又有什么用呢？”

“可是，先生，”加拿大人又说，“在红海中，您不是还准许我们追打儒艮！”

“那时是为了给我们的船员们弄点新鲜的肉，所以才去做的。现在只是为了捕杀而捕杀，我知道人类有这样的特权，但我也不允许做这类残害生命的消遣。毁灭这些善良无害的南极鲸，像普通白鲸一般，兰师傅，正是您们这一同行人的行为，把整个巴芬湾的鲸都捕杀绝迹，他们就是这样消灭了整个这一纲有益的动物。不要跟这些不幸的鲸类动物过不去吧。就算您不去捕杀它们，像北方的大头鲸、狗沙鱼和锯鲛之类这些南极鲸的天敌已经够它们受的了。”

当船长在说这些的时候，大家很容易想到加拿大人的脸色该是多么的难看。这些话对捕鱼人来说，简直是白费唇舌，很显然尼德·兰没有完全理解船长跟他说的话。可是，尼摩船长他说得很对。捕鱼人的野蛮和过度的捕杀，总有一天会把大洋中的最后一头鲸都消灭掉。

尼德·兰两手塞进口袋里，嘴里哼着美国进行曲，转过身去，不理睬我们。

这时尼摩船长看着那一群鲸类动物，对我说：“我说的是对的，就算除了人类的捕杀，鲸还是有不少的天敌。这一群鲸很快就要碰到更强大的敌人了。阿龙纳斯先生，您看见在下边 6 海里海面上那些正在游动的灰黑点吗？”

“那是大头鲸，一种很可怕的动物，我甚至还碰到两三百成群的队伍！它们是残酷有害的东西，消灭它们倒是应该的。”

加拿大人听到最后一句话，急忙转过身子来。

“那么，船长，”我说，“为了那些鲸的利益着想，现在……”

“用不着去冒险，教授。要驱散那些大头鲸诺第留斯号就足够了。它装有钢制的冲角，我想，它的厉害跟兰师傅的鱼叉有的一拼。”

加拿大人毫不客气地耸一耸两肩，有谁听说过用船冲角攻打鲸类动物？

“请等一下，阿龙纳斯先生，”尼摩船长说，“我们要给您看一次您还从没见过的追打。对于这些穷凶极恶的鲸科动物，用不着一点的怜悯。它们都是些大嘴利齿的坏家伙。”

没有比大嘴利齿更能准确地来描写这脑袋巨大的大头鲸了，这家伙身躯有的甚至超过 25 米，这种动物的巨大脑袋约占身长的三分之一。它们的装备比长须鲸更强大，长须鲸的上颚只是一串鲸须，而大头鲸就有 25 枚长 20 厘米的粗牙，牙尖为圆筒形或圆锥形，每颗牙重 2 斤。就是在那巨大脑袋的上部和有软骨片分开的脑腔里面，藏有三四百公斤的名为“鲸白”的宝贵鲸油。

可是，这一群坏家伙看见了长须鲸就不断地向这边游来，准备攻打。其实我们已经知道大头鲸一定会取得胜利，不单是因为它们比那驯良的长须鲸更加强壮，而且还因为大头鲸可以在水底停留较长的时间，不浮上水面来呼吸。

现在正是去援救这些长须鲸的好机会。诺第留斯号行驶在水里面，康塞尔、尼德·兰和我，我们坐在客厅的玻璃窗前面。尼摩船长去了领航人的笼间，他把潜水船操纵得像一件毁灭性的机器一样。很快，我觉得推进器突然加大了马力，立即加快了船速。

当诺第留斯号到达的时候，大头鲸和长须鲸已经开战了。诺第留斯号只是要把这群大头怪物拦截住。刚开始的时候，这些怪物看见这只参加战斗的新奇东西，并不太在意，跟平常一样，但不久它们就不得不防备它的攻击了。

好一场恶斗！不久，就连尼德·兰也兴高采烈起来，竟拍手叫好。诺第留斯号变成了一支厉害的鱼叉，由船长来挥动着，投向那些肉团，一直穿过去。穿过之后，留下那怪物的两半截躯体还在蠕动着。大头鲸用它那厉害的尾巴扑打船的侧边，但对诺第留斯号来说却浑然不知。就连大头鲸的冲撞，它也毫无感觉。打死了一头，它又跑去打另一头，它敏捷地转身，不肯放走一个猎物。它向前、向后，完全听从掌舵人的指挥，大头鲸沉入深的水层，它就潜下去追，大头鲸浮到水面来，它也跟着上来，或正面打，或侧面刺，或切割，或撕裂，四面八方，纵横上下，就用它那可怕的冲角乱刺乱戳。

好一场屠杀，水面上真是热闹极了！这些吓怕的动物时常发出尖锐的叫啸，还有它们特有的那种鼾声！平常很安静的水层，现在却被它们的尾巴搅得天翻地覆，成了真正汹涌的波浪。

这屠杀一直持续了一个小时，那些大头怪物无一幸免，全部被杀。好几次，有一二十条一齐连接起来，想用它们的重量来压扁诺第留斯号。在玻璃上，我们可以清楚地看到它们的排列着牙齿的大嘴和那可怕的眼睛。尼德·兰简直控制不住自己了，用拳头威吓它们，同时还咒骂着。感觉它们好像抓住了我们的船，就像在短树丛下狗咬住小猪的耳朵一般，死也不放，诺第留斯号加大马力，战胜它们，拖拉它们，把它们带到水面上来，诺第留斯号不顾它们的巨大重量，也不怕它们用强大的压力压着自己。

最后，剩下的大头鲸一哄而散了，海水重新恢复了平静。我感觉到我们又浮上洋面来。嵌板被打开，我们立即跑上平台去。

海上漂浮的满是稀烂的尸体。即便是一次猛烈的爆炸恐怕也不可能如此地把这些巨大肉团分开、撕破、碎裂。许多庞然大物的躯体漂浮在我们周围，这些躯体是灰蓝色的脊背，灰白色的肚腹，全身都长着巨大的疙瘩。那些吓怕了的大头鲸早已逃得无影无踪。血把好几海里的面积都染成了红色，诺第留斯号是浮在血海的中间。

尼摩船长也来到我们所在的平台上，他说："怎么样兰师傅？"

"先生，"加拿大人回答，他激动的情绪这时已经安静下来了，"不错，这真是太厉害了。不过我只是个捕鱼人，而不是屠夫，这不过是一次大屠杀罢了。"

"这是对有害动物的一次屠杀，"船长回答，"诺第留斯号并不是一把屠刀。"

"我还是喜欢我的鱼叉。"加拿大人立即说。

"各人有各人的武器。"船长回答，同时眼盯着尼德·兰。

我很担心尼德·兰不能克制自己的脾气，做出什么过激的事，那后果就不堪设想了。但他看到了诺第留斯号这时正在靠近一头长须鲸，他的愤怒顿时没有了。

这条长须鲸没有能避开大头鲸的牙齿。我认得它的头是扁平的，完全是黑色的南极鲸。从解剖学上来看：在它的颈部是有七根脊骨接合起来的，这也是它跟普通白鲸和北嘉皮岛的鲸不同的地方，它比它的北方同类多了两根肋骨。这条不幸的鲸侧躺着，肚上满是被利牙咬破的伤口，这些重伤已经导致了它的死亡。在它受伤的鳍尖上，还挂着一条同样没逃出厄运的小鲸。水从死去的大鲸嘴里流出来，像回潮一般，通过它的须，潺潺作响。

尼摩船长把诺第留斯号停在这头鲸的尸体旁边，船上的两个人走到鲸身上，他们把鲸奶头中藏的乳汁挤出来，分量一共有二三大桶左右，我看着这些，着实让自己吃了一惊。

船长把一杯还带着热气的鲸奶递给我，事实上我对这种饮料是不太喜欢的，所以表示了谢绝，但是船长向我保证这奶的味道很好，跟牛奶一样有着丰富的营养。

我尝了一口，觉得船长并没有骗我。所以这奶对我们来说是很有用的，可以保藏的食品，我们也可以把这奶制成咸奶油或奶酪，在我们日常食品中是很好吃的一种。

自这一天起，我可以明显地看出尼德·兰对于尼摩船长的态度愈来愈坏了，这点让我很担心，我决心要密切地注视加拿大人的一举一动。

第十三章　冰山

诺第留斯号依旧朝着它固定不变的方向，往南驶去。它沿着西经50度，行驶的速度特别快。它真的要到南极圈去吗？我想应该不会，因为直到目前为止，所有打算到达地球这个顶点的尝试都是以失败而告终的。并且，季节也是不适宜的，因为在南冰洋地区的3月13日相当于北冰洋地区的9月13日，已经快到秋分的时候了。

3月14日，我在南纬55度的地方看见了漂流的冰块，那仅仅是一些20至25英尺的灰白碎片，形成许多冰礁，海波汹涌冲击着。诺第留斯号行驶在南冰洋面上。尼德·兰曾经在北冰洋海中捕过鱼，他对于这种冰山的景象并不陌生。康塞尔和我都是第一次欣赏这种美景，抬眼望去，南面的天边，展开一片令人眼花目眩的雪白长带。它被英国捕鲸人称为“眩目冰带”，不论云彩怎么浓厚，都无法遮挡它的光彩，它的出现也就预示着前面有成群的冰堆或冰层了。

果然，不久就出现了更大的冰块，雪白的光辉随着云雾的任意变换而变化着。有些冰块现出绿色的纹理，就像硫酸铜在上面绘画的波纹线条一样。有些冰块就像一块巨大的紫色水晶，太阳的光线穿透而过水晶反射着太阳光，在它们晶体的无数切面上反射出剔透的光芒。有些看着像是石灰石，可足够建筑整整一座大理石的城市。

我们愈往南，这些漂流的冰岛就愈来愈多，而且愈来愈大。南极的鸟类千百成群地在岛上筑巢，这有海燕、棋鸟和海鸭，它们吱吱喳喳的叫声简直震耳欲聋。有些鸟误把诺第留斯号当做鲸的尸体，飞到上面来，用嘴啄钢板，发出当当的响声。

当船航行在冰块中间的时候，尼摩船长常常来到平台上，他在很留心地观察这一带人迹罕至的海面。

我看见他镇定的眼光偶尔会闪出兴奋的表情。他是不是在心里想，在这些人类不能到达的南极海中，他找到了自己的家。他是这不可超越的空间的主人吗？可能是吧，但他并没有说，只是站在那里一动不动。当他意识到自己在驾驶这艘船的时候，才回过神来。他于是很巧妙地指挥着他的诺第留斯号，很灵巧地躲开了那些大冰块的冲击，也有些长到几海里的冰块，高度约在 70 至 80 米之间。有的时候前面天边看起来像是完全封闭不能通行，在南纬 60 度海面上，一条通路都没有。但尼摩船长细心地寻找着，不久就发现一条窄口，他大胆地驾驶着船，从窄口进去，同时他也很清楚，这窄口一旦通过便要封闭起来。由这只妙手指挥着诺第留斯号，就这样走过了所有这些大冰块。按照冰块的式样大小，康塞尔可以很高兴地正确把它们分类，那就是：像山的冰山，冰田或无边无际的平坦冰场，浮冰或漂流的冰，层冰或碎裂的冰田，圆形环弯的称为冰圈，拉长一块一块的称为冰流。这里的温度相当低，温度表放在外面，指着零下 2 至 3 摄氏度。但我们丝毫没有感觉冷，因为我们穿着海豹和海熊制作的皮衣服，并且在诺第留斯号内部经常有电气机发热，严寒对我们来说一点也不用怕，并且，要想得到使人可以受得住的温度，达到不冷不热的要求，那它只需潜下水底几米深就可以了。

在这纬度内，两个月前，可能永远是白天，但现在已经有 3 至 4 小时的黑夜了，如果再晚一些，这些环极圈的地方将有长达 6 个月的时间会被黑夜所笼罩。3 月 15 日，走过了南设德兰群岛和南奥克内群岛所在的纬度。

3 月 16 日早晨 8 点，诺第留斯号沿着西经 55 度向着南极圈驶去。我们的周围到处都是冰块，四边封起，无路可通。可是，尼摩船长却总能找到一条又一条通路，一直往南行驶着。

“他究竟要到哪里去呢？”我问。

“到前面去，”康塞尔回答，“总之，一直到他不能再往前走的时候，他也就只好停止了。”

“那可不一定！”我回答。

坦白说，我承认这种冒险的游历让我觉得很兴奋。这些新鲜地方的奇特美景让我迷醉惊异到怎样的程度，那是无法用语言表达的。冰群的姿态变得更雄伟壮丽了，这边，一大群冰块就好像形成了一座东方城市，中间还有无数的寺院和尖塔。在阳光斜照下，它们出现不同的形色，不久这些形色又迷失在雪花飞舞的大风暴中的灰色云雾里面。另外，处处都是爆炸、崩裂，冰山大翻筋斗，改变了这里的整个布景，像一幅透光风景油画一样。当这些冰群的平衡遭到破坏的时候，诺第留斯号便潜入水中。声音传到下面，那声响令人毛骨悚然，冰群下沉，引发深而阔的可怕的旋涡，这惊人的力量直达南冰洋很深的水层。诺第留斯号也被这力量弄得左摇右摆，上下颠簸，像要被疯狂的水流卷走一样。有时看不见通路了，我想这下我们是要做真正的俘虏了，可尼摩船长总能根据一些轻微的迹象，发现新的通路从而化险为夷。他注视那些在冰田上显出来的一条一条淡蓝色细水纹，他一定不会搞错。所以，我心中开始怀疑他是否已经驾驶诺第留斯号，曾经来到这南极海水中探过险。

但是，在 3 月 16 日那天，我们被层层的冰群完全挡住了路。这还不是真正的冰山，只是寒冷冻结起来的阔大冰地。尼摩船长是可以越过这种障碍的，诺第留斯号用猛烈怕人的力量向冰地冲过去。像楔子一般穿进这粉末的冰团中，把冰块划开的破裂声响得让人害怕。诺第留斯号就像是那古代的攻城机，被无穷大的力量推动着。撞击的冰碎片投射到高空，像雹子那样在我们周围落下。单单靠着它本身的推动力，我们的船就冲出一条水路。有时，由于它凶猛的力量，它还可以爬到冰田上来，用它的重量压碎冰地，或偶然套在冰地下，它就用简单的摇摆动作，把冰分开，造成很大的裂口。

在这些日子里，我们时常受到猛烈冰屑的袭击。由于雪雾浓重，从平台的这一端都不可能看清楚那一端。暴风从罗盘针指的各个方向突然刮起，白雪堆成十分厚实，简直要用尖利的铁锹才能把它弄开。仅仅在温度为零下 5 摄氏度的时候，诺第留斯号外部已被冰层全部封住了。一只平常的船又怎能在此行驶呢？因为所有的绳索都将冰冻在滑车沟中了。只有这艘没有帆且可以不用煤的电动机的船才能冒险跑到这样高的纬度中来。

在这种情形下，风雨表总是指着很低的位置，有时甚至降低到 73.5 厘米。罗盘的指示也是摇摆不定，它那乱摇乱晃的针，当船靠近不能跟地球的南方相混同的南磁极圈的时候，它却指出了相反的方向。本来，根据汗斯敦的说法，这磁极圈差不多是位于南纬 70 度、东经 130 度，根据杜北未的观察，是在东经 135 度、南纬 70 度 30 分。所以这个时候就必须对于挪到船上各部分的罗盘做很多次的观察，求一个平均数作为标准。如果拿这标准来估量走过水路的方位，在这些标志点不断变化的弯曲的水路中间，总是找不到令人满意的办法。后来在 3 月 18 日，经过几十次的冲击都毫无结果，看来诺第留斯号是完全没办法了。而在它周围的不是冰流、冰圈、冰田，而是接合在一起、无穷无尽、屹立不动的一片冰山。

“冰山！”加拿大人对我说。

我明白，对尼德·兰和对所有之前来过的航海家来说，这座障碍冰山是不可超越的。太阳在中午左右，现出来了一会儿，尼摩船长做了一次相当正确的观察，指明船此时是在西经51度30分，南纬67度39分。这已经是南冰洋地区相当深入的一点了。

这时在我们眼前已经看不到大海，看不到那流动的海洋。诺第留斯号的冲角正对着的是一片崎岖不平的广大平原，夹杂了混乱不清的大冰群，再加上那种乱七八糟、凌乱无序的景象，就像在解冻前不久的时候，河面所显出来的一样，不过这的面积却是更加阔大、壮观。到处都有高高的尖峰，像一根长200英尺高的细针，远一点，削成尖峰的一连串悬崖，带着灰白的色泽，像一面一面的大镜，反映出一些半浸在云雾中的阳光。其次，在这凄绝荒凉的自然界中，是死一般的寂静，就是海燕和海鸭的振翅声也没有能把它打破。一切都是冰冻了，甚至连声音也被冰冻了。所以，诺第留斯号只好在这个冰封的世界停止了它的脚步。

“先生，”那一天尼德·兰对我说，“如果您的船长能再往前走一点！”

“那么？”

“那么，他便是个了不起的人。”

“尼德，为什么这么说呢？”

“因为没有人能走过冰山。您的船长是有力量，可是，他的力量跟大自然相比还是有一定差距的。大自然划下界限的地方，不管愿不愿意，他总得停住。”

“您说得对，尼德，不过我很想知道冰山后面会是什么呢！面前的这道冰墙，真让我感到难受！”

“先生说得对，”康塞尔说，“冰墙的出现，只是为了激怒学者们，无论什么地方都不应该有障碍。”

“对！”加拿大人说，“其实人们早已知道，在这座冰山后面有些什么东西了。”

“是什么呢？”我问。

“是冰，永远是冰！”

“尼德，您就那么肯定，”我回答，“但是，我不相信，所以我要去看看。”

“那么，教授，”加拿大人回答，“您现在必须要放弃这个想法。您到了这里，就已经够了，您不能再往前走了，您的尼摩船长和他的诺第留斯号也不能再前进，不论他是否愿意，我们都是要回过来往北走了，就是说，回到老实人居住的国土。”

我必须承认尼德·兰说的话是对的，当船还不是在冰场中行驶的时候，当然在冰山面前就得停住了。的确，不管它怎样努力，不管它用多么强大的力量来冲破冰块，诺第留斯号始终一动不动。平常，如果不能前进，那就可以退回去。但现在，后退也是不可能的了，因为在我们走过后水路就封闭了，只要我们的船稍有顷刻的停留，它就会立刻被冻住，寸步难移。下午 2 点左右的时候，发生了这样的情况，新的冰层以惊人的速度在船两边冻结起来。我现在不得不承认，尼摩船长实在是太鲁莽、太冒失了。我当时正在平台上，船长在那里观察了好一会，然后他对我说:“那么，教授，您有什么想法吗？”

“船长，我想，我们是被困住了。”

“被困住了！您这话怎么说？”

“我是说，我们现在是进退两难，向任何一方都不能动弹。我想，这就是叫做‘被困住了’，至少对于居住在陆地上的人来说是这样。”

“阿龙纳斯先生，您是这样想的啊，那您认为诺第留斯号不能脱身了吗？”

“很难，船长，因为季候已经相当晚，我们是不能指望解冻了。”

“啊！教授，”尼摩船长带讥讽的语气回答，“您总是这么悲观！您只看见困难和障碍！我现在可以肯定地告诉您，诺第留斯号不仅可以脱身，而且它还要继续前进。”

“再向南方前进吗？”我眼盯着船长问。

“对，先生，它要到南极去。”

“到南极去！”我喊道，同时将我的不信和怀疑表露无遗。

“是的！”船长冷冷地回答，“到南极去、到地球上所有的子午线相交的、到以前没有人到过的那一点去，您是知道的我可以使诺第留斯号做我想要做的任何事。”

那时我忽然想问一问尼摩船长，我问他是不是已经去过了那从没有人类足迹踩过的南极。

“没有，先生，”他回答我，“现在我们一齐去发现，别人失败的地方，我决不会失败。我从没有把诺第留斯号开到这么远的南极海上来，但我想再跟您说一遍，它还要继续往前进。”

“我愿意相信您，船长，”我带着讥讽语气又说，“我相信您！继续前进！对我们来说什么障碍都不是问题！我们把它炸破，冲开这座冰山！如果它反抗，我们就给诺第留斯号安上翅膀，从上面飞过去！”

“教授，您是说从上面过去吗？”尼摩船长安静地回答;“我们不是从上面过去，而是从下面过去。”

“从下面过去！”我喊道。经过船长这么一说我有点豁然开朗似乎明白了。诺第留斯号又在这一次的超人事业中凭借它神奇本质为它的主人服务，成全他的愿望。

“我感觉我们彼此开始了解了，教授，”船长微笑着对我说，“您现在已经看到这个尝试是有可能成功的，但我却要说，这个尝试是一定可以成功的。对于一只平常的船是办不到的事，但在诺第留斯号就毫无压力。如果在南极浮出一个大陆，它是要在它面前停住的。但是如果南极是自由的海，它就要到南极点上去！”

“是的，”我说，我已经在尼摩船长的提示下找到了思路，“那就是海水的极大密度是比冰冻时高出1度，根据这个自然理论，可以推断出即便海面被冰冻结了，它的下层还是可以自由通行的。如果我没有弄错的话，那就是冰山的沉入部分与它的浮出部分之比是四比一！”

“差不多是这样，教授。冰山在海面上有一英尺，在下面就有3英尺。并且，因为这些冰山的高度不超过100米，它们当然不至于深入到300米。对诺第留斯号来说300米算什么呢？”

“是算不了什么，先生。”

“甚至它还可以潜入更深的水层，那海水中温度是一律不变的。在那里，我们可以安全抵御海面的零下三四十摄氏度的寒冷。”

“对，先生，您说得很对。”我很激动地回答。

“唯一的难处是要潜入水底好几天，”尼摩船长立即又说，“这样就不能调换我们船上储藏的空气。”

“就是这个问题吗？”我回答，“诺第留斯号有那么大储藏库，我们把储藏库全装满，这样就有足够的氧气供我们使用了。”

“想得不错，阿龙纳斯先生。”船长微笑着回答，“我现在先提出我所有的反对意见来，请您考虑，只是不愿意您责备我鲁莽行事而已。”

“您还有反对意见吗？”

“只有一个。如果南极是海，有可能这海或者完全冰封了，这样的话，我们就不可能浮出水面上来了。”

“是的，先生，不过您别忘了诺第留斯号装有厉害的冲角，我们不是可以沿对角线的方向向冰田直冲上去，冰田遭到冲击就要迸裂了吗？”

“噢！教授，您今天的主意还真不少呢！”

“并且，船长，”我愈来愈兴奋地接着说，“在南极，为什么人们不能跟在北极一样，遇到自由通行的海呢？冰冷的两极和陆地的两极，无论在南半球还是北半球内，都不能混为一谈，在还没有确切的证据之前，我们可以假定在这两个地的极端可能有陆地，可能有跟冰层分开的海洋。”

“我也这样想，阿龙纳斯先生，”尼摩船长回答，“不过，我只希望您注意一点，就是您提出了许多反对我计划的意见后，现在您又用许多赞成的理由来支持我了。”

尼摩船长说的是事实。我甚至是大胆地说服他了！就好像是我想带他去南极一样！我走在他前面了，我比他想得更周全……可怜的傻瓜，才不是这样呢。尼摩船长对这个问题的反对和赞成的意见比你知道得更多呢，他不过让你在这些不可能的梦想中高兴发疯，拿你寻开心罢了。

可是，他一刻也没耽误。他发出信号，船副上来了。两人用那听不懂的语言，迅速地交谈了一下，或者船副事先就已经得到了通知，或者他看到这计划是行得通的，他没有表现出一点的惊讶。即使如此，他的冷淡也比不上康塞尔。当我告诉了这个老实人，我们一直要走到南极，而他在听了我的话后，就只是淡淡的回了我一句“随您先生的便”，面对他的这种冷漠我也无话可说了。至于尼德·兰，如果问谁的两肩耸得最高，那就是加拿大人的两肩了。他对我说：“您瞧，先生，您和您的尼摩船长一样让我觉得十分可怜！”

“尼德师傅，我们是要到南极呢。”

“有可能能去，但你们肯定回不来了！”他回他的舱房去，“为的是不要闹出人命。”他离开时候对我说了这样的话。

但是，这个大胆的船长已经开始执行他的准备工作了。诺第留斯号的强大抽气机用高压力把空气吸入储藏库里面去。4 点左右，尼摩船长告诉我，平台上的嵌板要关上了。我最后看了一下我们就要穿过去的深厚冰山，天气晴朗，空气很新鲜，也很冷，温度零下 12 摄氏度，但没有风，在这种温度下人并没有觉得很难受。

十来个船员拿着尖镐走到诺第留斯号两旁，他们凿开船身周围的冰，不久船身就开始松动，他们把这一切很迅速地做好，因为新结的冰还不是太厚。我们全体回到船中。通常使用的储水池也装满了浮标线周围的自由海水，不久诺第留斯号就开始下潜。我跟康塞尔到客厅坐下，通过打开的玻璃，我们可以看到南冰洋中的下层。温度表的指针在慢慢上升，压力表的针在表盘上移动。

像尼摩船长所说过的一样，到了 300 米左右的时候，我们就浮在冰山下层的波纹水面上了。但诺第留斯号继续往下沉，一直到深 800 米的水层。刚才在上面水的温度是零下 12 摄氏度，现在不超过零下 11 摄氏度，相差有差不多 2 摄氏度。不用说，诺第留斯号因为有它的热气机管，保持着很高的温度，诺第留斯号都特别准确地完成了这些动作。

“请先生原谅我说一句，”康塞尔对我说，“我们一定可以过去。”

“我也是这样想！”我带着非常坚定的语气回答。

在这自由通行的海底下，诺第留斯号从未离开西经 52 度，始终向着南极的方向驶去。从南纬 67 度 30 分到 90 度，还要走过 22 度半的纬度，就是说，还要走 500 多里。诺第留斯号此时以每小时 26 海里的中常速度行驶着，就像一列特快车。如果它保持这个速度行驶，那么 40 个小时就足够它驶到南极了。夜间一部分时间，康塞尔和我被这些新奇的环境吸引着就留在客厅的玻璃边，大海受探照灯电光的照耀，晶莹雪亮，但水中荒凉，什么也没有，鱼类是不会在这种监牢般的海水中居住的。这里只有一条通路，能让它们从南冰洋到南极那个自由通行的海。我们从长形钢铁船壳的振动可以感觉出来，我们的船行驶得很快。

凌晨 2 点左右，我回房中休息几小时，康塞尔也和我一样，要回房休息，穿行过道的时候，我没有碰见尼摩船长，我想他此刻一定在那领航人的笼间中了，指挥着诺第留斯号的航行。

第二天，3 月 19 日，早晨 5 点的时候，我又来到客厅。电力测程器指出，诺第留斯号放慢了速度，这时，它慢慢排出储水池中的水，很小心的往水面上升。

我的心在跳动。我们就要浮出水面来，呼吸到南极的自由空气吗？不，从突然间发出了不爽朗的声音来判断，我知道是诺第留斯号碰上了冰山的下层冰面，这冰面依然很厚。的确，用航海的术语来说，我们是“撞上了”，不过现在是方向倒转过来，而是在 3000 英尺的水下“撞上了”。这就是说，在我们头上有 4000 英尺的冰层，浮出在水面的有 1000 英尺。这时冰层所有的高度，是超过我们在它边岸所记录的高度。这情形让人有些担心呢。在这一天内，诺第留斯号做了好几次试验，它总是碰着盖在它上面的天花板一样的冰墙。有时候，它在 900 米的地方碰到了，那就是冰山有 1200 米厚，有 300 米是浮在冰洋的上面。跟诺第留斯号刚潜入水底的时候相比，现在的高度比之前的增加了一倍。我小心地记下这些不同的深度，这样，我就获得了海水下面的这条冰山脉的海底倒影。

晚上，我们所处的情况没有丝毫的改善。在 400 和 500 米深度的中间总是有冰，但冰明显是减少了，在我们和洋面之间，还是有很厚的冰层。到了晚上 8 点，按照平常的习惯，诺第留斯号早在 4 小时以前就应该调换内部空气了。不过，虽然尼摩船长没有要储藏库放出一些氧气来补充，但我并没有不舒服的感觉。这一夜我睡得很不好。希望和恐惧轮流地在我心中转来转去，我起来好几次。诺第留斯号仍然继续进行试探性的上升。凌晨 3 点左右，我看见碰到冰山的下层冰面时，水深只有 50 米了，也就是说这时把我们和水面隔开的只是 150 英尺的冰层。冰山渐渐变成冰田了，又变成平原了。我的两眼始终没有离开压力表，我们沿对角线，向着电光下闪闪发亮的光辉冰面，慢慢上升。冰山像蜿蜒伸长的栏杆，上下两方都减低了，它一海里一海里地变薄了。

最后到 3 月 20 日这个值得纪念的日子，早晨 6 点，客厅门打开。尼摩船长走了进来，他对我说：“到自由通行的海了！”

第十四章　南极

我飞跑到平台上去。

是的！自由通行的海。海面上只有一些散乱的冰块和浮动的冰层，远方一片大海，空中成群的鸟儿自由飞翔，水底下有千亿万的鱼类自由自在地游着，随着水的深浅不一呈现出不同的颜色，从深浓的靛蓝至橄榄的青绿。此时的温度表指着 3 摄氏度。对被关在这冰山后的天气来说，这里就像是春天一样，远远的冰群在北方天际露出面影。

“我们是在南极吗？”我问船长，同时心怦怦地直跳。

“我也不知道。”他回答我。“中午的时候我来测量一下方位看看。”

“可是，太阳能穿过这浓厚的云雾吗？”我看着灰色的天空说。

“只要露出一小会儿就可以了。”船长回答。

在距诺第留斯号 2 海里的南方，孤立着一座高 200 米的小岛。我们充满矛盾地向小岛走去，而矛盾是有理由的，我们小心翼翼地行驶着，因为这海中可能到处都有暗礁。

一小时后，我们到达小岛。我们就绕着小岛转了一周用时两个小时，它的周长有四五海里长。一条狭窄水道把它跟一片广大陆地分开，或许这是一个大洲，但我们却望不到它的尽头。这片陆地的存在好像证明莫利的假设是正确的。的确，这位高明的美国学者曾经说过，在南极和纬度 60 度中间，海上是浮动的非常巨大的冰群，在北冰洋是没有的。根据这个事实，他得到的结论是，在南极圈中藏有大片的陆地，因为在大海中间不能形成冰山，只在近陆地的边岸才能存在。按照他的推算，覆盖着南极的冰群形成一个直径大约为 4000 公里的球形的圆盖。

可是，诺第留斯号因害怕搁浅，便停在相距 6 米左右的滩前，在滩上高耸有一片雄壮的岩石层。小艇被放到海中，船长和他的两个船员带着各种测量器械，康塞尔和我，我们一同上了小艇。这时的时间是上午 10 点，我没有看见尼德·兰，加拿大人一定不愿意承认在他面前的就是南极。桨划了几下，我们就到了沙滩上，搁浅下来。刚到那里，康塞尔就急着想要跳下小艇，我一把拉住了他。

我对尼摩船长说：“先生，第一个脚踩这陆地的荣耀应该属于您。”

“您说得对，先生。”船长回答，“我之所以毫不犹豫地想踩在这极圈的土地上，就是因为直到现在，还没有一个人在这陆地上留下他的足迹。”

说完这话，他轻快地跳在沙滩上，不难看出紧张激动的情绪使他的心跳得厉害。他攀上一块岩石，倾斜的岩石尽处是一个小岬，在岬上，他交叉着双手，炯炯有神的眼睛，一动不动，好像他已经是这片土地的主人了。在这种极其快乐情绪中过了5分钟后，他向我们转过身来，对我说："先生，您也上来吧。"

我跳下小艇，康塞尔跟在我后面，而那两个人则留在了艇中。

在这长长的土质上，铺满了淡红色的凝灰岩，仿佛是一层层的红砖铺成的。地上遍布着火山的烧石，喷出的火石，浮石的石屑，不用说这些东西都是火山喷发出来的。在某些地方还有轻微的喷烟，空气中还散发着淡淡的硫磺气味，证明内部的火仍然保持着蓄势待发的力量。可是，我攀上一座高耸的悬崖，半径几海里的周围内却没有看到火山。大家知道，在南极地带内，詹姆斯·罗斯在东经160度，纬度77度32分上，找到了还在活动的爱列贝斯和铁罗尔火山喷口。

在这个荒凉的大陆，植物是极其稀少的。一些单条黑色的苔藓品种丛生，铺在黑色岩石上。某种微生草木，原始硅藻，在两片介壳中间聚起来的石英质的细胞植物，粉红和深红的墨角菜，紧贴在退潮送到岸上来的鱼类上面，这就是这个地方的整个植物界。

沿岸有一些软体动物：蛇类、小蚬、心脏形的光滑贝；特别有那些长方形、膜质、头由两个圆突的耳叶形成的触须贝。我还看到一些北半球也有的触须贝，身长有3厘米，鲸类一口就可以吞食它们一大群。这些美丽的翼步类动物，是真正的海中蝴蝶，它们为这海岸边缘的流动海水增添了生气。

植虫类里面出现在海底深处的，有些石灰质的珊瑚树。根据詹姆斯·罗斯的观察，这些珊瑚树在南极海中，甚至在深海1000米的地方也是可以生存的。其次，有属于海胞类的小翡翠珊瑚，以及这一带特有的许多海燕和许多散布在地上的海星。

但最有生命力的地方是在天空。在空中，有无数种类不同的鸟类自由飞翔着，鸣声嘈杂，叫声大的好像要震破我们的耳膜。另外有一些鸟类拥挤在岩石上，看着我们走近，它们一点儿都不怕，并且很亲热地聚在我们脚边。还有一些在水中也一样轻快和敏捷的企鹅，有时人们会把它们和行动迅速的鹍鸟弄错，但鹍鸟在地上是很笨拙的，它们发出古怪的叫声、无数成群地齐集一起，它们不怎么爱动，但叫喊声却十分大！

在鸟类中间，我看见有涉水鸟科的南极水鸟，它们大小跟鸽子一样，白色，有锥形的短嘴，眼睛周围是一个红圈，康塞尔捉了几只，因为这类飞禽如果烹调得好，味道还是很不错的。空中飞过几只煤黑色的信天翁，它的翅膀有4米宽，它们还有一个名字就是海鹭，这个名字是很恰当的。还有一些巨大的海燕类，其中有弓形海燕，它的翅膀呈弓形，最喜欢吃海豹；有海棋鸟，是一种身上带白色和黑色的小鸭；最后，有一组海燕类，有的是灰白色，翅膀边缘是栗子色，还有一些是南冰洋的特产蓝色海燕。我对康塞尔说:“灰白色的这种海燕有很多油脂。在费罗哀群岛，人们在它们的腹部放上灯芯，就可以点燃起来。”

“如果多放两根，”康塞尔回答，“它们看起来就完全是一盏灯了，这么说来，大自然应该在它们身上预先准备一个灯芯就好了!”

走过半海里后，地上现出许多短翼潜水鸟的鸟巢，这些巢是用来产卵的，从巢中飞出很多的潜水鸟。后来，尼摩船长打了好几百只这种鸟，因为它们黑色的肉也是很好吃的。它们的叫声和驴的叫声有点像，这些鸟大小跟鹅差不多，身上是石板色，下面白色，颈上带柠檬色的圆圈，它们看到人也不躲避，就这样任由你用石头打死它们。

可是，云雾还没散，到11点的时候，太阳还没出来。它不出来，这让我很着急，没有太阳，各种观察都无法进行。那么，又怎么能知道我们是不是真的到了南极呢?

当我回到尼摩船长那边的时候，我看他正靠在一块岩石上，沉默不语，眼盯着天空。看来他是等得有些不耐烦，心中在生气。但生气又有什么办法?这个胆大又无所不能的人不能照他命令海洋那样指挥太阳。

到了中午，太阳仍是一瞬间也没有出现过，我们甚至不能辨认出它在这雾幕后面所在的位置。不久，雪花却纷纷扬扬地飘落下来了。

“明天再来。”船长干脆地说，同时我们看了一眼在那雪花飞舞中停靠的诺第留斯号。

当我们不在船上的时候，鱼网放下海中去了，我对他们刚拉上船来的鱼类还是很感兴趣的。南极海水是大多数候鱼的避难所，它们为了躲避纬度较低水层的风暴，才转移到这边来。可到达这里后它们又有可能成为海豚和海豹的美食。我看见一些南极的刺鳍鱼，这是一种灰白色的软骨鱼，长10厘米，身上有斜横的淡白条带，并且生有尖刺;其次，还有南冰洋的软骨奇鱼，身子很长有3英尺，它的表皮呈银白色并且很光滑，圆突的头，脊背上有三支鳍，嘴脸最前端是一支向嘴边弯过去的喇叭管。康塞尔吃过这种鱼的肉，他很喜欢，但我也曾尝过，却觉得平淡无味。

暴风雪一直持续到第二天，想要站在平台上，都是不可能的。我在客厅中写我这次到南极大陆来旅行的故事，从厅中仍可以听到在大风雪中飞翔着的海燕和信天翁的号叫。诺第留斯号并没有停在那里，它沿着海岸驶去，在太阳就要落山残留的余晖中，继续向南前进了10海里左右。

第二天，3月20日，暴风雪终于停了。刚下过雪的天气还是有些寒冷的，温度表是零下2摄氏度。浓雾散开，我希望今天可以观察出来我们的方位。

尼摩船长还没有出来，康塞尔和我先上了小艇，我们先来到了陆地上。地上的土质跟前面一样，还是由火山形成的。到处都是火山喷发物，火山岩，玄武岩的遗迹，但我同样还是没有找到喷出这些岩石来的火山口。这里跟前面一样，有无数的鸟类给南极大陆这一部分平添了一份生机和活力。但同时还有一大群海中哺乳类动物跟它们一起占领这块土地，这些动物用温和的眼光盯着我们。那是各种不同的海豹，有的躺在地上，有的睡在倾斜的冰块上，有些又从海中上来，有的回到海中去。因为它们从没有跟人打过交道，当我们走近它们时，它们并没有逃走，我大概估测了一下，这里的海豹可以装载好几百艘船。

时间是早晨 8 点，太阳可以供我们观察利用的时间只剩下 4 小时了。我向一处宽大的港湾走去，港湾呈新月形，在花岗石的悬崖中间。

在那里，我简直可以说，我们周围，陆地上和冰层上，一望无际挤满了海中的哺乳动物，我眼光不由自主地找那老头蒲罗德，他是神话中给海神涅豆尼看守家畜群的老牧人。这里主要是海豹，它们形成个别分开的队伍，雄的和雌的一起，公海豹关心它的家族，母海豹给它的小海豹喂奶，有几只长得十分壮实的年轻海豹随意走开到远一些的地方。当这些哺乳动物要走动的时候，它们由于躯体的伸缩，一跳一跳的，看起来相当的笨拙，拿它们不发达的鳍来帮助走动，但这鳍在它们的同类海牛身上，就成了真正的前臂。不得不说，它们在海水里面生活环境相当优越，这些脊骨活动，骨盘狭窄，毛又短又密，脚呈掌型，游起来灵活自如。当它们在地上休息的时候，它们的姿态十分优美，十分惹人喜欢。

我对康塞尔说，这种鲸科动物的脑叶特别发达，它们是十分聪明的。除了人类，任何哺乳类都没有这样丰富的脑髓神经。因此，海豹能够接受某种程度的教育，驯养它们成为家畜也是很容易的。我跟某些生物学家有着共同的想法，把海豹适当地训练起来，可以把它们当做打鱼的猎狗，给人类服务，做许多有益的事。

大部分海豹睡在岩石，或者睡在沙地上。在这些真正的海豹中间，它们是没有外耳的，这一点也是它们跟海獭不同的地方，海獭有着突出的外耳。我看见有好些海獭的变种，长 3 英尺，毛白色，头像猎狗一般，上下颚共有 10 颗牙齿，各有 4 颗门牙，两枚百合花形的大虎牙。在它们中间，还有海象走来走去，这是带有活动的短鼻筒的海豹，是这种动物中体型最大的一类，周身 20 英尺，长 10 英尺。它们看我们走近前去，也是一动不动。

“它们不是会给人类带来危险的动物吗？”康塞尔问我。

“不，”我回答，“除非是人类要攻击它们。当一条海豹保卫它的子女的时候，它的愤怒也是相当怕人的，即便是把渔人的小船弄成碎片，也不是什么稀奇的事。”

“那是它的正当权利。”康塞尔立即说。

“当然。”

再走 2 海里远，我们就被保护港湾不受南风吹打的尖峡挡住了去路。尖峡靠海矗立，回潮打来，泡沫飞溅，岬外发出隆隆的吼叫声，就像一群牛羊反刍类可能发出的声响那么厉害。

“怎么，”康塞尔说，“是水牛的音乐会吗？”

“不，”我说，“是海马的音乐会。”

“它们打架吗？”

“它们可能是打架，也可能是玩耍。”

“请先生原谅，我们应当去看一下。”

“好吧，康塞尔。”于是我们在意想不到的乱石间，被冰块弄得很滑溜的碎石上走过那些灰黑的岩石地。我不止一次地滑倒，摔得腰部酸痛，可能是因为康塞尔他比较小心，也可能是因为他长得比较结实，几乎没怎么摔过。他把我扶起来，说：“如果先生愿意把两腿叉开一些，就能更好地保持身体平衡了。”

到了尖岬的高脊背上，我望见一片广大的白色平原，上面全是海马。这些海马正在成群玩耍，刚才听到的就是它们快乐的叫声，而不是愤怒的嚎叫。

海马从体型和四肢来看，跟海豹很相像。可是它们的下颚没有虎牙和门牙，至于上颚的虎牙，那是两枚长 80 厘米，牙槽周长达 33 厘米，这些牙由致密无疵的牙质形成，比象牙更硬，又不容易变黄，十分的珍贵。因此这些海马受到过度的猎取，不久就要濒临灭绝了，因为猎人的盲目屠杀，不管是有孕的母海马还是幼年海马都在劫难逃，每年屠杀的数目超过 4000 条。

从这些新奇的动物旁边走过，它们在那里并不逃走，我可以很从容地考察它们。它们的表皮很厚，有很多褶皱，颜色是类似赭红的茶褐色，皮毛很稀少，并且很短，有些海马长至 4 米。它们比北冰洋的海马安静，胆大，它们并不用特别委派哨兵来站岗放哨。

考察了这所海马齐集的城市后，我就想回去了。时间已经是 11 点了，如果尼摩船长觉得条件顺利，可以观察，那我想在他面前，看着他做。可是，我不敢奢望这一天太阳会出来，天边的浓云把太阳完全给遮挡住了。好像这十分珍贵的太阳，不愿意出现在这地球上人迹不能到的地点。

可是，我想应当回诺第留斯号去了。我们沿着悬崖顶一条狭窄斜坡下去，11 点半，我们到了陆上的着陆点。搁浅在那里的小艇正把船长送上陆地来。我看见他站在一块玄武石岩上，他的测量器械就放在旁边。他眼睛紧盯着北方的天际，太阳在那边画出长长的曲线。

我站在他旁边，一声不响地等待着。到了正午，跟昨天一样，太阳仍然没有出来。这真是感觉有点无可奈何，今天的观察还是不能做。如果明天还是不能完成观察，那测定我们所在方位的这个事情，就只好彻底放弃了。

今天刚好是 3 月 20 日，明天 21 日就是春分，恰逢春分，太阳就要没入水平线下，有长达 6 个月的时间是不会出来的，极圈便要开始漫漫的长夜时期了，从 9 月中的秋分日起，它在北方天际出现，沿着长长的螺旋线上升，直到 12 月 21 日。这个时候是北冰洋地区的夏至日，而在这里太阳开始继续下降，明天就是它射出光线的最后一天了。

我把自己的意见和顾虑告诉尼摩船长，他对我说："您说得对，阿龙纳斯先生，如果明天我还是不能测量太阳的高度，那在接下来的 6 个月里我就不用再测量了。不过也正因为我这次航行的机会，很巧地在 3 月 21 日这天把我带到南极来，如果到正午太阳能出来，我就可以很容易测定我们的方位。"

"船长，这是为什么呢？"

"因为，太阳沿着那么长的螺旋线走，想在水平线上确切测量它的高度，是很困难的，仪器也容易犯严重的错误。"

"那么，您会怎样来测量呢？"

"我只是使用我的航海时计就可以了，"尼摩船长回答我，"如果明天 3 月 21 日，把它的反射光估计在内，太阳圈轮正好切在北方的水平线上，那我就可以确定是在南极点上了。"

"是的，"我说，"从数学上看这个测定，并不是完全精确的，因为春分时间不一定是在正午。"

"当然，先生，但误差是不会超过 100 米的，并且我们也不需要那么精确的数据，就这样吧，我们明天再来。"

尼摩船长返回船上去了。康塞尔和我，在海滩上走来走去，作观察，作研究，一直到 5 点。我并没有得到什么新奇的东西，就是拾得一个海枭的蛋，蛋特别大，一个珍奇收藏家可能出 1000 多法郎来收买它。它的颜色是浅黄色，像用象形文字描绘在上面的线条和花纹，使它成为一件稀有的珍玩。我把它交给康塞尔，这个谨慎的孩子把它拿在手中，脚步很稳，像是拿着珍贵的中国瓷器一样，完整地把它带到了诺第留斯号上。

到了船上，我把蛋放在陈列室的一个玻璃橱中。我晚餐吃得很好，吃了一块海豹肝，味道很美，很像猪肝。然后我回房睡觉，睡的时候，像印度人那样，祈求太阳的恩惠，希望它明天能出来。

第二天，3 月 21 日早晨 5 点，我走上平台，我看见尼摩船长已经在那里了，他对我说："今天的天气晴朗了一些，我感觉太阳出来还是有很大希望的。吃过早餐后，我们就到陆地上，选择好一个地点，做我们的观察。"

确定这点后，我去找尼德·兰，我想让他跟我一起去。可这个固执的加拿大人拒绝了我，看得出来，他的沉默跟他的坏脾气一样，日益加剧。本来，他在这种情况下表示固执不愿意去，我并没有感到惋惜。真的，因为地上的海豹太多了，我不应该拿它们来诱惑这个不管不顾的打鱼人。

吃完早餐，我们就到地上去了。诺第留斯号在夜间又向上前进了好几海里。船正在大海中，距岸整整有 1 里，岸上矗立着高四五百米的尖峰。小艇载了我和尼摩船长还有两个船员，以及测量的一些仪器，如航海时计、望远镜和晴雨表。

当我们的船走过的时候，我看见许多鲸，它们是属于南极所特有的三种鲸：没有脊鳍的平直鲸；肚腹上有很多褶皱的驼背鲸，它有着宽大灰白色的鳍翅，尽管称为鳍翅，隆起的背并不形成为真正的翅膀；黄褐色的鳍背鲸，它是最活泼的鲸科动物。人们在远远的地方就能听到这些体型庞大的动物发出的声音，它们正把混有气体的水柱射入高空，好像喷出阵阵的浓烟。这些不同的哺乳类动物在安静的海水中往来玩耍，看得出来，南极海水现在已经成为过度狩猎人追逐的鲸科动物的避难所了。

9 点，小艇靠岸了。天空晴朗起来，浓云向南飞走，雾气也渐渐地散开。尼摩船长向一座尖峰走去，他一定想在这座峰上做他的观察。我们是在充满硫磺气体的大气中，沿着尖利的火石和浮石的石层，艰难地攀爬。船长虽然是一个已经不习惯踩踏陆地的人，但在攀爬这些最陡峭的斜坡时，行动还是非常灵敏，不仅我不能比，就是追赶羚羊的猎人心中也要羡慕不已。

我们费了两个钟头，才到达这座云斑岩、玄武岩掺杂的尖峰上面。从上面看，我们能望见的是一片广阔的海，海在北面天空中清楚现出它的最后界线来。我们脚下，是耀眼的白冰场。我们头上，是从云雾中现出来的淡白的蔚蓝色的天空。在北方，太阳的轮盘像一只火球一样，已经被水平线的锋刃削开了一角。海水中间，有美丽好看的霞光像花束般成千成百地放射出来。远处，诺第留斯号像酣睡着的鲸科动物一样。在我们后面，东方和南方，有一片广阔的陆地，是望不见边际的岩石和冰群的凌乱堆积。

尼摩船长走到峰顶上，拿晴雨表小心测量尖峰的高度，因为在测量时，峰高也要计算在内。

还差一刻就正午了，单从折光作用看，太阳像金盘一样现出，它对这从没有人来过的海面，把它最后的光芒散在这荒无人烟的大陆上。

尼摩船长戴上网形线望远镜，这镜利用一个镜面，可以改正折光作用，他观察那沿着一条拖拉得很长的对角线，渐渐沉入水平线下的太阳。我手拿着航海时计，我的心狂跳着。如果太阳轮盘的一半隐没的时候，正好是航海时计指着正午，那就说明我们是在南极点上了。

“正午！”我喊。

“南极！”尼摩船长用很严肃的声音回答。同时把望远镜递给我，镜中显出的太阳正好在水平线上切成完全相等的两半。

我注视那照在尖峰顶上的太阳余晖，阴影渐渐地从那尖峰层峦上爬来。

这时候，尼摩船长手扶住我的肩头，对我说："先生，1600年，荷兰人叶里克被海浪和风暴带到了南纬64度，发现南设得兰群岛。1773年1月17日，著名的库克沿着东经38度，到达南纬67度30分;1774年1月30日，他在西经109度上，到了南纬71度15分。1819年，俄国人伯林哥生到了南纬69度上；1821年，他在西经111度上，到了南纬66度。1820年，英国人布兰斯非尔在南纬65度上停下来。同年，美国人莫列尔，但他的记述并不十分可靠，从西经42度上溯，在纬度70度14分上发现自由流动的海。1825年，英国人包威尔到达南纬62度。同年，一个不过是打海豹的渔人，英国人威德尔，在西经35度上，一直上到南纬72度14分，后来又在西经36度上，一直上到南纬74度15分。1829年，英国人福斯脱指挥香特克利号，占领了南纬63度26分，西经63度26分的南冰洋大陆。1831年2月1日，英国人比斯哥在南纬68度50分发现恩德比地方；1832年2月5日，他在南纬67度发现阿地拉衣地方；2月21日，在南纬64度45分发现格拉罕。1838年，法国人杜蒙·居维尔在南纬62度57分的冰山前面停住，交代了路易·菲力浦地方的位置；两年后，1月21日，到南方的另一尖点，南纬66度30分，他称为阿德利地方；8天后，到南纬64度40分，他名为克拉利海岸。1838年，英国人威尔克斯在东经100度上前进到南纬69度。1839年，英国人巴连尼在南极圈的边界上发现了沙布利邓地方。最后，1842年，英国人詹姆斯·罗斯走上爱列贝斯山和铁罗尔山，1月12日，在南纬76度56分，东经171度7分发现维多利亚地方；同月23日，他测定南纬74度的方位，这是当时可以达到的最高点了；27日他到达南纬76度8分，28日，到南纬77度32分，2月2日，到南纬78度4分，1842年，他回到他不能越过的南纬71度上来。那么，现在，我，尼摩船长，1868年3月21日，我在南纬90度上到达了南极点，我占领了面积等于人类所知道的地球上的大陆六分之一的土地。"

"船长，您用谁的名字来占领它呢？"

"先生，用我的名字！"

说这话的时候，尼摩船长展开一面黑旗，旗中间有一个金黄的N字。然后，他转过身，面对着最后光芒正射在大海水平线上的太阳，喊道："再见，太阳！消失吧，光辉的金球！你在这个自由的海底下安息吧，让6个月的长夜把它的阴影降临在我的新领土上吧！"

第十五章　偶然

第二天，3 月 22 日早晨 6 点，诺第留斯号准备开走，清晨的最后曙光淹没在黑暗中，天气很冷。天空中闪烁着各星座，显得格外明亮，天空的顶点有那辉煌的南宿，那是南冰洋地区的极星。

温度表降到零下 12 摄氏度，寒风刺骨。在流动的水上冰群愈来愈多了，海面渐渐冻结。无数灰黑的冰块浮在水面上，这预示着新的冰层正在形成。很显然，在冬季 6 个月南极的海面全是结冰的，绝对没有办法通过。这个时期鲸类又会怎么做呢？当然它们会从冰山下面出去，找寻比较适宜居住的海水。至于海豹和海马，它们对这严寒的天气已经习惯了，继续留在这冰天雪地中。这些动物天赋的本能在这冰场中挖掘洞穴，总是能让洞门敞开，这样它们就可以到洞口来呼吸。鸟类也忍受不了这寒冷的天气，开始向北方迁移。这时南极大陆的唯一主人只有这些哺乳类动物。

这时，诺第留斯号的储水池装满了，开始慢慢下降。到 1000 英尺深的时候，它停了下来。它的推进器搅动海水，以每小时 15 海里的速度向北方行驶。晚上，它已经在巨大的冰冻甲壳下面航行了。

为了谨慎起见，客厅的嵌板完全关闭起来，这是因为诺第留斯号船壳可能会碰到一些沉在水中的冰块。因此，我把这一天的时间完全用在整理我的笔记上了。我总是对在南极点的情形念念不忘。我到了这个没有人到过的地方，一点也不觉得疲倦，没有任何危险，现在是真的往回走了。还会有什么新鲜惊奇的事等待着我吗？我想应该还会有的，海底的奇妙真是层出不穷呢！自从那次偶然的机会把我们送到这只船上，在船上的这五个半月来，我们已经走了 14000 里，在这比地球赤道线还长的旅途上，有多少或新奇或可怕的偶然事件使得我们的旅行惊心动魄，兴味无穷呀！克列斯波林中打猎，托列斯海峡搁浅，珊瑚墓地，锡兰采珠，阿拉伯海底地道，桑多林火海，维哥湾亿万金银，大西洋洲，南极！这一晚，所有这些往事，梦一般连续浮现在我的脑海里，使我的脑子一刻也得不到歇息。

凌晨 3 点，我被一下猛烈的撞击惊醒。我立即起来坐在床上，黑暗里细心听，这时候，我突然被抛到房子中间了。很显然，是诺第留斯号碰上什么了，才发生了这么厉害的倾斜。我靠着墙板，沿着墙到走廊，到客厅，厅里面有天花板上的灯光照得通明。桌椅家具都被撞翻了，幸运的是，那些玻璃柜下部钉得很结实，没有掉下来。船左舷挂的图画，由于垂直线转移，都贴在绣花挂毡上，挂在右舷上，下面的框缘离开有 1 英尺远，诺第留斯号是靠右舷倒下来的，并且完全停止不动了。在船内部，我听到嘈杂的人声和来来回回走动的脚步声，但尼摩船长没有出来。我正要离开客厅的时候，尼德·兰和康塞尔进来了。

“发生什么事了？”我立即问他们。

“我们也正想来问先生呢。”康塞尔回答。

“见鬼！”加拿大人喊，“这事很明显嘛！从它躺下的情况来判断，诺第留斯号是撞上什么了，我想这一次应该不像上一次在托列斯海峡中，它很难脱身了。”

“不过，”我问，“它至少是回到水面上来了吧？”

“这我也不清楚。”康塞尔回答。

“这个很容易知道。”我说。

我看了一下压力表，结果令我感到非常惊讶，表指着 360 米深的水层。

“这到底是怎么回事呢？”我喊。

“需要问一下尼摩船长。”康塞尔说。

“到哪里去找他呢？”尼德·兰问。

“跟我来。”我对我的两个同伴说。

我们离开客厅，依次到图书室、中央楼梯、船员工作室，都没有人。我想也许尼摩船长是在领航人的笼间中，我们最好还是等着吧。于是我们三人又回到客厅来了。

这时对加拿大人来说是发火的好机会，在这里我就不说他是如何咒骂的了，我让他的坏脾气尽情发泄，一句也没有搭理他。

就这样过了 20 分钟，我们竭力想听到诺第留斯号里面发生的一些最轻微的声音。这时候，尼摩船长走了进来，他好像没有看见我们，他的面容经常是很镇定没有表情的，而现在却露出一些焦虑和不安。他静静地看看罗盘、压力表，手指放在平面图上的一点，就是地图上标出南冰洋的这一部分海域。

我没有打扰他，过了一会儿，当他向我转过身子来的时候，我才拿他在托列斯海峡对我说的一句话，反过来问他：“船长，这是偶然事件吗？”

“不，”他答，“先生，这一次是意外事件。”

“严重吗？”

“可能很严重。”

“立即有危险吗？”

“那倒不会。”

“诺第留斯号是撞到暗礁上了吗？”

“是的。”

“是什么原因呢？”

“不是由于人们的笨拙无能，而是由于大自然的任性妄为。在我们的指挥驾驶中，并没有丝毫的错误。可是，我们无法阻止平衡力不发生这种效果。人们可以冒犯人为的法则，但无法抵抗自然的法则。”

尼摩船长选择这时候来作这种哲学思考，真是太不可思议了。总之，他的答复对我没有一点帮助。

“先生，”我问，“我可以知道造成这件事故的原因吗？”

“一群巨大的冰山，翻倒下来造成的。”他回答我，“当冰山下面因受温热的水流而融化，或受来回的冲击耗损的时候，它们的重心就会上移。这个时候它们就会发生翻转，就像翻筋斗一样，现在的情况就是这样。其中有一大块冰群，在翻倒的时候，碰上了在水底行驶的诺第留斯号。然后在船身下溜过，又以无法抗拒的力量把船顶起来，这冰群把船带到浅一些的水层，靠在船身上不动了。”

“把储水池的水排出去，使船重新得到平衡，诺第留斯号不就能摆脱困境了吗？”

“目前就在这样做，先生，您可以听到抽水机运转发出的声响，请看压力表上的针，它显示出诺第留斯号正在上升，但冰群也在跟着它一起向上，一直要到它的向上运动被一件障碍物挡住，才可能改变我们的处境。”

果然，诺第留斯号总是向右倾斜着，当然只要冰群停下来，船就可以站起来。但到那个时候，谁知道我们会不会在上面也遇到冰层，被挤在两个冰面中间呢？

我对我们所处的情况可能发生的种种后果做着预测，船长一直在注视着压力表。诺第留斯号自冰群倒下来，到目前为止，只上升了150英尺左右，但它跟垂直线所形成的角度却一直没有改变过。忽然船壳上感到一丝轻微的颤动，很明显，诺第留斯号站起来了一点，悬挂在客厅中的东西也已分明恢复到了它们原来的位置，墙板已几乎是垂直的。这期间我们谁也没有说话，心跳动着，观察着，我们感到船竖了起来，在我们脚下的地板又变为水平的了。

10分钟过了，“我们终于站起来了！”我喊。

“是的。”尼摩船长说，同时他向客厅门口走去。

“我们可以往上浮吗？”我问他。

“当然可以，”他回答，“现在因为储水池的水还没有排出，等排出后，诺第留斯号自然可以浮上海面来。”

船长走了，不久我就感觉到，船员得到他的命令，诺第留斯号停止了上升。是的，它有可能会碰上冰山的下部，还是让它留在水中比较好。

“我们也算是侥幸脱险了！”康塞尔说。

“是的，差点我们就被这些冰块给压扁，至少被困住。如果被困住我们就不能调换空气，我们……是啊，总算脱离危险了！”

“让它完蛋才好呢！”加拿大人低声咕噜着。

我不想跟加拿大人作无谓的争辩，所以没有说话，并且，这时候嵌板已经打开，通过嵌板的玻璃，外面的光线照了进来。

我们完全是在水中，我刚刚已经说过了。不过，在距离诺第留斯号 10 米左右的两边，各竖起一道雪白耀眼的冰墙，船上下两方，同样也是冰墙。船上面，是大冰层的底部，像一块宽阔的天花板。船下面，因为翻倒的冰块慢慢溜下去，诺第留斯号卡在两侧的冰墙上，维持它目前的这种现状。诺第留斯号是真正的被困在冰的地洞中了，这冰洞宽有 20 米左右，里面是平静的水，所以，出来对它来说并不难，或向前进，或向后退，或者再往下数百米左右，在冰山下面找到一条通路就可以了。

天花板上的灯熄灭了，但客厅中仍然十分明亮。那是四面冰墙的强烈反射，把探照灯的光波猛烈反射进客厅中来。我简直无法描写，电光在这些任意割切的冰群上所发生的力量，冰上的每一角度，每一条棱，每一个面，按着分布在冰上的线脉的性质，发出种种不同的光线。这就像是一座令人晕眩的宝石矿藏，特别是青玉的宝石，蓝宝石的蓝光和玻璃翠的碧光交织起来，弥漫着无限柔和的蛋白色调，散布在晶莹的尖点中间，就像是钻石一样闪闪发光。探照灯的光线被反射后增大了百倍，像灯光通过了一级灯塔的凸形镜片那样。

“真美！真是太美了！”康塞尔喊起来。

“是！真美！”我说，“这景象太美了，不是吗尼德？”

“嗯！是的！真美！”尼德·兰回答说，“真是太美了！我很恨自己，我不能不这样说了。这样的美景是人们从没有看过的，不过这景象可能要我们付出很大的代价。说实在的，我觉得我们眼前看见的事物是上帝不想让人看见的！”

尼德·兰说得对，真是太美了。忽然，康塞尔突然大喊了一声，我急忙转过身去。我问：“发生了什么事？”

“先生快把眼睛闭上吧！不要再看吧！”

康塞尔说这话的时候，急忙用手捂着眼睛。

“康塞尔，你怎么啦？”

“我眼睛看不见了！”

我的眼睛不由自主地向玻璃望去，但我禁不住那侵蚀玻璃的火光。

我这才明白是怎么回事了。诺第留斯号正在快速度地行驶，所有冰墙上的光辉于是变为闪电的耀眼光芒，这无数亿万钻石的光点交织在了一起，诺第留斯号受它的机轮推动，是行驶在电光熔炉中了。

这时客厅的嵌板又关闭了起来，我们现在的情形就像我们的眼睛受到阳光过度猛烈的照射时，眼膜上浮游着强力集中的光线，要用两手捂着眼睛才会好受些。

要过些时候才能把我们眼中的纷乱安静下来。过了一会儿，我们把手放了下来。

“天哪，这真是令人难以相信呢！”康塞尔说。

“我到现在还不太相信呢！”加拿大人回答。

“如果有一天我们回到了陆地上，”康塞尔又说，“我们已经看过了这些自然界的神奇，我们一定会对陆地上那些贫乏可怜的人工造的简陋小东西不屑一顾！不！人居住的世界对于我们来说已经没什么可留恋的了！”

这样的语句从一个冷淡的佛兰蒙人口中说出来，足以说明我们的兴奋到了何种程度。可是加拿大人却乘机浇下一盆冷水。

“人居住的世界！”他摇摇头说，“你就放心吧，我们是不可能再回去了！”

诺第留斯号的前端发生冲撞时是早晨5点，我知道那是它的冲角碰上了一大群冰块。这有可能是由于一时驾驶的疏忽，因为这条海底地道受冰群的堵塞，本来就不容易航行。因此我想，尼摩船长可能要改变路线，或绕过这些障碍物，或沿着地道的弯折处驶去。总之，什么也阻挡不了他的前进。但是，完全出乎我的意料，诺第留斯号是在很明显地向后倒退了。

“我们是要倒回去吗？”康塞尔说。

“是的，”我回答，“恐怕这一边，是没有出口了。”

“那么？……”

“那么，”我说，“这很简单，我们倒退回去，从南口出去就可以了。”

我虽然嘴上说得轻巧，但心里却并非如此轻快。这时诺第留斯号倒退着行驶，速度愈来愈快，机轮倒着转，带着我们飞快地向后退去。

“这要耽误很多时间呢。”尼德·兰说。

“早晚无所谓，只要能出来就行。”

我从客厅到图书室来回地走了一趟，我的同伴们一言不发地坐着，不久我躺在长沙发上，拿着一本书，两眼机械地看着。15分钟后，康塞尔走到我身边，对我说：“先生看的书有趣吗？”

“很有趣。”我回答。

“我想应该是。因为先生是在看自己写的书哩！”

“这是我写的书吗？”

正是，我手中拿着的正是我写的那本《海底的神秘》，我却没有发觉呢。我把书合起来，又来回地走动着。尼德·兰和康塞尔两人站起来，想要走开。

“朋友们，请留下，”我拉住他们说，“我希望您们留下直到我们退出这条走不通的地道。”

几小时过去了，我时常看那挂在客厅墙壁上的机械压力表，它指出此时诺第留斯号始终保持在300米深的一定水层中，罗盘显示是一直向南行驶的，测程器记录的速度是每小时 20 海里，在狭窄的水道中来说，这速度是相当快了。尼摩船长知道船不能行驶得太快，但这时候，几分钟简直就像几世纪那样漫长呢。

8 点 25 分，发生了第二次冲撞。这一次是在船后部。我面色发白了，我的同伴们走到我身边，我拉着康塞尔的手，面面相觑，用目光来代替说话，这比用语言来表示我们的思想，好像更为直接些。这个时候，尼摩船长走进厅中来，我迎上前去，问他："南边的路也被堵住了吗？"

"是的，先生。冰山翻倒的时候把所有的出口都堵住了。"

"我们是真的被困住了吗？"

"是的。"

第十六章　缺少空气

这样，诺第留斯号的四周，不管是上面还是下面，都是不可逾越的冰墙，我们成了冰山的俘虏。加拿大人用他粗大的拳头拍打着桌子以发泄他的愤怒，康塞尔则沉默不语，而我眼盯着船长，他的脸上又恢复了平常的冷漠，他两手抱在胸前，心中思考着。诺第留斯号已经不能动了，于是船长用镇定的声音说：

"先生们，就我们目前所处的情况，有两种死的方式。"

这个神秘人物好像一位给他的学生作算术问题的数学教员。他又说：

"第一种是被压死。第二种是被闷死。我不说有饿死的可能，因为诺第留斯号储藏的粮食很多，足够我们吃了。因此我们来考虑一下压死或闷死的可能性。"

"船长，"我回答说，"至于闷死那也是不用担心的，因为我们的储藏库有满满的空气。"

"对，"船长说，"可是这些空气只够我们使用两天，现在我们潜入水中已经有 36 小时了，诺第留斯号的浑浊空气需要经常调换。48 小时之后，我们储藏的空气就会被用完。"

"那么，船长，我们可以想办法在 48 小时前摆脱当前的困境就是了。"

"至少，我们应该试一试，凿开那些围住我们的冰墙。"

"从哪一面凿呢？"我问。

"这个可以使用探测器得到答案。我把诺第留斯号搁浅在下部冰层，可以让船员穿上潜水衣，从冰墙最薄的地方把冰山凿开。"

"可以打开嵌板吗？"

“当然可以，反正船已经不能行驶了。”

尼摩船长走了出去。不久我就听到储水池吸入海水的声音。诺第留斯号开始慢慢下沉，停在350米深的一块大冰块上，这是冰山下部冰层潜入水底的深度。

“朋友们，”我说，“我们目前的处境非常严峻，但我相信你们的勇气和力量。”

“先生，”加拿大人回答我，“我知道现在不是拿责骂来惹您讨厌的时候，我愿意为大家共同的安全牺牲一切。”

“好，尼德。”我伸手给加拿大人说。

“我还要说，”他补充说，“我使用铁锹和使用鱼叉一样灵活，如果船长有用得着我的地方，请他随便吩咐吧。”

“他一定不会拒绝您的帮助。请跟我来，尼德。”

我带加拿大人来到诺第留斯号的船员穿潜水衣的房子中，我把尼德·兰的提议告诉了船长，他很高兴地接受了。加拿大人穿上他的潜水衣，不久就跟他的工作同伴们一样准备好了。每人背上一个卢格罗尔的空气箱，由储藏库供应了大量的纯空气。对诺第留斯号的空气储藏库来说，这虽然是大量的支出，但却是必须的。在这充满电光的明亮海水中兰可夫灯是没有用的。

当尼德一切准备就绪，我回到客厅，厅中的嵌板已经打开了，我站在康塞尔旁边，仔细地看着那顶住诺第留斯号的冰层。

片刻之后，我们看见十多个船员下到冰地上，尼德·兰也在其中，由于他高大的身材，很容易就可以辨认出来。尼摩船长也跟他们一块去了。

在进行穿凿之前，他先让人做种种的探测，以便找准开凿的方向。很长的探测绳放入上下两面的冰墙，上面到了15米，仍然是厚厚的冰墙，所以从上层来开凿是很难的，因为那其实是400米的大冰山。于是尼摩船长让人探测下部冰层的厚度，下部的冰板有十米厚，也就是说这片冰场有10米厚。之后就是要把下层的冰场凿开一片，大小和诺第留斯号从浮标线上来计算的面积相等的大洞。要凿开这么一个大洞，我们可以从这洞下到这冰地的下面去，那大约需要挖掉6500立方米的冰。

船员们立即开始着手工作，以十分顽强的信念来进行。因为是在诺第留斯号周围挖掘，所以还是比较困难的，于是尼摩船长命人在距船左舷8米远的地方画了一个巨大的圆圈，他的人员就在这圆圈的周围开始挖掘，不久，铁锹挥舞着，有力地打进了坚硬的冰，一块一块的冰从冰场凿下来。由于体重的作用，比水轻的这些冰块于是飞跑到顶上去了，这样一来，下面是变薄了，但上面却增厚了。但这也无所谓，只要下层的冰削薄了就行了。

经过两小时的努力工作，尼德·兰带着一身的疲惫回来了。刚才下去的那些人，由别的人员替代，这次康塞尔和我也加入其中，诺第留斯号的船副来指导我们的工作。我感觉海水特别冷，但我挥动铁锹，不久就暖和多了。我们虽然是在 30 个大气压下凿冰，但还是可以很轻松很自在的。

工作了两个小时后，回来吃点东西，休息的时候，我觉得卢格罗尔空气箱供应我的纯洁空气，跟已经有些浑浊的诺第留斯号船中的空气，已经截然不同了。自 48 小时以来空气一直就没有调换，它那可以让人兴奋的氧气已经越来越少了。可是，整整过了 12 小时，我们在画出的冰面上，只挖去了厚 1 米的冰，大约就是 600 立方米。如果按照这样的进度，彻底的完成这个工作，还要四天五夜的时间才行。

“四天五夜！”我对我的同伴们说，“但在储藏库中的空气只够我们使用两天。”

“并且，”尼德·兰回答，“还没有算上我们脱离了这座魔鬼监牢后，可能我们还是无法到达水面，仍然无法呼吸新鲜的空气！”

这想法是正确的。那时谁又能预料我们摆脱困境到底需要多少时间呢？在诺第留斯号回到水面之前，我们会因为缺氧而窒息死亡吗？难道这船要连同它船上所有的人都注定死在这冰的坟墓中吗？看来情形十分可怕，但每个人都正视它，人人都决心尽其所能，坚持到底。

根据我的预测，在夜间，又有 1 米厚的冰从这巨大的圆圈中被挖去。但是，到了早上，当我换上了潜水衣，在零下六七度的海水中时，我看到旁边的冰墙渐渐地合拢起来了。在离水坑远一点的水，因为人的劳力和工具不能使它保持恒温，出现继续结冰的情况。面对这个新的危险，我们还有多大的机会获救呢？怎样来防止海水中间的结冰现象？这冻结可能把诺第留斯号的船壳像玻璃一样压碎。

我并没有把这个危险的情况告诉我的两个同伴，以免打击他们辛苦工作的勇气。不过，当我回到船上的时候，我把这个严重的情况告诉了尼摩船长，让他多加注意 。

“这件事我是知道的，”他对我说，他总是这样，即使最可怕的意外也丝毫改变不了他的镇定，“这只是更多了一分危险，我不知道有什么方法可以避免。我们现在唯一能做的，就是我们的挖掘工作要比冻结作用进行得更快，关键在于谁先抢在前面。”

抢在前面！这跟没说好像没什么两样！

这一天，我坚持顽强地挥动铁锹连续干了好几个钟头，这工作支持和鼓励着我。并且，工作就等于离开诺第留斯号，就可以离开那浑浊的船上空气，同时也就是直接呼吸那现在是从储藏库取来的、由空气箱供应的纯洁空气。

到了晚上，坑又挖去了 1 米。当我回到船上时，我吸了空气中饱和的碳酸气，差不多快窒息了。啊！为什么我们没有方法来消除这种有害的气体呢！我们并不缺氧，这海水中就含有大量的氧，我们的强力电池可以把它分解出来，使船上重新恢复纯净的空气。这事我已经想了很久了，但有什么用呢？因为，由我们呼吸产生的碳酸气已经侵入船上各部分了。要把这些碳酸气吸收掉，就要把氯化钾放在排气管中，不停地摇晃。可是船上没有氯化钾，并且也没有别的物质可以替代。

这天晚上，尼摩船长不得不打开储藏库的龙头，放出数阵纯洁空气到诺第留斯号内部，如果不这么做，也许早上我们就不能醒来。

第二天，3 月 26 日，我又开始做矿工的工作，现在要挖的是第五米的冰。冰山的两侧和底层明显增厚了。很显然，这些冰块在诺第留斯号可能脱身之前，都要重新凝结起来。我一时感到绝望，铁锹差点从我手中掉下。既然我要被窒息死，被这冰山所压扁，挖还有什么用呢？就是残酷的野蛮人也没有发明出这样的一种酷刑。我好像是被夹在一个怪物的嘴里面，无法挣脱，它的大嘴也在渐渐合拢。

这时候，尼摩船长开始指挥工作并且他自己也在工作。他从我身边走过，我用手碰了他一下，指着冰监牢的墙壁给他看，船右舷的冰墙挨近诺第留斯号的船身已经不到 4 米了。

船长明白我的意思，做个手势，要我跟着他走。我们回到船上，我脱下潜水衣后，随他来到客厅。

“阿龙纳斯先生，”他对我说，“现在我们要使用些特殊奇妙的方法，不然的话，我们就要被堵死在这冰洞中，就像被封在洋灰中一样。”

“对！”我说，“那奇妙的方法是什么呢？”

“啊！”他喊道，“如果我的诺第留斯号有足够力量，可以支持这种压力，不至于被压扁呢？”

“那又怎样呢？”我问，我不明白船长的意思。

“您不明白其实这水的冻结作用可以帮助我们吗？您没有看见因为水的凝固，它可以炸开那困住我们的冰场，就像它在冰冻的时候，它可以炸开最坚硬的石头那样！您没有觉得它并不是毁灭我们的力量，而是拯救我们的力量！”

“对，船长，可能是这样。但是，无论诺第留斯号有怎样的抵抗力，它也不可能抵抗那惊人的压力，它会被压扁，像一片钢叶。”

“先生，这点我是知道。那么，既然我们已经不能指望大自然来帮我们了，那就要完全依靠我们自己的力量了。那就得阻止它重新结冰。不光是两侧的冰壁愈来愈厚了，而且诺第留斯号的前头和后面的海水也只剩下不到 10 英尺了。凝固作用是从各方面向我们进攻了。”

“储藏库中的空气，最多还可以让我们坚持多久？”我问船长。

“后天，储藏库就空了！”

我吓出了一身冷汗。不过，对他的回答我还有什么好诧异的吗？从 3 月 22 日，诺第留斯号潜入南极流畅的水底下，今天已经是 26 日了，这 5 天以来，我们的生活就是完全依靠船上储藏的空气！而这纯净的空气又要留给工作人员。就连我现在写这些事件的时候，印象还是十分深刻，我全身不由自主地发生一种恐惧，好像我的肺叶中已经缺少空气了！

可是，尼摩船长站在那里一言不发地思考着。显然是他心中已经有了一个主意，但他好像又被自己给否定了。后来，他嘴里说出这话来："开水。"

"开水？"我问。

"是的，先生。我们是被困在一个相当狭窄的空间里面，不断从诺第留斯号的抽水机放出开水来，不就可以提高这空间的温度，延缓水的冻结吗？"

"可以试一试。"我坚定地说。

"那我们试一试，教授。"

这时温度表显示外面的温度是零下 7 摄氏度。尼摩船长领着我来到厨房，那里有许多复杂的蒸馏器，由蒸发作用供应我们可以喝的开水。机器装满水，电池所有的电热都投到浸在水中的螺旋管中去。几分钟后，水就烧开了。把开水送入抽气机中，同时就有冷水进来，补充流出去的开水。电池发出的热力非常大，从海中吸进的凉水，单单经过机器，一到抽气机中就沸腾了。

开始放射开水，3 小时后，外面的温度表指着零下 6 摄氏度，温度已经升高了 1 度。又过了两小时后，温度表显示，已经变为零下 4 摄氏度了。

我看了这种工作的效果，同时从许多地方加以检查，我对船长说："我们一定可以成功。"

"一定可以，"船长回答我说，"我们不再担心被压扁了，现在唯一担心的就是缺氧了。"

在夜间，水的温度又提高了 1 摄氏度。开水的放射力量已无法使温度再升高了。可是海水的结冰要在零下 5 摄氏度才能发生，因此结冻的危险可以暂时解除了。

第二天，3 月 27 日，已经从这冰窝中挖去了 6 米厚的冰，还剩下最后 4 米。但这也还要 48 小时的工作。在诺第留斯号内部，不能调换新鲜的空气，因此这一天的情形更糟糕了。

一种无法忍受的重浊空气使我透不过气来。下午 3 点左右，这种痛苦的感觉到了十分猛烈的程度，呵欠喘气把我的上下颚都弄歪了。我的肺叶迫切需要有活力的氧气，氧是呼吸所必不可少的东西，但现在愈来愈稀薄了。我已经完全处在恍惚的状态中，我没有一点气力地躺下来，几乎没有了意识。我忠实的康塞尔跟我一样出现了同样的症状，同样忍受着痛苦的煎熬，他一刻也没有离开我，还拉着我的手，鼓励我，我还听到他低声说："啊！如果我可以不呼吸，给先生多留些空气该多好！"

我听到他说这话，禁不住热泪盈眶。

对我们全体来说，在船上我们都觉得难受，所以轮到自己挖冰的时候，人人都很迅速地、很高兴地穿上潜水衣，立即出去工作！铁锹在冰层上发出咚咚的声音。即便是胳膊累了，手弄破了，这又有什么呢！总算有新鲜空气到肺中了！我们可以大口大口地呼吸了！可以呼吸了！

可是，没有谁会超出指定的时间，故意延长自己在水下的工作。等规定时间一到，各人就将有氧气放出来的气箱交给自己的同伴。在这件事上尼摩船长做了很好的榜样，他第一个严格遵守这种规定。时间一到，他就把他的气箱给另一个人，回到船上浑浊的大气中，他总是那么镇定，一点不示弱，也没有一句怨言。

这一天，大家干活的劲头更足了。现在只剩下两米的冰要挖去。把我们跟自由海水分开的，只有两米的冰了。可是空气储藏库基本上已经空了，剩下的一些只能保留给工作人员使用，一点也不能给诺第留斯号！

当我回到船上的时候，我几乎快窒息了。多么难熬的夜！我简直难以描写，这样的痛苦是无法用文字来描写的。第二天，我的呼吸已经受到了严重的阻碍，头昏脑胀，晕晕乎乎的，就像一个喝醉酒的人。我的同伴们也跟我一样，有些船员已经呼吸急促，正喘着粗气。

这一天，我们的监牢只剩下最后 1 米冰，尼摩船长觉得铁锹挖得太慢，决定用高压力来冲开那个把我们和底下水面分开的冰层。尼摩船长仍然保持他的冷静和活力，他用他的精神力量来战胜他肉体的痛苦，他不停地思考、计划、执行着。按照他的指示，船减轻了重量，就是说，通过改变自己的重力，它从冰冻的一层浮了起来。当它浮起来的时候，大家就想办法把它拖到照它的浮标线所画出的那个大洞上。然后，让它的储水池装满水，它降下，沉入在坑里。

这时，所有的船员都回到船上来，也关闭了跟外间相通的两重门。此时的诺第留斯号是躺在一米厚的冰层上，并且表面已被凿得不平整了。

于是储水池的龙头完全打开来，流进去了有 100 立方米的水，顿时把诺第留斯号的重量增加了 10 万公斤。

我们等待着，倾听着，忘记了所有的痛苦，仍然心存着希望。就像在赌博，能否得救，就在这最后一着了。尽管我脑子中嗡嗡作响，昏昏沉沉的，但不久我还是听到诺第留斯号船身下发出了颤抖的声音。船体在往下沉，冰层破裂，发出像撕纸的声音一样的声响，诺第留斯号渐渐沉了下去。

“我们穿过冰层了！”康塞尔在我耳边低声说。

可此时我已经说不出话来了，我抓着他的手，不由自主地抽搐着。

突然间，诺第留斯号由于它那过分的重量，像一颗炮弹一样沉入水中。就是说，它掉了下去，像在真空中快速地掉下去一样！

于是把所有的电力都集中送到抽水机上，抽水机立即把储水池中的水排出。

几分钟后，船停止下降了。没过多久，压力表就指出船在上升。推进器全速行驶，船身钢板就连螺丝钉都在震动，它带着我们向北方急速驶去。但是，现在从冰山下到自由海的航行，还要多久呢，一天吗？如果是这样的话，那我可能就熬不过这一天了！我半躺在图书室的长沙发椅上，已经喘不上气来了。我的脸色发青，双唇发紫，身体器官已经失灵，看不见，也听不到。时间的概念在我的意识中已经模糊，我的肌肉已经变得僵硬。就这样不知道过了多久，我已经意识到死亡快要来临，我知道我快要死了……

忽然我苏醒了过来，几口新鲜的空气吸入我的肺中。我们是回到水面了吗？已经越过冰山了吗？

不！那是尼德·兰和康塞尔，我的两个忠实朋友，是他们牺牲自己来救我。在一个气箱里还留有一些空气，他们没有吸它，却把它给了我。当他们同样快窒息的时候，他们却把生的机会留给了我！我想把气箱推开，可他们却拉住了我的手，于是我尽情地呼吸了一会儿空气。

我的眼睛向大钟看去，现在是上午 11 点，这应该是 3 月 28 日了。诺第留斯号以每小时 40 海里的惊人速度飞快地行驶着，就像是在水中作着痛苦的挣扎。

尼摩船长呢？他已经死了吗？他的同伴们跟他都牺牲了吗？这时的压力表指出，我们距水面只有 20 英尺。仅仅是一座冰场把我们跟大气隔开，我们不可以冲开它吗？总之，诺第留斯号已经在做这种工作了。是的，我感到它采取倾斜的方位，把后部下降，挺起前面的冲角。只要装进水，就足以使它不平衡，然后，靠着它强有力的推进器的推动，它从冰场下面，像一架强大的攻城机一样冲了上去。它先把冰场渐渐撞开，然后退下来，再使尽全力向裂开的冰场冲去，如此反复，最后那让人讨厌的冰场被巨大的冲击力带走，诺第留斯号冲出了冰场。

嵌板被立即打开了，纯净的空气像潮水一般涌入诺第留斯号，渗透到每个角落。

第十七章　从合恩角到亚马逊河

我也不知道自己是怎么到的平台上，可能是加拿大人把我抱上来的。我用尽全身的力气去呼吸那大海的令人兴奋刺激的空气，我的两个同伴在我旁边也尽情地呼吸这新鲜的空气。如果受到不幸的人很长时间没有吃东西，第一次给他们的食物是不能马上尽情乱吃的，而我们却可以尽情地吸取这海上的空气，用不着节制。正是那海风，给我们送来这份快意迷醉。

“啊！”康塞尔说，“有氧气真好！先生不用怕呼吸了！现在人人都可以有了，并不缺少。”

至于尼德·兰，他没有说话只是张开大嘴，简直要让鲨鱼看见都害怕。他真的在拼命呼吸着！加拿大人好像一个正在燃烧的火炉，在那里“抽气”呢。

很快我们的力气就恢复了，我环顾了一下四周，在平台上只有我们三个人，船上的人员一个也没有，也没有看到尼摩船长。诺第留斯号的那些奇怪的水手们仅仅呼吸那流通到舱内的空气就满足了，外面这新鲜的空气他们却没有一个人出来享受。

当我恢复力气后，说的第一句话是对我的两个同伴表示感激和多谢的话。尼德·兰和康塞尔在长期痛苦的最后数小时中挽救了我的生命，就算我说再多感激的话也还不了他们的这种自我牺牲精神。

“好！教授，”尼德·兰回答我，“这事还值得说吗！在这件事上我们有什么值得称赞的地方吗？一点都没有。这只是一个简单的算术问题，您的生命比我们的更有价值，所以必须救您。”

“不，尼德，”我回答，“我的生命并不比你们更有价值，没有谁能比一个心地善良的人更优秀，而您正是这样的人！”

“算了！算了！”加拿大人有些难为情地一再说。

“你呢，我忠实的康塞尔，让你受苦了。”

“老实对先生说，我并没感觉怎么样。不就是缺了几口空气，但我想我还是可以挺过去的。并且，我见先生晕过去，我就感觉自己也不想呼吸了，像人说的，这是断了我的呼……”康塞尔觉得自己太啰嗦了，有些不好意思，没有说完就停住了。

“我的朋友们，”我情绪很激动地回答，“我们要永远团结在一起，同时你们有权利处置我……”

“我会使用这个权利的。”加拿大人立即回答。

“怎么？”康塞尔说。

“是的，”尼德·兰又说，“当我要离开这地狱的诺第留斯号的时候，我会使用这权利来拉您一同跟我走。”

“谈正事吧，”康塞尔说，“我们现在是向着对我们有利的方向走吗？”

“是的，”我回答说，“因为我们是向着有太阳的方向走，这里有太阳的方向就是北方。”

“不错，”尼德·兰又说，“不过还要弄清楚，我们是向太平洋还是大西洋？是向往来人多的还是荒凉无人的海航行呢？”

这点我也不能确定，我担心尼摩船长要把我们带到同时濒临亚洲和美洲海岸的广阔的太平洋中去。这样他就完成了他的环球海底旅行了，他又可以回到诺第留斯号获得最完全的自由的海中了。但是，如果我们回到太平洋中来，离开所有人居住的地方，那尼德·兰又该如何实施他的计划呢？

对于这一点不久我们就得到了确切的答案。诺第留斯号行驶得特别快，不久就走过了南极圈，直奔合恩角。在3月31日晚上7点我们便抵达南美洲的这个尖岬。

那时我们已经忘记了过去所有的痛苦，就连那次被困在冰群中的记忆也已消失，我们能想到的只有将来。在客厅和平台上都没有看到尼摩船长。他的副手每天都在地图上记录方位，让我知道诺第留斯号走的方向。就在这天晚上，我对行驶的方向感到很满意，我们是从大西洋向北方去。我把我观察的结果告诉了加拿大人和康塞尔。

“这是好消息呀！”加拿大人说，“不过诺第留斯号是要到哪里去呢？”

“这我也说不好，尼德。”

“它的船长会不会到过了南极，又要到北极去冒险，从著名的西北水道回来呢？”

“这个猜测也是很有可能的。”康塞尔回答说。

“那么，”加拿大人说，“我们就不客气，恕不奉陪了。”

“不管怎么说，”康塞尔补充，“这个尼摩船长是一个了不起的人物，我们认识了他，绝对不会后悔。”

“特别是在离开他的时候更不会后悔！”尼德·兰立即回答说。

第二天，4月1日，诺第留斯号浮出了水面。在快接近中午的时候，我们望见了西面的海岸。那是火地岛，初期的航海家因为望见岛上土人的茅屋升起了无数的烟火，就给它起了这个名字。火地岛是个广大的群岛，长30里，宽80里，在南纬53度至56度之间，西经67度50分至77度15分之间。海岸看上去很低，但远方矗立着群山的高峰。我好像是望见了海拔高度为2070米的萨眠图山，这是一座由金字塔形的片岩形成的山，峰顶很尖。尼德·兰告诉我说，可以根据这山是被云雾所遮，或是山形面目显露，就可以预见天气的好坏。这时候，在天空中山峰是清楚地显露出来，这就预示着是好天气，事实也的确如此。

诺第留斯号回到水底下，靠近海岸，沿岸走了几海里。从客厅的玻璃窗，我看见很长的海藤，以及巨大的墨角菜，就是那种带球海藻，在南极的自由海中也有一些这样的海藻，它们有黏性和光滑的纤维带，长度可达300米，像一条真正的铁索，比大拇指还粗，很坚韧，时常可以把它当做船缆使用。另外一种名为维培菜的海草，叶长4英尺，沾满珊瑚的分泌物，像地毯一样铺在海底下面。无数甲壳动物和软体动物、螃蟹、乌贼等都可以把它作为窝巢和食物。

在这物产丰富的海底，诺第留斯号飞快地行驶着。到了晚上，它走近马露因群岛，第二天我就看见那群岛上高耸入云的山峰。

在这一带海中，我们的渔网打到了一些很美丽的昆布和各种品种的海带，特别是一种根上带有最美味的贻贝的墨角菜。在平台上还打到了十来只海鹅和海鸭，不久它们便被放在了厨房中。在鱼类方面，值得一提的是我看到虾虎鱼属的硬骨鱼，特别是一些长0.2米，身上处处有灰白和黄色斑点的多滚鱼。

我还欣赏了无数的水母，它们是最美丽的水母属，也是马露因海中特有的茧形水母。有时，它们显出半球形，很像一把张开的雨伞，非常光滑，上面有红褐色的条纹，下面垂着12朵挺有规则的花穗。有时又像一个翻过来的花篮，很美观地从篮中散出红色大片的叶和红色的细枝。它们摇动着它们的四只叶状胳膊游动着，让自己的丰富触须漂摇四散，随便挂住。我很想保留一些这种精美植虫动物来做标本，但它们一旦离开原来的海水，就会像烟云、光影似的，消失得没了踪影。

当马露因群岛的最后几座山峰在水平线上隐没不见的时候，诺第留斯号潜到20至25米深的水层，沿着美洲海岸行驶。尼摩船长仍旧一直没有出现。

一直到4月3日，我们都没有离开巴塔戈尼亚海岸，船有时在海底，有时在洋面，最后诺第留斯号驶过拉普拉塔河。4月4日，它横过了乌拉圭，但是在距海岸还有50海里的海面上，它一直向北行驶着，沿着南美洲弯曲延长的海岸行驶。自日本海上出发至此，我们已经走了16000里了。上午11点左右，我们沿着西经37度穿过了南回归线，越过了佛利奥岬海面。让尼德·兰大为不快的是，尼摩船长不喜欢让他的船太靠近有人居住的巴西海岸，用了惊人的速度快速驶过。

诺第留斯号以这种惊人的速度行驶了好几天，到了4月9日晚上，我们望见了南美洲最偏东、形成圣罗喀角的尖岬，但诺第留斯号到达这里的时候却躲开了，它潜入最深的海底，去找寻在这尖岬和非洲海岸的塞拉·勒窝内之间的海底山谷。这座海底山谷是在相同纬度上的安的列斯群岛上分出来的，到达9000米的巨大下洼地结束。在这里，大西洋地质上的切面形成一道很陡峭的长6公里的悬崖，一直到小安的列斯群岛，在跟青角群岛相同的纬度上，另有一道差不多一样长的石墙，这样就把整个沉下去的大西洋洲围起来。这座广大山谷的底层有些崎岖不平的山脉，使这海底下面的景象就像一幅美丽的油画。我讲这海底的情形，主要是按照诺第留斯号图书室所藏的手稿地图来讲的，很明显这些地图是尼摩船长亲自绘制的，并且都是根据他个人的真实观察绘出来的。

我们在这一带荒凉无物的深水中待了两天，船都利用纵斜机板下去看的。诺第留斯号可以沿着很长的对角线驶至所有的深水层。但在 4 月 11 日，它忽然上升，在亚马逊河的出口陆地又出现了，这个河口很宽大，出水量很丰富，把好几里内的海水都冲淡了。

越过了赤道线，西方 20 海里就是法国领地的几沿尼群岛，在那里我们可以很容易找到藏身的地方。但是海上的风浪很大，小艇在这样汹涌的波浪中行驶是很危险的。这点尼德·兰一定是了解到了，所以他什么也没有跟我说，我也不提他的逃走计划，因为我不愿让他去做那一定会失败的尝试。

这次计划的延误我很容易拿有兴趣的研究来补偿。在 4 月 11 日至 12 日的两天内，诺第留斯号一直是浮在海面上，船上鱼网打到的植虫类、鱼类和爬虫类非常丰富，收获颇丰。

有些植虫类是由鱼网的链索拖拽上来。大部分是那美丽的属于海苑葵科的须形海藻，在许多品种中，还有那种被带须形藻，这是大西洋这一海域的特产，它有着小小的圆筒躯干，有着优美的直线纹和红色斑点，头上展开新奇的触须花朵。

至于这一带海中的鱼类，我还没有机会加以研究，下面我举出几种不同的鱼：在软骨鱼类中，有化石花斑鱼，这是一种长 15 英寸的鳗鱼，头是淡青色，紫红色的鳍，脊背呈蓝灰色，银白的肚腹上有鲜明的红褐色斑点，眼膜周围由金黄色圈起来，它们是一种很神奇的鱼，应该是被亚马逊河水给带到海中来的，而它们通常是生活在淡水中的；有多瘤虾鱼，这鱼有尖形的嘴脸，又细又长的尾巴，长着一根齿形的尖刺；有长一米的小鲛，鲛皮是灰黑带淡白的颜色，牙齿排成数行，弯曲向后，俗称为拖鞋鱼；有红色的蝙蝠鞍鱼，这种鱼的形状类似等腰三角形，有半米长，胸鳍在突出的肉上，形状看来有些像蝙蝠的，但在鼻孔边有角质的触角，因此它还有一个别名为——角鱼；最后有好几种箭鱼，带甲鱼，这鱼两侧多刺，闪出鲜明的金黄色，以及身上的鲜明紫色的酸刺鱼，这鱼显出十分柔和的色泽，和鸽子咽喉部分的颜色一样。

最后我拿我观察的一组多骨鱼类，来结束这个有些枯燥的、但很精确的分类：其中有巴桑鱼，属于无翼鳍属，雪白颜色的嘴脸完全是钝角形，身上是美丽的黑色，长有一条很细很长的肉质纽带；有多利刺的齿状鱼；有 0.3 米长的沙丁鱼，全身闪着银色的白光；有卵形鳍鱼，它长有两支肛门鳍；黑色牙刺鱼，全身黑色，人们必须要点燃草火把才能把它们钓上来，这鱼有两米长，肉很肥且白，很坚实，新鲜的时候，味道跟鳗鱼肉有点像，如果晒干了，就带熏鲜鱼肉的味道；有半身呈红色的拉布鱼，这鱼只在脊鳍和肛鳍周围才长有鳞；有茧鱼，这鱼身上有金色和银色的光辉，再夹杂上红玉和黄玉的色泽；有肉质鲜美的金尾鲷鱼，它们身上的磷光时时在海水中间显露出来；有普比酬鱼，这鱼的舌头细小，身上为橙黄色；又有魔鳍金黄的石龙子，黑色硬鳍鱼，苏里南群岛的突眼鱼等等。

尽管我的介绍已经结束，但我还想再谈一种鱼，这种鱼让康塞尔终身难以忘记，我这么说那是有理由的。

我们的一张网打到一种很扁平的扁鱼，如果把这鱼的尾巴截去，那它就完全会成为一个圆盘，它重大约有 20 公斤。这鱼下半身是白的，上面却是淡红的，同时还带有深蓝色的圆点，并且圆点周围有黑圈，表皮很光滑，后面是一支中间开裂的尾鳍。它被摆在平台上，极力挣扎，全身抽搐，想翻过身子来，它费了好大的力量，做着最后的挣扎，康塞尔看着这条鱼，差点就要蹦到海中去了，他立即扑了上去，我正要拦着他，可他已经用两手把鱼抓住了。

他立即被打倒，四脚朝天，他被弄得半身麻痹，大声喊："啊！主人，我的主人！您快来救救我。"

这可怜的老实人这是第一次对我说话不是用"第三人称"。

加拿大人和我跑过去把他扶起来，急忙地给他按摩，当他回过神来的时候，这个永远喜欢分类的人用吞吞吐吐的声音低低地说："软骨纲，软鳍目，鳃固定的，鲛亚目，稣鱼科，电鱼属！"

第十八章　章鱼

在接下来的几天内，诺第留斯号一直行驶在离美洲海岸很远的海面。很显然，它不想到墨西哥湾或安的列斯群岛海中来。这一带海水平均深度是 18000 米，对诺第留斯号来说在此航行并不难，但是那一带的岛屿比较多，同时还有许多汽船往来，这些对尼摩船长来说是不合心意的。

4 月 16 日，我们看见了在 30 海里左右的马丁尼克岛和加德路披岛。我偶尔还能望见岛上群山的高峰。

加拿大人准备在墨西哥湾实行他的逃跑计划，或逃到某些陆地上，或逃到靠近往来岛屿间沿岸的一只船上，可是他发现诺第留斯号并没有驶进这海湾，这让他很失望。在湾内，如果尼德·兰能乘尼摩船长不注意的时候，偷到小艇，那对逃走来说是有很大帮助的，也会让逃跑变得比较容易。但现在是在大西洋上，逃跑的可能性几乎为零。

对于这事加拿大人、康塞尔和我，我们谈了很长时间。我们从到诺第留斯号船上做俘虏，到现在已经有 6 个月了，走了 17000 里。像尼德・兰说的，不知道何时才能结束这次旅行。所以他向我提了一个让我感到有些吃惊的建议，那就是向尼摩船长干脆利落地提出下面的问题来：船长是打算把我们无限期留在他船上吗?

类似的这种会谈让我觉得十分为难和厌烦。在我看来，这会谈是不会有结果的。在诺第留斯号船长方面，我们是毫无希望的，看来一切还得靠我们自己。并且，近期来，船长这个人变得更沉默寡言，也不露面了。好像他是在故意躲着我，基本没怎么碰到他。以前，他很喜欢给我解释海底的神奇，现在他只是任由我看书做研究，几乎都不来客厅了。

他到底发生什么了呢？是什么原因让他不出现呢？我并没有什么对不起他，或是可以责备自己的地方。会不会是我们在船上让他为难了？可是，我不敢奢望有一天他会恢复我们的自由。

所以，我请尼德在行动之前让我好好考虑一下，如果这次会谈得不到什么结果，可能就会弄巧成拙增加他对我们的猜疑，使我们的处境更加困难，这对加拿大人的计划也是不利的。我又补充说，我也不可能拿我们的身体健康作理由请求离开诺第留斯号。事实上，除了在南极的冰山下我们受了罪之外，尼德・兰、康塞尔、我，我们的身体一直都很好。那种卫生的饮食，健康的空气，有规律的生活，几乎恒定的温度，决不至于使人身体有什么疾病，而对于一个对陆地没有任何留恋的人来说，在尼摩船长来说，这就像是在他自己家里，他想到哪里就到哪里，他可以去他想去的任何地方，这是他的生活方式，我是可以理解的，但是我们，我们并没有跟人类断绝往来。在我个人，我不想让我的这种新奇有趣的研究跟我一起葬身海底。我现在完全有权利来写一本关于海洋的书，而这本书我想早晚有一天可以公之于众。

就在这里，在安的列斯群岛海面下 10 米的水域中，从敞开的嵌板看，我又看到许多有趣的海洋产物，我应当把这些补充在我的日记本上！在许多植虫动物中间，有一些名海扁筒的船形腔肠类，那是一种粗大的椭圆形大气囊，带螺铀质的闪光，把它们的膜迎风张开，蓝色的触须像丝线一样浮在水中，它们看着是很美丽迷人的水母，但手摸到的却是分泌腐蚀性液汁的麻草。在鱼类中，那是长 10 英尺，重 600 磅的巨大软骨鱼，胸鳍呈三角形，脊背中间有些突起，眼睛长在头部最前端的蛇稣鱼，它们像船只的残骸一般，浮来浮去，有时又像一块不透亮的窗板，遮盖住我们的玻璃窗；还有就是大自然对于它们只涂上黑白两种颜色的美洲箭鱼；有些匣形虾虎鱼，这鱼很长，肉很多，有黄色的鳍和突出的上颌；有长 1.6 米的鲭鱼，这鱼的牙齿很短却很尖，背上满是细鳞，它是属于白脂鲭的一种。其次，有一群一群出现的海诽鲤鱼，它们从头到尾胸腹间有一条条的金黄色带，游起来光彩辉煌的鳍摆动着，很是好看。最后，有那些金黄的苹果鳍鱼，它们装上碧绿色的条带，穿着丝绒的外衣，打扮得像维郎尼斯所画的王公一样，在我们眼前走过；还有一些带刺鲷鱼，它们胸鳍摆动得很快，在我们眼前一晃而过；有一些身长 15 英寸的磷光鲸鱼，被包围在闪闪磷光中；有那些鳅鱼，用它们粗大多肉的尾巴击打着海水；有那些红色鲍鱼，它们好像拿着它们的锋利的胸鳍，划破海水；有那些名副其实银白的月光鱼，它们叫这个名字很恰当，因为它们从水中跃起来，就像发出许多淡白光线的月亮。

4 月 20 日，我们航行在平均 1500 米深的水层。这时离船最近的是留力口夷群岛，群岛像一堆石板散开铺在海面上。在这一带有高大的海底悬崖，就像在宽大基石上用粗糙的石块形成的一道道直立的高墙，在墙中间露出许多黑洞，我们船上的电光都不能照到底。

这些岩石上面铺着层层的阔大海产草叶，宽大的昆布类和巨大的墨角菜，简直就是海产植物形成的墙壁，正好与地唐巨人（希腊神话中的天神与地神的子女，系巨神族，共 12 人，6 男 6 女）的世界相匹配。

康塞尔、尼德·兰和我在说完了这些巨大的植物后，自然而然地就要谈到这一带海中的巨大动物，显然那些巨大的海洋植物就是它们的食物。不过，从几乎是静止的诺第留斯号的玻璃窗中看，我在那很长的草叶条上，看见一些腕足门的主要节肢类动物，如长爪的海蜘蛛、紫色海蟹、安的列斯群岛海中特有的翼步螺。

在 11 点左右，尼德·兰让我注意那巨大昆布间发生的异乎寻常的骚动。

“那么，”我说，“这是章鱼的洞窟，在这儿要看见一些这种怪物也就不足为奇了。”

“怎么！”康塞尔说，“是枪乌贼，那头足纲的枪乌贼吗？”

“不，”我说，“是那种体型巨大的章鱼。可是我却什么也没看到，我想一定是尼德朋友搞错了。”

“真可惜，”康塞尔回答，“我很想亲眼看看这种大章鱼，我听人说过很多关于这种东西的说法，这种东西可以把船只拖到海底下呢。这类东西叫做克拉……”

“吹嘘一下就够了。”加拿大人用讽刺的语气说。

“克拉肯。”康塞尔抢着说，他说完这句话，并没有理会到他同伴的嘲笑。

“我是不会相信世界上有这么一种动物存在的。”尼德·兰说。

“为什么不相信呢？”康塞尔回答，“先生说的海麒麟我们不是都相信了。”

“康塞尔，我们错了。”

“当然错了！不过一定还有别的人相信它。”

“那也是有可能的，康塞尔，但是对我来说，除非我亲自动手宰割过了，我才相信存在这些怪物。”

“这样，”康塞尔问我，“先生也不相信有巨大的章鱼吗？”

“哎！鬼才会相信呢？”加拿大人喊道。

“尼德朋友，有许多人相信呢。”

“确实有人相信吧！”

“捕鱼人就不会相信，也许学者会相信吧！”

“但是，听我说吧，”康塞尔表情十分严肃地说，“我很清楚地记得，我曾看过一只大船被一只头足类动物的胳膊拉到海底去了。”

“你真的看到过吗？”加拿大人问。

“不错，尼德。”

“你是亲眼看见的吗？”

“我亲眼看见过。”

“是在什么地方看到的呢？”

“在圣马罗港。”康塞尔坚定地回答。

“是在港中吗？”尼德·兰用讽刺的语气说。

“不，是在一所教堂里。”康塞尔回答。

“在教堂里！”加拿大人喊道。

“对，尼德朋友。那是一幅图画绘着这条大章鱼！”

“好嘛！”尼德·兰大笑到说，“原来康塞尔先生是逗我玩呢！”

“事实上，我也听说过这幅画，”我说，“不过它只是根据一个传说画的，您知道，谈到生物科学，我们要怎样来看待这些传说！并且，只要一谈到怪物，人们的想象总是要天马行空起来的。不仅有人说这些章鱼可以把船只拖入海底，并且有一个叫做奥拉又斯·麦纽斯（瑞典国王）的人，说有一条长1海里的头足类动物，与其说它像一个动物，倒不如说是像一座岛屿。还有人说，有一天宜都罗斯的主教在一堆岩石上搭起一座神坛，做弥撒。等他做完了弥撒，这堆岩石动了起来，沉入海底去了。原来这堆岩石就是一条大章鱼呢。”

“您说完了吗？”加拿大人问。

“没有，”我回答，“另一个叫彭士皮丹的主教，他也说过这么一条大章鱼，在这章鱼身上可以让一队骑兵在上面演习呢！”

“从前的主教们可真能胡说！”尼德·兰说。

“最后，古时代的生物学者还例举过一些怪物，嘴有一个海湾那么大，而且因为身躯太过巨大，连直布罗陀海峡都走不过去。”

“这真是太妙了！”加拿大人说。

“在这些故事里面，有真的吗？”康塞尔问。

“一点也不会有，我的朋友们，至少从超出真实性的界限而变成寓言或传说的范围上看，没有一点是真实的。不过，讲故事人的想象，虽不一定是有事实根据，但至少总要有一个理由。对于有巨大类型的章鱼和枪乌贼存在这点人们是不可否认的，不过它们一定没有鲸科动物大。亚里士多德曾经确实说过有一条长 3.1 米的枪乌贼。现在的打鱼人时常看见只是身长超过 1.8 米的枪乌贼。杜利斯提和蒙伯利野的博物馆收藏有一些长达 2 米的章鱼的骨骼。此外，根据生物学家的计算，这种动物，一条长仅仅只有 6 英尺，但它的触须则可达 27 英尺，这就足够使它们成为怕人的怪东西。”

“现在还有人打章鱼吗？”加拿大人问。

“即使没人打到，至少也有水手们是看见过的。我的一个朋友，哈夫尔港的保尔·包斯船长，他就多次对我肯定地说，在印度洋中他曾经碰见过一条这种身躯巨大的怪物。但最令人惊讶的，并且不能否认这些巨大动物存在的，就是几年前的 1861 年发生的那件事。”

“那件事是什么样呢？”尼德·兰问。

“事情是这样的，1861 年，在铁匿利夫岛的东北部，跟我们现在几乎相同的纬度，通讯舰亚列敦号的船员看见水中浮游着一条巨大的枪乌贼。布格船长靠近这东西，他用叉和枪打它，但毫无结果，因为它的肉就像棉花一样，枪和叉刺进去就好像插进完全稀烂的黏液那样。经过几次的尝试，都没有打到它，船上人员最后把绳纽结扣在这条软体动物身上，这绳结最终套住了它的尾鳍，船上人员想把这怪东西拉上船来，但由于它的身体十分沉重，弄得它因为受绳索的拖拉，尾巴被拉断了，而它因为没有了尾巴，才得以潜入水中逃走了。”

“总算有了一件事实。”尼德·兰说。

“这是一件不可置疑的事实，老实的尼德。因此有人建议，称这章鱼为‘布格的枪乌贼’。”

“它有多长？”加拿大人问。

“它是不是有 6 米左右长？”康塞尔站在玻璃边，看着那崎岖不平的悬崖说。

“正是 6 米长。”我回答说。

“它的眼睛长在额门顶，不是长得很大吗？”

“不错，康塞尔。”

“它的嘴是不是跟鹦鹉的嘴很像，非常大吗？”

“是的，康塞尔。”

“那么！请先生原谅。”康塞尔安静地回答，“如果这边的不是布格的枪乌贼，至少也是它的兄弟了。”

我看着康塞尔，尼德·兰急匆匆地跑到玻璃窗边去。

“真是好可怕的东西。”他喊道。

我也跑前去看，我简直吓得倒退，在我眼前走动的正是那使人骇怕的怪物，不禁让我胃里一阵翻腾。这怪物真可以放在古代的传说怪物里面呢。

这是一条身躯长 8 米的巨大章鱼。它以极端快捷的速度倒退着向诺第留斯号走来。它那海色的呆呆的大眼睛盯视着我们，它的 8 只胳膊，不如说 8 只脚，长在它脑袋上，因此这种动物有了头足类的名称，它的脚长得很长，是它身体的两倍，摆动着像疯妇人的头发那样乱飘。我们可以清楚地看见那排列在它触须里面、作半球形圆盖的 250 个吸盘。这些吸盘有时中间成真空紧紧地贴在客厅的玻璃上。这怪东西有像鹦鹉喙一样骨质的嘴，垂直地一张一合。它那同样是骨质的舌头上有几排尖利的牙，颤抖着露出那一副真正的大铁钳。大自然是怎样的离奇古怪啊！在一个软体动物上却长着类似鸟的嘴！它的身躯作纺锤形，中腰膨胀，形成重量不下 20000 至 25000 公斤的一大块肉，它身上的颜色也会随着这怪东西的情绪而迅速改变着，从灰白色陆续变为红褐色。

这个软体动物为什么会愤怒呢？可能是因为在它面前的诺第留斯号，船比它更巨大可怕，并且它的吸盘脚或它的牙齿又没法捉住它。可是，这是多么怕人的怪物！造物者分给它们的是多么出奇的活力！它们的运动十分有力，并且它们还有三个心脏！

偶然的机会把这枪乌贼摆在我面前，我不愿失去这个观察它的机会，于是对这头足类的品种，做了细致的研究。我努力让自己克服对它的外形所有的厌恶心情，我拿了一支铅笔，开始把它画下来。

“可能这跟亚列敦号看见的是同一条东西吧。”康塞尔说道。

“不是，”加拿大人回答，“因为那一条是断了一条尾巴的，而这一条是完整的。”

“这不能成为理由，”我回答，“因为这类动物的胳膊和尾巴是可以由逐渐的累积重新长出来的，7 年以来，布格的枪乌贼是有足够的时间长出新尾巴来的。”

“此外，”尼德立即回答，“如果这条不是它，在那些中间也许有一条是它！”

果然，在船右舷的玻璃边又出现了好多其他的章鱼。我算了一下共有 7 条。它们始终跟着诺第留斯号前行，我听到它们用嘴在钢板上摩擦发出格格的声音，我们是它们理想的食物。我继续画着我的画，这些怪东西始终在我们两旁海水中十分准确地保持一定的速度。感觉它们就像是在那里站着不动的，我甚至可以在玻璃上用纸把它们缩小临摹下来。这时，诺第留斯号行驶的速度不是很快。

忽然诺第留斯号停住了，一阵撞击使它全身都发生震颤。

“我们是发生撞击了吗？”我问。

“即使撞上了也没关系，”加拿大人回答，“我们已经摆脱开了，因为我们已经浮起来了。”

诺第留斯号浮起来了，但是它却停止不前了，它的推进器的轮叶也停止了转动，一分钟之后，尼摩船长和他的副手走进客厅来。

我有好长时间没有看见他了，他看起来神色有点紧张，没有跟我们说话，也许没有看见我们，他走到嵌板边，看了一眼那些章鱼，然后对他的副手说了几句话，他的副手走了出去。不久嵌板关了起来，天花板上的灯亮了起来。

我走到船长面前，对他说：“这章鱼的品种真是够新奇的。”我说话时语气很轻松，就好像是一个喜爱鱼类的人在养鱼缸面前说话一样。

“是的，生物学家，”他回答我，“但现在我们马上要跟它们进行肉搏了。”

我眼盯着船长，我对他的话好像还不太明白。

“肉搏吗？”我重复了一遍。

“对，先生。推进器停住了，我想是因为有一条枪乌贼的下颚骨撞进轮叶中去了，因此就阻碍了船的前进。”

“您打算怎么办？”

“浮上水面，杀掉这条害虫。”

“这并不是件容易的事呀！”

“是的。电气弹对于这团软肉是毫无用处的，因为软肉没有足够的抵抗力，所以不会爆炸，我们只能用斧子来砍。”

“也可以用叉来叉，先生，”加拿大人说，“如果您允许的话，我一定来帮忙。”

“我很高兴您能来帮忙，兰师傅。”

“我们陪您一起去。”我说，之后便跟着尼摩船长，向中央楼梯走去。

楼梯边有十来个人，拿着冲锋用的斧子，准备出击。康塞尔和我，我们一人也拿了一把，尼德·兰手拿着他的捕鲸叉。

这时诺第留斯号已经浮上水面来了。一个水手站在楼梯的最高的一级上，把嵌板上的螺钉弄下来。可是刚放开母螺旋，嵌板就十分猛烈地掀起，显然是被章鱼一只胳膊的吸盘所拉开了。立即有一只像蛇一样的长胳膊，从舱口溜进来，还有二十多只在上面摇来摇去。尼摩船长只用了一斧子就把这根巨大的触须截断，它绞卷着从楼梯上滚下去。

在我们奋不顾身拥挤着走到平台上时，只见两只胳膊，像双鞭一样在空中挥动，落在尼摩船长面前站着的那个水手身上，以无法抗衡的力量瞬间把他卷走了。尼摩船长大喊一声，跳到外面去，我们也跟着一齐跳出来。

这场面多么惊心动魄！而这个被触须缠住不幸的人，粘在吸盘上，在空中摇来摆去，他喘着粗气，快要窒息了，他拼命地叫喊：“救命呀！快来救救我！”他说这话是用的法语，这让我十分吃惊！那么在船上是有我的一个同胞！或者有好几个！这个使人心碎的呼救声，我一生都忘不了。

眼看这个不幸的人是要完了，谁能从这强大的卷抱中把他救回来呢？可是尼摩船长还是跳到章鱼身上，又一斧子，他又砍下来一只胳膊。他的副手同样也是极其愤怒地跟那些爬在诺第留斯号两边的其他章鱼战斗。船员们挥动着各自的斧头，乱砍乱杀。加拿大人、康塞尔和我，我们也把我们的武器穿进这大团肉块中去。空气中弥散着一种强烈的麝香味。这场面真是太怕人了。

在一瞬间，我以为还是有可能从章鱼那强大的吸盘上救下那个不幸的人来，章鱼的 8 只胳膊有 7 只都被砍了下来，仅剩的一只把那个人像一支笔一样挥动，在空中转来转去。但当尼摩船长和他的副手扑到它身上去的时候，这个东西喷出一道黑色的液体，这是从它肚子中的一个口袋分泌出来的黑水，顷刻间我们都被弄得什么也看不见了。当这团黑雾渐渐散去的时候，我们才发现枪乌贼不见了，还有我的那位不幸的同胞也跟着一起消失了！

这时我们对这些章鱼的恨简直到了极点！在诺第留斯号的平台和两边还有十多条章鱼侵来，被砍断的触角在平台上，在血泊和墨水中滚来滚去，这些黏性的触须就像多头蛇的头一样，一会又活过来了。尼德·兰的捕鲸叉每一下都刺入枪乌贼的海色眼睛中，把眼珠挖出来。可是，我的勇敢同伴突然被一条怪物的触须卷住掀倒在地，枪乌贼对着尼德·兰张开那厉害可怕的嘴来，眼看这个不幸的人要被咬为两段了，我急忙地跑去救他，但尼摩船长已先我一步动了手。他的斧子砍入那两排巨大的牙齿里面了，加拿大人出人意料地得救了，他迅速地站起来，把整条叉直刺入章鱼的三个心脏中。

“这算是我对您的救命之恩的报答了！”尼摩船长对加拿大人说。

尼德只是点点头，没说什么。

这次战斗持续了有一刻钟。章鱼怪物战败了，伤的伤，死的死，最后给我们让出地方来，溜入水中不见了。

尼摩船长全身被血染红了，一动也不动地站在探照灯附近，眼盯着吞噬了他的一个同伴的大海，大滴的泪珠从他的眼眶里流了出来。

第十九章　大西洋暖流

在我们中间谁也不会忘记4月20日的惊人场面，我是在强烈的不平情绪下把它写下来的。后来我又把这个叙述重新看了一遍，还把它念给康塞尔和尼德·兰听。他们觉得我所写得很准确，跟实际情形一样，但还是不够生动，没有把当时的情景描述得很充分。想要描绘这样的场面，必须是我们最有名的一位诗人——《海上劳工》作者的妙笔，才能表达出来。

我上面说过，尼摩船长面对着失去同伴的大海流下了热泪，他的痛苦是沉重的。从我们到船上来，他已经失去了两个同伴。但这个同伴死得多么悲惨！这个朋友被一条章鱼的粗大胳膊压扁，窒息，甚至最后被扭断，被它的铁牙床研碎，再也不能跟他的同伴们那样地在珊瑚墓地的安静水底长眠！

对我个人来说，在这次战斗中，那个不幸的人发出的最后绝望的呼喊，令我肝肠寸断。这个不幸的法国人，忘记了在船上约定的语言，用自己的母语，发出最后一次的呼救！诺第留斯号所有的船员，他们是全心全意跟尼摩船长在一起的，他们是跟他一样躲避人类的，其中有一个还是我的同胞！组成这个神秘团体的人员显然是来自不同国家的，代表法国的只是他一个人吗？在我心里又出现了一个找不到答案的问题！

尼摩船长回他的房中去了，我又有好长时间没有看见他了。如果我从诺第留斯号来判断——因为他是船的灵魂，船完全受他的感应，他应该是悲伤、失望和彷徨，因为此时的诺第留斯号也没有了明确的方向。它走来走去地徘徊不定，有时漂浮在水面上就像一具死尸，随波而动。缠绕着推进器的章鱼已经被清理掉了，可是它却几乎已经用不着了，诺第留斯号就这样在水面上漫无目的地漂流着。它又不忍心离开它最后一次斗争的场所，那个吞噬了他一个亲人的海面！

就这样过了10天，一直到5月1日，诺第留斯号在巴哈马水道口望见留加衣群岛后，又继续向北驶去。于是我们沿着海洋中最大河流的潮水行驶，这河有它自己的边界、鱼类和温度，我把这河叫做大西洋暖流。

是的，这是一条在大西洋中自由流动的河流，但是它的水却跟大西洋的水互不干涉。它是一条咸水河，甚至比周围的海水更咸。它的平均深度是3000英尺，平均宽度是60海里。在某些河段，它的水流速度高达每小时4公里。它的水流量比地球上任何的河水流量都稳定。

大西洋暖流的源头，是由尼摩船长指出来的，可以说，是在嘉斯贡尼海湾。

尽管在它的源头温度和颜色还不很强，但暖流已经开始形成了。它的流向向南，沿赤道非洲走，水流受热带地区阳光的照射，水温渐渐升高，然后横过大西洋，到达巴西海岸的三罗格罗，然后分成两个支流，其中的一个支流继续流入安的列斯群岛海中，尽量吸取温热水分。这时候，大西洋暖流担任恢复海上温度的平衡的重任，以及把热带海水跟北极海水混合起来，开始发挥它保持均衡的作用。在墨西哥湾中，它被晒至水温达到最高后，沿北美海岸奔向北方，一直前进到纽芬兰岛，然后与台维斯海峡寒流汇合，转折向西，在地球这一处的一个大圈上沿斜航曲线流去，最后流入大西洋中。在北纬 43 度，暖流又分为两支，其中一支受东北季候风的影响，回到嘉斯贡尼湾和阿梭尔群岛，另一支经爱尔兰和挪威海岸后，直流至斯勃齐堡，在那里，它的温度降至 4 摄氏度，形成北极自由流动的海。

此时诺第留斯号就是在大西洋的这条河流上行驶。从巴哈马水道口出来，在宽 14 里，水深 350 米的地方，暖流以每小时 8 公里的速度流动着，这速度越向北去就越慢，这种规律性是有其存在必要性，因为有人已经指出，一旦暖流的速度和方向改变了，欧洲的气候就将受到很大的影响。

到中午时分，我跟康塞尔在平台上，我告诉他关于大西洋暖流的一些特点。当我说完这些的时候，我就让他把手放到水流里面去感受一下。

康塞尔照我的话，把手放下去，他很惊异，这水竟然丝毫没有冷热的感觉。

我对他说："这因为大西洋暖流从墨西哥湾出来，它的水温跟人的体温没有什么差别。暖流是巨大的暖气炉，使欧洲沿海的气候很温和，四季如春。并且，如果我们相信莫利说的活，把暖流的全部热力利用起来，它所供应的热量，可以使跟亚马逊河或密苏里河一般大的铁的河流，永远保持熔点温度。"

此时，暖流的速度是每秒 2.25 米，它的水流跟周围的水流有很明显的不同，在洋面上特别浮出它的受压挤的水，使它的暖水和海中冷水之间有了明显的分层。另外，暖流的水很浓黑，含有盐质，它的靛蓝色与周围的绿波上形成明显的差别。当诺第留斯号跟嘉罗林群岛在同一纬度上，船冲角进入了暖流，它的推进器还在海水中搅动的时候，就有很明显的划分这两种水流的分界线。

在夜间，在有暴风雨即将来临的时候，大西洋暖流的磷光海水跟我们探照灯的电光交相辉映。

5 月 8 日，跟北加罗林群岛在同一纬度上，我们与哈提拉斯角侧面遥遥相望。这时，大西洋暖流流经这里，其水深是 210 米。诺第留斯号继续随意地冒险行驶着，好像在船上没有什么管理和监督了。我感觉，在这种情况下，逃走的计划很可能会成功的，是的，有人居住的海岸处处都可以给我们提供藏身之所。海上不断往来行驶的汽船，它们是从纽约或从波士顿到墨西哥湾的定期船只，又有那些小的二桅帆船在美洲沿海各地担任沿岸航行的工作。我们对能得到这些船只的接待抱有很大的希望。所以，现在这个机会对我们来说是很好的。即使诺第留斯号离美洲联邦海岸有 30 海里，也没有什么关系。

但加拿大人的计划被突然的险恶情势破坏了。天气糟糕透了，我们走近的这带海域就是台风和旋风产生的地方，这是一片常有暴风的海，而大西洋暖流正是产生这些恶劣天气的原因。如果驾驶一只脆弱的小艇，冒险与汹涌的波涛搏斗，那一定是必死无疑。尼德·兰也同意这种看法，所以，对于他的发狂的思乡病，虽然只有逃走才能治疗，但现在，他也只能咬紧牙关，暂时放弃了。

“这一切必须结束了，”那一天他对我说，“对于这事我想必须要有明确的决定。您的船长离开陆地，向北驶去了。但我坦白对您说，南极已经让我受够了，我是绝对不会跟他到北极去的。”

“那怎么办，尼德？这时候，逃走暂时也是行不通的！”

“我还是从前的那个想法，有必要跟船长谈一下。当我们在您的祖国沿海中的时候，您却什么也没说。现在到我的祖国沿海中了，我一定要跟他说。只要我一想到，过不了几天，诺第留斯号就要跟新苏格兰在同一纬度上，在那边，靠近纽芬兰岛，现出阔大的海湾，圣劳伦斯河流入这湾中，圣劳伦斯河是我的河，是我生长的城市魁北克所在的河，我的愤怒就完全写在了脸上，我的头发都要竖起来了。您瞧，先生，我宁愿跳到海里去！也不愿留在这里！在这里我快闷死了！”

显然加拿大人的忍耐已经到了极限。他暴躁的天性不可能适应这无限延长的监牢生活。他的样子一天比一天憔悴，性格也变得越来越忧郁。我能感觉到他所忍受的苦恼，因为我跟他一样，也得了思乡病。差不多已经过去了 7 个月，得不到一点陆地上的消息。还有，尼摩船长的孤独，他脾气的改变——特别是从那一次跟章鱼战斗后，他的沉默，种种的改变让我倍感疑惑，我感到刚上船时的那种热情已经慢慢消退了。可能只有像康塞尔这样的一个佛兰蒙人才能安心接受，在这专给鲸科动物和其他海中生物提供生活环境的场所。说实话，如果这个老实人没有肺而有腮，我想他一定是一条了不得的好鱼！

“先生，怎么样？”尼德·兰看见我不回答，立即又说。

“尼德，那么，您要我去问尼摩船长，他到底对我们想作何打算吗？”

“是的，先生。”

“虽然他已经说过了，也还要再问一次吗？”

“是的。我想再确认一下，如果您愿意，单单以我的名义去问他吧。”

“可是我很难碰见他，而且他好像是故意在躲我呢！”

“那就更多一个理由，必须去看他了。”

“那好吧尼德，有时间我一定问他。”

“什么时候？”加拿大人坚持地问。

“我什么时候碰见他就问……”

“阿龙纳斯先生，您不如让我去找他吧？”

“不，我去。明天……”

“今天。”尼德·兰步步紧逼地说。

“好，今天就今天。”我回答加拿大人说，如果是他去的话，一定会把事情搞得更糟糕。

我独自一人留在那里。既然我已经打定主意要找尼摩船长，就要立即去办，我不喜欢拖拖拉拉。

我回到自己的房中，在房中，我听到尼摩船长的房中有脚步声，那就不应该放过这个碰见他的机会了。我敲敲他的门，却没有得到任何回答，我又敲一下，然后用手转动门扣，门开了。

我便走了进去，看见船长正坐在写字台前，埋头做着他的工作，好像没有听到我进来。我想已经没有退路了，只能问清楚了再出去，于是，我便走到他旁边。他突然抬起头，语气生硬地问道：“是您啊教授，您找我有事吗？”

“我想找您谈谈。”

“可我现在很忙，我在工作。”

“可是先生，有件事我必须现在对您说。”

“是什么事？”他含着讽刺的语气问道，“您是不是发现我在什么地方有疏漏？还是大海告诉您了什么新的秘密。”

我俩想的完全是两码事。但在我回答他之前，他指着摊在写字桌上的一份手稿，语气严肃地对我说：“教授，您看这是我用不同语言写的几份我对海洋的研究的手稿，手稿上还签了我的名，并附有我的生平记事。如果上帝保佑，我将把它装进一只不透水、不会沉没的容器中，投入大海，也许这份手稿不会同我一块消失。”

“船长，我很赞同您这么做，因为不能让您的研究成果被埋没掉。不过您的方法好像太过原始，这方法太过随意性，谁知道大风会把它吹到什么地方？谁知道它会落入什么人的手里？难道就没有更好的办法了吗？例如，您或者船上的某个人……”

“这是永远都不可能的，先生。”尼摩船长急促地打断我的话说。

“如果您能恢复我们的自由，我和我的同伴们，我们愿意保存这份特别的手稿……”

“恢复你们的自由！”尼摩船长站起来说。

“是的，先生，我现在要来问您的就是这个问题。我们在您的船上已经有 7 个月了，今天用我的同伴和我的名义来问您，您是不是要把我们永远留在这船上？”

"阿龙纳斯先生，"尼摩船长说，"我今天要说的，还是7个月前我回答过您的：谁一旦进了诺第留斯号就永远不能离开它。"

"您要我们接受的简直是奴隶制了吧！"

"随便您怎么说都好。"

"可是，就算是奴隶也随时随地保留有要恢复他的自由的权利，不管他采取什么方法，只要能重获自由，他都会认为是好的，都要加以利用！"

"这个权利，"尼摩船长回答，"我没有否认，我想过要您们发誓把您们束缚住吗？"

船长两手交叉放在胸前，眼睛盯着我。

"先生，"我对他说，"第二次再来谈这个事情，还是不能如您我的愿。不过既然已经说到这儿了，我们就好好地谈一下。我再重复一遍，这不单单是关于我个人的问题。对我来说，研究是一种帮助，一种兴趣，一种吸引，一种热情，可以使我忘记一切。跟您一样，我生活不求人知，但我只有一个小小的愿望，就是希望有一天利用一个不透水的盒子，随风漂流，把自己工作的结果，留给后人。总之，我在了解了您这个人的某些方面上，我对您很是佩服，跟着您，没有什么苦恼和不快。但您的生活有其他的方面，使我觉得它很复杂也很神秘，就是这一点，我的同伴和我，一直到现在还是一点都不了解。我们的心时常为您而跳动，为您的某些痛苦而焦急，或为您的天才或勇敢行为而鼓舞，但是，我们同时又看到，不论是从朋友或从敌人方面发出来的美和善，哪怕是出于人类同情心的最细微的表示，我们也必须压制着自己的情感，不能表露出来，那么，就是这种感觉，让我们感觉对您的一切都是陌生的，也就使得我们的处境有些难以容忍。对我来说都是这样，更别说对尼德·兰了。出于对自由的热爱，对奴役的憎恨，在暴躁天性的加拿大人的心中会生出的报复计划，他可能在思考什么？计划什么？甚至想要做些什么？……您曾为别人考虑过吗？"

我停住不说了。尼摩船长站起来说："尼德·兰思考的，计划的和想要做的是什么，随他的意思去，这跟我有什么关系？并不是我请他来的呀！您以为把他留在船上我就很高兴啊！至于您，阿龙纳斯先生，您什么都懂，就是我不说出来您也应该能理解，我没有什么话可以回答您的了。我希望这是您最后一次来跟我谈这个问题，因为如果再有下一次的话我就根本不会再听您说了。"

我退了出来。自这一天起，我们的处境变得越来越紧张，我把谈话的情况说给我的两个同伴听了。

"我们现在知道，"尼德·兰说，"不能再对这个人抱有任何幻想了。诺第留斯号现在接近长岛，不管天气怎样，我们逃吧。"

但是天气愈来愈坏，看来暴风雨应该即将来临。空中大气变成灰白的牛奶色，在天际，一阵一阵疏散的淡云，紧接而来是那朵朵的浓密乌云了。海水高涨，波涛汹涌。除了喜欢跟风暴做朋友的海燕外，所有的鸟都不见了。风雨表显著下降，表示空中的湿度很高，水蒸气很多。暴风镜受了大气中饱和的电力，内部物质分解了，预示着暴风雨就要来了。

在 5 月 18 日那一天大风暴爆发，正当诺第留斯号跟长岛在同一纬度上，距纽约水道只有几海里远的时候。我可以描写这次风雨斗争的激烈，不知道是什么原因，尼摩船长没有让船潜入海底，而是让它在水面上乘风破浪。

风从西南方吹来，首先是一阵阵的凉风，就是说，每秒的速度为 15 米，到下午 2 点左右，速度就达到每秒 25 米。这就达到了暴风的风速。

尼摩船长站在平台上，在猛烈的暴风下屹立不动。他在腰间绑上了绳子，用来抵抗阵阵冲来的大浪。我也站在平台上，也用绳子把自己捆起来，欣赏这风暴，同时又对这不怕风暴的无与伦比的人赞美着。波涛汹涌的海面被浸在水中的片片巨大浓云扫过。我再也看不见大旋涡中形成的中间小浪，只有煤黑色的长波大浪，一浪接一浪地涌上来。船在疯狂地摇晃着，让人感觉十分害怕。

5 点左右，大雨来临，但海面上狂风仍在怒吼着，此时的风速已达到每秒 45 米，这么大的风足可以把房屋掀翻。面对这场狂风暴雨，诺第留斯号却凭着它完美的构造，迎接着狂风恶浪的袭击。

夜幕降临，暴风雨更加猛烈。日落时分我曾看到远处有一艘大船在苦苦挣扎，它顶风低速行驶着。它减小了蒸汽的动力，以保持在风浪中的平衡，但不久便消失在茫茫的暮色中了。

晚上 10 点，天空中电闪雷鸣，黑黑的夜空被闪电划得一片火红。我受不了闪电的光辉，但尼摩船长正视着它，好像要把风暴的灵魂吸取过来。空中布满了隆隆可怕的响声，这是很复杂的声响，由互相击打的波浪怒吼声，大风的呼啸声，雷电的爆裂声所组成。风从天际各处吹来，台风自东方出发，经过北方、西方和南方，又回到东方，跟南半球的回旋风暴的方向刚好相反。

啊！这大西洋暖流！不愧被称为风暴王！由于在它水流上面，各层空气的温度不同，这就形成了让人望而生畏的台风。

接着大雨，就是一阵烈火，雨点变为轰掣闪电的羽饰了。尼摩船长仍站在平台上，真使人要说，尼摩船长想求得一种配得上他身份的死法——是要让雷来轰击自己呢。突然诺第留斯号受到了一种可怕的颠簸，导致它前头的冲角竖起在空中，像避雷针那样，我看见从冲角上发出很长的火花。我已感觉筋疲力尽，我爬在台上滚到嵌板边去，我把嵌板弄开，下到客厅中，这时候，狂风暴雨，电闪雷鸣，猛烈达到了最高点。想在诺第留斯号内部站立起来，那都是不可能的。

尼摩船长到半夜时分才回船中，我听到储水池渐渐装满水，诺第留斯号轻轻地向海底沉下去。

通过客厅中打开的玻璃窗，在火光照耀的水中，我看见许多惊慌失措的大鱼，像幽灵一样走过，有一些鱼就在我眼前被雷击死了。诺第留斯号一直在往下沉，我想它可能在15米深的地方就可以得到安静。但没想到的是，由于上部水层受到了过度激烈的搅动，一直要到50米深的水层，它才找到平日的安宁。

水底是多么宁静，多么和平的环境！可谁又能想到，这时在大洋面上可怕的狂风暴雨正在肆虐着呢？

第二十章　北纬47度24分，西经17度28分

在这次风暴过后，我们的船被抛到东方去了。在纽约或圣劳伦斯河口附近陆地逃走的希望完全破灭了。可怜的尼德十分绝望，他像尼摩船长一样孤独，对人不理不睬。康塞尔和我，我们没有再分开，时常待在一起。

我上面说过，诺第留斯号躲到东方去，准确来说，应当是躲到东北方去。几天来，它有时在水面上漂流，有时在水底下行驶，在航海家十分惧怕的浓雾中间沉浮不定。主要由于冰雪融解发生的这些浓雾，使大气极端潮湿。有多少船只在这一带海中找寻岸上那模糊不清的灯火的时候就沉入了海底！这些阴暗的雾气造成了多少的灾祸！在那些暗礁上，风声淹没了回潮的声音，因而好多船只没能避免触礁的厄运，在船只之间，尽管它们有表示方位的灯光，尽管它们鸣笛相告，敲钟报警，仍有大量的船只发生碰撞。

所以，这一带海底的情形就像是一片战场，战败者静静地躺在那里，有一些已经陈旧腐烂了，另外还有一些崭新的，它们的铁制部分和铜质船底反映出我们探照灯的光辉。在这些船只中间，有多少是连人带货一齐沉没的。在统计表中特别指出的危险地点有：种族角、圣保罗岛、美岛峡、圣劳伦斯河口等。

5月15日，我们行驶在纽芬兰岛暗礁脉的极南端。海水的冲积造成了这暗礁脉，是一大堆有机体的渣滓残骸，它们一路从赤道被大西洋暖流输送过来，或被寒流夹带，从北极沿美洲海岸流下来，还累积起由于冰雪的崩裂冲下来的石岩。这里形成了亿万只死亡的鱼类、软体类动物或植虫类动物的骸骨堆积场。

纽芬兰岛暗礁脉间，海水并不算太深，至多不过几百米。但向南一点，海底就突然下陷形成一个洞穴，深有3000米。暖流在这里就扩大了，改变了原来的速度和温度，它的水流四处散开了，变为一片汪洋大海。

诺第留斯号行驶过后，惊扰的鱼类中间，我看到有身长 1 米的硬鳍海兔，灰黑的脊背，橙黄的肚腹，它对于夫妻爱情很是忠实——它虽然给自己的同类作了榜样，但并不被同类所模仿；有一条身材长大的油尼纳克鱼，呈翡翠色，味道很美；有眼睛圆大的卡拉克鱼，它的头和狗的脑袋有点像；有像蛇一样的奇形鲫鱼，是卵生的鱼；有球形虾虎鱼，或叫河沙鱼，黑色，长 0.2 米；有尾巴很长的长尾鱼，全身发出银色的光辉，这种鱼的游动速度很快，并且胆子很大，敢跑到极北的海中去冒险。船上鱼网还打到一条大胆、勇敢、强悍、多肉的鱼，这鱼头和鳍上长有针刺，是长 2 至 3 米的海中蝎子鱼，它是奇形鲫鱼、鳕鱼和鲑鱼的死敌；还有就是北方海中的刺鳍鱼，这鱼的身上长满肉瘤，身上是栗子色，鳍却是红色。诺第留斯号的人费了好大的工夫才把这鱼捉到手。这鱼由于特殊的鳃盖结构，接触干燥的空气后仍然能呼吸，因此就算它离开海水，还可以活一段时间。

我还得再记录一些鱼，以免以后忘记了。在北极海中长久陪伴着船只的丛鱼；大西洋北部特产的银白尖嘴鱼；还有“位斯加斯”笠子鱼；我看见了鹰鱼类，这是鳖鱼的一种，它们特别喜欢居住在这一带水中，在这纽芬兰岛暗礁脉上，简直是看不完、打不尽。

也可以说这些鳖鱼是高山鱼，因为纽芬兰岛就是一座海底大山。当诺第留斯号从它们拥挤的队伍中间走过的时候，康塞尔禁不住说出这话来：

“呀！鳖鱼哩！”他说，“我以为鳖鱼是跟蝶鱼和靴底鱼一样身体是扁平的呢？”

“你真傻！”我喊道，“扁的鳖鱼那是人家把它们割开了摆出来的，只在杂货铺中才是这样的。但在水里面，它们跟鲫鱼类一样，是纺锤形的鱼，在水中可以自由穿梭。”

“我相信是这样，先生，”康塞尔回答，“这么多！密密麻麻！就像一窝蚂蚁！”

“啊！我的朋友，如果没有它们的敌人笠子鱼和人类，它们可能更多呢！你知道在一条母鳖鱼身上有多少卵吗？”

康塞尔回答：“最多有 50 万吧。”

“1100 万，我的朋友。”

“1100 万，这我决不能相信，除非我亲自数数。”

“康塞尔，你去数吧，不等你数完你就会相信我的话了。本来，法国人，英国人，美国人，丹麦人，挪威人，捕鳖鱼都是成千上万捕的。消费鳖鱼的数量是非常庞大的，如果这种鱼不是有这样惊人的繁殖力，在海中它们早就不存在了。就单单在英国和美国，有 5000 只船由 7.5 万名水手驾驶，专供捕鳖鱼之用。平均每一只船可以打到 4 万条，那总共就是 2500 万条，并且在挪威沿海一带的情形也是如此。”

“好吧，”康塞尔回答，“那我相信先生的话，就不去数它们了。”

“数什么呢？”

“数那 1100 万只卵，不过我要特别提一句。”

“提什么？”

“就是，如果所有的卵都能孵化出来，那么 4 条母鳌鱼即可以供应英国、美国和挪威了。”

当我们掠过纽芬兰岛暗礁脉时，我很清楚地看到每只船放下来的十来根钓鱼线，上面装有 200 个钓钩，每根钓线的一端用小锚钩住，由固定在浮标上的线把它拉在水面上。诺第留斯号很巧妙地在这水底线网中间驶过去。

在这一带海中来往的船只有很多，所以诺第留斯号没有停留太久，它一直向北纬 42 度驶去。那是跟纽芬兰的圣·约翰港和内心港在同一纬度，内心港是横过大西洋海底电线的终点。

这时诺第留斯号并没有继续往北，而是向东驶，好像它要沿着海底电线，向作为电线柱的暗礁高地驶去，经过多次的探测，这些高地的高低起伏都有很精确的记录。

到 5 月 17 日，在距内心港约 500 海里，在 2800 米深的地方，我看见放在海底下的电线。我事先没有告诉康塞尔海底电线的事，起初他看见电线，还认为是一条巨大的海蛇，打算按照他平常的方法，给它分类。但我很快就把事实告诉了这个老实人，同时为了安慰他，我还给他谈了这条海底电线装设的过程。

第一条海底电线是在 1857 年和 1858 年间装设的，但在传达了 400 次左右的电报后，就发生了故障不能用了。1863 年工程师们制造一条长 3400 公里，重 4500 吨的新线，由大东方号装运，但这次的装设还是以失败告终。

5 月 25 日，诺第留斯号下潜到 3832 米深的地方，正是当年在装设失败、电线中断的地点，这地点距爱尔兰海岸 638 海里。下午两点当时人们查出跟欧洲的电报交通就中断了，船上的电气工人决定先把它割断再把线拉上来。到了晚上 11 点，他们把损坏部分的电线拉上来，又重新做了一个联络和接线，然后又把线放到海底去。可是没过几天，线又断了，并且也不能把它从海底收回。

美国人并没有因此而泄气，大胆的西留斯·费尔提，提倡办海底电线的人，投入了自己全部的财产，同时，又发出募股新办法，新股款立即募足。在最优良的条件下另一条海底电线装备起来。传电的钢丝包在胶皮里面，完全绝缘，先由纤维做的带子缠裹，周密保护，外面再套一层金属套。大东方号于 1866 年 7 月 13 日开出，再一次到海上装设电线。

装设工作进行得相当顺利，可是后来却出现了意外。有好几次，把线放开来装的时候，电气工人检查出线上有新钉进去的钉子损毁了里面的铜丝，导致它不能传电。安德生船长，他的宫佐，工程师，开了一个会议来讨论这件事，他们贴出布告说，如果罪人当时在船上被拿获，他将不经审判，立即投入海中，自这之后，这种犯罪行为就没有再发生。

7 月 23 日，大东方号把海底电线装到了只距纽芬兰岛 800 公里的时候，人们从爱尔兰打电报给它，说普鲁士和奥地利在萨多瓦战事后已经签署了停战协定。27 日，大东方号在浓雾中驶进内心港，海底电线的工作顺利地完成了。第一封海底电报是年轻的美洲向古老的欧洲发出的贺信，当时人们所了解的是下面几句贺词："光荣是属于天上的上帝，和平是属于地上的善良的人们。"

我不奢望能看见海底电线仍保持它原来的样子，这条长蛇由介壳的残体覆盖着，到处丛生着有孔虫，外面封上了一层石质的粘胶，保护它不受有钻穿力的软体动物的侵害。它安静地躺在海底，不受海水波动的影响，只是感到从美洲到欧洲要百分之三十二秒钟顺利传达电报的轻微电压。这条海底电线可以经久耐用，因为人们发现，树胶外套在海水中变得更加坚固了。

并且，在这选择得十分合适的暗礁高地上，海底电线并没有沉到可能被冲断的深水层中去。诺第留斯号沿电线到了最深的水底，达到 4431 米的深处，电线安置在那里，没有一点拖拉的痕迹。然后我们便走到 1863 年发生意外事件的地点。

这里的海底形成一个宽 120 公里的大山谷，即使把勃朗峰放下去，它的山峰也还露不出水面，在山谷的东边有一道高 2000 米的峭壁把它挡住。我们于 28 日到了这个山谷，此时诺第留斯号距爱尔兰只有 150 公里了，尼摩船长是要上溯到不列颠群岛吗？应该不是。我感到十分意外的是，他又回到欧洲海中来。

5 月 31 日，诺第留斯号整整一天的时间一直在海上徘徊着，这让我觉得很郁闷。它似乎在寻找一个地方。中午时分，尼摩船长来到平台，亲自测定方向，但他并没有跟我说话，他好像比之前更加抑郁了。是什么让他如此忧愁？是因为靠近欧洲海岸吗？还是他想起了一些往事？那么，此刻在他心里又在想些什么呢？我脑子里出现了种种的疑问，而且我还有一种预感：我感觉很快就有机会让我知道尼摩船长心底的秘密。

第二天 6 月 1 日，在太阳从子午线经过之前的几分钟，尼摩船长拿着六分仪，仔细地观察着。这时，我也在平台。当时海上风平浪静，在东边 8 海里远的地方，出现了一艘大汽船，船上没有悬挂所属国的国旗，我也无法确定它的国籍。尼摩船长观察完后，只说了一句话："就是这儿！"

他从平台下来，是不是因为他看到那艘汽船向我们驶来他才离开呢？这我也说不好。

我回到客厅，接着，我听到储水池灌水的声音，诺第留斯号开始垂直下潜。几分钟后，它停在了 830 米的深处。

我透过舷窗玻璃向左看去，周围除了静静的海水，什么也没有。转向右舷，我被海底一个高高隆起的东西吸引住了。那高高隆起的东西就是一座废墟，被灰白色的贝壳覆盖着，就像披着一件白色的外衣。仔细观察之后，感觉它好像是一艘沉没的船，桅杆已经没有了。看来这起事故发生的年代已经很久了，因为船上结了一层厚厚的水垢。

这是一艘什么船？为什么诺第留斯号要来凭吊它？难道它不是遇到海难才沉没的吗？

我正在猜测的时候，在我旁边，我听到尼摩船长缓慢的声音在那里说：

“这只船从前叫做马赛人号。它于1762年下水，船上装有74门大炮。1778年8月13日，由拉·波亚披·威士利欧指挥，同普列斯敦号激烈地战斗了一场。1779年7月4日，它跟德斯丹海军大将的舰队一齐攻下格这那德。1781年9月5日，它参加格拉斯伯爵在捷萨别克湾的海战。1794年，法兰西共和国给它改了名字。同年4月16日，它加入威拉列·若亚尤斯指挥的舰队，护送美国派出的山万·斯他比尔海军大将率领的一队小麦输送船。共和二年牧月（法兰西共和历的9月，相当于公历的5月20日至6月18日）11和12两日，这舰队跟英国舰队在海上相遇。先生，今天正是1868年6月1日，也就是牧月13日。

“一天一天算，已经过去了整整74年，在相同的这个地点，北纬47度24分，西经17度28分，这只战舰，经过英勇的战斗后，折断了三支桅杆，海水涌入船舱，三分之一船员失去战斗力，但它的356名水手宁愿沉到海底去，也不愿意投降敌人，把旗帜钉在船尾，在‘法兰西共和国万岁！’的欢呼声中，沉没海中。”

“是复仇号！”我喊道。

“是的！先生。正是复仇号！多么响亮的名字！”尼摩船长双手抱在胸前，低声说。

第二十一章　屠杀场

这种不同寻常的说话方式，这个意外场面，这艘爱国战舰的历史事件，开头尼摩船长只是在淡淡地讲述，但是当他说出最后几句话的时候，那种激动的心情已是无法掩藏。这个“复仇号”的名字，这个名字的意义，引起我特别的注意，这一切结合起来，让我震撼。我的眼睛紧紧地注视着他，他向海伸出双手，炙热的目光看着那光荣战舰的残骸。或许我永远也不知道他是谁，从哪里来，要到哪里去，但我愈来愈清楚地看到了他人性的一面。尼摩船长和他的同伴们封闭在诺第留斯号船壳中，并不是一种普通的愤世情绪，而是一种时间无法磨灭、非常奇特、非常崇高的仇恨。这种仇恨还是要伺机寻找报复的机会吗？不久我就知道了。

这时，诺第留斯号慢慢地回到海面上来，复仇号的模糊身影也在我眼前渐渐消失。不久，轻微的摇摆告诉了我，我们是浮在水面上了。

这时候，发出一种轻微的爆炸声。我看着船长，但他却一动不动。

“船长？”我说。

他还是一句话也没说。

我离开他，来到平台上，康塞尔和加拿大人已经在平台上了。

“哪来的声音？”我问。

“是炮响。”尼德·兰回答。

我向之前发现汽船的方向望去，它向诺第留斯号驶来，可以看出它加大气压，迅速向我们追来，此时它距我们只有 6 海里远。

“尼德，那是艘什么船？”

加拿大人回答，“从它的帆索船具和桅杆高度，我敢打赌那是一艘战舰。它想要追上我们，必要的话，把诺第留斯号这怪物击沉才好！”

“尼德朋友，”康塞尔说，“它能对诺第留斯号有什么伤害吗？它可以在水下攻击吗？它的炮能轰到海底吗？”

“尼德，您告诉我，”我说，“您能认出它是哪个国家的吗？”

“不，”他回答，“先生，它没有挂旗，我不能认出它是属于哪个国家的。但有一点我可以肯定，它是一艘战舰。”

我们继续观察这只向我们驶来的大船足足有一刻钟的时间，但是，我不相信它在这么远的距离就能认出诺第留斯号，更不相信它会知道这个潜水艇是什么。不久加拿大人告诉我，那是一艘有冲角、有两层铁甲板的大战舰。从它的两座烟囱喷出浓厚的黑烟，它的帆彼此挤得很紧，跟帆架错杂在一起，帆架上没有悬挂任何旗帜。距离还太远，不能看出它的信号旗的颜色，这信号旗像一条薄带在空中飘扬。它迅速地向我们驶来。如果尼摩船长让它靠近，那么摆在我们面前的就是一个得救的机会。

“先生，”尼德·兰说，“我想在这船距我们 1 海里的时候，就跳到海中去，当然我建议您能跟我一样做。”

我对加拿大人的提议没有做任何回答，我继续注视那船，眼看它愈来愈大了。不管它是英国船、法国船、美国船、俄国船，如果我们能到船上，它一定会收留我们。

“请先生好好回忆一下，”康塞尔说，“上一次我们游水的经验。先生可以完全相信我，如果先生觉得跟着尼德朋友走合适的话，我会帮着先生游到那船边去的。”

我正准备回答的时候，一道白烟从战舰的前部发出，几秒钟后，有一件重东西落下，把水搅乱，水花飞溅到诺第留斯号的后部。不一会儿，在我耳中传来了爆炸声。

“他们为什么向我们开炮呢！”我喊。

“勇敢的人！”加拿大人低声说。

“看来他们并不是把我们当做攀附在海上漂流破船的遇难人！”

“请先生原谅……哎，”康塞尔把另一个炮弹发射来溅在他身上的水拍下去的时候说，“请先生原谅，他们可能是错误地把我们认为是独角鲸了，他们在用炮打独角鲸呢。”

“可是他们应该能看清楚，”我喊，“他们面对着的是人呢。”

“会不会正是因为这个呢！”尼德·兰眼盯着我回答。

我立即明白了。人们现在肯定已经知道，应该怎样看待这个所谓怪物的存在。毫无疑问，当它跟林肯号接触，加拿大人用鱼叉打它的时候，法拉古司令已经认出这并不是独角鲸而是一只潜水船，是一个比凶猛的鲸科动物更危险的东西。对，事情应该就是这样，无疑地，在所有的海面上，人们现在正追逐这可怕的毁灭性机器。

是的，如果我的推断是正确的，那么尼摩船长拿诺第留斯号来进行报复，就真是太可怕了！我想起我们被禁在小房中的那一夜，在印度洋上，它难道是在攻击了某些船只吗？那个葬在珊瑚墓地的人，他不是因为诺第留斯号所引起的撞击的牺牲者吗？是的，我再重复一遍，看来事情确实是这样。尼摩船长的神秘生活已经被揭露出来了一部分，虽然还没有证明他的身份，但至少，联合起来反对他的国家，现在追打的不是一个空想的怪物，而是对各国有深仇大恨的人。在我眼前这些可怕的往事都浮现出来。在这只追赶前来的船上，没有我们的朋友，我们遇到的只是无情的敌人。这时，更多的炮弹在我们周围落下，有些落在水面上，只碰一下就跳起来，落在距离很远的海面。反正没有一颗打中诺第留斯号。

那艘铁甲舰距我们只有 3 海里了。尽管它连续地猛烈炮击，尼摩船长始终没有到平台上来。可是，如果一颗这种锥形炮弹正巧打在诺第留斯号船壳上，那对它来说就是致命的。

加拿大人于是对我说：“先生，我们应当想办法，解除我们当前的危机。我们发出信号吧！就是天塌了我们也不管了！他们或者能明白我们是正直善良的人！”

尼德·兰拿出他的手帕，在空中挥舞。但他刚把手帕打开来，虽然他有非常大的力气，但他马上就被一只铁一般的手掀倒在平台板上。

“混蛋！”船长喊，“你是不是想让我在诺第留斯号冲击那只战船之前，先把你钉在它的冲角上吗？”

听着尼摩船长的话已经让人害怕了，再看他的脸更是让人不寒而栗。他的脸孔由于心脏的痉挛而变得苍白，看来他的心脏跳动是暂时停止了一下的。他的瞳孔可怕地收缩着，他已经不是在说话，而是怒吼着。他俯下身，用手扭住加拿大人的肩头，然后把加拿大人放下，回头对着那把炮弹向我们周围雨点般打来的战船，对着它怒喊："啊！你知道我是谁，你这该死的国家来的船！就算你没挂国旗我也能认得你！睁大你们的眼睛吧！让你们看看我的旗！"

尼摩船长在平台前头展开一面旗，这旗跟他在南极插的旗是一样的。这时候，一颗炮弹纵斜地打到诺第留斯号船身上，炮弹跳到船长附近，又落入海中了，丝毫没有伤害到它。

尼摩船长耸耸两肩，然后他看着我，用不容反驳的语气对我说："下去吧，您和您的同伴们都下去。"

"先生，"我喊，"您是要攻打那船吗？"

"是的，我要把它打沉。"

"您不能这么做！"

"我必须要做，"尼摩船长冷冷地回答，"您休想阻止我，先生，命运注定给您看见了您不应该看见的事情。对方已经开始攻击了，我就不得不回击了。您快进去吧。"

"这艘船是哪个国家的？"

"您不知道吗？那就很好！至少，它的国籍对您来说还是一个秘密。您下去吧。"

加拿大人、康塞尔和我，我们只能服从尼摩船长的命令。十五六个诺第留斯号船上的水手围绕着船长，带着十分坚决的仇恨情绪注视那艘向他们追来的战舰。我下去的时候，刚好又有一颗炮弹落在诺第留斯号身上，我听到船长喊："打吧，你这个疯子！尽情放出你无用的炮弹来！你一定躲不过诺第留斯号的冲角。但你不应该在这个地方沉没！我不愿你的残骸玷污了复仇号的光荣残骸！"

我回到房中，船长和他的副手仍留在平台上。诺第留斯号的推进器开始转动起来，它迅速避开到战舰炮弹射程不能及的地方，但战舰仍然继续追击着，尼摩船长只同它保持一定距离。下午 4 点左右，我再也抑制不住自己的那种焦急不安的情绪了，我又走到中央楼梯那边去，嵌板开着，我冒险来到平台上。船长脚步激动地还在那里走来走去，他注视在他后面五六海里的战舰，他像一头猛兽，在战舰周围转来转去，把它向东方引去，让它跟在自己的后面。不过他并没有进行回击，他是在迟疑不决吗？我想最后再作一次努力。我刚叫了一声"船长"，他便立即让我把嘴闭上，并且对我说："我就是权利！就是正义！我是被压迫的，瞧，那就是压迫者！就是因为他，我所有热爱过的，亲热过的，尊敬过的一切，祖国、爱人、子女，还有我的父母，他们全部都死了！我一切的仇恨，就在那里！您给我闭嘴！”

我又看了一眼那艘战舰，它仍在穷追不舍。随后我找到尼德和康塞尔，我喊道：“我们逃吧！”

“好。”尼德说，“那这艘战舰是哪个国家的？”

“我也不知道。不管它是哪个国家的，黑夜来临前它一定会被击沉。总之，与其充当无法判断是否正义的报复行为的同谋人，倒不如跟它一起毁灭。”

“我也是这意思，”尼德·兰冷淡地回答，“我们等到黑夜再说。”

黑夜来了，船上只是死一般的沉静，罗盘指出诺第留斯号还没有改变它的方向。我听到它的推进器转动，迅速规律地搅打海水，它一直浮在水面上，水波的轻微摆动使它时而向左时而向右。

我的同伴和我，我们决心在战舰更靠近的时候就逃出去，或者船上的人能听到我们的呼救，或者能看到我们，再过三天就是满月了，月亮会照得很亮。一旦到了战舰上面，就是我们不能阻止它受到攻击，至少我们还可以尽自己的力量出谋划策。有几次，我以为诺第留斯号就要开始反击了，但它仅仅让它的敌人更靠近些，并且过一会后，它又装作逃避的样子。

前半夜就这样平安地度过了。我们等待时机，准备行动，我们因为情绪十分激动几乎不说话。尼德·兰真想跳到海中去，我在强迫他耐心等待。按照目前的形势，诺第留斯号是要在水面上攻击这艘带双层甲板的战舰，这样就不仅是可能，并且逃走也会变得很容易。

凌晨3点，我怀着不安的情绪来到平台上。尼摩船长还在平台上，他站在船前头，站在他的旗帜旁边，旗受微风吹动，在他头上招展。他两眼紧盯着那艘战舰，他目光闪闪发亮，好像是吸引它，诱惑它，像驳船一样更确实可靠地把它拉过来！

此时月亮经过子午线，木星已在东方出现。在这和平的大自然中，天空和海洋彼此竞赛看谁更安静，大海给黑夜的月轮当做一面最美丽的明镜，恐怕这面明镜从没有这样美地把月亮的影子照出来呢。当我想到海天一色的深沉安静，跟所有酝酿在微不足道的诺第留斯号里面的愤怒相比较，我感到我整个生命都在颤抖了。

战舰在距我们2海里的地方，它驶向前来，总是向着诺第留斯号所在的方向追来，我看见战舰上表示方位的绿色和红色的灯光，以及挂在前面大桅杆上的白色船灯。模糊的反射光线照射着它上面的船具，同时指出它正在加大火力，一阵一阵的煤屑火花，从它的烟囱中喷出来，像星光一样闪烁。

就这样我一直在那里待到早晨，尼摩船长好像一直就没有看见我。此时战舰距离我们还有一海里半，到第一缕曙光出现的时候，它的炮声又隆隆地响起来。诺第留斯号开始要反攻它的敌人了，我的同伴和我，我们要永远离开我不敢加以判断的这个人的时刻，看来很快就会到来了。

就在我要下去通知他们的时候，船副走了上来，后面还跟着好几个水手。尼摩船长没有看见他们，也或许是不愿看见他们。当时就采取了“战斗准备”的某些措施，但其实这些措施很简单，先把在平台周围作为栏杆的线网放下来，探照灯和领航人的笼间也藏到船身里面，仅仅挨着船身露出水面。这条长形钢板现在看起来就像一支庞大的雪茄烟，现在连一个可能阻碍它行动的突出部分也没有了。

我回到客厅中，诺第留斯号仍是浮在水面上。清晨的曙光射入水中，由于海浪的波动，玻璃窗受到初升太阳的红光，呈现生动活泼的气象。开始了这可怕的6月2日。

5点，我看测程器，知道诺第留斯号放慢了速度，我知道它是故意让敌人接近。并且此时炮声也一阵一阵响得更猛烈，炮弹滚入周围水中，发出奇异的呼啸声，纷纷落在诺第留斯号周围。

“朋友们，”我说，“是时候了，我们握握手吧，愿上帝保佑我们！”

尼德·兰很坚定，康塞尔很镇静，我却很紧张，甚至有些抑制不住自己。我们走入图书室，当我推开那扇对着中央楼梯笼间的门的时候，我听到上层嵌板忽然关闭了。加拿大人奋身跳到梯阶上去，但被我一把拉住了。很熟悉的一声呼啸，我知道是船上的储水池在开始灌水了。的确，没一会儿，诺第留斯号就潜入水面下几米的深处。

我明白是诺第留斯号要开始反击了，可我们现在要行动已经晚了。诺第留斯号不想从坚固的铁甲上来攻打这艘有双层甲板的战舰，它是要在下面，攻击那钢壳不能保护它的边缘地方。并且，我们差不多也没有时间来思考，我们躲到我的房间里面，大家面面相觑，一句话也不说。我感觉自己精神开始恍惚，思想也停滞了。我这时的处境就像等待某一种可怕的爆炸那样，十分难受，我等待着，注意听，现在只能靠听觉来生活了！

可是，诺第留斯号显然加大了速度，它现在采取的是前进的速度，整个船壳都颤抖了。突然我大喊一声，冲撞发生了，但不是很激烈。我感到那钢铁冲角的穿透力量，我听到它所发出的摩擦声。但诺第留斯号在推进器的强力推动下，从这艘战舰身上横冲过去，就像帆船上的尖杆穿过布帆那样！我简直受不了了，我的神经已经完全错乱，像疯子一般跑出我的房间，急急走进客厅，刚好尼摩船长也在这里。尼摩船长站在那里沉默、忧郁、冷酷无情的样子，他通过左舷的嵌板，两眼注视看。一个庞大的物体正在向海底沉去，诺第留斯号跟它一起下降到深渊中要亲眼看一看它临死时的惨状。我看见这只船在距我10米远的地方，船壳裂开，海水像雷鸣一般涌进去，然后水淹了两门大炮和吊床舱房，甲板上的黑影乱作一团。海水涌了上来，那些不幸的受难的人都跳到桅樯网上，抓着桅樯，在水中拼命地挣扎，扭弯肢体。这简直就像是突然被海水侵进来的人类蚂蚁窝！

我被眼前的一切惊呆了，像临死的时候身体僵化了，头发直立，两眼圆睁，呼吸急促好像喘不过气来，好像快没了气息，没有声音，只是两眼紧盯着看！一种不可抗拒的吸引力使我紧紧贴在玻璃上面！

那艘巨大战舰慢慢地下沉。诺第留斯号追随着它，窥伺着它的一举一动。忽然战舰上发生了爆炸，被压缩的空气把战舰的甲板轰跑了，就像船舱中着了火一样。海水涌入的力量十分强大，影响到诺第留斯号，它也发生了倾斜。

这么一来，那艘不幸受害的战船迅速地向海底沉去。首先看到的就是，桅樯架上满挤了遇难的人，其次是它的横木架，上面有一串一串的人把它压得弯曲了，最后是那大桅顶也沉了下来，然后，这个沉黑的庞然大物消失了，船上的船员也都被强大无比的旋涡拉下没了踪影……

我转过头来看尼摩船长。这个可怕的裁判执行人，是真正的仇恨天神，盯着眼前发生的一切。当一切都结束的时候，尼摩船长向他的舱房走去，把门打开，走进房中。我眼看着他，在他房间里面的嵌板上，在他那些英雄人物的肖像下面，我看到一个年轻的妇人和两个小孩的肖像。尼摩船长看着这肖像，向像中人伸出两只胳膊，同时跪着，哭泣起来。

第二十二章　尼摩船长的最后几句话

这个令人害怕的场面消失了，接着嵌板关闭了，但是客厅中的灯光并没有亮，诺第留斯号内部是一片漆黑，寂静无声。它在深百英尺下的水底，迅速地离开这个凄惨的地方。它要到哪里去呢？向北还是向南呢？尼摩船长在做了这件可怕的报复后，要逃到哪里去呢？

我回到我的房中，尼德和康塞尔两人也还在这里，沉默无语。我对尼摩船长产生了一种极端厌恶的心情。虽然他在别人那里可能受过很大的痛苦，但他也没有权利来作这样残酷的报复。虽然他没有让我做他的同谋，可是却让我做了他复仇的见证人！这已经够过分了。

11点，电灯亮了起来，我来到客厅，里面没有一个人。我看了一下厅里的各种器械，此时诺第留斯号以每小时25海里的速度快速向北方驶去，有时在海面上，有时在30英尺深水下。从地图上的记录来看，我知道我们在英吉利海峡口上走过，是要向北极海驶去。

晚上，我们已经在大西洋海面行驶了 200 里。天色阴暗，海面一片漆黑，直至月亮东升。

我回到房中，想睡却怎么也睡不着，总是被噩梦惊醒，那残酷毁灭的可怕场面总是在我脑子里浮现。

自这一天起，谁知道诺第留斯号在这北大西洋海水中要带我们到哪里去呢？它总是以那么高的速度行驶着！穿梭在极北蒙雾中间！它要走近斯勃齐堡的尖角，走近纽藏伯尔的悬崖吗？它要驶过那些神秘的海：白海、喀拉海、鄂毕湾、李亚洛夫群岛，以及亚洲沿海没有人到过的边岸吗？这一切都是未知的。我简直不知道这样度过了多长时间，时间在船上的大钟上好像已经停止了。好像在两极地方那样，黑夜和白天不再交替出现。我感到自己被带进埃德加·波的过度想象可以随意活动的那个奇异领域中了。每时每刻，我都像怪异的戈登·宾那样，期待着看见“那个蒙面人，他的身材比居住在任何陆地上的人都高大得多，斜身投入那保护北极周围的大瀑布中去”！

我估量——不过也可能我搞错了——我估量诺第留斯号这次冒险的奔跑持续了有 15 天或 20 天之久。如果不是出现了这次海底旅行的大灾祸，我不知道这样的旅行还要持续多久。尼摩船长一直没有露面，他的副手，也一样，就连船上的人员也没看见一个。诺第留斯号一直在水底行驶。当它浮上水面来调换空气的时候，嵌板总是机械地动作着，打开了又关闭，在地图上也不再记录方位了，我根本不知道我们是在什么地方。

还有就是已经忍无可忍的加拿大人，甚至可以说他已经绝望了，也不再露面，康塞尔想跟他说句话都是难的，康塞尔时时刻刻忠实小心地看守住他，害怕他神经忽然错乱，在怕人的思乡病状下，他可能会自寻短见。很显然，在这种情况下，我们在这里已经待不下去了。

一天早上，具体是哪一天我也说不上来，清早我还在迷糊地昏睡着，那是苦恼和病态的昏睡。当我醒来，我看见尼德·兰俯身对着我，我听到他低声对我说：“我们逃吧！”

我站起来问：“什么时候？”

“就在今晚。诺第留斯号现在好像无人管理和监督了，船上的人好像完全陷于麻木的状态。先生，到时候您能准备好吗？”

“能，那我们现在在什么地方？”

“在可以望见陆地的地方。今天早上我在浓雾中间，在东方 20 海里的地方看见那些陆地。”

“那是什么陆地呢？”

“那我就不知道，不管是什么陆地，我们逃到那边去就是。”

“好！尼德。我们今晚就逃，就是被大海吞没了也无所谓了！”

“海上浪很汹涌，风也刮得很厉害，但在诺第留斯号的那只轻便小艇中只要划20海里，那不会让我感到害怕。我在暗中又弄到一些粮食和好几瓶饮水，船上没人发现。”

“我一定跟您一起逃。”

“此外，”加拿大人又说，“如果被发觉，我一定会反抗，除非有人把我杀了。”

“要死我们也要死在一起，尼德朋友。”

我已下定决心要逃走。加拿大人出去了，我到平台上面，简直站不住，有点不能承受那一阵一阵波浪的袭击。天空阴暗，风暴即将来临，并且陆地在浓雾中，那对逃走也是有帮助的。现在我们一天、一时、一刻都不能耽误。

我回到客厅中，既想碰见又怕碰见尼摩船长，既想又不想看见他。我可以跟他说些什么呢？我能隐藏住我心中对他的那种自然而然的厌恶吗！不能！那么还是别看见他好了！还是把他忘了比较好！本来也只能这样！

我在诺第留斯号船上过的最后这一天是那么地漫长！我独自一个人待着，尼德·兰和康塞尔也躲着我，不跟我说话，生怕泄露我们的计划。6点，吃晚餐，但我并不饿，虽然不想吃，但我还是勉强吃了一些，我不想把自己弄得没有力气。六点半，尼德·兰走进我房中来，他对我说：“出发前我们别再见了。10点，这时月亮还没有出来。我们乘着黑逃走，您到小艇那边来，康塞尔和我，我们在那边等着您。”

加拿大人说完就走了，我连回答他的时间都没有。

我来到客厅想确定一下诺第留斯号所走的方向，在仪器上判断出我们是在水深50米的地方，船正以惊人的速度向东北偏北方向驶去。

我最后看了一下堆在这陈列室中的奇珍异宝，这是一座艺术的宝库，最后看一下有一天要跟亲手收集它们的人一齐消灭在海底的，那无比的珍贵收藏。我想把它们深深地刻在我的脑海里，就这样一个小时过去了，在光辉的天花板发出的电光照耀下，把玻璃柜中那些辉煌灿烂的珍宝重看了一遍，然后我回到自己房中。

到了房中，我穿了结实的航海衣服，整理好我的笔记，小心翼翼地把它带在身上。我无法抑制那跳得十分厉害的心脏，如果这时遇到尼摩船长他一定能看出我的慌乱和紧张。

这时候他会在干什么呢？我到他房门口细听一下。我听到有脚步声，尼摩船长在里面，他还没有睡。听到他每走一步，我都感觉他就要走出来，质问我为什么要逃走！我感到有连续不断的警报声。我又把这些警报声想象的扩大起来。这种感觉让我觉得十分难受，我甚至在心中想，到船长房中去，跟他当面把话说明了，或许这样更好些！

这想法真是够疯狂可怕的。幸运的是，我抑制住了自己的情绪，我躺在床上，让自己慢慢地平静下来。我的神经安静了一些，但我的脑子受了过度的刺激，在迅速的记忆中，我在诺第留斯号船上度过的整个生活又重新浮现在我脑海里，自我离开林肯号以来所碰到的，或快乐或痛苦的所有意外事件：海底打猎，多列斯海峡，巴布亚岛的土人，暗礁搁浅，珊瑚墓地，苏伊士海底地道，桑多林岛，克里特的潜水人，维哥湾，大西洋洲，冰山，南极，被困冰层，跟章鱼战斗，大西洋暖流的风暴，复仇号，以及那把船和船员一起撞沉的可怕场面！……所有这些事件一幕幕重新在我眼前闪过，好像那些背后的布景，在舞台底层，一幕一幕地揭开。这时候，在这离奇古怪的环境中间尼摩船长突然显得异常巨大。他的形象集中起来，现出超人的典型。好像他并不是我的同类人，而是水中人，是海中神。

时间是 9 点半。我双手紧紧按住我的脑袋，免得它炸开。我闭起我的眼睛，不愿意再想什么。还要等半个钟头，半个钟头的噩梦可能使我变成疯子！这时候，我听到大风琴发出隐隐约约的声音，那哀伤简直无法形容，是一个要斩断自己对人世关系的人的真正哀歌。我屏住呼吸，全神贯注地认真听者，跟尼摩船长一样，精神完全沉浸在把他带到人世之外的音乐中。

一会儿，一个不好的想法使我十分害怕起来。尼摩船长离开了他的房间，他停在了我逃走时一定要经过的客厅里。我要在厅中最后一次碰见他。他要看见我，或许还要跟我说些什么！也许他的一个手势就能使我死无葬身之地，只要他一句话就可能把我困在他的船上！然而 10 点就要到了，我得离开房间，跟我的同伴们相会了。

就是尼摩船长站在我面前，我也丝毫没有可以犹豫的了。我小心地打开房门，可是我觉得在拧动门钮的时候，门发出的声音很怕人，或许这也只是我自己想象的罢了！

我沿着诺第留斯号的黑暗过道，一步一步摸索着前进，走一步停一下，平息那狂跳的心脏。

我走到客厅屋角上的门前，轻轻地打开它。里面一片黑暗，只有大风琴的声音微弱地响着。尼摩船长在那里，他没有看见我。我想，就是在明亮的灯光下，恐怕他也看不见我，因为他神游天外，完全被吸引在梦幻的乐声里。我在地毯上慢慢挪动，十分小心不和任何东西相碰，以免发出声响，走到客厅那边通到图书室的门我就用了 5 分钟的时间。

我正要开门的时候，尼摩船长的一声叹息把我钉在那里不敢动了。我知道他是站起来了，我甚至还看到了他的身影，因为有些亮着的图书室中的灯光一直射到客厅中来。他向我这边走来，两手抱在胸前，一声不响，与其说是走过来，不如说是像幽灵那样溜过来，他的被压住的胸部由于他抽咽的哭泣而鼓胀起来。我听到他声音很低地说出下面这几句话——这个传到我耳中来的最后几句话：“全能的上帝！够了！够了！”

这是从这个人内心深处发出来的忏悔吗？

我的心神已经开始慌乱了，跑出图书室。我上了中央楼梯，沿着上层的过道前行，来到小艇边。我从开着的孔进入艇中，我的两个同伴已经在这里等我了。

“快走！我们走！”我喊道。

“马上走！”加拿大人回答。

在诺第留斯号船身钢板上开的孔本来是关闭的，好在尼德·兰带有一把钳子，把螺钉紧紧地上好。小艇上的孔也关了起来，加拿大人开始拧那仍然把我们扣在这只潜水船上的螺钉。

突然船内发出好多人说话的声音，是出了什么事吗？还是我们逃走被人发现了呢？我感觉到尼德·兰把一把短刀放在我手中。

“是的！”我低声说，“我们跟他们拼了！”

加拿大人停止了他的松钉工作，我们听到重复说了许多次的一句话，一句很可怕的话，同时也说明诺第留斯号船上处处发生骚动的原因。他们发觉到的对象并不是我们！

“北冰洋大风暴！北冰洋大风暴！”他们大声喊。

北冰洋大风暴！我们当时的处境已经够让人害怕了，但听到这个令人更可怕的情况让我们感到心里一惊。这么说我们现在是走在挪威沿岸一带的危险海中了，在我们的小艇要离开诺第留斯号的时候，它就要被卷入这深渊中吗？

人们知道，潮涨的时候，夹在费罗哀群岛和罗夫丹群岛中间的海水，汹涌无比，锐不可当。它们形成翻滚沸腾的旋涡，船一旦驶入生还的可能几乎不存在。滔天大浪从四面八方冲到那里，形成了很恰当地被称为“海洋肚脐眼”的无底的深渊，它的吸引力一直延伸到15公里远。在深渊周围，不仅船只、鲸类、就连北极地带的白熊，都不能例外，一齐被吸进去。

诺第留斯号被它的船长——有意或无意地把它驶了进来，它迅速地被卷入，画着螺旋形的圆圈，圆圈变得越来越小。小艇还附在它身上，也跟它一样，以令人目眩的高速度旋转着，我在感受着它的飞速旋转所带来的回旋，我们处在高度的骇怕和恐惧中，好像血液停止了流动，神经也麻木了，全身流满像临死时候所出的冷汗！在我们的脆弱小艇周围的是多么可怕的声音！几海里内都能听到它的怒吼！那些海水溅在海底下面的尖利岩石上发出了刺耳的破碎声！在这些岩石上，就是最坚固的物体装上去也要粉身碎骨了，照挪威成语说的，就是大树干也要变成“毛皮上的绒毛”了！

多么危险怕人的处境！我们极端骇怕地任由海波摆动。诺第留斯号像一个人一样保护着自己，它的钢铁肌肉发出嘎嘎的声响，它有时候被冲得竖立起来，我们也跟它一齐竖起！

“必须坚持住，”尼德说，“把螺丝钉再上紧一些，紧紧靠着诺第留斯号，或许我们还有一线生机……！”

他的话还没有说完，就发出来了嘎嘎的声音，螺丝钉脱落，小艇脱离它的巢窝，像投石机发出的一块石头一样，跑到了大旋涡中。

我的头撞上了一根铁条，受了这次猛烈的冲撞，我立即失去了知觉。

第二十三章　结论

下面就是我们这次海底旅行的结论篇。关于那天晚上小艇是怎样逃出北冰洋大风暴的可怕旋涡？还有尼德·兰、康塞尔和我，我们是怎样逃脱这个无底深渊？我也说不清楚。当我醒来的时候，我发现自己是躺在罗夫丹群岛上一个渔人的木头房子里面。而我的两个同伴，安然无恙地在我身边，紧紧握着我的双手，我们激动地互相拥抱着。

这时，我们没办法立即回法国去。因为挪威北部和南部的交通工具非常的少，所以没有别的办法，只能等待半个月开行一次，法国的汽船经过这里我们才能离开。

因此，就在这些收留我们的善良老实的人们中间，我重新把这次新奇惊险的记事翻阅了一下，这些记事是完全准确的。没有漏记一件事实，也没有夸张一处细节。它是在人迹不能到的海底下作的这次新奇探险，听上去确实让人觉得有失真实。当然，随着学术的进步，这海底一定会成为自由通行的道路。

人们会相信我的记录吗？那我可不知道。其实相不相信，也无所谓，但我可以肯定的是，我有权利和理由来讲这些在不到10个月的时间中，在海洋底下走过了两万里的海洋，我有资格来谈论海底世界，在穿过太平洋、印度洋、红海、地中海、大西洋、南北两极海洋的时候，它们给我提供了一次美妙神奇的海底环球旅行！

诺第留斯号后来怎样了？它是否抵住了北冰洋大风暴的压力？尼摩船长他还活着吗？他是否在海洋底下继续执行他的复仇计划？又或者他在上一次的大屠杀后，就停止了他的报复呢？海波能把写有他整个生活历史的手稿带到人间来吗？最终我能知道这个人的真实姓名吗？我们能够通过那只沉没的战舰来知道尼摩船长是哪个国家的吗？

这一切的疑问我都想弄明白，同时我也希望，尼摩船长那强有力的潜水船能够战胜那海洋中最可怕的旋流，诺第留斯号在无数的船只都沉没了的海上都能逢凶化吉！如果事实果真如此，如果尼摩船长总是居住在他认为的祖国海洋中，但愿在这颗倔强的心中所有的仇恨都能平息！但愿海底无限神奇的潜心静观能熄灭他心中复仇的火焰！但愿他这个裁判执行人能安然无恙！但愿他这个智慧的学者继续作和平的海底探测工作！虽然他的命运是离奇古怪的，但他也是崇高伟大的。难道我不理解他吗？我不是也亲自体验了那 10 个月的超自然的生活吗？所以，对于 6000 年前《传道书》中提出的这个问题："谁能有一天测出这大洋的最深高度呢？"那么现在，在世上所有的人类中，就有两个人有资格来回答这个问题了，那就是尼摩船长和我。